U0560413

CHONGWENGUAN

读古人书　友天下士

百余年前，崇文书局于武昌正觉寺开馆刻书，成晚清四大书局之一。所刻经籍，镌工精雅，数量众多，流布甚广，影响巨大。为赓续前贤，昌明国学，弘扬文化，本社现致力于传统典籍的出版。既专事文献整理，效力学术，亦重文化普及，面向大众。或经学，或史论，或诸子，或诗词，各成系列，统一标识，名之为"崇文馆"。

崇文馆

中国古典诗词校注评丛书

【汇校汇注汇评】

王维诗全集

张 勇 编著

长江出版传媒｜崇文书局

中国古典诗词校注评丛书
编撰委员会

前　言

一

　　王维,字摩诘,盛唐大诗人,生于长安元年(701),卒于上元二年(761),历经玄宗、肃宗两朝。官终尚书右丞,世称王右丞。祖籍太原祁县(今山西祁县),从父徙家于蒲州(今山西永济)。其父王处廉官汾州司马,其母为博陵崔氏;有弟四人,为王缙、王繟、王纮、王纮。

　　王维早慧,"九岁知属词"(《新唐书》本传),十五岁即离家赴长安谋求进取,写出《过秦皇墓》《题友人云母障子》等诗,十七岁时更写出佳节思亲的名作《九月九日忆山东兄弟》。由于才学杰出而备受上流社会青睐。《旧唐书·王维传》载:"维以诗名盛于开元、天宝间。昆仲宦游两都,凡诸王驸马豪右贵势之门,无不拂席迎之。宁王、薛王待之如师友。"开元七年(719),赴京兆府试。开元九年(721),进士及第,释褐太乐丞,时年二十一岁。然而就在同年,因伶人舞黄狮子而坐累为济州司仓参军。这是他仕途的第一次挫折。"纵有归来日,多愁年鬓侵"(《被出济州》),"此去欲何言,穷边徇微禄"(《宿郑州》),由这些赴贬所途中诗句可以看出他当时的幽愤与无奈。

济州任职期间,王维结交下层失志文人,同道释往来,开始倾心于隐逸自适的生活。四年后西归长安,不久又被外放淇州。官微禄薄之境遇,助长了王维的隐逸思想,不久即弃官隐居淇上。开元十七年(729),回长安闲居,学佛于荐福寺道光禅师。

开元二十二年(734),张九龄任中书令,王维献《上张令公》诗,请求汲引,次年被擢右拾遗。然而好景不长,开元二十五年(737)四月,张九龄遭李林甫排挤,贬谪荆州长史,王维也于同年秋奉命出使河西,任节度判官。开元二十八年(740),迁殿中侍御史,至岭南"知南选"。次年返回长安,寻隐终南山。一年后的天宝元年(742),出于养家之需,复出为左补阙。接下来的十几年,他一直在朝为官,身在魏阙而心存山林,过着亦官亦隐的生活。大概在天宝三载(744),王维置买蓝田辋川别业以供公休闲暇之时憩居,在这里创作了大量山水田园诗。

天宝十四载(755)十一月,安史之乱爆发。次年六月,叛军攻陷潼关,占领长安,玄宗匆忙出奔蜀地,王维扈从不及落于叛军之手,被迫接受伪职。至德二载(757)十月,唐军收复洛阳,陷贼官员以六等定罪,王维因被囚时曾作思念朝廷的《凝碧池诗》而得肃宗谅解。乾元元年(758),被授为太子中允,后迁中书舍人、给事中,上元元年(760)升任尚书右丞,次年七月卒。

纵观王维一生,其思想经历了一个由儒而入释道的转变过程。他早年游历长安,以进士入仕,试图在政治上有所作为,以实现济世安民之理想。他热情讴歌张九龄"动为苍生谋"的济世精神,同时表达自己"可为帐下否"的追随愿望。此时,儒家积极进取精神在王维思想中占据着主导地位。

张九龄遭贬以后,王维被"举世无相识"(《寄荆州张丞相》)的巨大孤独感包围着,政治热情也随之减退,佛道思想慢慢上升。对于佛教,王维倾心于其中道空观、真如缘起论、佛性论,以及禅宗的自性理论;对于道家、道教,倾心于其心斋坐忘、无己丧我、安时处顺的理论。佛道相契,让王维形成了随缘任化的处世态度,正如其诗《酬张少府》所说:"晚年惟好静,万事不关心。自顾无长策,空知返旧林。松风吹解带,山月照弹琴。君问穷通理,渔歌入浦深。"悠然自得之趣,只可意会不可言传。

二

王维诗歌题材丰富,体裁多样。其古体、近体都臻于工妙,而以五言律绝造诣最高。依题材,王诗大致可分为四类:游侠边塞诗、山水田园诗、送别赠答诗、应制奉和诗。

王维游侠边塞诗以《夷门歌》《少年行》《从军行》《观猎》《使至塞上》等为代表。或热情讴歌侠客舍生取义、慷慨磊落的品格,或描写守边将士的威武风采,或展现征戍的艰苦与战争的惨烈,这类诗都写得气势豪迈,意境雄浑,代表着蓬勃向上的盛唐气象。

最能代表王诗风格特色的是山水田园诗。这类诗主要描写乡野的优美风光,同时表达淡然自适的隐逸情怀。如《新晴野望》,描绘恬静而富有情趣的乡村景象,以及忙碌而有序的农家生活场景,充满了淳朴的人情美。又如《山居秋暝》,描绘秋天傍晚雨后清新宁静而又生机盎然的景色,流露出摆脱尘世纷扰而全身心融入大自然的美好愿望。

王维送别赠答诗也不乏脍炙人口的名作。如《送元二使安西》,用清新明丽的景色反衬凄清惆怅的离情,真切自然,意蕴隽永,令人味之不尽。《九月九日忆山东兄弟》《红豆》等已成为抒发亲情、友情、爱情的千古绝唱。王维的应制奉和之作,虽不脱歌功颂德、粉饰太平之内容,却写得格调高雅,典而不谀。

王维诗的风格既有清淡自然的一面,又有雄浑壮丽的一面。

清淡自然是其主导风格，主要体现在山水田园诗中。他擅长描写幽寂静谧的景象，营造空明澄净的氛围，在简淡自然的情景表现中蕴含自己静幽远逸的心境与情志。如《辛夷坞》，辛夷花在幽寂无人的山中以其自然本性存在着，而诗人清逸寂静的心境亦在这花开花落的自然过程中得以展现。雄浑壮丽风格主要体现在边塞诗上。他擅长描写气势宏伟的战争场面，刻画将士英勇杀敌的豪情壮志。如《从军行》，边塞的险恶与战斗的惨烈相互交织，叙述视角不断转换，大开大合，气势豪壮。王维其他题材的作品也不乏雄壮之作。如《汉江临眺》《终南山》等山水诗，写得雄阔高旷，意象浑成。

"诗中有画"是王维诗的一大特色。他善于把握对象最鲜明的特征，展现其最引人入胜的一刹那，从而创造出山水写意画的艺术效果。如《萍池》："春池深且广，会待轻舟回。靡靡绿萍合，垂杨扫复开。"轻舟驶过后，绿萍缓缓合拢；春风拂柳，轻扫水面，绿萍合而复开。诗人以其澄净淡泊之心观照大自然，捕捉到大自然细致入微的生命律动，再以简淡洗练的笔墨写出，从而具有水墨画的艺术效果。王维诗的画意还表现在色彩的使用上。如"日落江湖白，潮来天地青"（《送邢桂州》），"白水明田外，碧峰出山后"（《新晴野望》），具有丹青水墨画的意境。他还善于运用冷暖色调的反差来描绘大自然的绚丽多姿。如"桃红复含宿雨，柳绿更带春烟"（《田园乐七首》其六），"雨中草色绿堪染，水上桃花红欲燃"（《辋川别业》），色彩的鲜明对比，使景物愈发显得明艳鲜活，使人获得明朗安定的审美愉悦。

王维有"诗佛"之称，"入禅"是其诗的另一重要特点。明人胡应麟在《诗薮》内编卷六中说："右丞却入禅宗。如'人闲桂花落……''木末芙蓉花……'，读之身世两忘，万念皆寂，不谓声律之中，有此妙诠。"王维诗的禅意不仅仅表现在对"空""静"色彩的营造，更表现在对佛教中道思维的运用。如《终南别业》："行到水穷处，坐看云起时。"关于这两句诗，清人徐增说："行到水穷去不得处，我亦便止；倘有云起，我即坐而看云之起。……于佛法看来，总是个无我，行无所事。行到，是大死；坐看，是得活；偶然，是任运。此真好道人行履。谓之'好道'，不虚也。"（《说唐诗》）徐增精准地指出了王维这两句诗所包含的中道思想。在这种思想影响之下，王维诗中的一山一水、一草一木都是那么静谧曼妙而又生机勃勃，如"雨中山果落，灯下草虫鸣"（《秋夜独坐》）等等。

王维诗在当时及后世产生了极为重要的影响。唐代宗赞之为"诗名冠代"，中唐前期大历十才子主宰的诗坛即是王维诗风的直接延续与发展。《许彦周诗话》赞王维曰："自李杜而下，当为第一。"顾起经也赞曰："玄、肃以下诗人，其数什百，语盛唐者，唯高、王、岑、孟四家为最，语四家者，唯右丞公为最。"以后，晚唐的贾岛、姚合，宋代的苏轼、陆游，明代的王世贞、李攀龙，直至清代的袁枚、王士禛，均受其重大影响，形成中国诗史上一个以清淡自然为特色的重要诗歌流派。王维诗对中国古典诗歌理论也产生了重要影响。皎然、司空图、严羽、王士禛、袁枚、王夫之直到近代的王国维，这些人提出的诗歌美学理论，如"韵外之致""妙悟""神韵""情景说""境界说"，都以王维诗作为理想的例证。此外，王维诗中的禅意也启发了后世诗学以禅喻诗、以禅论诗的新思路。

三

《旧唐书·王维传》载："代宗时，缙为宰相，代宗好文，常谓缙曰：'卿之伯氏，天宝中诗名冠代，朕尝于诸王座闻其乐章，今有多少文集，卿可进来。'缙曰：'臣兄开元中诗百千余篇，天宝事后十不存一，比于中外亲故间相与编缀，都得四百余篇。'翌日上之。"《文苑英华》卷六一一载王缙《进王维集表》："诗笔共成十卷，今且随表奉进。"可见,王维诗文集最早由其弟王缙整理,共十卷,收诗文四百余篇。

现存最早的王维集为宋本,有两种:一是北宋蜀刻本《王摩诘文集》十卷,一是南宋麻沙本《王右丞文集》十卷。元初,刘辰翁以麻沙本的前六卷为底本整理出《须溪先生校本唐王右丞集》六卷,该书除《鹦鹉赋》一首外全是诗歌。明代有两个较为重要的注本。一是顾可久《唐王右丞诗集注说》六卷,该书是以刘须溪校本为基础加以注释的,有嘉靖三十八年(1559)洞阳书院刻本和万历十八年(1590)翻刻本两种。一是顾起经《类笺唐王右丞集》十四卷,其中诗十卷、文四卷,此书有嘉靖三十五年(1556)奇字斋刻本。

清乾隆二年(1737),赵殿成《王右丞集笺注》问世。该书共二十八卷,前十四卷为诗,古诗六卷,近体诗八卷,共 432 首,其中他人赠和同咏 58 首。此部分内容,主要以刘辰翁校本为依据。卷十五为诗外编,收诗 47 首,这些诗或重见于他集,或断为伪作,都不见于刘辰翁校本。卷十六至卷二七为文,卷二八为论画。该书注释审慎严谨,也较为详尽准确,可谓王维集笺注的集大成之作。

当代出现了多种王维诗集的校注、选注本。陈铁民《王维集校注》(中华书局 1997 年)是比较完备的校注本,陈贻焮《王维诗选》(人民文学出版社 1959 年)是比较好的选注本,杨文生《王维诗集笺注》(四川人民出版社 2003 年)汇评资料较为丰富,其他还有董乃斌编《王维集》(凤凰出版社 2006 年)等。此外,张进等人编的《王维资料汇编》(中华书局 2014 年)收录大量有关王维研究的资料。

本书在编撰过程中充分借鉴、吸收以上前贤时彦的优秀成果,在此表示衷心感谢!朱连康为本书作了许多资料搜集、整理工作,也在此表示感谢!

张勇记于衡木斋

2015 年 12 月 25 日

凡　例

一、本书以赵殿成《王右丞集笺注》前十五卷为底本。全书分为编年诗、未编年诗与外编三部分。

二、编年诗以创作年代先后为顺序编排，作年可确知者在本年前，大致者在本年后。大致在某一时间段者，以下限编排。未编年诗依底本顺序排列。本书编年充分吸收前贤时彦研究成果，主要有赵殿成《王维年谱》（简称"赵《谱》"）、陈铁民《王维年谱》（简称"陈《谱》"）、张清华《王维年谱》（简称"张《谱》"），以及杨军论文《王维诗文系年》（简称"杨《系年》"）等。

三、底本外编所收 47 首重见诗与存伪诗中，《过太乙观贾生房》《书事》《送孟六归襄阳》《山中》《相思》及"失题"等六首基本可以断定为王维所作，因此本书将其移入正编。底本卷三《留别丘为》，卷四《别弟妹二首》《休假还旧业便使》，卷八《留别钱起》《送元中丞转运江淮》《送孙秀才》，卷十二《游悟真寺》，卷十三《留别崔兴宗》，这九首诗基本可以断为他人所作，故将其移入外编。

四、题解主要介绍作品的写作年代、背景、题旨、艺术特点及收录流传情况等，具体内容则根据各诗情况详略不等。

五、本书所用校本如下：北宋蜀刻《王摩诘文集》（上海古籍出版社影印，2013 年），简称"宋蜀本"；宋刘辰翁校《须溪先生校本唐王右丞集》（《四部丛刊》据元刻本影印），简称"元刻本"；明顾可久注《唐王右丞诗集》（万历十八年吴氏漱玉斋刊本），简称"顾本"；《全唐诗》（上海古籍出版社据扬州诗局本影印）。同时参校《文苑英华》《唐文粹》《方舆胜览》《乐府诗集》等典籍。校勘原则：(1)底本有误，慎改原文，出校说明。(2)底本、校本两通，出校。(3)底本不误，校本误者，不出校。(4)底本中异体字、繁体字、俗体字，径改为现代通行规范字体，一律不出校。

六、本书意在为读者提供一个简明可靠的读本，因此注释力求简洁，重点为词语典故、名物制度、人名地名等，一般性词语不注。

七、汇评：精选历代有代表性的评论文字，下限为清末，按年代排列。所选刘辰翁、顾璘、顾可久评语来自其《王右丞诗集》校注本，不再一一标写出处。

目　录

前　言 ∙∙ 1

凡　例 ∙∙ 1

编年诗

过秦皇墓 ∙∙∙ 3

题友人云母障子 ∙∙ 4

九月九日忆山东兄弟 ∙∙∙∙∙∙∙∙∙∙∙∙∙∙∙∙∙∙∙∙∙∙∙∙∙∙∙∙∙∙∙∙∙∙∙∙ 4

洛阳女儿行 ∙∙∙ 6

哭祖六自虚 ∙∙∙ 8

李陵咏 ∙∙ 11

桃源行 ∙∙ 13

赋得清如玉壶冰 ∙∙ 16

息夫人 ∙∙ 17

从岐王过杨氏别业应教 ∙∙∙∙∙∙∙∙∙∙∙∙∙∙∙∙∙∙∙∙∙∙∙∙∙∙∙∙∙∙ 18

从岐王夜宴卫家山池应教 ∙∙∙∙∙∙∙∙∙∙∙∙∙∙∙∙∙∙∙∙∙∙∙∙ 20

敕借岐王九成宫避暑应教 ∙∙∙∙∙∙∙∙∙∙∙∙∙∙∙∙∙∙∙∙∙∙∙∙ 21

送綦毋潜落第还乡 ∙∙∙∙∙∙∙∙∙∙∙∙∙∙∙∙∙∙∙∙∙∙∙∙∙∙∙∙∙∙∙∙∙∙ 23

燕支行 ∙∙ 24

少年行四首

　　其一（新丰美酒斗十千）∙∙∙∙∙∙∙∙∙∙∙∙∙∙∙∙∙∙∙∙∙∙∙ 27

其二（出身仕汉羽林郎）   27

其三（一身能擘两雕弧）   28

其四（汉家君臣欢宴终）   28

被出济州   29

登河北城楼作   30

宿郑州   31

早入荥阳界   32

千塔主人   33

至滑州隔河望黎阳忆丁三寓   34

济上四贤咏三首

崔录事（解印归田里）   34

成文学（宝剑千金装）   35

郑霍二山人（翩翩繁华子）   36

寓言二首

其一（朱绂谁家子）   37

其二（君家御沟上）   37

鱼山神女祠歌二首

迎神曲（坎坎击鼓）   38

送神曲（纷进拜兮堂前）   39

济州过赵叟家宴   41

送孙二   41

寄崇梵僧   42

赠东岳焦炼师   42

赠焦道士   44

渡河到清河作   46

赠祖三咏   46

喜祖三至留宿   48

答王维留宿 ……………………………………………… 祖咏 49

齐州送祖三 ……………………………………………… 49

和使君五郎西楼望远思归 ……………………………… 49

寒食汜上作 ……………………………………………… 50

故南阳夫人樊氏挽歌二首

　　其一（锦衣余翟茀） ……………………………… 51

　　其二（石窌恩荣重） ……………………………… 52

观别者 …………………………………………………… 53

赠房卢氏琯 ……………………………………………… 54

晦日游大理韦卿城南别业四首

　　其一（与世淡无事） ……………………………… 56

　　其二（郊居杜陵下） ……………………………… 57

　　其三（冬中余雪在） ……………………………… 57

　　其四（高馆临澄陂） ……………………………… 58

偶然作六首

　　其一（楚国有狂夫） ……………………………… 59

　　其二（田舍有老翁） ……………………………… 60

　　其三（日夕见太行） ……………………………… 61

　　其四（陶潜任天真） ……………………………… 62

　　其五（赵女弹箜篌） ……………………………… 63

　　其六（老来懒赋诗） ……………………………… 64

　　同王十三维偶然作十首 ……………………… 储光羲 65

淇上别赵仙舟 …………………………………………… 66

淇上即事田园 …………………………………………… 68

送严秀才还蜀 …………………………………………… 68

送孟六归襄阳 …………………………………………… 70

送綦毋校书弃官还江东 ………………………………… 71

华岳 …………………………………………………… 72

自大散以往深林密竹蹬道盘曲四五十里至黄牛岭见黄花川 … 73

青溪 …………………………………………………… 75

纳凉 …………………………………………………… 76

戏题磐石 ……………………………………………… 77

晓行巴峡 ……………………………………………… 77

不遇咏 ………………………………………………… 78

送从弟蕃游淮南 ……………………………………… 79

送崔兴宗 ……………………………………………… 81

上张令公 ……………………………………………… 82

归嵩山作 ……………………………………………… 84

过乘如禅师萧居士嵩丘兰若 ………………………… 85

山中寄诸弟妹 ………………………………………… 87

献始兴公 ……………………………………………… 87

留别山中温古上人兄并示舍弟缙 …………………… 89

韦给事山居 …………………………………………… 90

同卢拾遗韦给事东山别业二十韵给事首春休沐维已陪游及乎
　是行亦预闻命会无车马不果斯诺 ………………… 91

韦侍郎山居 …………………………………………… 93

奉和圣制与太子诸王三月三日龙池春禊应制 ……… 93

奉和圣制赐史供奉曲江宴应制 ……………………… 95

和尹谏议史馆山池 …………………………………… 96

寄荆州张丞相 ………………………………………… 97

赠徐中书望终南山歌 ………………………………… 98

出塞作 ………………………………………………… 98

使至塞上 ……………………………………………… 101

凉州赛神 ……………………………………………… 103

凉州郊外游望 ……………………………………… 104

双黄鹄歌送别 ……………………………………… 104

从军行 ……………………………………………… 106

陇西行 ……………………………………………… 106

陇头吟 ……………………………………………… 107

老将行 ……………………………………………… 109

送崔三往密州觐省 ………………………………… 113

灵云池送从弟 ……………………………………… 114

送岐州源长史归 …………………………………… 114

资圣寺送甘二 ……………………………………… 116

哭孟浩然 …………………………………………… 116

汉江临泛 …………………………………………… 117

送封太守 …………………………………………… 119

送康太守 …………………………………………… 120

送宇文太守赴宣城 ………………………………… 121

登辨觉寺 …………………………………………… 122

谒璇上人并序 ……………………………………… 123

送丘为往唐州 ……………………………………… 125

送赵都督赴代州得青字 …………………………… 126

终南别业 …………………………………………… 128

终南山 ……………………………………………… 130

白鼋涡 ……………………………………………… 132

投道一师兰若宿 …………………………………… 133

戏赠张五弟諲三首

其一(吾弟东山时) …………………………… 134

其二(张弟五车书) …………………………… 135

其三(设置守麏兔) …………………………… 136

答张五弟 ································ 137

春日直门下省早朝 ·················· 138

奉和圣制庆玄元皇帝玉像之作应制 ····· 139

三月三日曲江侍宴应制 ·············· 140

奉和圣制从蓬莱向兴庆阁道中留春雨中春望之作应制 141

和仆射晋公扈从温汤 ·············· 145

和太常韦主簿五郎温汤寓目 ········· 147

赠裴旻将军 ························ 149

送丘为落第归江东 ················ 150

青龙寺昙壁上人兄院集并序 ········· 152

　　同咏(本来清净所) ·········· 王昌龄 153

　　同咏(林中空寂舍) ············ 王缙 154

　　同咏(灵境信为绝) ············ 裴迪 154

与卢员外象过崔处士兴宗林亭 ······· 154

　　同王维过崔处士林亭 ·········· 卢象 155

　　与卢员外象过崔处士兴宗林亭 ···· 王缙 155

　　与卢员外象过崔处士兴宗林亭 ···· 裴迪 156

　　酬王摩诘卢象见过林亭 ········ 崔兴宗 156

青雀歌 ···························· 156

　　同咏(啾啾青雀儿) ·········· 卢象 157

　　同咏(林间青雀儿) ·········· 王缙 157

　　同咏(青扈绕青林) ·········· 崔兴宗 157

　　同咏(动息自适性) ·········· 裴迪 157

酬黎居士淅川作 ·················· 158

赠从弟司库员外絿 ················ 158

奉寄韦太守陟 ···················· 159

哭殷遥 ···························· 160

送殷四葬 ……………………………………… 162

  同王十三维哭殷遥 ……………… 储光羲162

班婕妤三首

  其一(玉窗萤影度) ……………………… 163

  其二(宫殿生秋草) ……………………… 163

  其三(怪来妆阁闭) ……………………… 164

奉和圣制上巳于望春亭观禊饮应制 …………… 165

奉和圣制暮春送朝集使归郡应制 ……………… 167

奉和圣制幸玉真公主山庄因题石壁十韵之作应制 … 168

奉和圣制十五夜燃灯继以酺宴应制 …………… 170

三月三日勤政楼侍宴应制 ……………………… 171

新秦郡松树歌 …………………………………… 172

榆林郡歌 ………………………………………… 172

奉和圣制送不蒙都护兼鸿胪卿归安西应制 …… 173

故西河郡杜太守挽歌三首

  其一(天上去西征) ……………………… 174

  其二(返葬金符守) ……………………… 175

  其三(涂刍去国门) ……………………… 176

苑舍人能书梵字兼达梵音皆曲尽其妙戏为之赠 … 177

  酬王维 …………………………………… 苑咸178

重酬苑郎中并序 ………………………………… 178

与苏卢二员外期游方丈寺而苏不至因有是作 … 179

过卢员外宅看饭僧共题 ………………………… 181

与卢象集朱家 …………………………………… 183

达奚侍郎夫人寇氏挽歌二首

  其一(束带将朝日) ……………………… 183

  其二(女史悲彤管) ……………………… 184

赠李颀 ·· 185

大同殿生玉芝龙池上有庆云百官共睹圣恩便赐宴乐敢书即事 ··· 185

奉和圣制天长节赐宰臣歌应制 ·················· 187

奉和圣制重阳节宰臣及群臣上寿应制 ·············· 188

奉和圣制登降圣观与宰臣等同望应制 ·············· 189

待储光羲不至 ······································ 191

    答王十三维 ································ 储光羲 192

故太子太师徐公挽歌四首

    其一（功德冠群英）························ 192

    其二（谋猷为相国）························ 193

    其三（旧里趋庭日）························ 194

    其四（久践中台座）························ 195

奉和圣制御春明楼临右相园亭赋乐贤诗应制 ·········· 196

崔九弟欲往南山马上口号与别 ···················· 197

    崔九弟欲往南山马上口号与别 ·········· 裴迪 198

    留别王维 ······························ 崔兴宗 198

同比部杨员外十五夜游有怀静者季 ················ 198

酬比部杨员外暮宿琴台朝跻书阁率尔见赠之作 ········ 200

酬诸公见过 ·· 201

秋夜独坐怀内弟崔兴宗 ···························· 202

赠刘蓝田 ·· 203

敕赐百官樱桃 ······································ 204

    和王维《敕赐百官樱桃》 ·············· 崔兴宗 206

同崔员外秋宵寓直 ·································· 206

送陆员外 ·· 208

送徐郎中 ·· 209

送李睢阳 ·· 210

送魏郡李太守赴任 ……………………………………… 212

同崔兴宗送瑗公 ………………………………………… 213

　　同咏（行苦神亦秀） ………………………… 崔兴宗 215

送秘书晁监还日本国 …………………………………… 216

西施咏 …………………………………………………… 217

晚春闺思 ………………………………………………… 218

送缙云苗太守 …………………………………………… 219

送高道弟耽归临淮作 …………………………………… 220

送李太守赴上洛 ………………………………………… 222

送崔五太守 ……………………………………………… 224

过崔驸马山池 …………………………………………… 226

故人张谓工诗善易卜兼能丹青草隶顷以诗见赠聊获酬之 … 227

送张五諲归宣城 ………………………………………… 228

送张五归山 ……………………………………………… 230

崔濮阳兄季重前山兴 …………………………………… 230

酬郭给事 ………………………………………………… 231

秋夜独坐 ………………………………………………… 233

郑果州相过 ……………………………………………… 234

酬贺四赠葛巾之作 ……………………………………… 236

别綦毋潜 ………………………………………………… 236

送友人归山歌二首

　　其一（山寂寂兮无人） …………………………… 238

　　其二（山中人兮欲归） …………………………… 239

辋川集并序 ……………………………………………… 240

孟城坳 …………………………………………………… 241

　　同咏（结庐古城下） ………………………… 裴迪 241

华子冈 …………………………………………………… 242

同咏(落日松风起) ……………………………… 裴迪 242

文杏馆 ……………………………………………… 243

　　同咏(迢迢文杏馆) ……………………………… 裴迪 243

斤竹岭 ……………………………………………… 244

　　同咏(明流纤且直) ……………………………… 裴迪 244

鹿柴 ………………………………………………… 244

　　同咏(日夕见寒山) ……………………………… 裴迪 246

木兰柴 ……………………………………………… 246

　　同咏(苍苍落日时) ……………………………… 裴迪 247

茱萸沜 ……………………………………………… 247

　　同咏(飘香乱椒桂) ……………………………… 裴迪 248

宫槐陌 ……………………………………………… 248

　　同咏(门南宫槐陌) ……………………………… 裴迪 248

临湖亭 ……………………………………………… 249

　　同咏(当轩弥漭漾) ……………………………… 裴迪 249

南垞 ………………………………………………… 249

　　同咏(孤舟信风泊) ……………………………… 裴迪 250

欹湖 ………………………………………………… 250

　　同咏(空阔湖水广) ……………………………… 裴迪 251

柳浪 ………………………………………………… 251

　　同咏(映池同一色) ……………………………… 裴迪 252

栾家濑 ……………………………………………… 252

　　同咏(濑声喧极浦) ……………………………… 裴迪 253

金屑泉 ……………………………………………… 253

　　同咏(萦渟澹不流) ……………………………… 裴迪 253

白石滩 ……………………………………………… 254

　　同咏(跂石复临水) ……………………………… 裴迪 254

北垞 ……………………………………………… 254

　　同咏(南山北垞下) …………………………… 裴迪 255

竹里馆 …………………………………………… 255

　　同咏(来过竹里馆) …………………………… 裴迪 256

辛夷坞 …………………………………………… 256

　　同咏(绿堤春草合) …………………………… 裴迪 257

漆园 ……………………………………………… 257

　　同咏(好闲早成性) …………………………… 裴迪 258

椒园 ……………………………………………… 259

　　同咏(丹刺罥人衣) …………………………… 裴迪 260

辋川闲居赠裴秀才迪 …………………………… 260

答裴迪 …………………………………………… 262

　　辋口遇雨忆终南山因献王维 ………………… 裴迪 262

赠裴十迪 ………………………………………… 263

黎拾遗昕裴秀才迪见过秋夜对雨之作 ………… 264

赠裴迪 …………………………………………… 265

登裴迪秀才小台作 ……………………………… 265

酌酒与裴迪 ……………………………………… 267

闻裴秀才迪吟诗因戏赠 ………………………… 268

过感化寺昙兴上人山院 ………………………… 269

　　游感化寺昙兴上人山院 ……………………… 裴迪 270

游感化寺 ………………………………………… 270

临高台送黎拾遗 ………………………………… 272

辋川闲居 ………………………………………… 273

积雨辋川庄作 …………………………………… 275

戏题辋川别业 …………………………………… 277

归辋川作 ………………………………………… 278

春中田园作 ·· 279

春园即事 ·· 280

山居即事 ·· 281

山居秋暝 ·· 282

田园乐七首

其一（出入千门万户） ························· 283

其二（再见封侯万户） ························· 284

其三（采菱渡头风急） ························· 285

其四（萋萋芳草春绿） ························· 285

其五（山下孤烟远村） ························· 286

其六（桃红复含宿雨） ························· 286

其七（酌酒会临泉水） ························· 287

泛前陂 ·· 288

山茱萸 ·· 289

酬虞部苏员外过蓝田别业不见留之作 ·············· 290

蓝田山石门精舍 ······························ 291

山中 ·· 293

送别 ·· 294

早秋山中作 ·· 295

林园即事寄舍弟纮 ································ 296

山中示弟等 ·· 297

春过贺遂员外药园 ································ 298

送贺遂员外外甥 ································ 299

问寇校书双溪 ···································· 300

过沈居士山居哭之 ································ 301

夏日过青龙寺谒操禅师 ························· 302

同咏（安禅一室内） ························· 裴迪 303

菩提寺禁裴迪来相看说逆贼等凝碧池上作音乐供奉人等举声

便一时泪下私成口号诵示裴迪 ……………………… 303

口号又示裴迪 ……………………………………… 304

既蒙宥罪旋复拜官伏感圣恩窃书鄙意兼奉简新除使君等诸公 … 305

辋川别业 …………………………………………… 306

和贾舍人早朝大明宫之作 ………………………… 307

　同和 ……………………………………… 杜甫 309

　同和 ……………………………………… 岑参 309

　早朝大明宫呈两省僚友 …………………… 贾至 310

登楼歌 ……………………………………………… 310

送韦评事 …………………………………………… 312

晚春严少尹与诸公见过 …………………………… 313

酬严少尹徐舍人见过不遇 ………………………… 314

同崔傅答贤弟 ……………………………………… 315

和宋中丞夏日游福贤观天长寺之作 ……………… 317

崔兴宗写真 ………………………………………… 318

送崔九兴宗游蜀 …………………………………… 319

送杨长史赴果州 …………………………………… 319

冬夜书怀 …………………………………………… 321

别辋川别业 ………………………………………… 322

　同咏（山月晓仍在） ……………………… 王缙 323

春夜竹亭赠钱少府归蓝田 ………………………… 323

　酬王维春夜竹亭赠别 ……………………… 钱起 324

送钱少府还蓝田 …………………………………… 324

左掖梨花 …………………………………………… 325

　同咏（冷艳全欺雪） ……………………… 丘为 325

　同咏（巧解迎人笑） ……………………… 皇甫冉 325

13

送韦大夫东京留守 ……………………………………………… 326

春日与裴迪过新昌里访吕逸人不遇 ……………………… 328

　春日与王右丞过新昌里访吕逸人不遇 ……………… 裴迪 330

恭懿太子挽歌五首

　其一（何悟藏环早） ………………………………………… 330

　其二（兰殿新恩切） ………………………………………… 331

　其三（骑吹凌霜发） ………………………………………… 332

　其四（苍舒留帝宠） ………………………………………… 333

　其五（西望昆池阔） ………………………………………… 334

送邢桂州 …………………………………………………………… 334

酬张少府 …………………………………………………………… 337

叹白发二首

　其一（我年一何长） ………………………………………… 338

　其二（宿昔朱颜成暮齿） …………………………………… 339

冬晚对雪忆胡居士家 …………………………………………… 339

胡居士卧病遗米因赠 …………………………………………… 341

与胡居士皆病寄此诗兼示学人二首

　其一（一兴微尘念） ………………………………………… 343

　其二（浮空徒漫漫） ………………………………………… 344

饭覆釜山僧 ………………………………………………………… 346

瓜园诗并序 ………………………………………………………… 347

别弟缙后登青龙寺望蓝田山 ………………………………… 349

河南严尹弟见宿弊庐访别人赋十韵 ……………………… 349

慕容承携素馔见过 ……………………………………………… 351

酬慕容上 …………………………………………………………… 352

未编年诗

扶南曲歌词五首

　　其一（翠羽流苏帐）……………………………… 355

　　其二（堂上青弦动）……………………………… 355

　　其三（香气传空满）……………………………… 356

　　其四（宫女还金屋）……………………………… 356

　　其五（朝日照绮窗）……………………………… 356

早春行 ………………………………………………… 357

座上走笔赠薛璩慕容损 ……………………………… 358

李处士山居 …………………………………………… 359

丁寓田家有赠 ………………………………………… 360

渭川田家 ……………………………………………… 361

过李揖宅 ……………………………………………… 362

送六舅归陆浑 ………………………………………… 363

送别 …………………………………………………… 364

送权二 ………………………………………………… 365

送张舍人佐江州同薛据十韵 ………………………… 366

新晴野望 ……………………………………………… 367

冬日游览 ……………………………………………… 367

苦热 …………………………………………………… 369

燕子龛禅师 …………………………………………… 370

羽林骑闺人 …………………………………………… 371

早朝二首

　　其一（柳暗百花明）……………………………… 372

　　其二（皎洁明星高）……………………………… 373

杂诗 …………………………………………………… 374

夷门歌 ……………………………………………… 375

黄雀痴 ……………………………………………… 377

赠吴官 ……………………………………………… 377

雪中忆李揖 ………………………………………… 378

寒食城东即事 ……………………………………… 379

奉和杨驸马六郎秋夜即事 ………………………… 380

过福禅师兰若 ……………………………………… 381

过香积寺 …………………………………………… 381

送李判官赴江东 …………………………………… 383

送张判官赴河西 …………………………………… 384

送张道士归山 ……………………………………… 385

送平淡然判官 ……………………………………… 386

送刘司直赴安西 …………………………………… 387

送方城韦明府 ……………………………………… 388

送李员外贤郎 ……………………………………… 390

送梓州李使君 ……………………………………… 391

送友人南归 ………………………………………… 393

送宇文三赴河西充行军司马 ……………………… 394

观猎 ………………………………………………… 395

春日上方即事 ……………………………………… 398

游李山人所居因题屋壁 …………………………… 399

戏题示萧氏外甥 …………………………………… 400

听宫莺 ……………………………………………… 401

愚公谷三首

其一（愚谷与谁去） ……………………………… 402

其二（吾家愚谷里） ……………………………… 402

其三（借问愚公谷） ……………………………… 403

杂诗 …………………………………………… 403

送方尊师归嵩山 ……………………………… 404

送杨少府贬郴州 ……………………………… 405

听百舌鸟 ……………………………………… 407

和陈监四郎秋雨中思从弟据 ………………… 408

沈十四拾遗新竹生读经处同诸公之作 ……… 409

田家 …………………………………………… 410

送熊九赴任安阳 ……………………………… 411

哭褚司马 ……………………………………… 411

赠韦穆十八 …………………………………… 413

皇甫岳云溪杂题五首

　鸟鸣涧（人闲桂花落） ……………………… 413

　莲花坞（日日采莲去） ……………………… 414

　鸬鹚堰（乍向红莲没） ……………………… 415

　上平田（朝耕上平田） ……………………… 415

　萍池（春池深且广） ………………………… 415

红牡丹 ………………………………………… 416

杂诗三首

　其一（家住孟津河） ………………………… 416

　其二（君自故乡来） ………………………… 417

　其三（已见寒梅发） ………………………… 418

寄河上段十六 ………………………………… 418

送王尊师归蜀中拜扫 ………………………… 419

送元二使安西 ………………………………… 420

送沈子福归江东 ……………………………… 422

剧嘲史寰 ……………………………………… 423

过太乙观贾生房 ……………………………… 424

相思 …………………………………………… 424

书事 …………………………………………… 425

失题 …………………………………………… 426

外　编

留别丘为 ……………………………………… 429

别弟妹二首 …………………………………… 429

休假还旧业便使 ……………………………… 430

留别钱起 ……………………………………… 430

送元中丞转运江淮 …………………………… 431

送孙秀才 ……………………………………… 431

游悟真寺 ……………………………………… 432

留别崔兴宗 …………………………………… 432

东溪玩月 ……………………………………… 433

淮阴夜宿二首 ………………………………… 433

下京口埭夜行 ………………………………… 434

山行遇雨 ……………………………………… 434

夜到润州 ……………………………………… 434

冬夜寓直麟阁 ………………………………… 434

赋得秋日悬清光 ……………………………… 435

从军行二首 …………………………………… 435

游春曲二首 …………………………………… 436

太平乐二首 …………………………………… 436

送春辞 ………………………………………… 436

塞上曲二首 …………………………………… 437

陇上行 ………………………………………… 437

闺人赠远五首 ………………………………… 437

感兴 …………………………………………… 438

游春辞二首 ……………………………………… 438

秋思二首 ………………………………………… 439

秋夜曲二首 ……………………………………… 439

从军辞 …………………………………………… 440

塞下曲二首 ……………………………………… 440

平戎辞二首 ……………………………………… 441

闺人春思 ………………………………………… 441

赠远二首 ………………………………………… 441

献寿辞 …………………………………………… 442

疑梦 ……………………………………………… 442

编年诗

过秦皇墓

古墓成苍岭,幽宫象紫台①。星辰七曜隔②,河汉九泉开③。有海人宁渡,无春雁不回④。更闻松韵切,疑是大夫哀⑤。

【题解】

题下原注曰:"时年十五。"依赵《谱》、陈《谱》,王维生于武后长安元年(701),本诗应作于玄宗开元三年(715)。诗题中之"秦皇"二字,宋蜀本、《全唐诗》作"始皇"。本诗为王维离家赴长安途经骊山(在今陕西省西安市临潼区东南)秦始皇墓时所作。首联写眼前的始皇墓历经近千年已成为林木森森的苍岭,颔联和颈联由眼前所见浮想墓室景观,尾联思绪回到现实,感慨时光流逝、历史变迁。这首诗想象丰富,气象浑厚,辞丽而感深,结句艺术感染力尤强。

【注释】

①紫台:谓王宫。江淹《恨赋》:"若夫明妃去时,仰天太息。紫台稍远,关山无极。"李善注:"紫台,犹紫宫也。"

②七曜(yào):曜,同"耀"。七曜,指日、月与金、木、水、火、土五星。

③河汉:银河。九泉:阴间。汉阮瑀《七哀》诗:"冥冥九泉室,漫漫长夜台。"

④"有海"两句:《汉书·刘向传》载:秦始皇墓中,"水银为江海,黄金为凫雁"。

⑤"更闻"两句:《史记·秦始皇本纪》:"(始皇)乃遂上泰山,立石,封,祠祀。下,风雨暴至,休于树下,因封其树为五大夫。"

【汇评】

[明]顾可久曰:"讽其穷奢糜烂不露。"

［清］叶矫然《龙性堂诗话》续集："同题始皇陵诗，王维'星辰七曜隔，河汉九泉开'，许浑'一种青山秋草里，路人惟拜孝文陵'，元好问'无端一片云亭山，杀尽苍生有底功'，侈语、冷语、谩骂语，各有其妙。"

题友人云母障子

君家云母障，持向野庭开①。自有山泉入，非因彩画来②。

【题解】

题下原注曰："时年十五。"此诗作于开元三年（715）。云母障子，一种用云母石镶嵌成的屏风，是比较贵重的室内陈设。此诗吟咏友人家中的云母屏风，大概是王维初入长安时所写。"自有山泉""非因彩画"，道出屏风上的山泉彩画形象逼真，尤其一个"入"字，使屏风上的山水具有了自然灵动的神韵。

【注释】

①持，宋蜀本、《全唐诗》作"时"。
②因，底本、《全唐诗》注：一作"关"。

【汇评】

［宋］何汶《竹庄诗话》卷十五："王摩诘有《题云母障子》，胡令能《题绣障子》，异代殊名，而才调相继。"

九月九日忆山东兄弟

独在异乡为异客，每逢佳节倍思亲①。遥知兄弟登高处，遍插茱萸少一人②。

题下原注曰:"时年十七。"此诗作于开元五年(717)。山东,指华山以东地区。王维故乡蒲州(治今山西永济)在华山东,而此时作者独在华山西的长安,因此说"独在异乡为异客"。明人顾可久用"情至意新"四字评价此诗,准确道出了其自然率真的情感内涵与别出心裁的结构特征。

【注释】

①佳,宋蜀本作"嘉"。

②茱萸:又名越椒、艾子。《尔雅翼》:"《风土记》曰:俗尚九月九日,谓为上九。茱萸至此日,气烈熟色赤,可折其房以插头,云辟恶气御冬。"

【汇评】

[宋]阮阅《诗话总龟》前集卷五引《古今诗话》:"刘梦得言茱萸更三诗人道之,而有能否。杜子美云:'醉把茱萸仔细看'。王维云:'遍插茱萸少一人。'朱仿云:'学他年少插茱萸。'子美为优。"

[明]顾璘《批点唐音》:"真意所发,忠厚蔼然。"

[明]顾可久曰:"情至意新。"

[明]李攀龙《唐诗直解》:"诗不深苦,情自蔼然,叙得真率,不用雕琢。"

[明]唐汝询《唐诗解》:"己既思亲,亲亦念我。下联想其情,'少一人'者,已不在也。词义之美,虽《陟岵》不能加。"

[明]高棅《唐诗正声》:"口角边说话,故能真得妙绝,若落冥搜,便不能如此自然。"

[清]张谦宜《茧斋诗谈》:"不说我想他,却说他想我,加一倍凄凉。"

[清]沈德潜《唐诗别裁集》卷十九:"即《陟岵》诗意,谁谓唐人不近三百篇耶?"

[清]宋宗元《网师园唐诗笺》:"至情流露,岂是寻常流连光景者。"

[清]黄培芳《唐贤三昧集笺注》:"情至意新。此非故学三百篇,人人胸中自有三百篇也。"

[清]俞陛云《诗境浅说》:"唐诗中忆朋友者多,忆兄弟者少。……此诗尤万口流传,诗到真切动人处,一字不可移易也。"

洛阳女儿行

洛阳女儿对门居,才可颜容十五余①。良人玉勒乘骢马,侍女金盘脍鲤鱼②。画阁朱楼尽相望,红桃绿柳垂檐向。罗帷送上七香车③,宝扇迎归九华帐④。狂夫富贵在青春,意气骄奢剧季伦⑤。自怜碧玉亲教舞⑥,不惜珊瑚持与人⑦。春窗曙灭九微火⑧,九微片片飞花琐⑨。戏罢曾无理曲时⑩,妆成只是熏香坐。城中相识尽繁华,日夜经过赵李家⑪。谁怜越女颜如玉,贫贱江头自浣纱⑫?

【题解】

题下原注:"时年十六,一作十八。"姑系于开元六年(718)。作者时在洛阳。梁武帝萧衍《河中之水歌》:"河中之水向东流,洛阳女儿名莫愁。"题名本此,命意亦近。通篇极写当时洛阳的富庶和权贵的豪奢,结句抒发心中不平,掷地有声,引人深思。

【注释】

①"洛阳"二句:梁武帝萧衍《河中之水歌》:"河中之水向东流,洛阳女儿名莫愁。"又《东飞伯劳歌》:"谁家女儿对门居,开颜发艳照里闾。"颜容,《全唐诗》作"容颜"。

②"侍女"句:辛延年《羽林郎》:"就我求珍肴,金盘脍鲤鱼。"

③帷,《全唐诗》作"帏"。七香车:用多种香料涂饰的华贵车子。曹操《与太尉杨彪书》:"今赠足下……画轮四望通幰七香车一乘。"

④宝扇:古时贵妇出行用的扇状仪仗。九华帐:鲜艳的花罗帐。

⑤季伦:晋石崇之字。《世说新语·汰侈》刘孝标注引王隐《晋书》:"石崇为荆州刺史,劫夺杀人,以致巨富。"

⑥碧玉:梁元帝萧绎《采莲曲》:"碧玉小家女,来嫁汝南王。"此借指"洛

阳女儿"。

⑦"不惜"句:《世说新语·汰侈》:"石崇与王恺争豪,并穷绮丽,以饰舆服。武帝,恺之甥也,每助恺。尝以一珊瑚树高二尺许赐恺。枝柯扶疏,世罕其比。恺以示崇,崇视讫,以铁如意击之,应手而碎。恺既惋惜,又以为疾己之宝,声色甚厉。崇曰:'不足恨,今还卿。'乃命左右悉取珊瑚树,有三尺、四尺,条干绝世,光彩溢目者六七枚,如恺许比甚众。恺惘然自失。"

⑧九微:灯名。张华《博物志》卷三:"时西王母遣使乘白鹿告帝当来,乃供帐九华殿以待之。……时设九微灯。"

⑨花琐:雕花窗格。

⑩理曲:演奏乐曲。《古诗十九首·东城高且长》:"被服罗裳衣,当户理清曲。"

⑪赵李家:汉成帝皇后赵飞燕、婕妤李平。此泛指贵戚之家。阮籍《咏怀》其五:"西游咸阳中,赵李相经过。"

⑫"谁怜"两句:相传越女西施贫贱时,常在江边浣纱。

【汇评】

[宋]刘克庄《后村诗话》新集卷三:"王维《洛阳女儿行》云:'自怜碧玉亲教舞,不惜珊瑚持与人。'警句。"

[明]屠隆《鸿苞论诗》:"'画阁朱楼尽相望,红桃绿柳垂檐向。罗帷送上七香车,宝扇迎归九华帐。'丽情艳句,粉黛无色,足使世人遂为情死。"

[明]邢昉《唐风定》:"非不绮丽,非不博大,而采色自然,不由雕绘。"

[清]宋征璧《抱真堂诗话》:"何大复惜摩诘七古未为深造,然《洛阳女儿行》殊是当家。"

[清]黄周星《唐诗快》:"通篇写尽娇贵之态。"

[清]沈德潜《唐诗别裁集》卷五:"结意况君子不遇也,与《西施咏》同一寄托。"

[清]高步瀛《唐宋诗举要》卷二:"吴汝纶曰:借此以刺讥豪贵,意在言外,故妙。"

哭祖六自虚

　　否极当闻泰①，嗟君独不然。悯凶才稚齿②，羸疾至中年③。余力文章秀④，生知礼乐全⑤。翰留天帐览⑥，词入帝宫传。国讶终军少⑦，人知贾谊贤⑧。公卿尽虚左⑨，朋识共推先。不恨依穷辙⑩，终期济巨川⑪。才雄望羔雁⑫，寿促背貂蝉⑬。福善闻前录⑭，奸良昧上玄⑮。何辜铩鸾翮⑯，何事与龙泉⑰？鹏起长沙赋⑱，麟终曲阜编⑲。城中君道广⑳，海内我情偏。乍失疑犹见，沉思悟绝缘。生前不忍别，死后向谁宣？为此情难尽，弥令忆更缠。本家清渭曲㉑，归葬旧茔边。永去长安道，徒闻京兆阡㉒。旌车出郊甸㉓，乡国隐云天。定作无期别，宁同旧日旋。候门家属苦，行路国人怜。送客哀终进㉔，征途泥复前㉕。赠言为挽曲，奠席是离筵。念昔同携手，风期不暂捐㉖。南山俱隐逸㉗，东洛类神仙㉘。未省音容间，那堪生死迁。花时金谷饮㉙，月夜竹林眠㉚。满地传都赋㉛，倾朝看药船㉜。群公咸属目㉝，微物敢齐肩㉞。谬合同人旨㉟，而将玉树连㊱。不期先挂剑㊲，长恐后施鞭㊳。为善吾无矣㊴，知音子绝焉㊵。琴声纵不没，终亦断悲弦㊶。

【题解】

　　题下原注："时年十八。"此诗作于开元六年(718)。祖自虚，生平未详。王祖两人交情甚厚，曾同隐终南山，同游洛阳金谷园。自虚英年早逝，王维以诗哭之。此诗用典繁多，极尽铺陈，颇显少年才思。

【注释】

　　①"否极"句：即否极泰来。《易·否》："天地不交而万物不通也。"《易·

泰》："天地交而万物通也。"当，宋蜀本作"常"，元刻本、《全唐诗》作"尝"。

②悯凶：《左传·宣公十二年》："寡君少遭闵凶。"杜预注："闵，忧也。"闵，古作"闵"，此处指自虚幼年丧父。

③至，《全唐诗》作"主"，又注："一作至。"

④余力：《论语·学而》："行有余力，则以学文。"

⑤生知：《论语·季氏》："生而知之者，上也。"

⑥天帐览：《晋书·卫瓘传》魏武帝喜爱梁鹄书法，将其手迹"悬著帐中，及以钉壁玩之"。天帐，皇宫内殿的帷帐。

⑦终军：字子云，西汉济南人。少好学，辩博能文，年十八选为博士弟子，受武帝赏识，累擢至谏大夫。年二十余卒，世谓之终童。参见《汉书·终军传》。

⑧贾谊：西汉洛阳人，年二十余，文帝召为博士，迁太中大夫。后受周勃、灌婴等人诋毁，被贬为长沙王太傅。三十三岁卒。《汉书》卷四十八有传。

⑨虚左：空尊位以待贤者。《史记·魏公子列传》："公子于是乃置酒，大会宾客。坐定，公子从车骑，虚左，自迎夷门侯生。"

⑩穷辙：《晋书·阮籍传》："（阮籍）时率意独驾，不由径路，车迹所穷，辄痛哭而返。"

⑪济巨川：《尚书·商书·说命上》："爰立（傅说）作相，王（武丁）置诸其左右。命之曰：'朝夕纳诲，以辅台德。若金，用汝作砺；若济巨川，用汝作舟楫；若岁大旱，用汝作霖雨。'"

⑫羔雁：古代卿、大夫的贽礼。班固《白虎通·文质》："卿大夫贽，古以麇鹿，今以羔雁。"

⑬貂蝉：古代官帽上的饰物。《后汉书·舆服志》："侍中、中常侍加黄金珰，附蝉为文，貂尾为饰，谓之赵惠文冠。"此处背貂蝉，指无机会晋仕。

⑭福善：天赐福善者。《尚书·汤诰》："天道福善祸淫，降灾于夏。"

⑮歼良：《诗经·秦风·黄鸟》："歼我良人。"昧上玄：违背天意。

⑯铩鸾翮：颜延之《五君咏·嵇中散》："鸾翮有时铩，龙性谁能驯。"

⑰何，《全唐诗》作"底"。与，底本注："一作失，一作剧"；《全唐诗》作

9

"碎"，又注："一作剐"。龙泉：宝剑名，典出《晋书·张华传》。

⑱长沙赋：指贾谊《鹏鸟赋》。《史记·屈原贾生列传》："贾生为长沙王太傅，三年，有鸮飞入贾生舍，止于坐隅。楚人命鸮曰服。贾生既已适居长沙，长沙卑湿，自以为寿不得长，伤悼之，乃为赋以自广。"

⑲麟终：《春秋公羊传》哀公十四年："春，西狩获麟。……孔子曰：'吾道穷矣！'"何休注："麟者太平之符，圣人之类，时得麟而死，此亦天告夫子将没之征，故云尔。"曲阜编：指孔子所修鲁史《春秋》。编，元刻本作"篇"。

⑳城，《全唐诗》作"域"。

㉑清渭：渭水清泾水浊，故谓。

㉒闻，宋蜀本、元刻本作"开"；《全唐诗》注："一作开。"阡：墓道。

㉓旌车：悬挂旌铭(引魂幡)的灵车。

㉔终，底本注曰：一作"难"。

㉕泥，顾本作"哭"。《全唐诗》注："一作哭。"

㉖风期：情谊。骆宾王《夏日游德州赠高四》诗序："倾意气于一言，缔风期于千祀。"

㉗南山：即终南山。

㉘"东洛"句，意本《后汉书·郭泰传》："(泰)游于洛阳，始见河南尹李膺。膺大奇之，遂相友善，于是名震京师。后归乡里，衣冠诸儒，送至河上，车数千辆。林宗(郭泰字)唯与李膺同舟而济，众宾望之以为神仙焉。"东洛，即洛阳。

㉙金谷：石崇《金谷诗序》："有别庐在河南县界金谷涧中，或高或下，有清泉茂林，众果竹柏药草之属。……其为娱目欢心之物备矣。"后借指文人游宴场所。南朝梁何逊《车中见新林分别甚盛》："金谷宾游盛，青门冠盖多。"

㉚竹林：用三国竹林七贤事。南朝齐萧钧《晚景游泛怀友》："一辞金谷苑，空想竹林游。"

㉛"满地"句：用西晋左思事。《晋书·文苑·左思传》：左思写《三都赋》，"于是豪贵之家竞相传写，洛阳为之纸贵"。此处借指祖自虚有文才。

㉜"倾朝"句：《晋书·隐逸传》：夏统幼孤贫，至孝，"后其母病笃，乃诣

10

洛市药。会三月上巳,洛中王公已下并至浮桥……统时在船中曝所市药,诸贵人车乘来者如云,统并不之顾"。

㉝公,底本注:一作"英"。

㉞微物:自谦之辞。南朝宋颜延之《应诏宴曲水作诗》:"仰阅丰施,降惟微物。"李善注:"微物,自谓也。"

㉟同人:卦名,《易·同人》孔颖达疏:"同人,谓和同于人。"

㊱玉树:《世说新语·容止》:"魏明帝使后弟毛曾与夏侯玄共坐,时人谓蒹葭倚玉树。"

㊲挂剑:《史记·吴太伯世家》:"季札之初使,北过徐君,徐君好季札剑,口弗敢言,季札心知之,为使上国未献。还至徐,徐君已死,于是乃解其宝剑,系之徐君冢树而去。从者曰:'徐君已死,尚谁予乎?'季子曰:'不然,始吾心已许之,岂以死倍吾心哉?'"

㊳后施鞭:《晋书·刘琨传》:"(琨)与范阳祖逖为友,闻逖被用,与亲故书曰:'吾枕戈待旦,志枭逆虏,常恐祖生先吾着鞭。'其意气相期如此。"

㊴"为善"句:典出《左传·昭公十三年》:"子产归,未至,闻子皮卒,哭,且曰:'吾已,无为为善矣!唯夫子知我。'"孔颖达疏:"子产言我此日行善,唯子皮知之,今子皮既卒,无人知我之善,故云无为更须为善矣。"

㊵"知音"句:《吕氏春秋·孝行览·本味》:"伯牙鼓琴,钟子期听之,方鼓琴而志在太山,钟子期曰:'善哉乎鼓琴!巍巍乎若太山。'少选之间,而志在流水,钟子期又曰:'善哉乎鼓琴!汤汤乎若流水。'钟子期死,伯牙破琴绝弦,终身不复鼓琴,以为世无足复为鼓琴者。"

㊶断,底本注:"一作继。"《全唐诗》作"继",又注:"一作断。"

李陵咏

汉家李将军,三代将门子①。结发有奇策②,少年成壮士。长驱塞上儿,深入单于垒③。旌旗列相向,箫鼓悲何已。日暮沙漠陲,战声烟尘里。将令骄虏灭,岂独名王侍④。既失大军援,遂婴穿庐耻⑤。少小蒙汉恩,何堪坐思此⑥。深衷欲有报,投躯未能死⑦。引领望子卿,非君谁相理⑧。

【题解】

题下原注曰:"时年十九。"此诗作于开元七年(719)。李陵,字少卿,西汉名将李广之孙。这是一首咏史诗。全诗共十联,前六联褒奖李陵的才能、志向、勇敢与战绩,第七联为其兵败降敌辩护,后三联写其降后的痛苦心情与打算。整诗语意顿挫,诗味雄浑。

【注释】

①三代将门:《汉书·李广苏建传赞》:"然三代之将,道家所忌,自广至陵,遂亡其宗。"

②结发:束发。古代男子自成童开始束发,因以指初成年。《史记·李将军列传》:"且臣结发而与匈奴战,今乃一得当单于,臣愿居前,先死单于。"

③单于:匈奴首领的称号。

④"岂独"句:《汉书·宣帝纪》:"匈奴单于遣名王奉献,贺正月,始和亲。"颜师古注:"名王者,谓有大名以别诸小王也。"

⑤穹庐:毡做的大型圆顶帐篷。《汉书·匈奴传》:"匈奴父子同穹庐卧。"

⑥"何堪"句:《汉书·苏武传》:"(陵)因谓武曰:'……陵初降时,忽忽如狂,自痛负汉。'"

⑦"深衷"二句:《汉书·苏武传》载陵谓武曰:"陵虽驽怯,令汉且贳陵罪,全其老母,使得奋大辱之积志,庶几乎曹柯之盟,此陵宿昔之所不忘也!"

⑧"引领"二句:《汉书·苏武传》:天汉元年(前100年),苏武(字子卿)出使匈奴被留,十九年后放还,李陵曾置酒与之诀别,涕泪满襟。理,申辩。

【汇评】

[明]顾可久曰:"能道陵意中事,雅正、雄浑、顿挫。"

[清]黄周星《唐诗快》卷四:"子长尚不能相理,子卿安能相理乎?写出无可奈何,足令鬼神饮泣。"

桃源行

　　渔舟逐水爱山春,两岸桃花夹去津①。坐看红树不知远,行尽青溪不见人。山口潜行始隈隩②,山开旷望旋平陆。遥看一处攒云树,近入千家散花竹。樵客初传汉姓名,居人未改秦衣服③。居人共住武陵源,还从物外起田园④。月明松下房栊静⑤,日出云中鸡犬喧。惊闻俗客争来集,竞引还家问都邑。平明闾巷扫花开,薄暮渔樵乘水入。初因避地去人间,更闻成仙遂不还⑥。峡里谁知有人事,世中遥望空云山⑦。不疑灵境难闻见,尘心未尽思乡县。出洞无论隔山水,辞家终拟长游衍⑧。自谓经过旧不迷,安知峰壑今来变。当时只记入山深,青溪几度到云林⑨。春来遍是桃花水⑩,不辨仙源何处寻。

【题解】

　　题下原注曰:"时年十九。"此诗作于开元七年(719)。桃源行,乐府新题名。王维此诗取材于陶渊明的叙事散文《桃花源记》,并将陶氏笔下的"世外桃源"改写成一个人间仙境。在这里,人虽为仙人,但绝非不食五谷、吸风饮露;境虽为仙境,却洋溢着人间田园生活的气息。"遥看一处攒云树,近入千家散花竹";"月明松下房栊静,日出云中鸡犬喧";"平明闾巷扫花开,薄暮渔樵乘水入"。这些优美的诗句,引人进入一个既脱俗又温暖的艺术境界。清人王士禛用"多少自在"四字评价王维这首诗,恰如其分地突出其从容雅致、意境高远的风格,清翁方纲也因此把王维推为"古今咏桃源事"之登峰造极者。

【注释】

　　①去,《全唐诗》注:"一作古。"津,流水。《国语·晋语》:"东游津梁之

上。"韦昭注:"津,水也。"

②隈(wēi)隩(ào):路径曲折幽深。

③樵客,指桃源中人。秦、汉为互文。

④武陵源,即桃花源,晋代属武陵郡,治所在今湖南常德市西。物外:世外。

⑤房栊,窗户,这里借指房舍。

⑥更闻,宋蜀本、元刻本、顾本作"更问";《全唐诗》作"及至",又注:"一作更闻。"遂,《全唐诗》注:"一作去。"

⑦中,元刻本、顾本作"上"。

⑧游衍:游乐。《诗·大雅·板》:"及尔游衍。"毛苌传:"衍,溢也。"孔颖达疏:"亦自恣之意也。"

⑨度,《全唐诗》作"曲",又注:"一作度。"

⑩桃花水,即桃花汛。《汉书·沟洫志》颜师古注:"《月令》,仲春之月,始雨水,桃始花。盖桃方花时,既有雨水,川谷冰泮,众流猥集,波澜甚长,故谓之桃花水耳。而《韩诗传》云:三月桃花水。"

【汇评】

[宋]胡仔《苕溪渔隐丛话》前集卷三:东坡云:"世传桃源事多过其实。考渊明所记,止言先世避秦乱来此,则渔人所见,似是其子孙,非秦人不死者也。又云杀鸡作食,岂有仙而杀者乎?旧说南阳有菊水,水甘而芳,居民三十余家,饮其水皆寿,或至百二三十岁。蜀青城山老人村,有见五世孙者,道极险远,生不识盐醯,而溪中多枸杞,根如龙蛇,饮其水故寿。近岁道稍通,渐能致五味,而寿亦益衰。桃源盖此比也。使武陵太守得而至焉,则已化为争夺之场久矣。尝意天壤之间,若此者甚众,不独桃源。"苕溪渔隐曰:"东坡此论盖辨证唐人以桃源为神仙,如王摩诘、刘梦得、韩退之作《桃源行》是也。惟王介甫作《桃源行》与东坡之论暗合。"

《唐诗归》卷八:钟云:"将幽事寂境,长篇大幅,滔滔写来。只如唐人作《帝京》、《长安》富贵气象,彼安得有如此流便不羁?〇'不知远',远近俱说不得矣。写景幻甚。〇依然就'桃花水'上加'遍是'二字,写出仙凡之隔,又是一世界,一光景。下'不辨'句即从此二字生出。妙!妙!"

［清］吴乔《围炉诗话》卷二：“右丞《桃源行》是赋义，只作记读。”

［清］沈德潜《唐诗别裁集》卷五：“顺文叙事，不须自出意见，而夷犹容与，令人味之不尽。”

［清］黄培芳《唐贤三昧集笺注》：“多参律句，尚沿初唐体。〇顾云：叙事展怀，段段血脉，段段景象，亲切如画，殊非人境，令人忘世，流丽醇雅。”

［清］翁方纲《石洲诗话》卷一：“古今咏桃源事者，至右丞而造极，固不必言矣。然此题咏者，唐宋诸贤，略有不同。盖唐人之诗，但取兴象超妙，至后人乃益研核情事耳，不必以此为分别也。”

［清］王士禛《池北偶谈》卷十四：“唐宋以来，作《桃源行》最佳者，王摩诘、韩退之、王介甫三篇。观退之、介甫二诗，笔力意思甚可喜。及读摩诘诗，多少自在；二公便如努力挽强，不免面红耳热。此盛唐所以高不可及。”

［清］施补华《岘佣说诗》：“《桃源行》，摩诘一副笔墨，退之一副笔墨。古之名大家，必自具面目如此。”

［清］张谦宜《茧斋诗谈》：“《桃源行》，比靖节作，此为设色山水，骨格少降，不得不爱其渲染之工。”

［清］翁方纲《王文简古诗平仄论》：“七言古自有平仄。若平韵到底者，断不可杂以律句。若仄韵到，间似律句无妨。若换韵者，已非近体，用律句无妨。大约首尾腰腹，须铢两匀称为正，如王右丞《桃源行》。”

［清］梁章钜《退庵随笔》卷二一：“王右丞之《桃源行》凡三十二句，律句至二十三见，此皆唐宋大家可据为典要者。”

［清］张文荪《唐贤清雅集》：“长篇提缀铺叙，不板不浮，气体入妙。”

［清］方东树《昭昧詹言》续录卷二：“《桃源行》‘月明松下’二句，浮声切响。〇凡一题数首，观各人命意归宿，下笔章法。辋川只叙本事，层层逐叙夹写。昌黎只是衍题。介甫纯以议论驾空而行，绝不写。”

［清］王闿运批《唐诗选》：“亦平叙，随宜着色。〇金人瑞云，摩诘善用‘遥’，是倩女离魂法。”

［清］高步瀛《唐宋诗举要》卷二：“宋人所载苏子瞻之说不尽可信。说诗不当如此。桃花源本渊明寓言，《容斋三笔》卷十之说最是。后人各就所见，或以为仙，或以为避秦人后，皆无不可。纷纷致辩，转无味矣。”

[清]王文濡《唐诗评注读本》:"全诗格律谨严,风神淡古,意境超脱。即如'遥看'两句,惟一处故曰'攒',又的是遥看;惟千家故曰'散',又的是近人。用字俱经千锤百炼。此等处,切勿轻轻放过。"

赋得清如玉壶冰

藏冰玉壶里,冰水类方诸①。未共销丹日,还同照绮疏②。抱明中不隐,含净外疑虚。气似庭霜积,光言砌月余③。晓凌飞鹊镜④,宵映聚萤书⑤。若向夫君比,清心尚不如。

【题解】

题下原注:"京兆府试,时年十九。"开元七年(719),王维参加京兆府试,中解元。当年考题《清如玉壶冰》,语本鲍照《代白头吟》:"直如朱丝绳,清如玉壶冰。"依例,凡指定、限定的诗题,要在题目上加"赋得"二字。因此,王维这首应试之作名为《赋得清如玉壶冰》。宋蜀本无"赋得"二字。

【注释】

①"藏冰"二句:《全唐诗》作"玉壶何用好,偏许素冰居"。冰水,宋蜀本作"水冰"。方诸:古时在月下取水之器。《周礼·秋官·司烜氏》:"以鉴取明水于月。"郑玄注:"鉴,镜属,取水者,世谓之方诸。"又,《淮南子·览冥训》:"夫阳燧取火于日,方诸取露于月。"

②绮疏:窗户上雕刻的空心花纹,也指雕刻成空心花纹的窗户。《后汉书·梁冀传》:"窗牖皆有绮疏青琐,图以云气仙灵。"李贤注:"绮疏谓镂为绮文。"

③言:似。砌:阶。余:多。

④飞鹊镜:《神异经》:"昔有夫妇将别,破镜,人执半以为信,其妻忽与人通,镜化鹊,飞至夫前,其夫乃知之。后人因铸镜为鹊,安背上。"

⑤聚萤书:《晋书·车胤传》:"恭勤不倦,博学多通。家贫不常得油,夏月则炼囊盛数十萤火以照书。"

[清]吴智临《唐诗增评》:"毛西河谓鲍诗原以比人明洁,若王摩诘作逊此多矣。然王作于结句点正题面,乃出奇制胜之法。"

息夫人

莫以今时宠①,能忘旧日恩②。看花满眼泪③,不共楚王言。

【题解】

题下原注:"时年二十。"开元八年(720)作于长安宁王府。孟棨《本事诗·情感第一》记载:"宁王宪贵盛,宠妓数十人,皆绝艺上色。宅左有卖饼者妻,纤白明媚,王一见注目,厚遗其夫取之,宠惜逾等。环岁,因问之:'汝复忆饼师否?'默然不对。王召饼师使见之,其妻注视,双泪垂颊,若不胜情。时王座客十余人,皆当时文士,无不凄异。王命赋诗,王右丞维诗先成云云,坐客不敢继者。王乃归饼师,以终其志。"息夫人,春秋时息侯夫人,姓妫,亦称息妫。《左传·庄公十四年》:"楚子灭息,以息妫归,生堵敖及成王焉。未言,楚子问之,对曰:'吾一妇人,而事二夫,纵弗能死,其又奚言?'"本诗以息夫人喻卖饼者妻。

【注释】

①时,《全唐诗》注:"一作朝。"

②能忘:宋蜀本、《全唐诗》作"难忘"。旧,《全唐诗》注:"一作昔。"

③眼,《全唐诗》注:"一作目。"

【汇评】

[宋]张表臣《珊瑚钩诗话》卷三:"杜牧之《息夫人》诗曰:'细腰宫里露桃新,脉脉无言几度春。至意息亡缘底事,可怜金谷坠楼人。'与所谓'莫以今朝宠……'语意远矣。盖学有浅深,识有高下,故形与言者不同也。"

[清]贺裳《载酒园诗话》卷一:"正以咏饼师妇佳耳,若直咏息夫人,有

何意味？"

[清]张谦宜《茧斋诗谈》卷五："体贴出怨妇本情，又不露出宁王之本情，真得三百篇法。止二十字，却有味外味，诗之最高者。"

[清]马位《秋窗册随笔》："最喜王摩诘'看花满眼泪，不共楚王言'，李太白'但见泪痕湿，不知心恨谁'，及张祜'一声何满子，双泪落君前'，又李峤'山川满目泪沾衣'，得言外之旨，诸人用'泪'字，莫及也。"

[清]王士禛《带经堂诗话》卷二："益都孙文定公《咏息夫人》云：'无言空有恨，儿女粲成行'，谐语令人颐解。杜牧之'至竟息亡缘底事，可怜金谷坠楼人'，则正言以大义责之。王摩诘'看花满眼泪，不共楚王言'，更不着判断一语，此盛唐所以为高。"

[清]吴乔《围炉诗话》卷一："唐人诗意不必在题中，如右丞《息夫人》云云，使无稗说载其为宁王夺饼师妻作，后人何从知之。"

[清]黄培芳《唐贤三昧集笺注》："顾云：婉曲。"

[清]李瑛《诗法易简录》："只就不言之事点缀之，不加评论，诗品自高。"

[清]杨逢春《唐诗偶评》："首二句原其衷曲，三四写其怨态。三四从首二生出，实则首二从三四看出也。忠厚悱恻，词旨凄婉动人。"

[清]吴修坞《唐诗续评》："以息夫人为题，为宁王讳也。《诗矩》'相看'作'看花'，于诗有情致，于事不甚合。"

从岐王过杨氏别业应教

杨子谈经所，淮王载酒过①。兴阑啼鸟换②，坐久落花多。
迳转回银烛，林开散玉珂③。严城时未启④，前路拥笙歌⑤。

【题解】

陈《谱》系于开元八年(720)。岐王，名范，睿宗第四子。开元初，拜太子少师，带本官，历绛、郑、岐三州刺史。开元八年，迁太子太傅。好学工书,雅爱文章之士。事见《旧唐书·睿宗诸子传》。本诗为王维与岐王一道拜访杨氏别业应岐王之命而作。杨氏,未详。郭茂倩《乐府诗集》截取本诗前四句,编入近代曲辞,题作《昆仑子》。《万首唐人绝句》亦同。"兴阑啼鸟换,坐久落花多"两句,意景适会,自然天成,张戒所谓"至佳丽而老成"。

【注释】

①"杨子"二句:杨子,指西汉扬雄,此处以之喻杨氏。淮王,指西汉淮南王刘安,为人好书喜士,此处以之喻岐王。载酒过:《汉书·扬雄传》:"(雄)家素贫,嗜酒,人希至其门。时有好事者,载酒肴,从游学。"所,《全唐诗》注:"一作处。"

②阑,《全唐诗》注:"一作缓。"

③玉珂:马勒上的玉饰,代指马。

④严:戒夜。

⑤拥:底本,《全唐诗》注:"一作引。"

【汇评】

[宋]曾季狸《艇斋诗话》:"前人诗言落花,有思致者三:王维'兴阑啼鸟换,坐久落花多';李嘉祐(应为刘长卿)'细雨湿衣看不见,闲花落地听无声';荆公'细数落花因坐久,缓寻芳草得归迟'。"

[宋]范晞文《对床夜语》卷三:"好句易得,好联难得。如'池塘生春草'之类是也。唐人'天势围平野,河流入断山';'风兼残雪起,河带断冰流';'兴阑啼鸟换,坐久落花多';下句皆胜于上。"

[宋]吴开《优古堂诗话》:"前辈读诗与作诗既多,则遣词措意,皆相缘以起,有不自知其然者。荆公晚年《闲居》诗云:'细数落花因坐久,缓寻芳草得归迟'。盖本于王摩诘'兴阑啼鸟换,坐久落花多',而其辞意益工也。"

[宋]尤袤《全唐诗话》卷三:"刘梦得对花木则吟王右丞诗云:'兴阑啼鸟唤,坐久落花多。'"

[宋]张戒《岁寒堂诗话》卷上:"世以王摩诘律诗配子美,古诗配太白。盖摩诘古诗能道人心中事而不露筋骨,律诗至佳丽而老成。如《陇西行》《息夫人》《西施篇》《羽林郎人》《别弟妹》等篇,信不减太白;如'兴阑啼鸟换,坐久落花多';'草枯鹰眼疾,雪尽马蹄轻'等句,信不减子美。……摩诘

心淡泊,本学佛而善画……故其诗于富贵山林,两得其趣。'兴阑'二句,虽不夸服食器用,而真是富贵人口中语,非仅'笙歌归院落,灯火下楼台'之比也。"

[明]胡应麟《诗薮》内编卷四:"'杨子谈经处'篇,绮丽精工,沈、宋合调者也。"又,"审言'风光新柳报,宴赏落花催',摩诘'兴阑啼鸟换,坐久落花多',皆佳句也。然'报'与'催'字极精工,而意尽语中;'换'与'多'字,觉散缓而韵在言外。观此可知初、盛次第矣。"

[明]周珽《唐诗选脉会通评林》:"吴山民曰:摩诘善作丽语,此是其得意者。'回'跟'转','散'跟'开',下字有法。"

[明]王夫之《唐诗评选》卷三:"'坐久落花多',自是佳句。末四语,巧心得现前之景。"

[明]陆时雍《唐诗镜》卷十:"'坐久落花多',意景适会。"

[清]黄生《唐诗摘钞》卷一:"贵人出游,着不得寒俭语,然铺张太盛,又未免顾宾失主。此妙在过杨处,只淡淡打发二语,而车骑笙歌之盛,却从归途写出,用笔之斟酌如此。"

[清]王士禛《带经堂诗话》卷一:"晚唐人诗:'风暖鸟声碎,日高花影重','晓来山鸟闹,雨过杏花稀';元人诗:'布谷叫残雨,杏花开半村',皆佳句也。然总不如右丞'兴阑啼鸟换,坐久落花多'自然入妙,盛唐人高不可及者如此。"

[清]宋征璧《抱真堂诗话》:"王摩诘'兴阑啼鸟换','换'字可谓之奇。"

[清]沈德潜《唐诗别裁集》卷九:"杨子云比杨氏,淮王比岐王,三、四言赏玩之久也,后言深夜始归,余情无尽。"

从岐王夜宴卫家山池应教

座客香貂满,宫娃绮幔张①。涧花轻粉色,山月少灯光。积翠纱窗暗,飞泉绣户凉。还将歌舞出,归路莫愁长。

【题解】

【题解】

陈《谱》系于开元八年(720)。诗人与岐王在卫家山庄夜宴,应岐王之命而作是诗。本诗将色彩浓艳的夜宴场景置于清新淡爽的自然环境,使富贵与山林各得其趣。

【注释】

①宫娃:宫女。

敕借岐王九成宫避暑应教

帝子远辞丹凤阙①,天书遥借翠微宫②。隔窗云雾生衣上,卷幔山泉入镜中。林下水声喧语笑,岩间树色隐房栊。仙家未必能胜此,何事吹笙向碧空③。

【题解】

本诗作于开元八年(720)。《资治通鉴》卷二一二"开元八年十月"载:"上禁约诸王,不使与群臣交结。……万年尉刘庭琦、太祝张谔数与范饮酒赋诗,贬庭琦雅州司户,谔山茌丞。"王维与诸王交游应在本年十月之前。九成宫,故址在今陕西麟游县西天台山上。唐李吉甫《元和郡县志》卷二:"九成宫在县西一里,即隋文帝所置仁寿宫,每岁避暑,春往秋还。义宁元年,废宫,置立郡县。贞观五年,复修旧宫,以为避暑之所,改名九成宫。"本诗长于写景,句法自然。"隔窗"、"林下"二联,融自然景物于笑语人情之中,诗中有画,意味隽永。

【注释】

①丹凤阙:丹凤门前两旁的楼观,借指朝廷。《唐六典》:"大明宫南面五门,正南曰丹凤门。"

②翠微宫:《尔雅·释山》:"未及上,翠微。"邢昺疏:"谓未及顶上,在旁陂陀之处,名翠微。一说山气青缥色,故曰翠微也。"九成宫坐落山间,故称

之翠微宫。

③"何事"句:《列仙传》卷上:"王子乔者,周灵王太子晋也。好吹笙,作凤凰鸣。游伊、洛之间,道士浮丘公接以上嵩高山。三十余年后,求之于山上,见柏良曰:'告我家,七月七日待我于缑氏山巅。'至时,果乘白鹤驻山头,望之不得到,举手谢时人,数日而去。"笙,《全唐诗》注:"一作箫。"

【汇评】

[明]许学夷《诗原辩体》卷十六:"摩诘七言律……如'帝子远辞'、'洞门高阁'、'积雨空林'等篇,皆淘洗澄净者也。"

[明]王世懋《艺圃撷余》:"诗有古人所不忌而今人以为病者,摘瑕者因而酷诋之,将并古人无所容,非也。然今古宽严不同,作诗者既知是瑕,不妨并去。《九成宫避暑》三、四'衣上'、'镜中',五、六'林下'、'岩前',在彼正自不觉,今用之能无受人揶揄?"

[清]赵翼《瓯北诗话》卷十二:"《九成宫避暑》,三、四'衣上'、'镜中',五、六'林下'、'岩前',句法重出……究是诗中之病。"

[清]黄生《唐诗摘钞》卷三:"右丞诗中有画,如此一诗,更不逊李将军仙山楼阁也。'衣上'字,'镜中'字,'喧笑'字,更画出景中人来,尤非俗笔所办。"

[清]黄培芳《唐贤三昧集笺注》卷上:"鲜润清朗,手腕柔和,此盛唐之足贵也。"

[清]金人瑞《贯华堂选批唐才子诗》:"云雾通窗,山泉入镜,此是极写所借之地暑气全无,清凉隔世,正特为题中'避暑'二字。"

[清]方东树《昭昧詹言》卷十六:"起二句破题甚细,不似鲁莽疏漏。帝子,岐王也;先安此句,次句'借'字乃有根。中四句突写九成宫之景。收句乃合应制人颂圣口吻。"

[清]宋宗元《网师园唐诗笺》:"('卷幔'句下)读之忘暑,当不仅赏其吐属之秀。"

[清]李因培《唐诗观澜集》:"('卷幔'句下)画亦难到。('岩间'句下)处处切避暑意,设色直令心地清凉。"

送綦毋潜落第还乡

圣代无隐者，英灵尽来归。遂令东山客①，不得顾采薇②。既至君门远③，孰云吾道非④。江淮度寒食，京洛缝春衣⑤。置酒临长道，同心与我违⑥。行当浮桂棹，未几拂荆扉。远树带行客，孤城当落晖⑦。吾谋适不用⑧，勿谓知音稀⑨。

【题解】

陈《谱》系于开元九年（721）。是年春，王维擢进士第，解褐太乐丞（从八品下）。綦毋潜落第还乡，维以诗相送。潜，字孝通，虔州（今江西赣县）人。开元十四年登进士第，尝官校书郎。天宝时迁右拾遗，终著作郎。事见《元和姓纂》卷二、《新唐书·艺文志》等。诗题，底本原作"《送别》"，据参校诸本改。本诗虽为送别诗，却写得境界开阔，气象爽朗。"远树带行客，孤城当落晖"两句，历来为诗评家所称道，宋刘须溪曰："'带'字画意，'当'字天然。"

【注释】

①东山：《晋书·谢安传》："累违朝旨，高卧东山。"东山位于浙江上虞市西南四十五里，后泛指隐居之地。东山客：指隐士。

②采薇：《史记·伯夷列传》载，周武王灭商后，伯夷、叔齐耻食周粟，隐于首阳山，采薇而食，遂饿死。后世以采薇代指隐居生活。

③君门：《楚辞·九辩》："岂不郁陶而思君兮，君之门以九重。"君，宋蜀本作"金"。底本注："二顾本、凌本俱作金。"《全唐诗》注："一作金。"

④吾道非：《史记·孔子世家》载，孔子被困于陈、蔡之间，谓诸弟子曰："《诗》云：'匪兕匪虎，率彼旷野。'吾道非邪？吾何为于此？"

⑤京洛：即洛阳，因洛阳古时历为建都之地。洛，《全唐诗》注："一作兆。"

⑥"同心"句:语本《古诗十九首·涉江采芙蓉》"同心而离居",《凛凛岁云暮》"同袍与我违"。

⑦城,《全唐诗》作"村",又注:"一作城。"

⑧"吾谋"句:《左传·文公十三年》:晋患秦用士会,设计使其还晋,秦大夫绕朝察知其情,谓士会曰:"子无谓秦无人,吾谋适不用也。"

⑨知音稀:《古诗十九首·西北有高楼》:"不惜歌者苦,但伤知音稀。"

【汇评】

[明]顾可久曰:"婉曲雅正。"

《唐诗归》卷八:"钟云:(首二句下)落第语说得气象。"

[清]沈德潜《唐诗别裁》卷一:"反复曲折,使落第人绝无怨尤。"

[清]贺裳《载酒园诗话》:"《郑霍二山人咏》曰:'吾贱不及议,斯人竟谁论!'《送綦毋潜》曰:'吾谋适不用,勿谓知音稀。'《送丘为》曰:'知祢不能荐,羞为献纳臣。'皆不胜扼腕踯躅之态。"

[清]宋宗元《网师园唐诗笺》:"(首句下)识宏论卓。('既至'句下)周旋好。('远树'句下)行色如绘。('吾谋'句下)足俾怨尤俱化。"

[清]高步瀛《唐宋诗举要》卷一:"《青轩诗辑》:'带'字、'当'字极佳,非得画中三昧者,不能下此二字。"

[清]王寿昌《小清华园诗谈》:"太白之'秋色无远近,出门尽寒山',摩诘之'远树带行客,孤城当落晖',岑嘉州之'秋色从西来,苍然满关中。五陵北原上,万古青濛濛',皆切实缔当之至者。"

燕支行

汉家天将才且雄,来时谒帝明光宫①。万乘亲推双阙下②,千官出饯五陵东③。誓辞甲第金门里④,身作长城玉塞中⑤。卫霍才堪一骑将⑥,朝廷不数贰师功⑦。赵魏燕韩多劲卒,关西侠少何咆勃⑧。报仇只是闻尝胆⑨,饮酒不曾妨刮骨⑩。画戟雕戈白日寒,连旗大旆黄尘没。叠鼓遥翻瀚海波,鸣笳乱动天山月。麒麟锦带佩吴钩⑪,飒沓青骊跃紫骝⑫。拔剑已断天骄臂⑬,归鞍共饮月支头⑭。汉兵大呼一当百,虏骑相看哭且愁。教战须令赴汤火⑮,终知上将先伐谋⑯。

【题解】

题下原注曰:"时年二十一。"诗作于开元九年(721)。燕支,即焉支山,又作胭脂山。在甘肃永昌县西、山丹县东南。《史记·匈奴列传》:"汉使骠骑将军去病将万骑,出陇西,通焉支山千余里,击匈奴,得胡首虏骑万八千余级,破得休屠王祭天金人。"本诗歌颂唐军将士出征获胜,用霍去病征燕支事,故取名《燕支行》。全诗极力夸赞"汉家天将"的雄武强悍,主题自是颂美英雄、鼓舞士气,然而结句却提出"伐谋"为先,可谓"曲终奏雅",折射出青年王维理智的尚武精神。

【注释】

①来时,底本、《全唐诗》皆注:"一作时来。"明光宫:汉宫名,后泛指宫殿。

②亲推:《史记·张释之冯唐列传》:"臣闻上古王者之遣将也,跪而推毂,曰:'阃以内者,寡人制之;阃以外者,将军制之。'"双阙:宫门两边的门楼,代指皇宫。

③五陵:班固《西都赋》:"北眺五陵。"汉高祖葬长陵,惠帝葬安陵,景帝葬阳陵,武帝葬茂陵,昭帝葬平陵,合称五陵。

④"誓辞"句:用霍去病事。《史记·卫将军骠骑列传》:"天子为治第,令骠骑视之,对曰:'匈奴未灭,无以家为也。'由此上益重爱之。"甲第,第一等的宅第。金门:即汉宫金马门。《史记·滑稽列传》:"金马门者,宦署门也。门傍有铜马,故谓之曰金马门。"此处指朝廷。

⑤玉塞:指玉门关,古时通往西域之门户。

⑥卫霍:西汉大将军卫青、骠骑将军霍去病。骑将:骑兵将领。

⑦贰师:指李广利。《史记·大宛列传》载,汉武帝拜李广利为贰师将

军,令其率兵夺取大宛国贰师城的良马。李广利破大宛,获良马三千余匹。

⑧咆勃:怒貌。潘岳《西征赋》:"何猛气之咆勃!"

⑨尝胆:用《史记·越王勾践世家》"卧薪尝胆"事。

⑩"饮酒"句:《三国志·蜀书·关羽传》:"羽尝为流矢所中,贯其左臂。后创虽愈,每至阴雨,骨常疼痛。医曰:'矢镞有毒,毒入于骨,当破臂作创,刮骨去毒,然后此患乃除耳。'羽便伸臂令医劈之。时羽适请诸将,饮食相对,臂血流离,盈于盘器,而羽割炙引酒,言笑自若。"

⑪"麒麟"句:鲍照《代结客少年场行》:"骢马金络头,锦带佩吴钩。"吴钩:钩为一种似剑而曲的兵器,春秋吴人善铸钩,故称。后也泛指利剑。

⑫青骊:毛色青黑相杂的骏马。紫骝:枣红马。

⑬"拔剑"句:《汉书·西域传》:"孝武之世,图制匈奴,患其兼从西国,结党南羌,乃表河西,列四郡,开玉门,通西域,以断匈奴右臂。"天骄:指匈奴。《汉书·匈奴传》:"南有大汉,北有强胡。胡者,天之骄子也。"

⑭"归鞍"句:《史记·大宛列传》:"至匈奴老上单于,杀月氏王,以其头为饮器。"

⑮须,宋蜀本、《全唐诗》作"虽"。

⑯"终知"句:《孙子·谋攻》:"故上兵伐谋,其次伐交,其次伐兵,其下攻城。"伐谋,以智谋伐敌。

【汇评】

[明]顾璘曰:"通前篇(《老将行》)是大学力。"

[明]顾可久曰:"结束斩绝,雄浑老劲。"

[清]吴乔《围炉诗话》卷二:"诗用兴比出侧面,使人深求而得,故曰'言之者无罪,而闻之者足以戒'也。王右丞之《燕支行》,正意只在'终知上将先伐谋',法与此同。"

[清]毛先舒《诗辩坻》:"七言古至右丞,气骨顿弱,已逗中唐。如'卫霍才堪一骑将,朝廷不数贰师功',极欲作健,而风格已夷,即曲借对仗,无复浑劲之致。"

少年行四首

其　一

　　新丰美酒斗十千①,咸阳游侠多少年②。相逢意气为君饮,系马高楼垂柳边。

【题解】

　　这是一组写少年侠客的诗,具体写作时间不详,从其思想内容与艺术风格来看,应作于早年,与《燕支行》相去不会太远。《乐府诗集》卷六六录此组诗于《结客少年场行》之后。《结客少年场行》为乐府杂曲歌辞旧题,多咏少年重义轻生、慷慨立功之事。王维这组诗主题亦是如此,从中可以看出诗人早年的政治理想与抱负。

【注释】

　　①“新丰”句:曹植《名都篇》:“归来宴平乐,美酒斗十千。”新丰,古县名,治所在今陕西临潼东北。产美酒,谓之新丰酒。梁元帝《登江州百花亭怀荆楚诗》:“试酌新丰酒,遥劝阳台人。”

　　②咸阳:秦都,故址在今陕西咸阳市东北二十里。

【汇评】

　　《唐诗归》卷九:“钟惺云:此‘意气’二字,虚用得妙。”

　　[清]黄生《增订唐诗摘钞》卷四:“前开后合格。一言酒,二言人,三、四始说合。相逢意气,言意气相投也。意气二字,是少年人行状。”

　　[清]黄叔灿《唐诗笺注》:“少年游侠,意气相倾,绝无鄙琐踽踿之态,情景如画。”

　　[清]张文荪《唐贤清雅集》:“雄快事说得安雅,是右丞诗体。”

其　二

　　出身仕汉羽林郎①,初随骠骑战渔阳②。孰知不向边庭苦③，纵死犹闻侠骨香。

【注释】

①羽林郎：《汉书·百官公卿表》："羽林掌送从……武帝太初元年初置，名曰建章营骑，后更名羽林骑。又取从军死事之子孙养羽林，官教以五兵，号曰羽林孤儿。"唐时有左右羽林军，为皇家禁军。

②骠骑：即骠骑将军。《史记·卫将军骠骑列传》："元狩二年春，以冠军侯去病为骠骑将军。"渔阳：地名。汉置渔阳郡，治所在渔阳县（今北京市密云区西南）。

③苦，底本、《全唐诗》皆注："一作死。"

【汇评】

[宋]刘克庄《后村集》卷一八三："'纵死犹闻侠骨香'警句。"

其 三

一身能擘两雕弧①，虏骑千重只似无。偏坐金鞍调白羽，纷纷射杀五单于。

【注释】

①擘(bāi)：《汉书·申屠嘉传》师古注："今之弩以手张者曰擘张，以足蹋者曰蹶张。"《全唐诗》注："一作臂。"

【汇评】

[清]黄培芳《唐贤三昧集笺注》："顾云：前半隐使李广事，后半隐使霍去病事，而矜才雄。虽散联而隐属对，皆作法之妙。"

其 四

汉家君臣欢宴终，高议云台论战功①。天子临轩赐侯印②，将军佩出明光宫。

【注释】

①云台：东汉洛阳南宫中的座台。《后汉书·朱景王杜马刘傅坚马传》："永平中，显宗追感前世功臣，乃图画二十八将于南宫云台。"

②临轩：皇帝不坐正殿而御前殿。

【汇评】

［明］胡应麟《诗薮》内编卷六："七言绝，李（白）王（昌龄）外，王翰《凉州词》、王维《少年行》、高适《营州歌》、王之涣《凉州词》，皆乐府也，然音响自是唐人，与五言绝稍异。"

［明］许学夷《诗源辩体》卷十八："太白七言绝多一气贯成者，最得歌行之体。其他仅得王摩诘'新丰美酒'、'汉家君臣'，王少伯'闺中少妇'数篇而已。"

［明］顾可久曰："通篇豪侠纵横之气摹写殆尽，当于言外得之。"

被出济州

微官易得罪，谪去济川阴①。执政方持法，明君无此心②。闾阎河润上③，井邑海云深。纵有归来日，多愁年鬓侵④。

【题解】

开元九年（721），王维被贬为济州（今山东茌平西南）司仓参军。《集异记》云："及为太乐丞，为伶人舞黄师子，坐出官。黄师子者，非一人不舞也。"黄狮子舞只能为天子表演，王维因此而获罪。此外，王维与岐王关系密切，此次坐累恐怕也与玄宗防范其兄弟之政治背景有关。诗题，《河岳英灵集》、《全唐诗》作《初出济州别城中故人》，可见本诗为离京赴贬所时所作。生平第一次遭受打击，年轻的诗人满怀幽愤，尽管如此，本诗却写得极其委婉隐晦，怨而不怒。清黄周星评云："忠厚和平至此，觉怨诽不乱四字，犹为浅薄。"

【注释】

①济川，宋蜀本作"济州"。

②无，《全唐诗》作"照"，又注："一作无。"

③河润：河水浸润之地。《庄子·列御寇》："河润九里。"

④多，《全唐诗》作"各"，又注："一作多。"

【汇评】

《唐诗归》卷九："（首句下）钟云：'易'字可怜。（'执政'句下）钟云：'持法'二字，周旋感慨，立言甚妙。谭云：极忠厚，极不忠厚。（末句下）钟云：交情在'各'字，若单愁自己则浅矣。"

［明］周珽《唐诗选脉会通评林》："出调凄怆，寄情婉转，如此题必如此储备，方得'可以怨'之旨。"

［清］洪亮吉《北江诗话》卷五："（'执政'二句）不特善则归君，亦可云婉而多风矣。"

［清］黄生《唐诗摘抄》："首句明非真有罪也，以官卑无援，故挤陷易及耳。三、四立言有体，而讽刺实深，谓大臣擅黜陟之柄，人主初不闻。世人只赏退之'臣罪当诛，天王圣明'，却无人称此。此在近体中尤不易得耳。"

［清］沈德潜《唐诗别裁》卷九："（'执政'二句）亦周旋，亦感愤。"

登河北城楼作

　　井邑傅岩上①，客亭云雾间。高城眺落日，极浦映苍山。岸火孤舟宿，渔家夕鸟还。寂寥天地暮，心与广川闲。

【题解】

此诗疑作于开元九年（721）赴济州途中。河北，唐县名，属陕州，天宝元年更名平陆县（参见《元和郡县志》卷六）。这首诗写景远近交错、动静结合，章法错落有致，极具画面之感，且融情于景，情景俱胜。

【注释】

①傅岩：《史记·殷本纪》："得说于傅险中。是时，说为胥靡，筑于傅险。"司马贞索隐："旧本作'险'，亦作'岩'也。"位于唐陕州河北县北七里。

宿郑州

朝与周人辞①，暮投郑人宿②。他乡绝俦侣，孤客亲僮仆。宛洛望不见③，秋霖晦平陆。田父草际归，村童雨中牧。主人东皋上④，时稼绕茅屋。虫思机杼鸣⑤，雀喧禾黍熟。明当渡京水，昨晚犹金谷。此去欲何言，穷边徇微禄⑥。

【题解】

陈《谱》、张《谱》、杨《系年》均系此诗于开元九年(721)，为诗人赴济州途中所作。唐之郑州，辖境和治所与今河南郑州相近，是王维出京东行必经之地。诗中说："昨晚犹金谷"；"朝与周人辞，暮投郑人宿"。可见，王维早晨离开洛阳，当晚即宿于郑州。诗又说"明当渡京水"。京水源出郑州荥阳市南，东北行，绕经郑州治所(参见《大清一统志》卷一八六)。渡过京水，即入荥阳界(今河南荥阳)。可见诗人明日将往荥阳，而本诗写于当日晚上。诗中对郑州大地田园风光的描绘，闲雅简妙，颇具彭泽风韵。最后两句又回到现实，心中仍是愤愤不平。

【注释】

①周：指洛阳一带。

②郑人：郑州春秋时属郑国。

③宛洛：宛(今河南南阳市)与洛为东汉时两个相邻的都市，故常并称。此处实指洛。谢朓《和徐都曹出新亭渚》："宛洛佳邀游，春色满皇州。"张铣注："宛，南阳。洛，洛阳。"

④东皋：田野。潘岳《秋兴赋》："耕东皋之沃壤兮，输黍稷之余税。"

⑤呜：宋蜀本、《全唐诗》作"悲"，《全唐诗》又注："一作休。"

⑥徇：宋蜀本作"食"。

【汇评】

［明］杨慎《升庵诗话》卷九："崔涂《旅中》诗：'渐与骨肉远，转于僮仆亲。'诗话亟称之。然王维《郑州》诗：'他乡绝俦侣，孤客亲僮仆。'已先道之矣，但王语浑含胜崔。"

［明］王世贞《艺苑卮言》卷三："昔人谓崔涂'渐与骨肉远，转于僮仆亲'，远不及王维'孤客亲僮仆'，固然。然王语虽极简切，入选尚未；崔语虽觉支离，近体差可。要在自得之。"

［明］顾璘曰："浅不近俗，当思其难处。"

［明］周珽《唐诗选脉会通评林》："吴山民曰：起古。'宛洛'四句是一幅秋霁景，于此便动倦游意。"

［清］施补华《岘佣说诗》："'孤客亲僮仆'，语极沉至。后人'渐与骨肉远，转于僮仆亲'，衍作两句，便觉味浅。……'雀喧'一句亦简妙，可悟炼句法。"

［清］沈德潜《唐诗别裁集》卷一："'孤客亲僮仆''雀喧禾黍熟'，此种句子，后人衍之，可成数言。"

［清］黄培芳《唐贤三昧集笺注》："为景入微。○顾可久云：真情真意，人所不道。"

［清］张文荪《唐贤清雅集》："前后回环映带，中间叙时景，章法秩然。'朝''暮''明''晚'等字都为题中'宿'字着意，不是漫用。去路结明本意。"

早入荥阳界

泛舟入荥泽①，兹邑乃雄藩。河曲闾阎隘，川中烟火繁。因人见风俗，入境闻方言。秋晚田畴盛②，朝光市井喧。渔商波上客，鸡犬岸旁村。前路白云外，孤帆安可论。

依张《谱》,诗人第二天一早从武牢出发坐船经荥阳东北的敖仓口,入荥泽,写下本诗。与《宿郑州》描写田园风光不同,本诗描写繁华的城镇,而最后两句仍落于自己不幸的现实生活。

【注释】

①荥泽:古泽名,故址在唐郑州荥泽县(今河南荥阳东北)北四里(参见《元和郡县志》卷八)。西汉平帝以后,渐淤为平地。

②晚,宋蜀本、《全唐诗》作"野"。《全唐诗》又注:"一作晚。"

【汇评】

[明]唐汝询《汇编唐诗十集》:"章法秀整,是右丞本色。"

《唐诗归》卷九:"钟云:('河曲'句下)此句非亲历水害不知。'安可论'三字,说孤帆便幻。"

千塔主人

逆旅逢佳节,征帆未可前。窗临汴河水①,门渡楚人船。鸡犬散墟落,桑榆荫远田。所居人不见,枕席生云烟。

【题解】

杨《系年》将本诗系于开元九年(721),认为该诗"大体现出经行(即东赴济州)路线"。从所写内容与感情基调来看,本诗也与以上两首接近。适逢佳节,诗人于汴州小住,拜访千塔主人不遇,以诗记下所见所闻。

【注释】

①汴河:通济渠东段。

至滑州隔河望黎阳忆丁三寓

隔河见桑柘，蔼蔼黎阳川。望望行渐远，孤峰没云烟。
故人不可见，河水复悠然。赖有政声远，时闻行路传。

【题解】

陈《谱》、张《谱》、杨《系年》均系该诗于开元九年（721），为赴济州途中
经滑州时所作。滑州治所在白马（今河南滑县东旧滑县），位于古黄河南
岸；黎阳县属卫州，治所在今河南浚县东，位于古黄河北岸。两地隔河相
望。丁三寓，不详。从本诗"赖有政声远，时闻行路传"两句来看，寓当时在
黎阳为官，且声望很高。

济上四贤咏三首

崔录事①
解印归田里，贤哉此丈夫②。少年曾任侠，晚节更为儒。
遁世东山下③，因家沧海隅。已闻能狎鸟④，余欲共乘桴⑤。

【题解】

诗题下，《全唐诗》注云："济州官舍作。"张《谱》系于开元十年（722）。
这三首诗歌咏崔录事、成文学、郑公、霍子等四位济州的贤士。通过对这四
位贤者的刻画，表达了作者心中的不平与社会理想。

【注释】

①录事：官名，为负责记录、缮写的小吏。
②"解印"二句：意本张协《咏史》："达人知止足，遗荣忽如无。抽簪解

朝衣，散发归海隅。行人为陨涕，贤哉此丈夫！"

③世：《全唐诗》作"迹"，又注："一作世"。

④狎鸟：《列子·黄帝》："海上之人，有好沤鸟者，每旦之海上，从沤鸟游，沤鸟之至者，百住而不止。其父曰：'吾闻沤鸟皆从汝游，汝取来吾玩之。'明日之海上，沤鸟舞而不下也。"

⑤乘桴：《论语·公冶长》："子曰：道不行，乘桴浮于海。"

成文学①

　宝剑千金装，登君白玉堂②。身为平原客③，家有邯郸娟④。使气公卿座⑤，论心游侠场。中年不得志⑥，谢病客游梁⑦。

【注释】

①文学：官名。唐于太子、诸王府及州县置"文学"，负责侍奉、修撰文章、雠校经史等事。

②"登君"句：汉乐府《相逢行》："黄金为君门，白玉为君堂。堂上置樽酒，作使邯郸倡。"

③平原：平原君赵胜。《史记·平原君虞卿列传》："喜宾客，宾客盖至者数千人。"

④邯郸娟：邯郸为战国时赵国国都。《汉书·地理志》：赵俗，女子多习歌舞，"游媚富贵，遍诸侯之后宫"，故称"邯郸娟"。

⑤使气：《宋书·刘穆之传》："（刘）瑀使气尚人，为宪司，甚得志。"座，宋蜀本、《全唐诗》作"坐"。

⑥志，《全唐诗》作"意"，又注："一作志"。

⑦"谢病"句：《史记·司马相如列传》："（相如）事孝景帝，为武骑常侍，非其好也。会景帝不好辞赋，是时梁孝王来朝，从游说之士齐人邹阳、淮阴枚乘、吴庄忌夫子之徒，相如见而说之。因病免，客游梁，梁孝王令与诸生同舍，相如得与诸生游士居数岁，乃著子虚之赋。"

郑霍二山人

翩翩繁华子，多出金张门①。幸有先人业，早蒙明主恩。童年且未学②，肉食骛华轩。岂乏中林士③，无人献至尊④。郑公老泉石，霍子安丘樊。卖药不二价⑤，著书盈万言。息阴无恶木，饮水必清源⑥。吾贱不及议，斯人竟谁论？

【注释】

①出，《全唐诗》注："一作事。"金张：金、张两姓为汉世显宦。此处泛指权贵。

②童，《全唐诗》注："一作同。"未，《全唐诗》注："一作末。"

③"岂乏"句：晋王康琚《反招隐诗》："今虽盛明世，能无中林士？"中林士，隐逸之士。

④献，宋蜀本、《全唐诗》作"荐"。

⑤"卖药"句：《后汉书·逸民列传》："韩康，字伯休……常采药名山，卖于长安市，口不二价，三十余年。时有女子从康买药，康守价不移，女子怒曰：'公是韩伯休耶，乃不二价乎？'康叹曰：'我本欲避名，今小女子皆知有我，何用药为？'乃遁入霸陵山中。"

⑥"息阴"二句：语本陆机《猛虎行》："渴不饮盗泉水，热不息恶木阴。"李善注：《尸子》曰：'孔子……过于盗泉，渴矣而不饮，恶其名也。'江邃《文释》云：'《管子》曰：夫士怀耿介之心，不荫恶木之枝；恶木尚能耻之，况与恶人同处？'今检《管子》，近亡数篇，恐是亡篇之内，而邃见之。"

【汇评】

［宋］范晞文《对床夜语》卷四："王维《寄崔郑二山人》云：'予贱不及议，斯人竟谁论。'是时维官必未显也。"

［明］何良俊《四友斋丛说》卷二五："王右丞五言有绝佳者，如《济上四贤咏》诸篇，格调既高，而寄兴复远，即古人诗中亦不能多见者。"

寓言二首

其 一

朱绂谁家子①，无乃金张孙？骊驹从白马②，出入铜龙门③。问尔何功德，多承明主恩④？斗鸡平乐馆⑤，射雉上林园⑥。曲陌车骑盛，高堂珠翠繁。奈何轩冕贵⑦，不与布衣言。

【题解】

这两首诗反映的思想与《郑霍二山人》很接近，疑写作时间相去不远，今姑系于开元十年(722)。《瀛奎律髓》编第二首入侠少类，作卢象诗。

【注释】

①朱绂(fú)：古代官服上的红色蔽膝。后多借指官服。《易·困》："困于酒食，朱绂方来。"程颐传："朱绂，王者之服，蔽膝也。"

②"骊驹"句：语本汉乐府《陌上桑》："何用识夫婿？白马从骊驹。"

③铜龙门：即龙楼门，汉长安宫门之一。《汉书·成帝纪》师古注："张晏曰：'门楼上有铜龙，若白鹤、飞廉之为名也。'"

④"问尔"二句：应璩《百一诗》："问我何功德，三入承明庐？"

⑤平乐馆：汉宫观名，在上林苑中，为当时贵族的娱乐场所。《汉书·武帝纪》："(元封六年)夏，京师民观角抵于上林平乐馆。"《文选》张衡《西京赋》："大驾幸乎平乐，张甲乙而袭翠被。"薛综注："平乐馆，大作乐处也。"

⑥上林园：即上林苑。汉武帝于建元三年(前138)在秦旧苑基础上扩建而成。苑内放养禽兽，供天子射猎。故址在今陕西西安市西及鳌屋、鄠县界。

⑦轩冕：古制，大夫以上乘轩服冕，因以成为贵显代称。

其 二

君家御沟上①，垂柳夹朱门。列鼎会中贵②，鸣珂朝至尊③。生死在八议④,穷达由一言。须识苦寒士,莫矜狐白温⑤。

【注释】

①御沟:流经皇宫的河道。《古今注》卷上:"长安御沟,谓之杨沟,谓植高杨于其上也。"

②列鼎:谓陈列盛馔。《说苑·建本》:"累茵而坐,列鼎而食。"

③鸣珂:马勒饰玉,行时作声,故名。《新唐书·车服志》:"三品以上珂九子,四品七子,五品五子,六品以下去通幰及珂。"

④八议:《旧唐书·刑法》:"一曰议亲,二曰议故,三曰议贤,四曰议能,五曰议功,六曰议贵,七曰议宾,八曰议勤。"唐律,上述八种人犯了死罪,其生死要由皇帝裁决。

⑤"须识"两句:语本《文选》王微《杂诗》:"讵忆无衣苦,但知狐白温。"狐白,即狐白裘,集狐腋部毛色纯白之皮制成,轻暖名贵。《史记·孟尝君列传》:"孟尝君有一狐白裘,直千金。"

【汇评】

李庆甲编集《瀛奎律髓汇评》卷四六:方回曰:"此诗有古乐府之意,格调甚高。前四句叙其富贵,五、六言其权势之盛,末句使之怜寒士也。"纪昀曰:"中四句虽对偶,然终是俳偶之古体,非律格也。语浅局促,以为高格尤非。"

鱼山神女祠歌二首

迎神曲①

坎坎击鼓,鱼山之下。吹洞箫,望极浦②。女巫进,纷屡舞。陈瑶席③,湛清酤④。风凄凄兮夜雨,神之来兮不来?使我心兮苦复苦!

张《谱》系于开元十年(722),为济州任上作。鱼山,一名吾山,在东阿县东南二十里(《元和郡县志》卷十)。东阿县本属济州,天宝十三载济州废,改隶郓州。王维任职济州期间曾登鱼山。他在《送郓州须昌冯少府赴任序》一文中说:"予昔仕鲁,盖尝之郓。书社万室,带以鱼山济水。"鱼山神女,即神女成公知琼。《搜神记》卷一载,神女成公知琼降济北郡,与从事掾弦超成婚。此故事在当地传为佳话,后人立祠祀之。王维效屈原《九歌》,作《迎神曲》《送神曲》。诗题,《河岳英灵集》作《渔山神女智琼祠歌》,《乐府诗集》作《祠渔山神女歌》。

【注释】

①诗题,《全唐诗》无"曲"字。下首同。

②"吹洞箫,望极浦":《楚辞·九歌·湘君》:"望夫君兮未来,吹参差兮谁思?……望涔阳兮极浦,横大江兮扬灵。"

③瑶席:一种如玉般精美贵重的席子。

④酤:酒。元刻本作"醋"。

【汇评】

[明]唐汝询《唐诗解》:"此冀神来降之辞。言既击鼓鱼山之下,又吹洞箫以望极浦,迎神之声乐盛矣。又使女巫进舞,列席陈筋,时风雨凄其,神之来否尚未可必也,徒使我心展转忧劳耳。盖极言求神之切,深冀其来格也。"

送神曲

纷进拜兮堂前①,目眷眷兮琼筵②。来不语兮意不传③,作暮雨兮愁空山④。悲急管⑤,思繁弦,灵之驾兮俨欲旋⑥。倏云收兮雨歇,山青青兮水潺湲。

【注释】

①拜:《全唐诗》作"舞",又注:"一作拜"。

②眷眷:顾盼貌。

③语:《全唐诗》作"言",又注:"一作语"。

④"作暮"句:用巫山神女事。宋玉《高唐赋序》:"昔者楚襄王与宋玉游于云梦之台,望高唐之观,其上独有云气。……王问玉曰:'此何气也?'玉对曰:'所谓朝云者也。'王曰:'何谓朝云?'玉曰:'昔者先王尝游高唐,怠而昼寝,梦见一妇人曰:妾巫山之女也,为高唐之客,闻君游高唐,愿荐枕席。王因幸之,去而辞曰:妾在巫山之阳,高丘之阻,旦为朝云,暮为行雨,朝朝暮暮,阳台之下。'"

⑤"管"下,《全唐诗》有"兮"字,又注:"一本无兮字"。

⑥"灵之"句:语本谢惠连《七月七日夜咏牛女诗》:"沃若灵驾旋,寂寥云幄空。"灵,《全唐诗》作"神",又注:"一作灵"。

【汇评】

[宋]朱熹《楚辞后语》:"维以诗名开元间,遭禄山乱,陷贼中不能死,事平复幸不诛。其人既不足言,词虽清雅,亦萎弱少气骨,独'山中人'与'望终南'、'迎送神'为胜。"

[明]顾可久曰:"二曲从《九歌》中来。"

[明]唐汝询《唐诗解》:"此神既降而送之也。言主祭者纷然进拜,若见神之顾我祭矣。虽无音声意象之可传,惟觉空山夜雨之有验。时管弦之声益哀,而知灵驾将归也。于是云收雨歇,山水依然,非神之已去乎?"

[明]许学夷《诗源辩体》卷十六:"摩诘楚辞,深得《九歌》之趣,唐人所难。"

[明]周珽《唐诗选脉会通评林》:"杨慎曰:'语从楚辞出,亦自难。'"

[明]桂天祥《批点唐诗正声》:"二曲俱从楚辞变化,而《送神》尤精致。"

[清]张谦宜《茧斋诗谈》卷五:"《鱼山神女祠歌》,妙在恍惚,所以为神。"

[清]翁方纲《石洲诗话》卷二:"唐诗似骚者,约言之有数种:韩文公《琴操》在骚之上,王右丞'送迎神曲'诸歌,骚之匹也。"

[清]吴昌祺《删订唐诗解》:"右丞虽不登峰造极,而各体俱佳。因属天资,亦由闲暇。子美曰:'文章憎命达',吾欲以此说解之。"

济州过赵叟家宴

虽与人境接,闭门成隐居。道言庄叟事①,儒行鲁人余。
深巷斜晖静,闲门高柳疏。荷锄修药圃,散帙曝农书②。上客
摇芳翰,中厨馈野蔬。夫君第高饮③,景晏出林间。

【题解】

题下原注曰:"公左降济州司仓参军时作。"张《谱》系于开元十年
(722)。王维于本诗中流露出对隐逸生活的真心喜爱。"深巷斜晖静,闲门
高柳疏",为写景名句。

【注释】

①庄叟:指庄子。《周书·萧大圜传》:"沽酪牧羊,协潘生之志;畜鸡种
黍,应庄叟之言。"

②散帙:打开书套。

③夫君:这里称朋友。

送孙二

郊外谁相送?夫君道术亲。书生邹鲁客,才子洛阳人①。
祖席依寒草②,行车起暮尘。山川何寂寞,长望泪沾巾③。

【题解】

孙二,不详。从"书生邹鲁客"一句看,当时孙二在山东作客。王维这
首送行诗作于济州任职期间。尾联"山川何寂寞"一句,笔法奇妙,语隐
情深。

【注释】

①"才子"句：潘岳《西征赋》："终童山东之英妙，贾生洛阳之才子。"

②祖：《汉书·刘屈牦传》师古注："祖者，送行之祭，因设宴饮焉。"祖席，饯席。

③"长望"句：张衡《四愁诗》："侧身北望涕沾巾。"

寄崇梵僧

崇梵僧，崇梵僧，秋归覆釜春不还。落花啼鸟纷纷乱，涧户山窗寂寂闲①。峡里谁知有人事？郡中遥望空云山。

【题解】

崇梵，寺名，在唐济州东阿县。宋江休复《江邻几杂志》："崇梵僧，初谓是僧名，乃寺名，近东阿覆釜村。"《全唐诗》据此注曰："崇梵寺近东阿覆釜村。"本诗应作于任职济州期间。从内容看，写于春季。由"秋归覆釜春不还"一句可看出，崇梵僧曾于本诗写作的头年秋天拜访过诗人。诗题下，宋蜀本注云"杂言"。

【注释】

①涧户：山涧中的房舍，此指僧舍。南朝梁孔稚珪《北山移文》："涧户摧绝无与归，石径荒凉徒延伫。"

【汇评】

[清]张谦宜《茧斋诗谈》卷五："《寄崇梵僧》结云：'峡里谁知有人事……'是之谓冷。"

赠东岳焦炼师

先生千岁余，五岳遍曾居。遥识齐侯鼎①，新过王母庐②。

不能师孔墨,何事问长沮③?玉管时来凤④,铜盘即钓鱼⑤。竦身空里语⑥,明目夜中书⑦。自有还丹术⑧,时论太素初⑨。频蒙露版诏⑩,时降软轮车⑪。山静泉逾响,松高枝转疏。支颐问樵客⑫,世上复何如?

张《谱》系于开元十年(722),济州任上作。《唐六典》卷四:"道士修行有三号,其一曰法师,其二曰威仪师,其三曰律师,其德高思精,谓之炼师。"炼师,一般用于对道士的敬称。"焦炼师"之名经常出现于唐诗中,如李白《赠嵩山焦炼师》、王昌龄《谒焦炼师》、李颀《寄焦炼师》、钱起《题嵩阳焦道士石壁》等。李白、钱起等人所题赠的"焦炼师"居于中岳嵩山,而王维本诗中的"焦炼师"则居于东岳泰山。但从"五岳遍曾居"来看,王维与李白等人笔下的"焦炼师"或许就是同一人。李白《赠嵩山焦炼师序》对"焦炼师"的描写也与王维本诗十分吻合。

【注释】

①"遥识"句:《史记·封禅书》:"(李)少君见上(武帝),上有故铜器,问少君,少君曰:'此器齐桓公十年陈于柏寝。'已而案其刻,果齐桓公器,一宫尽骇,以为少君神,数百岁人也。"

②王母:即西王母,道教中仙人。

③问长沮:《论语·微子》:"长沮、桀溺耦而耕。孔子过之,使子路问津焉。"

④"玉管"句:《列仙传》卷上:"萧史者,秦穆公时人也。善吹箫……穆公有女,字弄玉,好之,公遂以女妻焉。日教弄玉作凤鸣,居数年,吹似凤声,凤凰来止其屋,公为作凤台。夫妇止其上,不下数年,一旦皆随凤凰飞去。"

⑤"铜盘"句:《后汉书·方术列传》:"左慈,字元放,庐江人也。少有神道,尝在司空鲁操坐,操从容顾众宾曰:'今日高会,珍羞略备,所少吴松江鲈鱼耳。'放于下坐应曰:'此可得也。'因求铜盘贮水,以竹竿饵钓于盘中,

须臾引一鲈鱼出,操大拊掌笑,会者皆惊。操曰:'一鱼不周坐席,可更得乎?'放乃更饵钩沈之,须臾复引出,皆长三尺余,生鲜可爱。"

⑥竦身:即耸身。《淮南子·道应训》:"若士举臂而竦身,遂入云中。"空里语:葛洪《神仙传》卷十:"班孟者,不知何许人,或云女子也。能飞行终日,又能坐空虚之中与人言语。"

⑦"明目"句:葛洪《抱朴子内篇·杂应》:"或问明目之道,抱朴子曰:'能引三焦之升景,召大火于南离,洗之以明石,熨之以阳光,及烧丙丁洞视符,以酒和洗之,古人曾以夜书也。'"

⑧还丹:《全唐诗》注曰:一作"丹砂"。《抱朴子内篇·金丹》:"凡草木烧之即烬,而丹砂烧之成水银,积变又还成丹砂,其去凡草木亦远矣,故能令人长生。"

⑨太素:《列子·天瑞》:"太易者,未见气也;太初者,气之始也;太始者,形之始也;太素者,质之始也。"

⑩露版:指诏策文书等不缄封者。

⑪软轮车:《后汉书·明帝纪》:"尊事三老,兄事五更;安车软轮,供绥执绥。"李贤注:"安车,坐乘之车。软轮,以蒲裹轮。"

⑫支,《全唐诗》作"揩",又注:"一作支"。

赠焦道士

海上游三岛①,淮南预八公②。坐知千里外③,跳向一壶中④。缩地朝珠阙⑤,行天使玉童⑥。饮人聊割酒⑦,送客乍分风⑧。天老能行气⑨,吾师不养空⑩。谢君徒雀跃,无可问鸿蒙⑪。

【题解】

焦道士,疑即焦炼师。本诗写作时间与《赠东岳焦炼师》相去不远,也是济州任上所作。

【注释】

①三岛：指海上三神山，即蓬莱、瀛洲、方丈。

②八公：《水经注·肥水》："（刘安）养方术之徒数十人，皆为俊异焉。多神仙秘法，鸿宝之道。忽有八公，皆须眉皓素，诣门希见。门者曰：'吾王好长生，今先生无住衰之术，未敢闻相。'八公咸变成童，王甚敬之。八士并能炼金化丹，出入无间。乃与安登山，埋金于地，白日升天。余药在器，鸡犬舐之者，俱得上升。"

③"坐知"句：《抱朴子内篇·金丹》曰："服黄丹一刀圭，即便长生不老矣。及坐，见千里之外，吉凶皆知，如在目前也。"

④"跳向"句：《太平广记》卷十二《壶公》："常悬一空壶于屋上，日入之后，公跳入壶中，人莫能见，惟（费）长房楼上见之，知非常人也。长房乃日日自扫公座前地，及供馔物，公受而不辞。如此积久……公知长房笃信，谓房曰：'至暮无人时更来。'长房如其言即往，公语房曰：'见我跳入壶中时，卿便可效我跳，自当得入。'长房依言，果不觉已入，入后不复是壶，惟见仙宫世界。……公语房曰：'我仙人也，昔处天曹，以公事不勤见责，因谪人间耳。卿可教，故得见我。'"

⑤缩地：《太平广记》卷十二《壶公》："（费长房）有神术，能缩地脉，千里存在目前宛然，放之复舒如旧也。"

⑥玉童：仙童。《抱朴子内篇·金丹》："第九之丹名寒丹，服一刀圭，百日仙也，仙童仙女来侍，飞行轻举，不用羽翼。"

⑦割酒：《太平广记》卷十一《左慈》："初公（曹操）闻慈求分杯饮酒，谓当使公先饮，以余与慈耳，而（慈）拔道簪以画杯，酒中断，其间相去数寸，即饮半，半与公。"

⑧分风：《太平广记》卷十一《栾巴》："庐山庙有神……人往乞福，能使江湖之中，分风举帆，行各相逢。"

⑨天老：道教传说中黄帝的辅臣。行气：道家的修炼之术。

⑩养空：修养空虚之性。贾谊《鹏鸟赋》："不以生故自宝兮，养空而浮。"

⑪"谢君"二句：《庄子·在宥》："云将东游，过扶摇之枝，而适遭鸿蒙。鸿蒙方将拊脾雀跃而游，云将见之，倘然止，贽然立，曰：'叟何人邪？叟何为此？'鸿蒙拊脾雀跃不辍，对云将曰：'游。'云将曰：'朕愿有问也。'鸿蒙仰而视云将曰：'吁！'云将曰：'天气不合，地气郁结，六气不调，四时不节，今我愿合六气之精，以育群生，为之奈何？'鸿蒙拊脾雀跃掉头曰：'吾弗知！吾弗知！'云将不得问。"

渡河到清河作

泛舟大河里，积水穷天涯。天波忽开拆，郡邑千万家。行复见城市，宛然有桑麻。回瞻旧乡国，淼漫连云霞。

【题解】

此诗作于济州任职期间，张《谱》系于开元十一年(723)。诗题中，河指黄河，清河指唐贝州治所清河县。唐时，济州属河南道，贝州属河北道，由济州治所渡黄河西北行，即可至清河。本诗即为从济州渡河去清河的所见所闻。

赠祖三咏

蟏蛸挂虚牖①，蟋蟀鸣前除。岁晏凉风至，君子复何如？高馆阒无人②，离居不可道。闲门寂已闭，落日照秋草。虽有近音信，千里阻河关。中复客汝颍③，去年归旧山④。结交二十载，不得一日展。贫病子既深，契阔余不浅。仲秋虽未归，暮秋以为期。良会讵几日？终自长相思⑤！

【题解】

题下原注曰:"济州官舍作。"祖咏,行三,洛阳人,少与王维为吟侣(《唐才子传》卷一),开元十三年中进士(姚合《极玄集》卷上)。从"贫病子既深"等诗句来看,本诗应作于祖咏中进士之前,即开元十三年之前。张《谱》系于开元十一年(723)秋天。

【注释】

①蟏蛸:一种蜘蛛。

②"高馆"句:语本潘岳《怀旧赋》:"空馆阒其无人。"高馆,此处指济州官舍。

③"中复"句:指祖咏尝客居汝坟。祖咏《汝坟别业》诗云:"失路农为业,移家到汝坟。独愁常废卷,多病久离群。"汝坟县地处汝水之北、颍水之南,故称汝颍。

④旧山:指故乡洛阳。

⑤自,《全唐诗》、宋蜀本作"日";《全唐诗》又注:"一作自。"

【汇评】

[明]唐汝询《唐诗解》:"四语一转,是毛诗分章法。"

[明]周珽《唐诗选脉会通评林》:"吴山民曰:直叙中有委曲。'闲门'、'落日'二句含情正远。末实境语,读之使人长叹。"

[明]陆时雍《唐诗镜》卷十:"诗家各有一种真气,磨灭不尽。摩诘似较少,太白亦不多见,五言古时时有之,以此知陶、谢之美。"

[清]黄培芳《唐贤三昧集笺注》卷上:"取材《三百篇》,便觉色味俱高,此不可不知。"又:"四句一韵,深情远意,绵邈无穷,置之《毛诗》中,几不复可辨,此真为善学《三百》者也。"

[清]张文荪《唐贤清雅集》:"昔人谓王、孟五言难分高下。蒙意王气较和,孟骨差峻;王可兼孟,孟不能兼王,即此微分。故首王而次孟,非同耳食漫推重丞也。右丞各体俱佳,不谢不随,风规自远,古今绝调。○兴体。诗凡五解,法本汉人,其音节天然安适,是右丞本色,《国风》遗韵。"

[清]徐增《而庵说唐诗》卷二:"此诗共五解,如清水中数鱼,头头分明。作古诗法见于此。"

47

[清]焦袁熹《此木轩论诗汇编》："凡五章,读之只如书一通,真率温厚,情意可掬。"

喜祖三至留宿

门前洛阳客,下马拂征衣。不枉故人驾,平生多掩扉。行人返深巷,积雪带余晖。早岁同袍者①,高车何处归②?

【题解】

陈《谱》、张《谱》均系于开元十三年(725)冬。此时,祖咏擢第授官后东行赴任,途经济州,留宿王维官舍。维因有是作。祖咏有和章《答王维留宿》："四年不相见,相见复何为?握手言未毕,却令伤别离。"两人上次见面,发生在开元九年秋天王维谪济州途经洛阳时,距今正好四年。这是一首语短意深的佳作。诗人将自己寂寞、茫然而又孤傲的心灵隐藏在平淡无奇之诗句背后,极深婉而又极自然。

【注释】

①同袍:《诗经·秦风·无衣》："岂曰无衣?与子同袍。"孔疏:"我岂曰子无衣乎?我冀欲与子同袍。朋友同欲如是,故朋友成其恩好。"

②高车:对他人之车的尊称。

【汇评】

[明]胡震亨《唐音癸签》卷五:"'早岁同袍者,高车何处归?'似乎言同袍者之薄,然亦借之以明祖之过我者为厚,其意未尝不婉。若使他人为之,则露矣,直矣。"

[清]张谦宜《茧斋诗谈》卷五:"'行人返深巷,积雪带余晖',互相照应法。"

[清]冒春荣《葚原诗说》卷一:"诗以自然为上,工巧次之。工巧之至,始入自然;自然之妙,无须工巧。……王维《终南别业》,又《喜祖三至留宿》……此皆不事工巧极自然者也。"

答王维留宿

祖咏

四年不相见，相见复何为？握手言未毕，却令伤别离。升堂还驻马，酌醴便呼儿。语默自相对，安用傍人知。

齐州送祖三

送君南浦泪如丝①，君向东州使我悲②。为报故人憔悴尽，如今不似洛阳时！

【题解】

祖咏在济州短暂停留后，继续东行赴任。王维把他送到齐州，两人就此告别。维以诗赠行。本诗稍晚于《喜祖三至留宿》，可能作于开元十三年（725）冬。诗题，原作《送别》，据《唐人万首绝句》《全唐诗》改为《齐州送祖三》，以别于维集另一首五绝《送别》。本诗最后一句，"如今不似洛阳时"，指的是四年前两人在洛阳的那次相见，由此可见诗人的生活足迹。

【注释】

①"送君"句：《楚辞·九歌·河伯》："子交手兮东行，送美人兮南浦。"南浦，泛指送别之地。

②东州：泛指齐州以东的州郡。

和使君五郎西楼望远思归

高楼望所思，目极情未毕。枕上见千里，窗中窥万室。

悠悠长路人，暖暖远郊日。惆怅极浦外，迢递孤烟出。能赋属上才①，思归同下秩②。故乡不可见，云外空如一③。

【题解】

张《谱》系于开元十三年(725)，作于济州任上。本诗中的"使君"，疑指裴耀卿。开元十二年，裴耀卿任济州刺史；十四年，裴离开济州。在济州期间，王维为其僚属。本诗为登高望远怀乡之作。虽写哀怨难排的思归之情，却以开阔渺远的意象写出了一种悠然而悲凉的况味，令人回味不尽。

【注释】

①"能赋"句：《汉书·艺文志》："登高能赋，可以为大夫。"

②下秩：下等职位。

③外，宋蜀本、《全唐诗》作"水"，《全唐诗》又注："一作外"。

寒食汜上作

广武城边逢暮春①，汶阳归客泪沾巾②。落花寂寂啼山鸟，杨柳青青渡水人。

【题解】

诗题，《文苑英华》作《寒食汜上山中作》，《国秀集》作《途中口号》。据陈《谱》，王维于开元十四年(726)初春离济州司仓参军任。本诗作于西归途中，因此诗人自称"汶阳归客"。经广武、汜水时正逢寒食节，因有是作。诗以暮春风物映衬归客的感伤之情。后两句，以"闲闲缀景"而使诗意含蕴不尽、无迹可求。诗人捕捉造化的艺术天才，由此可窥一斑。

【注释】

①广武城：在唐郑州荥泽县西二十里(《元和郡县志》卷八)，位于今河南荥阳东北广武山上。

②汶阳:指汶水之北,此处指济州。

【汇评】

[明]谢榛《四溟诗话》卷四:"孔文谷曰:绝句如王摩诘'广武城边逢暮春……'与'渭城朝雨浥清尘'一篇……皆风人之绝响也。"

[明]唐汝询《唐诗解》:"景亦佳。通篇细读必有不堪者。"

[明]屠隆《鸿苞论诗》:"描写至情,历历如诉,一字一句,动魄惊魂。"

[清]黄叔灿《唐诗笺注》:"此春暮归途感时之作。落花寂寂,杨柳青青,伤春事之已阑,而归人之尚滞,末二句神致黯然。"

[清]宋顾乐《唐人万首绝句选评》:"上二句写完意思,下只闲闲缀景,意在言外。"

故南阳夫人樊氏挽歌二首

其 一

锦衣余翟茀①,绣縠罢鱼轩②。淑女诗长在,夫人法尚存③。凝筃随晓旆④,行哭向秋原。归去将何见,谁能返戟门⑤?

【题解】

作于开元十四年(726)自济州西归至洛阳时。诗题,《全唐诗》无"二首"两字,且将二诗分别编于五律及五古部分,题皆曰《故南阳夫人樊氏挽歌》。同时作挽歌的还有孙逖、徐安贞。孙诗题曰《程将军妻南阳郡夫人樊氏挽歌》,徐诗题曰《程将军夫人挽诗》。程将军,即程伯献,"开元中左金吾大将军"(《旧唐书·程知节传》)。《唐代墓志汇编》开元四八三《程伯献墓志》:"夫人南阳樊氏讳周字大雅……年五十四先公而薨,窆于偃师县首山之阳。"樊氏卒于开元十四年秋,王维此诗也作于此时。

【注释】

①翟茀:古代贵族妇女所乘之车,前后有障幔,上饰以雉羽。《诗·卫

风·硕人》："朱幩镳镳，翟茀以朝。"疏："妇人乘车不露见，车之前后，设障以自隐蔽，谓之茀，因以翟羽为之饰。"茀，原作"蔽"，据宋蜀本、《全唐诗》改。

②绣毂：美饰之车。南朝陈张正见《刘生》："金门四姓聚，绣毂五香来。"鱼轩：《左传》闵公二年杜注："鱼轩，夫人车，以鱼皮为饰。"

③夫人法：《晋书·列女传》："王浑妻钟氏，字琰……礼仪法度为中表所则。……浑弟湛妻郝氏亦有德行，琰虽贵门，与郝雅相亲重，郝不以贱下琰，琰不以贵陵郝，时人称钟夫人之礼，郝夫人之法云。"

④凝笳：笳声徐缓。谢朓《鼓吹曲》："凝笳翼高盖，叠鼓送华辀。"李善注："徐引声谓之凝。"旆：旗帜。此指送葬之仪仗。

⑤戟门：立戟之门。唐制，三品以上官员许于私第门旁立戟，故称戟门，引申为贵显之家。

其 二

石窌恩荣重①，金吾车骑盛。将朝每赠言②，入室还相敬③。叠鼓秋城动，悬旌寒日映④。不言长不归⑤，环佩犹将听。

【注释】

①石窌(liù)：参见《故西河郡杜太守挽歌三首》其二注②。

②"将朝"句：《左传》成公十五年："初，伯宗每朝，其妻必戒之曰：'盗憎主人，民恶其上，子好直言，必及于难。'"

③"入室"句：《后汉书·庞公传》："(庞公)居岘山之南，未尝入城府。夫妻相敬如宾。"

④旌：此处指铭旌或明旌。《礼记·檀弓下》："铭，明旌也。以死者为不可别已，故以其旌识之。"

⑤不言：不料。陶弘景《题所居壁》："不言昭阳殿，化作单于宫。"

观别者

　　青青杨柳陌,陌上别离人。爱子游燕赵①,高堂有老亲。不行无可养,行去百忧新。切切委兄弟,依依向四邻。都门帐饮毕②,从此谢宾亲③。挥泪逐前侣,含凄动征轮。车从望不见④,时时起行尘⑤。余亦辞家久⑥,看之泪满巾。

【题解】

　　此诗疑作于开元十四年(726)自济州西归至洛阳时。先写"别者"因家贫不得已而外出谋生的情景,最后两句写自己被触发的游子之悲,点出"观"字。"不行"四句,"道出贫士临行恋母情状"(清余成教语),被清吴乔赞为:"当置《三百篇》中,与《蓼莪》比美。"

【注释】

　　①燕赵:战国时之燕国与赵国,泛指河北诸郡。

　　②都门:这里指东都城门外。帐饮:古时出行,送者在路旁设帐置酒饯别。

　　③宾亲,宋蜀本、《全唐诗》作"亲宾"。

　　④从:随行之人;宋蜀本、《全唐诗》作"徒"。

　　⑤"时时"句:江淹《别赋》:"驱征马而不顾,见行尘之时起。"时时,宋蜀本、《全唐诗》作"时见"。

　　⑥余,宋蜀本、《全唐诗》作"吾"。《全唐诗》又注:"一作余"。

【汇评】

　　[宋]陈岩肖《庚溪诗话》卷下:"昔人临歧执别,回首引望,恋恋不忍遽去,而形于诗者,如王摩诘云:'车徒望不见,时见起行尘';欧阳詹云:'高城已不见,况复城中人';东坡与其弟子由别云:'登车回首坡陇隔,时见乌帽出复没'。咸记行人已远,而故人不复可见。语虽不同,其惜别之意则

同也。"

[明]唐汝询《汇编唐诗十集》："浅浅说，曲尽别思，觉雕琢者徒苦。说他人，其切乃尔，己怀可知，《阳关》所以绝句。"

《唐诗归》卷八："钟云：观别者与自家送别，益觉难堪，非深情人不暇命如此题。（'不行'二句下）情真事真，游人下泪，不须读下二句矣。（'切切'句下）贫士老于客游，方知此境。"

[清]沈德潜《唐诗别裁集》卷一："只写别者之情，'观'字只末二句一点自足。"

[清]吴乔《围炉诗话》卷三："王右丞五古，尽善尽美矣。《观别者》云：'不行无可养，行去百忧新。切切委兄弟，依依向四邻。'当置《三百篇》中与《蓼莪》比美。"

[清]余成教《石园诗话》卷一："（'不行'四句）实能道出贫士临行恋母情状。"

赠房卢氏琯

达人无不可①，忘己爱苍生。岂复小千室②？弦歌在两楹③。浮人日已归④，但坐事农耕。桑榆郁相望，邑里多鸡鸣。秋山一何净，苍翠临寒城。视事兼偃卧⑤，对书不簪缨⑥。萧条人吏疏，鸟雀下空庭⑦。鄙夫心所向⑧，晚节异平生⑨。将从海岳居，守静解天刑⑩。或可累安邑⑪，茅茨君试营⑫。

【题解】

张《谱》、杨《系年》系此诗于开元十四年（726）。房卢氏琯，即房琯，因其时任卢氏（今河南卢氏县）令，故谓。《旧唐书·房琯传》："开元十二年，玄宗将封岱岳，琯撰《封禅书》一篇及笺启以献。中书令张说奇其才，奏授秘书省校书郎，调补同州冯翊尉。无几去官，应堪令县令举，授虢州卢氏令,政多惠爱,人称美之。二十二年,拜监察御史。"据此可知,琯任卢氏令的时间,是在开元十二年(724)至二十二年(734)之间。由于王维开元十四年(726)春才离济州司库参军任,十五年(727)即官淇上。在这期间,王维有一段赋闲的时间,于是写此诗赠房琯,表示想到卢氏依附他结庐隐居。"鄙夫心所向,晚节异平生。将从海岳居,守静解天刑。或可累安邑,茅茨君试营",这六句诗表达的正是这层意思。

【注释】

①"达人"句:意谓通达之人无所不宜。语本贾谊《鹏鸟赋》:"达人大观兮,物无不可。"

②小,宋蜀本、《全唐诗》作"少"。千,宋蜀本、《全唐诗》作"十"。千室:千室之邑,小邑。《论语·公冶长》:"千室之邑,百乘之家,可使为之宰也。"

③弦歌:指礼乐教化。《论语·阳货》:"子之武城,闻弦歌之声。"两楹:两楹之间为房屋正中所在,为举行重大仪式的地方。

④浮人:漂泊在外之人。

⑤视事:治理政务。《左传·襄公二十五年》:"飨诸北郭,崔子称疾,不视事。"偃卧:仰卧。

⑥簪缨:簪冠系缨。

⑦"萧条"二句:语本谢灵运《斋中读书》:"虚馆绝诤讼,空庭来鸟雀。"

⑧向,宋蜀本、《全唐诗》作"尚"。

⑨晚节:犹近年。平生:平时。

⑩解天刑:摆脱名利的束缚。《庄子·德充符》:"老聃曰:'……解其桎梏,其可乎?'无趾曰:'天刑之,安可解?'"

⑪累安邑:晋皇甫谧《高士传》卷中:"闵贡,字仲叔……客居安邑,老病家贫,不能得肉,日买猪肝一片,屠者或不肯与,其令闻,敕吏常给焉。仲叔怪,问知之,乃叹曰:'岂以口腹累安邑邪?'遂去,客沛,以寿终。"

⑫茅茨:指茅屋。

晦日游大理韦卿城南别业四首

其 一

与世淡无事①，自然江海人。侧闻尘外游，解骖轵朱轮②。极野照暄景③，上天垂春云。张组竟北阜④，泛舟过东邻。故乡信高会⑤，牢醴及家臣⑥。幸同击壤乐⑦，心荷尧为君⑧。

【题解】

张《谱》系于开元十四年(726)。韦卿，即韦抗。《旧唐书·韦抗传》："(开元)十一年，入为大理卿，其年代陆象先为刑部尚书，寻又分掌吏部选事。十四年卒。"《新唐书·韦抗传》："(抗)所辟举，如王维、王缙、崔殷等，皆一时选云。"开元十四年春，王维回到长安，得机会与韦抗相处。本诗第二首曰："郊居杜陵下，永日同携手。"可见两人相处是在长安，此组诗也是写于这时候。本首中"归欤绌微官"之句，指去济州司仓参军职而赋闲在家。诗题，宋蜀本、《全唐诗》无"四首"二字。题下原注曰："四声依次用，各六韵。"谓四首依次分押平、上、去、入四声之韵。晦日，为阴历每月的最后一天。

【注释】

①无事：无为。《老子》五十七章："我无事而民自富，我无欲而民自朴。"

②解骖：卸马。"骖"，元刻本作"弁"。轵：阻止。朱轮：显贵所乘之车。《后汉书·舆服志》："公、列侯，安车，朱班轮。"

③极：宋蜀本、《全唐诗》作"平"。《全唐诗》又注："一作极。"暄景：温暖的日光。

④张组：张设帷帐。《文选》谢灵运《从游京口北固应诏》："张组眺倒

景,列筵瞩归潮。"竟:穷尽;元刻本作"共"。北,元刻本作"曲"。

　　⑤高会:盛会。《史记·项羽本纪》:"饮酒高会。"

　　⑥牢:指供宴飨用的牛羊豕。醴:甜酒。家臣:宋蜀本、《全唐诗》作"佳辰"。《全唐诗》又注:"一作家臣。"

　　⑦击壤:盛世太平之象。晋皇甫谧《帝王世纪》:"帝尧之世,天下大和,百姓无事。有八九十老人,击壤而歌。"

　　⑧荷:承受恩泽。

其　二

　　郊居杜陵下①,永日同携手。人里蔼川阳②,平原见峰首。园庐鸣春鸠,林薄媚新柳③。上卿始登席,故老前为寿④。临当游南陂,约略执杯酒。归与绌微官⑤,惆怅心自咎。

【注释】

　　①杜陵:古县名,因汉宣帝筑陵葬于此而得名。故址在今陕西西安市东南。

　　②人,《全唐诗》作"仁",又注:"一作人"。蔼:树木繁茂;宋蜀本、《全唐诗》俱作"霭"。川阳:杜陵在樊川之北,故谓。

　　③林薄:草木丛杂。

　　④故老:年高多识者。晋陶潜《咏二疏》:"促席延故老,挥觞道平素。"为寿:《汉书·高帝纪》师古注:"凡言为寿,谓进爵于尊者,而献无疆之寿。"

　　⑤归与:元刻本、顾本作"车辙"。绌,通"黜",罢职。

其　三

　　冬中余雪在,墟上春流驶①。风日畅怀抱②,山川好天气③。雕胡先丰酌④,庖脍亦云至⑤。高情浪海岳,浮生寄天地⑥。君子外簪缨,埃尘良不眷⑦。所乐衡门中⑧,陶然忘其贵。

【注释】

①墟:村落。春流:春水。谢灵运《山居赋》:"悲温泉于春流,驰寒波而秋徂。"

②畅,宋蜀本作"扬"。

③好天气,《全唐诗》作"多秀气",又注:"一作好天气。"

④雕胡:即菰米。《西京杂记》卷一:"菰之有米者,长安人谓为雕胡。"丰酌,宋蜀本、《全唐诗》作"晨炊";《全唐诗》又注:"一作丰酌"。

⑤云,宋蜀本作"后"。

⑥浮生:人生于世。《庄子·刻意》:"其生若浮,其死若休。"

⑦不啻:不异于。

⑧衡门:横木为门,指简陋的住处。《诗经·陈风·衡门》:"衡门之下,可以栖迟。"

其 四

高馆临澄陂,旷望荡心目①。澹荡动云天,玲珑映墟曲②。
鹊巢结空林,雉雊响幽谷③。应接无闲暇④,徘徊以踯躅。纡
组上春堤⑤,侧弁倚乔木⑥。弦望忽已晦⑦,后期洲应绿。

【注释】

①望,宋蜀本、《全唐诗》作"然"。荡,底本、《全唐诗》均注:一作"理"。

②墟曲:犹村野。陶渊明《归园田居》其二:"时复墟曲中,披草共来往。"

③雊(gòu):雉鸣。

④"应接"句:《世说新语·言语》:"王子敬云:从山阴道上行,山川自相映发,使人应接不暇。"

⑤纡组:系佩官印。晋陆云《晋故散骑常侍陆府君诔》:"超践皇闼,纡组垂缨。"

⑥侧弁(biàn)：犹言歪戴帽子。《诗经·小雅·宾之初筵》："宾既醉止，载号载呶。……侧弁之俄，屡舞傞傞。"乔木：《诗经·小雅·伐木》："出自幽谷，迁于乔木。"毛传："乔，高也。"

⑦"弦望"句：意谓时光流逝。王充《论衡·四讳》："八日月中分谓之弦，十五日日月相望谓之望，三十日日月合宿谓之晦，晦与弦望一实也。"

偶然作六首

其 一

楚国有狂夫①，茫然无心想。散发不冠带，行歌南陌上。孔丘与之言，仁义莫能奖。未尝肯问天②，何事须击壤③？复笑采薇人④，胡为乃长往⑤！

【题解】

陈《谱》、张《谱》均系此诗于开元十五年(727)。第三首透露了作者当时的一些信息。"日夕见太行"、"孙登长啸台(苏门山)"，说明诗人当时在距离太行山、苏门山不远的淇上；"小妹日成长，兄弟未有娶。家贫禄既薄，储蓄非有素。几回欲奋飞，踟蹰复相顾"，说明诗人出于家庭生计之需而任一微职。诗题，诸本均作《偶然作六首》。第六首乃王维晚年之诗，与前五首非同时作。唐张彦远《历代名画记》卷十云："清源寺壁上画辋川，笔力雄壮，常自制诗曰：'当世谬词客，前身应画师。不能舍余习，偶被时人知。'诚哉是言也。"《万首唐人绝句》采"宿世谬词客"四句作一绝，题曰《题辋川图》。陈铁民《校注》将第六首独自成篇，也题作《题辋川图》。

【注释】

①"楚国"句：指楚狂接舆。《论语·微子》："楚狂接舆歌而过孔子，曰：'凤兮凤兮，何德之衰？'……孔子下，欲与之言。趋而辟之，不得与之言。"

②未尝肯：宋蜀本作"未能皆"。问天：指屈原作《天问》以抒愤。

③击壤：见《晦日游大理韦卿城南别业四首》其一注⑦。

④采薇人：指伯夷、叔齐。《史记·伯夷列传》：周武王灭商后，伯夷、叔齐耻食周粟，隐于首阳山，采薇而食，后饿死。

⑤长往：指死亡。

【汇评】

《唐诗归》卷八："钟云：读此知狂不易言。孔子思狂，正是此一流人。"

［清］沈德潜《唐诗别裁集》卷一："（'散发'以下四句）只写狂士行径，然倾倒至矣。"

［清］黄周星《唐诗快》卷四："既薄孔孟，复笑夷齐，又不肯为屈原，此狂夫煞是作怪。"

［清］王闿运批《唐诗选》："狂夫则不知商粟周粟之别。"

其　二

田舍有老翁，垂白衡门里①。有时农事闲，斗酒呼邻里。喧聒茅檐下，或坐或复起。短褐不为薄②，园葵固足美③。动则长子孙④，不曾向城市。五帝与三王⑤，古来称天子⑥。干戈将揖让⑦，毕竟何者是？得意苟为乐，野田安足鄙？且当放怀去⑧，行行没余齿⑨。

【注释】

①衡门：横木为门，指简陋的住处。《诗经·陈风·衡门》："衡门之下，可以栖迟。"

②短褐：指粗布衣服。薄：鄙陋。

③"园葵"句：意本陶潜《止酒》："好味止园葵，大欢止稚子。"

④长：养育。

⑤五帝：指黄帝、颛顼、帝喾、唐尧、虞舜。三王：夏、商、周三代开国之君，即夏禹、商汤、周文王、周武王。

⑥天，宋蜀本、元刻本作"君"。

⑦将:与。揖让:禅位。

⑧放,宋蜀本、元刻本作"忘"。

⑨行行:陶潜《饮酒》其十六:"行行向不惑,淹留遂无成。"逯钦立注:"行行,渐渐。"

【汇评】

[明]顾可久:"类陶真率。"

《唐诗归》卷八:"谭云:'五帝'二语,似《水浒传》不读书人语。"又:"钟云:'干戈'二句,庄、列之语,说得儒者败兴。"

[清]黄周星《唐诗快》卷四:"('五帝'四句)骈语自妙。"

[清]沈德潜《唐诗别裁集》卷一:"('干戈'二句)田野口角如生。"

其 三

日夕见太行①,沉吟未能去。问君何以然?世网婴我故②。小妹日成长,兄弟未有娶。家贫禄既薄,储蓄非有素。几回欲奋飞③,踟蹰复相顾。孙登长啸台④,松竹有遗处。相去讵几许?故人在中路。爱染日已薄⑤,禅寂日已固⑥。忽乎吾将行⑦,宁俟岁云暮!

【注释】

①太行:太行山。

②"世网"句:语本陆机《赴洛道中作》:"借问子何之?世网婴我身。"婴:缠绕。

③奋飞:这里意指弃世隐居。

④"孙登"句:《晋书·阮籍传》:"籍尝于苏门山遇孙登,与商略终古及栖神导气之术,登皆不应,籍因长啸而退。至半岭,闻有声若鸾凤之音,响乎岩谷,乃登之啸也。"孙登,魏晋隐士,《晋书》卷九四有传。长啸台,即孙登隐居的苏门山,又名苏岭、百门山,在今河南辉县西北。

⑤爱染:贪爱之心。《智度论》卷一:"自法爱染故,毁訾他人法。"

⑥禅寂:即静虑,寂静思虑之义。《维摩经·方便品》:"一心禅寂,摄诸乱意。"

⑦"忽乎"句:语本《楚辞·九章·涉江》:"怀信侘傺,忽乎吾将行兮。"

其　四

陶潜任天真①,其性颇耽酒②。自从弃官来③,家贫不能有。九月九日时,菊花空满手。中心窃自思,傥有人送否?白衣携壶觞,果来遗老叟④。且喜得斟酌⑤,安问升与斗。奋衣野田中,今日嗟无负⑥。兀傲迷东西⑦,襄笠不能守。倾倒强行行,酣歌归五柳⑧。生事不曾问⑨,肯愧家中妇。

【注释】

①任天真:率性。

②"其性"句:陶潜《五柳先生传》:"性嗜酒,家贫不能常得。亲旧知其如此,或置酒而招之。造饮辄尽,期在必醉;既醉而退,曾不吝情去留。"

③弃官:萧统《陶渊明传》:"岁终,会郡遣督邮至县,吏请曰:'应束带见之。'渊明叹曰:'我岂能为五斗米折腰向乡里小儿!'即日解绶去职,赋《归去来》。"

④"九月"下六句:《北堂书钞》卷一五五引《续晋阳秋》曰:"陶渊明尝九月九日无酒,出宅边菊丛中摘菊盈把,坐其侧。久望见白衣人至,乃王弘(时任江州刺史)送酒也。即便就酌,醉而后归。"

⑤斟酌:斟酒。陶渊明《移居》其二:"过门更相呼,有酒斟酌之。"

⑥"今日"句:陶渊明《饮酒》其二十:"若复不快饮,空负头上巾。"萧统《陶渊明传》言渊明以头巾漉酒,漉毕,还复着之。

⑦兀傲:孤傲不羁。陶潜《饮酒》其十三:"规规一何愚,兀傲差若颖。"

⑧五柳:指渊明的住宅。《五柳先生传》曰:"先生不知何许人也,亦不详其姓字。宅边有五柳树,因以为号焉。"

⑨生事:生计。

[宋]刘辰翁评:"'安问升与斗',但可从此止。"

其 五

赵女弹箜篌,复能邯郸舞①。夫婿轻薄儿,斗鸡事齐主②。黄金买歌笑,用钱不复数。许史相经过③,高门盈四牡④。客舍有儒生,昂藏出邹鲁⑤。读书三十年,腰下无尺组⑥。被服圣人教⑦,一生自穷苦。

【注释】

①"赵女"二句:《汉书·地理志》谓赵地女子多习歌舞,"游媚富贵,遍诸侯之后宫"。箜篌:古弦乐器。

②"斗鸡"句:《庄子·达生》:"纪渻子为王养斗鸡。"陆德明《释文》:"王,司马云:齐王也。"

③许史:汉宣帝时外戚许氏、史氏,代指权贵。经过:交往。

④四牡:四匹雄马拉的车子。

⑤昂藏:气度轩昂。邹鲁:《史记·货殖列传》曰:"邹鲁滨洙泗,犹有周公遗风,俗好儒,备于礼。"

⑥下,宋蜀本、《全唐诗》作"间";《全唐诗》又注:"一作下"。尺组:系官印的绶带。

⑦被服:亲身蒙受。

【汇评】

[明]顾可久曰:"首首冲淡复老劲。"

《唐诗归》卷八:"钟云:读王、储《偶然作》,见清士高人胸中皆似有一段垒块不平处,特其寄托高远,意思深厚,人不能觉。然储作气和而王作骨傲,储似微胜。"

[清]陈沆《诗比兴笺》:"刺鸡神童之宠幸,而贤材遗弃,与太白诗同旨。"

其　六

老来懒赋诗，惟有老相随。宿世谬词客①，前身应画师。不能舍余习②，偶被世人知。名字本皆是，此心还不知③。

【注释】

①宿世：佛教语，即前生；《全唐诗》注："一作当代"。谬词客：妄为诗人。

②余习：又曰残习、余气、习气，指前世遗留的习染。《维摩诘经》："深入缘起，断诸邪见，有无二边，无复余习。"

③心，宋蜀本作"知"。

【汇评】

[唐]朱景玄《唐朝名画录》："维复画《辋川图》，山谷郁盛，云飞水动，意出尘外，怪生笔端，尝自题诗云：'当世谬词客，前身应画师。'其自负也如此。"

[宋]阮阅《诗话总龟》前集卷十三："《古今诗话》：王摩诘酷好画山水。其画山耸谷邃，云浮水飞，意出尘外。尝自题云：'宿世谬词客，前身应画师。'李璟定为妙品上上。"

[宋]葛立方《韵语阳秋》卷十四："王摩诘自谓'宿世谬词客，前身真画师'。故窦蒙所著《画拾遗》称之云：'诗合国风，画关山水，子华之圣。加以心融物外，道契玄微，则其用笔清润秀整，岂他人之可并哉！'"

[明]董其昌《画禅室随笔》卷四："王右丞诗云：'宿世谬词客，前身应画师。'余谓右丞云峰石迹，迥合天机，笔思纵横，参乎造化，以前安得有此画师也。"

[明]王世贞《弇州四部稿》卷一三七："公绘事既妙绝，而奉佛尤笃。所画罗汉，于端严静雅外，别具一种慈悲意。此君当云'夙世自禅伯，前身应画师'，乃称耳。"

[清]余成教《石园诗话》卷二："（'宿世'四句）善于自写。"

同王十三维偶然作十首

储光羲

仲夏日中时,草木看欲焦。田家惜功力,把锄来东皋。顾望浮云阴,往往误伤苗。归来悲困极,兄嫂共相譊。无钱可沽酒,何以解劬劳?夜深星汉明,庭宇虚寥寥。高柳三五株,可以独逍遥。

北山种松柏,南山种蒺藜。出入虽同趣,所向各有宜。孔丘贵仁义,老氏好无为。我心若虚空,此道将安施?暂过伊阙间,晼晚三伏时。高阁入云中,芙蓉满清池。要自非我室,还望南山陲。

野老本贫贱,冒暑锄瓜田。一畦未及终,树下高枕眠。荷筕篨者谁子?皤皤来息肩。不复问乡墟,相见但依然。腹中无一物,高话羲皇年。落日临层隅,逍遥望晴川。使妇提蚕筐,呼儿傍渔船。悠悠泛绿水,去摘浦中莲。莲花艳且美,使我不能还。

浮云在虚空,随风复卷舒。我心方处顺,动作何忧虞。但言婴世网,不复得闲居。迢递别东国,超遥来西都。见人但恭敬,曾不问贤愚。虽若不能言,中心亦难诬。故乡满亲戚,道远情日疏。偶欲陈此意,复无南飞凫。

草木花叶生,相与命为春。当非草木意,信是故时人。静念侧群物,何由知至真。狂歌问夫子,夫子莫能陈。凤凰飞且鸣,容裔下天津。清净无言语,兹焉庶可亲。

黄河流向东,弱水流向西。趋舍各有异,造化安能齐!

妾本邯郸女，生长在丛台。既闻容见宠，复想玄为妻。刻划尚风流，幸遇君招携。逶迤歌舞座，婉娈芙蓉闺。日月方向除，恩爱忽焉暌。弃置谁复道，但悲生不谐。羡彼匹妇意，偕老常同栖。

日暮登春山，山鲜云复轻。远近看春色，踟蹰新月明。仙人浮邱公，对月时吹笙。丹鸟飞熠熠，苍蝇乱营营。群动汩吾真，讹言伤我情。安得如子晋，与之游太清。

耽耽铜鞮宫，遥望长数里。宾客无多少，出入皆珠履。朴儒亦何为，辛苦读旧史。不道无家舍，效他养妻子。冽冽玄冬暮，衣裳无准拟。偶然著道书，神人养生理。公卿时见赏，赐赉难具纪。莫问身后事，且论朝夕是。

空山暮雨来，众鸟竟栖息。斯须照夕阳，双双复抚翼。我念天时好，东田有稼穑。浮云蔽川原，新流集沟洫。徘徊顾衡宇，僮仆邀我食。卧拥床头书，睡看机中织。想见明膏煎，中夜起唧唧。

四邻竞丰屋，我独存卑室。窈窕高台中，时闻抚清瑟。狂飙动地起，拔木乃非一。相顾始知悲，中心忧且栗。蚩蚩命子弟，恨不居高秩。日入宾从归，清晨冠盖出。中庭有奇树，荣早衰复疾。此道犹不知，微言安可述。

淇上别赵仙舟

相逢方一笑，相送还成泣。祖帐已伤离①，荒城复愁入。天寒远山净，日暮长河急。解缆君已遥，望君犹伫立。

张《谱》系于开元十五年(727),时任职于淇上。诗题,底本、宋蜀本、元刻本、《全唐诗》俱作《齐州送祖三》,认为作于齐州,所送者为祖三;《河岳英灵集》、《文苑英华》、《唐文粹》、《唐诗纪事》并作《淇上送赵仙舟》。唐本应更接近事实,且维集中另有《齐州送祖三》七绝一首,当以今题为是。赵仙舟,生平不详。

【注释】

①祖帐:古代送别,在郊外路旁设的帷帐,亦指送行的酒筵。

【汇评】

(元)杨士弘《批点唐音》:"顾云:'日暮长河急'句特异。"

《唐诗归》卷八:"钟云:('天寒'二句)幽景入送别中,妙。谭云:(末二句)送行图。"

[明]唐汝询《汇编唐诗十集》:"此篇是景体律诗,妙在结句。"

[明]李攀龙《唐诗广选》"起结凄断,令人不能已已。如此起句最老,而不易工。"

[明]周珽《唐诗选脉会通评林》:"诗神全在数虚字上。"

[清]施补华《岘佣说诗》:"此四韵短古也。三联'天寒远山净,日暮长河急'用写景之笔宕开,而情在景中,篇幅遂短而不促,此法宜学。"

[清]宋宗元《网师园唐诗笺》:"('天寒'句下)黯然入画。"

[清]贺裳《载酒园诗话》又编:"'相逢方一笑,相送还成泣。''解缆君已遥,望君犹伫立。'见得交谊蔼然,千载之下,犹难为怀。"

[清]沈德潜《唐诗别裁集》卷一:"('天寒'二句)著此二语,下'望君'句愈觉黯然。"

[清]徐增《而庵说唐诗》卷二:"摩诘诗,妙在不设色而意自远,画中之白描高手。"

[清]黄培芳《唐贤三昧集笺注》:"顾云:情至,宛曲不尽。"

[清]谭宗《近体秋阳》:"劲直澹怆,此近体中古法也。摩诘诗本由古得,兹且化古于律。然其在古体乃转有寝淫于近制者,端不如收此拗律之为愈矣。"

［清］王寿昌《小清华园诗谈》卷下："结句贵有味外之味，弦外之音。……王右丞之'解缆君已遥，望君犹伫立'……是皆'一唱而三叹，慷慨有余音'者。"

淇上即事田园

屏居淇水上，东野旷无山。日隐桑柘外，河明闾井间。牧童望村去①，猎犬随人还②。静者亦何事？荆扉乘昼关。

【题解】

陈《谱》系此诗于开元十六年(728)。《偶然作》其三曰："忽乎吾将行，宁俟岁云暮。"可见王维对其新任官职并不满意，已有退隐之意。不久，便弃官在淇上隐居，本诗即作于这期间。诗题，宋蜀本作《春中田园作二首》，此诗为其第二首。诗歌描写了幽静的田园风光，景色如画，颔联中的"隐"、"明"二字，极尽锤炼而出于自然，为历代诗评家所称道。

【注释】

①望：向着。

②猎，元刻本作"田"。

【汇评】

《瀛奎律髓汇评》卷二十三：方回："右丞诗长于山林，'河明闾井间'一联，诗人所未有也。'牧童'、'田犬'句，尤雅净。"纪昀："三、四如画。"许印芳："右丞诗笔，无施不可，特以性耽丘壑，故闲适之诗独多。虚谷遂谓其长于山林，岂知右丞者哉？"

送严秀才还蜀

宁亲为令子①，似舅即贤甥②。别路经花县③，还乡入锦城④。山临青塞断,江向白云平。献赋何时至?明君忆长卿⑤。

【题解】

唐初,秀才与明经、进士并设为举士科目,高宗永徽二年罢秀才科,其后遂以秀才为进士之通称。从本诗内容来看,严秀才为蜀地人,可能应进士试落第而还乡。从"别路经花县"句可知严还蜀需途经河阳,陈铁民据此推断说:如维在长安或洛阳送严,则严归途中无须经过河阳;而在淇上相送,则需过河阳,故疑此诗当作于淇上。如果此推断成立的话,此诗应作于开元十五或十六年。

【注释】

①宁亲:使父母安宁。扬雄《法言·序》:"孝莫大于宁亲。"

②"似舅"句:《晋书·何无忌传》:"(桓玄)曰:何无忌,刘牢之(镇北将军)之甥,酷似其舅,共举大事何谓无成?"

③花县:指河阳县(唐时治所在今河南省孟州市南)。庾信《春赋》:"河阳一县并是花。"

④锦城:《元和郡县志》卷三十一:"锦城在(成都)县南十里,故锦官城也。"因三国蜀汉时主管织锦的官驻此而得名,后亦用为成都之别称。

⑤"献赋"二句:《史记·司马相如列传》:"司马相如者,蜀郡成都人也。字长卿……著《子虚》之赋。……蜀人杨得意为狗监,侍上(汉武帝),上读《子虚赋》而善之,曰:'朕独不得与此人同时哉!'得意曰:'臣邑人司马相如,自言为此赋。'上惊,乃召问相如。相如曰:'有是。然此乃诸侯之事,未足观也。请为天子游猎赋。'赋成,奏之。"

【汇评】

[明]唐汝询《唐诗解》:"'经花县',将谒舅也。'入锦城',归省亲也。"

[清]吴修坞《唐诗续评》:"送人诗,多于结处拖出后日期望之意。"

送孟六归襄阳

杜门不欲出^①，久与世情疏。以此为长策^②，劝君归旧庐。醉歌田舍酒，笑读古人书。好是一生事，无劳献《子虚》^③。

【题解】

陈《谱》、张《谱》均系此诗于开元十七年(729)。此时，王维已经从淇上返回长安，赋闲在家，与孟浩然、张九龄等人交往密切。孟浩然于开元十六年参加进士试，落第滞留长安；十七年冬，离京归襄阳，临行前作《留别王维》："寂寂竟何待？朝朝空自归。欲寻芳草去，惜与故人违。当路谁相假？知音世所稀。只应守寂寞，还掩故园扉。"作为赠答，王维作这首《送孟六归襄阳》。诗题下，底本注曰："一作《送孟浩然》。"宋蜀本、元刻本未收此诗，《全唐诗》王维集及张子容集俱载此诗。底本将此诗录入外编，且注曰："顾玄纬(奇字斋本)《外编》录此首，《文苑英华》亦作王维诗，《瀛奎律髓》作张子容诗。"从内容来看，应为王维所作。孟诗抒写自己落第后的愤恨不平，王维写诗劝他放弃干谒劝名回乡隐居。两人此时的处境一样，同病相怜，王是在劝慰孟，也是在劝慰自己。

【注释】

①欲，《全唐诗》作"复"，又注："一作欲。"

②长，《全唐诗》作"良"，又注："一作长。"

③《子虚》：即司马相如《子虚赋》。

【汇评】

《唐诗归》卷九："钟云：极真，极厚，不作一体面勉留套语，然亦愤甚，特深浑不觉。"

[清]黄生《唐诗矩》："劝人归休，非真正知心之友不肯作此语。盖王已饱谙宦情，孟犹未沾一命，故因其归赠以此诗。言外有许多仕路险巇，人情翻复之感，俱未曾说出。人言王、孟淡，不知语淡而意实深至，所以可贵。"

若淡而不深，则未免寡薄之诮矣，岂知真王、孟哉！"

[清]黄培芳《唐贤三昧集笺注》卷上："虽清澈，学之易浅薄。五、六平平中亦自有味。"

[清]姚鼐《五言今体诗抄》卷二："此诗即效孟公体。"

[清]王寿昌《小清华园诗谈》卷上："何谓自然？曰：近体则王子安之《送杜少府之任蜀川》，太白之《送友人》，右丞之《送孟六归襄阳》，少陵之《旅夜书怀》等篇是也。"

送綦毋校书弃官还江东

明时久不达，弃置与君同。天命无怨色，人生有素风。念君拂衣去，四海将安穷。秋天万里净，日暮澄江空。清夜何悠悠，扣舷明月中①。和光鱼鸟际②，澹尔兼葭丛。无庸客昭世③，衰鬓日如蓬④。顽疏暗人事⑤，僻陋远天聪⑥。微物纵可采，其谁为至公⑦？余亦从此去，归耕为老农。

【题解】

綦毋校书，即綦毋潜，参见《送綦毋潜落弟还乡》。潜开元十四年登进士第，释褐为秘书省校书郎，正九品上。开元十七年(729)，潜弃官还江东，王维写诗送之。诗题中"校"，宋蜀本、《全唐诗》俱作"秘"。此诗表达了对朝政的不满和对友人的慰勉之情，同时也表达了自己的归隐之意。李颀《题綦毋校书别业》也述及潜弃官之事："常称挂冠吏，昨日归沧洲。行客暮帆远，主人庭树秋。岂伊得天命，但欲为山游。"

【注释】

①扣舷：郭璞《江赋》："忽忘夕而宵归，咏《采菱》以叩舷。"

②和光：谓才华内敛，不露锋芒。《老子》四章："和其光，同其尘，湛兮似或存。"

③无庸：无所作为。《诗·王风·兔爰》："我生之初，尚无庸。"客昭世：寄居明世。鲍照《拟青青陵上柏》："浮生旅昭世，空事叹华年。"

④日，宋蜀本作"白"，《全唐诗》注："一作白"。

⑤顽疏：愚钝而懒散。嵇康《幽愤诗》："咨予不淑，婴累多虞。匪降自天，实由顽疏。"

⑥天聪：天子之听闻。曹植《求通亲亲表》："冀陛下傥发天聪，而垂神听也。"

⑦至公：科举时代对主考官的敬称，谓其大公无私。唐刘虚白《献主文》："不知岁月能多少，犹着麻衣待至公。"

华 岳

西岳出浮云，积翠在太清①。连天凝黛色②，百里遥青冥③。白日为之寒④，森沉华阴城⑤。昔闻乾坤闭，造化生巨灵。右足踏方止，左手推削成。天地忽开拆，大河注东溟⑥。遂为西峙岳，雄雄镇秦京⑦。大君包覆载⑧，至德被群生。上帝伫昭告⑨，金天思奉迎⑩。人祇望幸久⑪，何独禅云亭⑫？

【题解】

陈《谱》、张《谱》均系此诗于开元十八年（730）。时作者闲居长安。本诗后，赵殿成按："刘昫《唐书》：开元十三年，东封泰山；十八年，百僚及华州父老累表请封西岳，不允。右丞之作，当在是时，故有'神祇望幸久，何独禅云亭'之句。"这是一首西岳华山的赞歌。王维的山水诗多清幽秀丽，此诗却以雄伟壮观为特色。

【注释】

①翠，底本注："一作雪"；《全唐诗》作"雪"，又注："一作翠"。

②凝，底本原误作"疑"，据宋蜀本、《全唐诗》改。

③青冥：青天。屈原《九章·悲回风》："据青冥而摅虹兮,遂倏忽而扪天。"

④之,《全唐诗》注："一作大。"

⑤华阴：唐县名,属华州,即今陕西华阴市。

⑥"昔闻"下六句：张衡《西京赋》："缀以二华,巨灵赑屃,高掌远跖,以流河曲,厥迹犹存。"薛综注："华,山名也。巨灵,河神也。巨,大也。古语云：此本一山,当河,水过之而曲行,河之神以手擘开其上,足蹋离其下,中分为二,以通河流,手足之迹,于今尚在。赑屃,作力之貌也。"乾坤闭,谓天地未辟之时。"闭",宋蜀本作"开"。"造",宋蜀本作"变"。"止",宋蜀本作"山"。削成：谓山势峻峭。《山海经·西山经》："太华之山,削成而四方,其高五千仞,其广十里。"大河,黄河。东溟,东海。

⑦秦京：犹关中。赵殿成曰："关中本秦地,在汉为京师,故称秦京。"

⑧大君：天子。包覆载：言德之大,可包容天地。

⑨伫昭告：意期待封西岳。《通典》卷五十四："封禅者,本以功成告于上帝。"

⑩金天：谓华山神。《旧唐书·玄宗纪》："封华岳神为金天王。"

⑪人,底本、《全唐诗》注："一作神。"祇：地神。望幸：指盼望天子西岳封禅。《旧唐书·玄宗纪》："(开元)十八年……百僚及华州父老累表请上尊号内请加'圣文'两字,并封西岳,不允。"

⑫禅云亭：代指封泰山。禅,《史记·封禅书》正义曰："此泰山下小山上除地,报地之功,故曰禅。"云亭,即云云山和亭亭山,皆为泰山附近的小山,为古帝王封泰山行禅礼之处。

自大散以往深林密竹蹬道盘曲
四五十里至黄牛岭见黄花川

危径几万转,数里将三休。回环见徒侣,隐映隔林丘。飒飒松上雨,潺潺石中流。静言深溪里,长啸高山头①。望见南山阳^②,白日霭悠悠^③。青皋丽已净^④,绿树郁如浮。曾是厌蒙密^⑤,旷然消人忧。

【题解】

开元二十年(732),王维以布衣身份漫游蜀地,本诗即作于入蜀途中。诗题中,大散即大散关,在岐州陈仓县(至德二年改为宝鸡,即今陕西宝鸡市)西南,黄牛岭在凤县(今陕西凤县)东北,黄花川即凤州黄花县(在今凤县东北)。这三个地方皆自秦入蜀需经之地。本诗写穿越"深林密竹,蹬道盘曲"的经过和感受,真切自然,给人以身临其境之感。"青皋丽已净,绿树郁如浮"两句,超然绝俗,出人意表。

【注释】

①"静言"二句:语本陆机《猛虎行》:"静言幽谷底,长啸高山岑。"

②南山:终南山。阳:山之南。

③日,宋蜀本、《全唐诗》作"露"。

④皋:水边之地。

⑤蒙密:茂密的草木。庾信《小园赋》:"拨蒙密兮见窗,行敧斜兮得路。"

【汇评】

[明]顾可久:"直直写去,景象宛然,中更条理井井,有作法,自是高古。"

[清]彭端淑《雪夜诗谈》:"摩诘诗佳句甚夥,如'青皋丽已净,绿树郁如浮'……皆超然绝俗,出人意表。"

[清]王闿运《湘绮楼论唐诗》:"'黄花川'、'石门'等作,能得山水理趣。"

青　溪

言入黄花川①,每逐青溪水。随山将万转,趣途无百里②。
声喧乱石中,色静深松里。漾漾泛菱荇③,澄澄映葭苇。我心
素已闲,清川澹如此④。请留磐石上,垂钓将已矣。

【题解】

与上首一样,本诗也写于入蜀途中,时间也大致在开元二十年(732)。
青溪指黄花川。本诗描写黄花川的自然美景,同时表达自己的隐逸之情。
"声喧乱石中,色静深松里",以乱石中淙淙的流水声衬托环境的静谧,又以
幽深松林的颜色写自己心中的宁静,反衬与通感手法的运用巧妙而自然,
给人以超尘脱俗之感。

【注释】

①言:助辞。

②趣途:趣,同"趋"。所经之地。

③漾漾,元刻本作"演漾";底本注:"《文苑英华》作演漾。"

④川,宋蜀本作"明";底本、《全唐诗》注曰:"一作明。"

【汇评】

[明]顾可久按:"澹雅。"

《唐诗归》卷八:"钟云:('随山'二句下)亦是真境。"又:"谭云:('声喧'
二句下)'喧'、'静'俱极深妙。"

[清]赵执信《声调谱》卷二:"近体有用仄韵者。仄韵古诗,却自不同,
只在粘联及上句落字中细玩之。"

[清]黄培芳《唐贤三昧集笺注》:"诗亦太澹。"

[清]黄周星《唐诗快》卷四:"右丞诗大抵无烟火气,故当于笔墨外
求之。"

纳　凉

　　乔木万余株，清流贯其中。前临大川口，豁达来长风①。涟漪涵白沙②，素鲔如游空③。偃卧磐石上，翻涛沃微躬④。漱流复濯足⑤，前对钓鱼翁。贪饵凡几许？徒思莲叶东⑥。

【题解】

　　此诗为入蜀途中经黄花川时所作，时间大致在开元二十年(732)。先描写乔木、清流、长风、游鱼等自然美景，再写偃卧磐石的自己与意不在鱼的钓者，全诗始终贯穿着一种自在的"凉"意，格调极高，兴寄深远。最后两句带有几分俏皮，妙趣横生。

【注释】

　　①"豁达"句：语本刘桢《公宴诗》："华馆寄流波，豁达来风凉。"

　　②涵，元刻本作"含"；底本注："顾可久本、《唐诗品汇》俱作含。"

　　③鲔：鲟鱼。

　　④微躬：卑贱的身子，自谦之辞。沈约《郊居赋》："绵四代于兹日，盈百祀于微躬。"

　　⑤漱流：《晋书·隐逸传》："藏声江海之上，卷迹嚣氛之表；漱流而激其清，寝巢而韬其耀。"濯足：《楚辞·渔父》："(渔父)乃歌曰：'沧浪之水清兮，可以濯吾缨；沧浪之水浊兮，可以濯吾足。'"

　　⑥莲叶东：古乐府《江南》："江南可采莲，莲叶何田田！鱼戏莲叶间。鱼戏莲叶东，鱼戏莲叶西，鱼戏莲叶南，鱼戏莲叶北。"

【汇评】

　　[明]何良俊《四友斋丛说》："王右丞五言有绝佳者，如《纳凉》篇，格调既高，而兴寄复远，即古人诗中亦不能多见者。"

　　[清]张谦宜《茧斋诗谈》卷五："《纳凉》，自在却不放。'乔木万余株，清

流贯其中',开口如画,已有凉意。"

戏题磐石

　　可怜磐石临泉水,复有垂杨拂酒杯①。若道春风不解意,
何因吹送落花来②?

【题解】
　　此诗作于入蜀途中,时间大致在开元二十年(732)。王文濡《唐诗评注读本》析此诗曰:"踞石酌酒,垂杨拂杯,如此佳趣,已觉可爱,而春风复解人意,吹送落花。'若道'、'何因'四虚字,咀嚼有味。"

【注释】
　　①拂,底本、《全唐诗》注:"一作梢。"
　　②何因,底本、《全唐诗》注:"一作因何。"

【汇评】
　　刘辰翁评:"迭荡,野兴甚浓。"
　　[明]敖英《唐诗绝句类选》:"景物会心处在乎无意相遭,类如此。"

晓行巴峡

　　际晓投巴峡,余春忆帝京。晴江一女浣,朝日众鸡鸣①。
水国舟中市,山桥树杪行。登高万井出,眺迥二流明。人作
殊方语,莺为旧国声②。赖谙山水趣③,稍解别离情。

【题解】
　　此诗为游巴郡境内山峡时所作,时间大致在开元二十年(732)。"水国

舟中市,山桥树杪行"两句,融中国画"移远就近"的空间意识与绘画技巧入诗,充分体现诗人打通诗画的创作天分。

【注释】

①鸡,宋蜀本、《全唐诗》注:"一作禽"。

②旧,《全唐诗》作"故"。

③谙,《全唐诗》作"多",又注:"一作谙"。

【汇评】

[明]郭濬《唐诗正声》:"真好巴峡诗,惜晓行意未畅。"

[明]周珽《唐诗选脉会通评林》:"周敬曰:秀拔匀称。"又:"吴山民曰:'晴江'二语如画。'人作'一联似拙。"

[清]黄培芳《唐贤三昧集笺注》:"顾云:清雅。人语已殊,只有莺声同于故国耳。顺叠收。"

[清]卢麰《闻鹤轩初盛唐近体读本》:"'晴江'下三韵皆写叙眼前景物,语语作致,声调高卓,是最能手。"又:"陈德公云:笔笔生,作结稍松耳。'际晓'、'余春'字皆生着,有情致。"

[清]吴智临《唐诗增评》:"'水国'一联,写得峡江栈道景物如睹。"

不遇咏

北阙献书寝不报①,南山种田时不登②。百人会中身不预③,五侯门前心不能④。身投河朔饮君酒⑤,家在茂陵平安否⑥?且共登山复临水⑦,莫问春风动杨柳。今人作人多自私⑧,我心不说君应知。济人然后拂衣去,肯作徒尔一男儿?

【题解】

张《谱》、杨《系年》系于开元二十一年(733),时闲居长安。诗中既有失志的愤懑又有济世的抱负,完全是怀才不遇之青年的心态。

①北阙：臣子等候朝见或上书奏事之处。《汉书·高帝纪》师古注："未央殿虽南向，而上书奏事、谒见之徒皆诣北阙，公车司马亦在北焉，是则以北阙为正门。"献书：上书。颜之推《颜氏家训·省事》："守门诣阙，献书言计，率多空薄。"寝：搁置。

②不登：无收成。

③百人会：朝廷盛会。《世说新语·宠礼》："孝武在西堂会，伏滔预坐。还，下车呼其儿语之曰：'百人高会，临坐未得他语，先问伏滔何在，在此不？此故未易得。为人作父如此，何如？'"

④五侯：泛指权贵豪门。

⑤"身投"句：《初学记》卷三引曹丕《典论》："大驾都许，使光禄大夫刘松北镇袁绍军，与绍子弟日共宴饮，常以三伏之际，昼夜酣饮，极醉，至于无知。云以避一时之暑，故河朔有避暑饮。"后常以"河朔饮"指酣饮。庾信《聘齐秋晚馆中饮酒》诗："欣兹河朔饮，对此洛阳才。"

⑥"家在"句：意本《史记·司马相如列传》："相如既病免，家居茂陵。"

⑦共，《全唐诗》作"此"，宋蜀本作"以"。

⑧作：宋蜀本、《全唐诗》作"昨"。

【汇评】

［明］周珽《唐诗选脉会通评林》："作不遇诗，辄多怨尤，语易腐。此独破胆选声，入云出渊。"

［明］陆时雍《唐诗镜》："快小结，作浅着色。"

《唐诗归》卷八："（'五侯'句下）钟云：妙在'能'字，把不遇说得肮脏，不是穷愁。（末四句下）钟云：四语直而婉，是高、岑绝妙歌行。谭云：读此方知右丞真简寂，经济人原躁不得。"

送从弟蕃游淮南

读书复骑射，带剑游淮阴①。淮阴少年辈，千里远相寻。

高义难自隐,明时宁陆沉^②?岛夷九州外^③,泉馆三山深^④。席帆聊问罪^⑤,卉服尽成擒^⑥。归来见天子,拜爵赐黄金^⑦。忽思鲈鱼脍^⑧,复有沧洲心^⑨。天寒蒹葭渚^⑩,日落云梦林^⑪。江城下枫叶,淮上闻秋砧。送归青门外^⑫,车马去骎骎^⑬。惆怅新丰树,空余天际禽。

【题解】

陈《谱》系此诗于开元二十一年(733),时王维闲居长安。从弟蕃,生平不详。淮南,唐道名,开元时治所在扬州(今江苏扬州市)。《旧唐书·玄宗纪》载:"(开元二十年九月)渤海(靺鞨等族所建的地方政权)靺鞨寇登州(今山东蓬莱),杀刺史韦俊,(玄宗)命左领军将军盖福顺发兵讨之。"王蕃随军往伐,凯旋后,却无心仕途,选择归隐淮南,王维写此诗送之。诗中,"岛夷九州外,泉馆三山深。席帆聊问罪,卉服尽成擒。归来见天子,拜爵赐黄金"六句,说出征与凯旋事;"忽思"下六句,说蕃归隐之意。最后四句写送行。

【注释】

①淮阴:指淮南,水之南曰阴。

②陆沉:《庄子·则阳》:"方且与世违,而心不屑与之俱,是陆沉者也。"郭象注:"人中隐者,譬无水而沉也。"

③岛夷:近海及海岛上的居民。

④泉馆:犹泉室,即鲛人水下之室。《文选》左思《吴都赋》:"泉室潜织而卷绡。"刘渊林注:"俗传鲛人从水中出,曾寄寓人家,积日卖绡。"三山:即蓬莱、方丈、瀛洲三神山。

⑤席帆:帆或以席为之,故谓。

⑥卉服:《尚书·禹贡》:"岛夷卉服。"孔颖达《正义》:"凡百草一名卉,知卉服是草服葛越也。葛越,南方布名,用葛为之。"此处以卉服代指岛夷。

⑦爵:唐制,置爵凡九等:王、郡王、国公、开国郡公、开国县公、开国侯、开国伯、开国子、开国男。拜爵,这里泛指加官晋爵。

⑧鲈鱼脍:《世说新语·识鉴》:"张季鹰辟齐王东曹掾,在洛,见秋风起,因思吴中菰菜羹、鲈鱼脍,曰:'人生贵得适意尔,何能羁宦数千里以要名爵?'遂命驾便归。俄而齐王败,时人皆谓为见机。"后因以指思乡赋归。

⑨沧洲:滨水之处,常用以指称隐士居所。阮籍《为郑冲劝晋王笺》:"然后临沧洲而谢支伯,登箕山而揖许由。"

⑩兼葭:芦苇。渚:水中小块陆地。

⑪云梦:楚大泽名。

⑫青门:《三辅黄图》卷一:"长安城东,出南头第一门曰霸城门,民见门色青,名曰青城门,或曰青门。"这里指唐长安城门。

⑬骎骎:马快跑的样子。《诗·小雅·四牡》:"驾彼四骆,载骤骎骎。"

送崔兴宗

已恨亲皆远,谁怜友复稀? 君王未西顾①,游宦尽东归。塞阔山河净②,天长云树微。方同菊花节③,相待洛阳扉。

【题解】

张《谱》系于开元二十二年(734)。此时,王维仍闲居长安。崔兴宗,赵殿成曰:"《唐书·宰相世系表》有崔兴宗(出博陵安平崔氏),乃驸马都尉崔恭礼之子,后官饶州长史,顾玄纬以为即是其人。成按,《公主列传》,恭礼尚高祖女真定公主,去开元、天宝世甚远……其非一人明矣。"据王维《秋夜独坐怀内弟崔兴宗》诗可知,兴宗为维之内弟。内弟为"舅之子"(《仪礼·丧服》)。兴宗欲自长安赴洛阳,维作此诗送之。由"君王未西顾,游宦尽东归"两句看,兴宗此次东行的目的在于游宦。最后两句,王维表示自己将于菊花节与兴宗在洛阳相会。

【注释】

①"君王"句:《通鉴》载,玄宗自开元二十二年正月至二十四年九月居于洛阳。

②阔,宋蜀本、《全唐诗》作"迥";《全唐诗》又注:"一作阔"。净,宋蜀本作"静"。

③菊花节:重阳节。旧俗于此日采菊泛酒,故称。

上张令公

珥笔趋丹陛①,垂珰上玉除②。步檐青琐闼,方幰画轮车③。市阅千金字④,朝开五色书⑤。致君光帝典⑥,荐士满公车⑦。伏奏回金驾⑧,横经重石渠⑨。从兹罢角抵⑩,希复幸储胥⑪。天统知尧后⑫,王章笑鲁初⑬。匈奴遥俯伏,汉相儼簪裾⑭。贾生非不遇⑮,汲黯自堪疏⑯。学《易》思求我⑰,言《诗》或起予⑱。尝从大夫后⑲,何惜隶人余⑳。

【题解】

赵《谱》、陈《谱》、张《谱》、《杨系年》均系此诗于开元二十二年(734)秋。张令公,即张九龄,于开元二十二年五月二十七日加中书令。王维于是年秋到洛阳,向张九龄进此诗以求举荐。"学《易》思求我,言《诗》或起予。尝从大夫后,何惜隶人余"四句,直接向张九龄表达出仕愿望。

【注释】

①珥笔:古代史官、谏官上朝,常插笔冠侧,以便记录。《文选》曹植《求通亲亲表》:"安宅京室,执鞭珥笔。出从华盖,入侍辇毂。"丹陛:宫殿的台阶,因涂成红色,故云。常借指朝廷。

②"垂珰"句:语本鲍照《代白纻舞歌词四首》其二:"垂珰散佩盈玉除。"珰,官服上饰物。玉除:玉阶,指皇宫的台阶。

③"步檐"二句:谓张九龄出入宫禁、侍从御驾。步檐,走廊。青琐,皇宫中门窗之饰。闼,宫中小门。方幰,方形车幔。画轮车,《晋书·舆服志》:"画轮车,驾牛,以彩漆画轮毂,故名曰画轮车。……自灵献以来,天子

至士遂以为常乘。"

④千金字:《史记·吕不韦列传》:"吕不韦乃使其客人人著所闻,集论以为《八览》《六论》《十二纪》,二十余万言,以为备天地万物古今之事,号曰《吕氏春秋》。布咸阳市门,悬千金其上,延诸侯游士宾客,有能增损一字者,予千金。"

⑤开,《全唐诗》作"闻",又注:"一作开。"五色书:即诏书。

⑥致君:谓辅佐国君,使其成为圣明之主。《墨子·亲士》:"良才难令,然可以致君见尊。"光帝典:语本《文选》王俭《褚渊碑文》:"光我帝典,缉彼民黎。"帝典,圣王之法则。

⑦公车:官署名,掌上事及征召等事,汉置,唐废。

⑧"伏奏"句:谓张九龄敢于直谏。典出《后汉书·铫期传》:"(期)及在朝廷,忧国爱主,其有不得于心,必犯颜谏诤。帝尝轻与期门近出,期顿首车前曰:'臣闻古今之戒,变生不意,诚不愿陛下微行数出。'帝为之回舆而还。"金驾,指天子之车。《文选》颜延之《应诏观北湖田收》:"楼观眺丰颖,金驾映松山。"

⑨横经:横陈经籍,指受业或读书。南朝梁何逊《七召·儒学》:"横经者比肩,拥篲者继足。"石渠:阁名,汉时为皇室藏书及诸儒讲论五经之所。

⑩角抵:角力之戏。《汉书·武帝纪》注:"文颖曰:名此乐为角抵者,两两相当,角力角技艺射御,故名角抵,盖杂技乐也。"

⑪希,宋蜀本、《全唐诗》作"且",《全唐诗》又注:"一作希"。储胥:汉宫馆名,这里代指朝廷。

⑫"天统"句:《汉书·高帝纪》赞曰:"汉承尧运,德祚已盛,断蛇著符,旗帜上赤,协于火德,自然之应,得天统矣。"此处以汉喻唐,谓唐承尧运,得天之统序。

⑬"王章"句:谓唐之典章制度超过鲁之旧礼。鲁初:鲁国的旧礼。

⑭"匈奴"二句:谓九龄簪冠曳裾,有汉相威仪。事出《汉书·王商传》:"(商)为人多质有威重,长八尺余,身体鸿大,容貌甚过绝人。河平四年,单于来朝,引见白虎殿,丞相商坐未央廷中,单于前拜谒商,商起离席与言,单于仰视商貌,大畏之,迁延却退。天子闻而叹曰:'此真汉相矣!'"俨,庄严

貌。簪裾,显贵者之服饰。

⑮"贾生"句:《汉书·贾谊传》赞:"刘向称贾谊……通达国体,虽古之伊、管,未能远过也,使时见用,功化必盛。……谊亦天年早终,虽不至公卿,未为不遇也。"

⑯"汲黯"句:汲黯,字长孺,为人性倨少礼,坐小法,会赦免官,隐于田园数年。见《史记·汲郑列传》、《汉书·汲黯传》。

⑰"学《易》"句:《易·蒙》:"匪我求童蒙,童蒙求我。"希望被任用。

⑱"言《诗》"句:《论语·八佾》:"子曰:'起予者商也! 始可与言《诗》已矣。'"

⑲"尝从"句:谓己曾忝为朝官。事出《左传》哀公十四年:"齐陈恒弑其君壬于舒州。孔丘三日齐,而请伐齐三。……公(哀公)曰:'子告季孙。'孔子辞,退而告人曰:'吾以从大夫之后也,故不敢不言。'"

⑳隶人:犹群辈。

归嵩山作

清川带长薄①,车马去闲闲。流水如有意,暮禽相与还②。荒城临古渡,落日满秋山。迢递嵩高下③,归来且闭关④。

【题解】

陈《谱》、张《谱》均系于开元二十二年(734)秋。王维向张九龄进诗求荐后,旋即赴嵩山隐居。名为隐居,实则干谒求进。此时,诗人心情轻松愉快,诗也写得从容雅致。

【注释】

①"清川"句:语本陆机《君子有所思行》:"曲池何湛湛,清川带华薄。"薄,草木丛生之地。

②"暮禽"句:陶渊明《饮酒》其五:"山气日夕佳,飞鸟相与还。"

③迢递:《文选》谢朓《鼓吹曲》李周翰注:"迢递,高貌。"高,底本注:

"《文苑英华》作山。"

④闭关：闭门。"闭"，底本、《全唐诗》注："一作掩。"

【汇评】

[宋]刘须溪曰："造语已近自然。"

《瀛奎律髓汇评》卷二十三：方回云："闲适之趣，澹泊之味，不求工而未尝不工者，此诗是也。"何焯曰："三、四见得鱼鸟自尔亲人，归时若还故我。"

[明]胡应麟《诗薮》内编卷四："孟诗淡而不幽，时杂流丽；闲而匪远，颇觉轻扬。可取者，一味自然。王维'清川带长薄'，'中岁颇好道'，远矣。"

[明]许学夷《诗源辩体》卷十六："摩诘五言律，如'清川带长薄'，闲远自在者也。"

《唐诗归》卷九："钟云：（'流水'句下）'如有意'深于无意。"

[清]沈德潜《唐诗别裁》卷九："写人情物性，每在有意无意间。"

[清]徐增《而庵说唐诗》卷十五："此诗，写一路归嵩高之情景。……右丞作此诗时，犹未到家也。诗做至此，工夫方满足。岂可尽人去做，信手涂来，辄矜敏捷也。读之，不免流汗。"

[清]顾安《唐律消夏录》："看右丞此诗，胸中并无一事一念，口头语，说出便佳；眼前景，指出便妙。情境双融，心神俱寂，三禅天人也。"

[清]黄培芳《唐贤三昧集笺注》："顾云：冲古。此等诗当知其作法条理，前四句叙归途景色之趣，后四句叙嵩山景色闲旷、可以超遁之趣，景自分属不窒。"

[清]黄生《唐诗矩》："全篇直叙格。'流水'二语虽是写景，却连自己归家之喜一并写出，看其笔墨烘染之妙，岂复后人所及？"

[清]张文荪《唐贤清雅集》："苍凉在目，神韵要体味。"

过乘如禅师萧居士嵩丘兰若

无着天亲弟与兄①，嵩丘兰若一峰晴。食随鸣磬巢鸟下，行踏空林落叶声。迸水定侵香案湿②，雨花应共石床平③。深

85

洞长松何所有,俨然天竺古先生④。

【题解】

此诗作于开元二十二年(734)秋至二十三年春隐于嵩山期间。诗题中,嵩丘即嵩山,兰若即佛寺。乘如禅师,《宋高僧传》卷十五:"释乘如,未详氏族,精研律部,颇善讲宣。……代宗朝翻经,如预其任。……终西明、安国二寺上座。"这位在代宗朝翻经的"释乘如"与本诗中者或许是同一人。萧居士为在家修佛者,与释乘如可能是亲兄弟。本诗即为过访二人所作。

【注释】

①无着、天亲:古印度人,二人本为亲兄弟,后皆出家修佛,成为菩萨。此处以喻乘如禅师与萧居士。

②迸水:梁慧皎《高僧传》卷六《慧远传》:"始住龙泉精舍,此处去水大远,远乃以杖扣地曰:'若此中可得栖立,当使朽壤抽泉。'言毕,清流涌出,后卒成溪。""迸",宋蜀本作"陁"。

③雨花:《妙法莲华经·序品》曰:佛为诸菩萨说大乘经,天降华雨。床,宋蜀本作"林"。

④古先生:道教称老子西至天竺为佛,号古先生。《老子西升经》卷一:"老君西升,开道竺乾,……号古先生。"

【汇评】

[明]李攀龙《唐诗选》:"王遮曰:中四句俱新巧。"

[明]陆时雍《唐诗镜》卷十:"三四清真,绝去色相。"

[明]周珽《唐诗选脉会通评林》:"布格整而意超,用事恰而调逸。○周珽曰:灵机慧语,自是青莲社中人口眼。○黄家鼎曰:起朴后静,中禅悟,未许躁人解参。"

《唐诗归》卷九:"(首句下)钟云:朴。('行踏'句下)钟云:踏声妙甚。谭云:禅机。"

[清]黄生《增订唐诗摘钞》卷三:"起用一菩萨,一居士,唤出二人,接即离开,且写其所居之地。三、四又承写二句,言我来此,惟见落叶满林,巢鸟下食,则其兰若之孤高,人迹所不到,可以意想也。五、六写禅师,七、八写

居士,方与起句相接。而叙事处,亦只是写景,章法之开合,笔墨之神化,皆登无上神品矣。"

[清]金人瑞《贯华堂选批唐才子诗》:"写二大士受食而巢乌亦下,此犹与有情平等。经行而落叶有声,此直与无情平等。然则为是二大士各有一晴峰,为是一晴峰双现二大士? 吾欲与天下道人参之。庞居士常曰:'但愿空诸所有,慎勿实诸所无。'后四句正特表二大士已尽得空诸所有,而先生妙笔反戏写其实诸所无,以俟人之从空悬解。二十八字只为欲写'何所有'三字,却乃翻作如此异样笔墨,真诗林之罕事也。"

山中寄诸弟妹

山中多法侣①,禅诵自为群②。城郭遥相望,惟应见白云。

【题解】
此诗作于隐居嵩山期间,姑系于开元二十二年(734)。前两句写自己山中的生活,后两句写弟妹遥望山中的情景。

【注释】
①法侣:僧侣。
②禅诵:坐禅诵经。

【汇评】
[清]张谦宜《茧斋诗谈》卷五:"身在山中,却从山外人眼中想出,妙悟绝伦。"

献始兴公

宁栖野树林①,宁饮涧水流。不用食粱肉②,崎岖见王侯③。鄙哉匹夫节,布褐将白头。任智诚则短,守仁固其优。

侧闻大君子④，安问党与仇⑤。所不卖公器⑥，动为苍生谋。贱子跪自陈，可为帐下不⑦？感激有公议，曲私非所求。

【题解】

赵《谱》、陈《谱》、张《谱》均系此诗于开元二十三年(735)。题下原注曰："时拜右拾遗。"张九龄于开元二十三年三月九日进封始兴县开国子,在其推荐之下,王维拜右拾遗(唐中书省置右拾遗二人,从八品上,掌供奉亲谏)。王向张献此诗以述志。此时,诗人仍在嵩山,尚未赴任。诗题中"始兴公"即张九龄。诗的前八句述过去的隐逸之志,"侧闻"四句赞张九龄为国为民、正直无私的精神,最后四句表明献诗目的,希望在张帐下效力。

【注释】

①树,宋蜀本作"木"。

②食,宋蜀本、元刻本、《全唐诗》作"坐"。食粱肉:鲍照《观圃人艺植》:"居无逸身伎,安得坐粱肉。"

③崎岖:《文选》陶渊明《归去来》李善注:"崎岖,不安之貌也。"

④大君子:指张九龄。

⑤"安问"句:语本刘琨《重赠卢谌》:"重耳任五贤,小白相射钩。苟能隆二伯,安问党与雠?"

⑥公器:指名爵。《庄子·天运》:"名,公器也,不可多取。"《旧唐书·张九龄传》载:"九龄言于说曰:'官爵者,天下之公器,德望为先,劳旧次焉。'"

⑦"贱子"二句:语本应璩《百一诗》其一:"避席跪自陈,贱子实空虚。"贱子,作者自谦之辞。

【汇评】

《唐诗归》卷八:"钟云:不读此等诗,不知右丞胸中有激烈悲愤处。('动为'句下)感慨之言,胸中目中真有所见。('可为'句下)低回慷慨。○谭云:'崎岖'二字妙!说得权门人人退步不前。"

留别山中温古上人兄并示舍弟缙

解薜登天朝①，去师偶时哲。岂惟山中人，兼负松上月。宿昔同游止，致身云霞末。开轩临颍阳②，卧视飞鸟没。好依盘石饭，屡对瀑泉歇③。理齐少狎隐④，道胜宁外物⑤。舍弟官崇高⑥，宗兄此削发⑦。荆扉但洒扫，乘闲当过拂⑧。

【题解】

陈《谱》、张《谱》均系此诗于开元二十三年(735)。王维拜右拾遗，将离嵩山至东都赴任，作此诗与温古上人留别，兼示弟王缙，缙时在登封县为官。上人，对僧人的敬称。诗题，《文苑英华》作《留别温古上人兄并示弟缙》。

【注释】

①解薜：谓脱去隐者之服。薜，即薜荔。《楚辞·九歌·山鬼》："若有人兮山之阿，被薜荔兮带女萝。"后因以薜荔或薜萝称隐者之服。

②颍阳：唐县名，属河南府，地近嵩山。

③歇，宋蜀本、《全唐诗》作"渴"。

④理齐：明白《庄子》"齐物"之理。少狎隐：从小亲近隐者。少狎，《全唐诗》作"小狎"，又注："一作狎小。"

⑤道胜：《淮南子·精神训》："子夏见曾子，一臞一肥，曾子问其故，曰：'出见富贵之乐而欲之，入见先王之道又说之，两者心战，故臞，先王之道胜，故肥。'"外物：忘物。《庄子·大宗师》："已外天下矣，吾又守之七日，而后能外物。"郭象注："外犹遗也。"

⑥崇高：汉县名，武帝置，唐时曰登封县。王缙是时在此为官。

⑦宗兄：族兄，此处指"温古上人"。"削"，底本注："一作祝。"

⑧拂，底本注："顾元纬本、凌本俱作歇"；《全唐诗》作"歌"，又注："一作

拂"。《淮南子·天文训》:"拂于扶桑。"高诱注:"拂,犹过,一日至。"

韦给事山居

　　幽寻得此地,讵有一人曾。大壑随阶转,群山入户登。庖厨出深竹,印绶隔垂藤①。即事辞轩冕,谁云病未能②。

【题解】

　　韦给事,即韦恒,时任给事中(唐门下省置给事中四员,正五品上,掌陪侍左右,分判省事)。韦给事山居,即东山别业,为韦恒父韦嗣立所建,在骊山。《旧唐书·韦嗣立传》曰:"景龙三年,转兵部尚书、同中书门下三品。……尝于骊山构营别业。中宗亲往幸焉,自制诗序,令从官赋诗,赐绢二千匹。因封嗣立为逍遥公,名其所居为清虚原、幽栖谷。"据陈《谱》,开元二十四年(736)十月,王维随玄宗返长安,任右拾遗。二十五年(737)正月,韦恒在别业休假,王维陪游,因有是作。

【注释】

　　①印绶:系印信的丝带。
　　②"即事"二句:指韦恒休假之事。

【汇评】

　　《瀛奎律髓汇评》卷二三:方回:"此诗善用韵,'曾'、'登'二韵,险而无迹。'群山入户登'一句尤奇,比之王介甫'两山排闼送青来',尤简而有味。"冯舒:"幽奇深秀。"纪昀:"'大壑'句亦雄阔。"

　　[清]黄周星《唐诗快》卷八:"不知山居若何,但觉幽碧深寒,苍翠满眼。"

同卢拾遗韦给事东山别业二十韵给事首春休沐维已陪游及乎是行亦预闻命会无车马不果斯诺

　　托身侍云陛①，昧旦趋华轩②。遂陪鹓鸿侣③，霄汉同飞翻。君子垂惠顾，期我于田园。侧闻景龙际，亲降南面尊④。万乘驻山外，顺风祈一言⑤。高阳多夔龙⑥，荆山积玙璠⑦。盛德启前烈，大贤钟后昆⑧。侍郎文昌宫⑨，给事东掖垣⑩。谒帝俱来下，冠盖盈丘樊⑪。闺风首邦族，庭训延乡村⑫。采地包山河⑬，树井竟川原。岩端回绮槛，谷口开朱门。阶下群峰首，云中瀑水源。鸣玉满春山，列筵先朝暾⑭。会舞何飒踏，击钟弥朝昏。是时阳和节⑮，清昼犹未暄⑯。蔼蔼树色深，嘤嘤鸟声繁。顾已负宿诺，延颈惭芳荪⑰。蹇步守穷巷，高驾难攀援。素是独往客⑱，脱冠情弥敦⑲。

【题解】
　　陈《谱》、张《谱》系此诗于开元二十五年(737)二月。此诗较上首晚一个月，作者仍在长安任右拾遗。诗题，"拾遗"下，《全唐诗》有一"过"字。卢拾遗，即卢象。"给事首春休沐维已陪游"，指正月韦恒在山庄休假自己陪游之事。休沐，即休假。"及乎是行亦预闻命，会无车马，不果斯诺"，此次东山之游王维也在邀请之列，但由于没有车马行动不便而未能参加，写此诗以记之。

【注释】
①云陛：原指巍峨的宫殿，借指朝廷，天子。
②趋华轩：上朝。
③鹓鸿：鹓鶵、鸿雁飞行有序，比喻朝官班行。

④"侧闻"二句:《旧唐书·韦嗣立传》曰:"景龙三年,转兵部尚书、同中书门下三品。……尝于骊山构营别业。中宗亲往幸焉,自制诗序,令从官赋诗,赐绢二千匹。因封嗣立为逍遥公,名其所居为清虚原、幽栖谷。"

⑤"顺风"句:《庄子·在宥》:"黄帝立为天子十九年,令行天下,闻广成子在于空同之上,故往见之。……广成子南首而卧,黄帝顺下风膝行而进,再拜稽首而问曰:'闻吾子达于至道,敢问治身奈何而可以长久?'"

⑥"高阳"句:谓朝廷多贤臣。高阳,《楚辞·离骚》王逸注:"高阳,颛顼有天下之号也。"《左传》文公十八年:"昔高阳氏有才子八人。……天下之民谓之八恺。"夔、龙:皆舜贤臣。

⑦玙璠:《左传》定公五年杜注:"玙璠,美玉,君所佩。"

⑧"盛德"二句:谓韦家之盛。前烈:《旧唐书·韦嗣立传》载,嗣立父思谦,兄承庆,"父子三人,皆至宰相。有唐以来,莫与为比"。钟:聚集。后昆:犹后裔。

⑨侍郎:指韦恒之弟韦济。《旧唐书·韦嗣立传》:"(开元)二十四年,(济)为尚书户部侍郎。"文昌宫:指尚书省。

⑩东掖垣:指门下省。韦恒任门下省给事中。

⑪丘樊:即田园。《文选》谢庄《月赋》:"臣东鄙幽介,长自丘樊。"

⑫庭训:父教、家教。《论语·季氏》:孔子在庭,其子伯鱼趋而过之,孔子教以学《诗》、《礼》。后因称父教为庭训。

⑬采地:古卿大夫之封地,此处借指东山别业。

⑭朝暾(tūn):早晨初出的太阳。

⑮阳和节:指春二月。《史记·秦始皇本纪》:"时在中春,阳和方起。"

⑯暄:暖和。

⑰苏:香草名,喻有贤德者,此指韦给事。

⑱独往客:谓隐者。

⑲脱冠:喻去职。谢灵运《九日从宋公戏马台集送孔令》:"归客遂海隅,脱冠谢朝列。"

【汇评】

[明]顾可久曰:"叙事丽雅森整。"

韦侍郎山居

　　幸忝君子顾,遂陪尘外踪。闲花满岩谷,瀑水映杉松。
啼鸟忽临涧,归云时抱峰。良游盛簪绂①,继迹多夔龙。讵枉
青门道②,故闻长乐钟③。清晨去朝谒,车马何从容④。

【题解】

　　韦侍郎,指韦恒之弟韦济。《旧唐书·韦嗣立传》:"二十四年,为尚书
户部侍郎。"韦侍郎山居即上诗之东山别业。从"幸忝君子顾,遂陪尘外踪"
看,王维是应韦济之邀而同游的。此诗写的是春景,依张《谱》系之于开元
二十五年(737)春。

【注释】

　　①簪绂:簪,冠簪。绂,系冠的丝带。借指显贵者。

　　②青门:见《送从弟蕃游淮南》注⑫。青门道,这里指出长安东门去山
居之道。

　　③故:犹常;宋蜀本、《全唐诗》作"胡",《全唐诗》又注:"一作故,一作
用。"长乐:即汉长乐宫。此句谓久在朝中。

　　④车,底本、《全唐诗》注:"一作鞍。"马,宋蜀本作"骑"。

【汇评】

　　[明]许学夷《诗源辩体》卷十六:"摩诘诗:'啼鸟忽临涧,归云时抱峰'。
诗中有画者也。"

奉和圣制与太子诸王三月三日龙池春禊应制

　　故事修春禊①,新宫展豫游②。明君移凤辇③,太子出龙

楼④。赋掩陈王作⑤,杯如洛水流⑥。金人来捧剑⑦,画鹢去回舟⑧。苑树浮宫阙,天池照冕旒⑨。宸章在云汉,垂象满皇州⑩。

【题解】

据杨《系年》,兴庆宫龙池始建于开元二十三年(735)五月。次年十月,王维随玄宗返长安,任右拾遗,因此本诗最早可能作于开元二十五年(737)上巳节。春禊,为三月三日上巳节在水边举行的祓除不祥的祭祀活动。唐开元中之后,长安士女多在这一天游赏曲江,玄宗也每于此日在曲江宴赐臣僚。此诗即为上巳节与皇帝、太子及群臣于兴庆宫龙池宴饮、赏春而作。

【注释】

①故事:历来的习俗。

②新宫:指兴庆宫。宫为玄宗时新置,故云。豫游:《孟子·梁惠王》下:"吾王不游,吾何以休? 吾王不豫,吾何以助? 一游一豫,为诸侯度。"赵岐注:"豫亦游也。"豫、游皆指天子出游。

③凤辇:天子之车驾。

④龙楼:即龙楼门,汉长安宫门之一。《汉书·成帝纪》:"帝为太子……初居桂宫,上尝急召,太子出龙楼门,不敢绝驰道。"后借指太子所居之宫。

⑤陈王:陈思王,曹植。《三国志·魏书·陈思王传》:"时邺铜爵台新成,太祖悉将诸子登台,使各为赋。植援笔立成,可观,太祖甚异之。"

⑥"杯如"句:《文选》颜延之《三月三日曲水诗序》李善注引梁吴均《续齐谐记》:"昔周公成洛邑,因流水以泛酒,故逸诗曰:'羽觞随流波。'"

⑦"金人"句:《文选》颜延之《三月三日曲水诗序》李善注引梁吴均《续齐谐记》:"秦昭王三日置酒河曲,见有金人出,奉水心剑,曰:'令君制有西夏。'乃因其处立为曲水,二汉相沿,皆为盛集。"

⑧画鹢:谓船。《淮南子·本经训》:"龙舟鹢首,浮吹以娱。"高注:"鹢,水鸟也。画其象着船头,故曰鹢首。"去,《全唐诗》注:"一作出。"

⑨天池:指龙池。冕旒:古时天子及贵官的礼冠。旒,古时天子及贵官

礼帽前后下垂的玉串,天子十二旒,诸侯九,上大夫七,下大夫五。

⑩宸章:天子的诗文辞章。汉:《全唐诗》作"表",又注:"一作汉"。皇州:谓帝都。

奉和圣制赐史供奉曲江宴应制

侍从有邹枚①,琼筵就水开。言陪柏梁宴②,新下建章来③。对酒山河满,移舟草树回。天文同丽日④,驻景惜行杯⑤。

【题解】

供奉,即翰林供奉,唐玄宗初置。《新唐书·百官志》:"开元二十六年,又改翰林供奉为学士,别置学士院,专掌内命。"本诗仍曰"供奉",当作于开元二十六年(738)之前。史供奉,未详。曲江,在唐长安敦化坊南,烟水明媚,花卉环周,皇帝常于上巳节在这里赐宴臣僚。本诗记述玄宗赐宴曲江,君臣共饮的盛大场景。

【注释】

①邹枚:汉初著名文人邹阳、枚乘。

②柏梁宴:《三辅黄图》卷五:"柏梁台,武帝元鼎二年春起此台,在长安城中北阙内。《三辅旧事》云:'以香柏为梁也。帝尝置酒其上,诏群臣和诗,能七言诗者乃得上。'"

③建章:即汉建章宫。《汉书·武帝纪》:"太初元年……二月,起建章宫。"师古注:"在未央宫西,今长安故城西。"二句指史由禁中(翰林院在禁中)出至曲江陪宴。

④天文:犹天象。

⑤行杯:流觞,流杯。晋王羲之《兰亭集序》:"又有清流激湍,映带左右,引以为流觞曲水,列坐其次。"

和尹谏议史馆山池

云馆接天居^①,霓裳侍玉除^②。春池百子外^③,芳树万年余。洞有仙人篆^④,山藏太史书^⑤。君恩深汉帝,且莫上空虚^⑥。

【题解】

赵《谱》、张《谱》系于开元二十五年(737)春。尹谏议,即尹愔。《旧唐书·尹愔传》:"开元二十五年,道士尹愔为谏议大夫、集贤学士,兼知史馆事。"史馆,掌修史的官署。前四句写尹愔史馆建筑的雄伟华美,后四句赞尹修史的才干,同时以"仙人篆"、"空虚"等词暗示其道士身份。

【注释】

①云馆:指史馆。"云",底本、《全唐诗》注:"一作灵。"天居:天子居处。《文选》鲍照《代君子有所思行》:"层阁肃天居,驰道直如发。"

②"霓裳"句:《新唐书·儒林传下》:天子诏尹"以道士服视事"。霓裳,指神仙之服。玉除:皇宫的台阶。

③春池:此处指史馆之池。百子:汉宫池名。外:犹"上"。

④篆:道教秘文。《隋书·经籍志》:"篆皆素书,纪诸天曹官属佐吏之名有多少,又有诸符错在其间,文章诡怪,世所不识。"

⑤"山藏"句:《史记·太史公自序》:"略以拾遗补艺,成一家之言,厥协六经异传,整齐百家杂语,藏之名山,副在京师。"

⑥"君恩"二句:葛洪《神仙传》卷八《河上公传》:河上公隐于河滨,结草为庵。汉文帝亲幸其庵,躬问老子之道。公乃授素书老子道德章句二卷与帝,升空而去。空,底本、《全唐诗》注:"一作云。"

寄荆州张丞相

　　所思竟何在^①？怅望深荆门^②。举世无相识，终身思旧恩^③。方将与农圃，艺植老丘园^④。目尽南飞鸟^⑤，何由寄一言。

【题解】

　　赵《谱》、陈《谱》、张《谱》、杨《系年》均系于开元二十五年（737）。张丞相，即张九龄。开元二十四年十一月，张九龄罢中书令，迁尚书右丞相；二十五年四月，再贬为荆州（治所在今湖北江陵县）长史。王维作此诗以寄之。颔联表达对张九龄知遇之恩的感激，颈联表达自己的隐逸之情。

【注释】

　　①"所思"句：沈约《临高台》："所思竟何在？洛阳南陌头。"

　　②荆门：赵殿成注："唐人多呼荆州为荆门，文人称谓如此，不仅指荆门一山矣。"

　　③旧恩：《新唐书·王维传》："张九龄执政，擢右拾遗。"

　　④老丘园：终老田园。

　　⑤飞，宋蜀本作"无"。鸟，《全唐诗》作"雁"。

【汇评】

　　［明］唐汝询《汇编唐诗十集》："八语一直说下，使人读不断。"

　　《唐诗归》卷九："钟云：（'怅望'句下）悠然，渊然。（'终身'句下）悲甚，厚甚，非过时人不知。（'方将'二句下）此二句不说思归，其意更深。（末句下）质朴，深致。"

　　［清］黄培芳《唐贤三昧集笺注》："顾云：情深质直，写情冲淡。"

　　［清］屈复《唐诗成法》："本为浮沉宦海，今将决计归田，回思旧恩举世无二，文义极顺，然不成作法矣。今先写丞相，接写感恩，决计归田反写在

五、六，文势意味方陡健深厚。”

赠徐中书望终南山歌

晚下兮紫微①，怅尘事兮多违。驻马兮双树②，望青山兮不归。

【题解】

徐中书，当指徐安贞。《旧唐书·徐安贞传》：“开元中为中书舍人、集贤院学士。……累迁中书侍郎。天宝初卒。”据严耕望《唐仆尚丞郎表》卷二二，徐安贞于开元二十四年或二十五年春夏，由检校工部侍郎、集贤院学士迁中书侍郎。王维此诗应作于这之后，时在长安为右拾遗。诗题，《楚辞后语》作《望终南》，《唐诗品汇》作《望终南赠徐中书》。诗中提到“多违”之“尘事”，疑指张九龄遭贬之事。此时，诗人感觉前途迷茫，望终南山而生归隐之心。

【注释】

①紫微：指中书省。《旧唐书·职官志》：“中书省……开元元年改为紫微省，五年复旧。”

②双树：娑罗双树的简称，谓佛入灭之处。

【汇评】

［清］王尧衢《古唐诗合解》：“楚辞继三百篇之后，开西京建安之先。用笔古峭，含情深长。其体不拘长短，此其短章也”。

出塞作

居延城外猎天骄①，白草连天野火烧②。暮云空碛时驱马③,秋日平原好射雕。护羌校尉朝乘障④,破虏将军夜渡辽⑤。玉靶角弓珠勒马⑥,汉家将赐霍嫖姚⑦。

【题解】

诗题,《乐府诗集》、《全唐诗》作《出塞》。题下原注:"时为御史,监察塞上作。"《旧唐书·玄宗纪》:"(开元二十五年)三月乙卯,河西节度使崔希逸自凉州南率众入吐蕃界二千余里。己亥,希逸至青海西郎佐素文子觜,与贼相遇,大破之,斩首二千余级。"是年九月,王维以监察御史(正八品下)身份赴凉州宣慰希逸军队。此诗即作于西进途中。

【注释】

①居延城:故址在今内蒙古额济纳旗一带。天骄:谓匈奴。这里借称吐蕃。

②天,《全唐诗》作"山"。

③空碛:空荡无边的沙漠。

④护羌校尉:武官名,应劭《汉官仪》卷上:"护羌校尉,武帝置,秩比二千石,持节以护西羌。"乘障,同乘鄣,谓登城守卫。《汉书·张汤传》颜师古注:"乘,登也,登而守之";"鄣谓塞上要险之处,别筑为城,因置吏士而为鄣蔽以捍寇也。"

⑤破虏将军:汉时临时设置的将军名号,此指唐朝守边将领。渡辽:《汉书·昭帝纪》:"(元凤)三年……冬,辽东乌桓反,以中郎将范明友为度辽将军,将北边七郡郡二千骑击之。"

⑥玉靶:镶玉的剑柄,借指宝剑。珠勒马:配有珠勒(马勒口上用宝珠装饰)的骏马。

⑦霍嫖姚:《史记·嫖姚将军传》曰:"霍去病……为嫖姚校尉。"

【汇评】

[明]王世贞《艺苑卮言》卷四:"'居延城外猎天骄'一首,佳甚,非两'马'字犯,当足压卷。然两字俱贵难易,或稍可改者,'暮云'句'马'字耳。"

[明]唐汝询《汇编唐诗十集》:"王元美欲取此为盛唐第一,恨其叠二'马'字。余复恨其连连失粘。然骨力雄浑,不失为开、天名作。"

[明]王夫之《唐诗评选》卷四:"自然缜密之作,含意无尽,端自《三百篇》来,次亦不失《十九首》,不可以两押'马'字病之。"又曰:"意写张皇边事,吟之不觉。"

[明]邢昉《唐风定》:"唐人关塞、宫词,罕有入七言律者。右丞此篇,千秋绝调,文房《上阳》次之。"

[明]胡应麟《诗薮》内编卷五:"'居延城外'甚有古意,与'卢家少妇'同,而音节太促,语句伤直,非沈比也。"

[明]许学夷《诗源辩体》卷十六:"摩诘七言律,如'居延城外',宏赡雄丽者也。"

[明]陆时雍《唐诗镜》卷十:"三四妙得景色,极其雄浑,而不见雄浑之迹。诗至雄浑而不肥,清瘦而不削,斯为至矣。"

[明]周珽《唐诗选脉会通评林》:"周敬曰:起劲而浑,次平而壮,三典而工,结讽而厚。"

[清]金人瑞《贯华堂选批唐才子诗》:"前解(前四句)写天骄是真正天骄,后解(后四句)写边镇是真正边镇。"又曰:"前解不写得如此,便不足以发我之怒;后解不写得如此,便不足以制彼之骄。"

[清]毛奇龄《唐七律选》卷一:"高句似成语锤炼而无斧煅之迹。"

[清]姚鼐《二七言今体诗钞》卷一:"此作声出金石,有麾斥八极之概矣。"

[清]卢㟧《闻鹤轩初盛唐近体读本》:"三四峭健,纯用生笔,作使警动。结亦作意,错落矫秀。"

[清]黄培芳《唐贤三昧集笺注》卷上曰:"气体甚好,然却不是声从屋瓦上震者,此雅笔俗笔之分,精气粗气之别,辨之。"又曰:"通首无一虚腔字。"

[清]方东树《昭昧詹言》卷十六曰:"此是古今第一绝唱,只是声调响入云霄。……前四句目验天骄之盛,后四句侈陈中国之武,写得兴高采烈,如火如锦,乃称题。收赐有功得体。浑灏流转,一气喷薄,而自然有首尾起结章法。其气若江海水之浮天,惟杜公有之;不及杜公者,以用意浮而无物也。"

[清]沈德潜《说诗晬语》卷下:"字面亦须避忌,字同义异者,或偶见之,

100

若字义俱同,必从更易。如'暮云空碛时驱马''玉靶角弓珠勒马',终是右丞之累。"

[清]赵殿成按:"王弇州甚佳此作,谓非两犯马字足当压卷。谢廷瓒《维园铅摘》,以为'驱马'当作'驱雁',引鲍照诗'秋霜晓驱雁',杨衒之《洛阳伽蓝记》'北风驱雁,千里飞雪'为证。予谓驱马射雁,皆塞外射猎之事,若作驱雁,则与上下句全不贯串。诗中复字,初盛名手往往不忌,以此摘为疵病,未免深文。至欲改易一字以为全璧,亦如无意味画工割蕉加梅,是则是矣,岂妙手所谓冬景哉!或谓刘梦得一诗用两'高'字,苏东坡一诗用两'耳'字,皆以解义不同,不作重复论。然观杜工部《崔评事弟许相迎不到》一诗,既云'江阁要宾许马迎',又云'醉于马上往来轻',两马字全无分别。古今诗律之细必推老杜,杜亦不以此为忌,何必鳃鳃于是乎!"

使至塞上

单车欲问边①,属国过居延②。征蓬出汉塞③,归雁入胡天。大漠孤烟直④,长河落日圆。萧关逢候骑⑤,都护在燕然⑥。

【题解】

赵《谱》、陈《谱》、张《谱》、杨《系年》均系于开元二十五年(737)。此诗为初至凉州时所作。首句交代自己此行的任务是奉旨慰问边塞将士。最后两句说,快要抵达唐军营地时,见到巡逻的骑兵,从他们口中知道主帅尚在前方。中间两联写景,刻画了一幅视野开阔、气象雄浑的塞外高秋图。"大漠孤烟直,长河落日圆"两句,被誉为"独绝千古"。

【注释】

①问,底本注:"一作向。"

②属国:《汉书·武帝纪》师古注:"凡言属国者,存其国号而属汉朝,故曰属国。"

③征蓬：随风飞扬的蓬草。此处诗人以自喻。

④孤烟直：赵殿成注："庾信诗：'野戍孤烟起。'《埤雅》：'古之烽火，用狼粪，取其烟直而聚，虽风吹之不斜。'或谓边外多回风，其风迅急，袅烟沙而直上，亲见其景者，始知直字之佳。"

⑤"萧关"句：语本何逊《见征人分别》："候骑出萧关，追兵赴马邑。"萧关，古关名，故址在今宁夏固原东南。候骑：负责侦察、通讯的骑兵。"骑"，宋蜀本、《全唐诗》作"吏"，《全唐诗》又注："一作骑"。

⑥都护：都护府官长，负责辖区事务。燕然：古山名，在今蒙古国杭爱山，此处代指破敌前线。《后汉书·窦宪传》载：宪与耿秉率军大破胡虏，"宪、秉遂登燕然山，去塞三千余里，刻石勒功，纪汉威德，令班固作铭"。

【汇评】

[明]顾可久曰："雄浑高古。"

[明]王夫之《唐诗评选》卷三："右丞每于后四句入妙，前以平语养之，遂成完作。"又曰："一结平好蕴藉，遂已迥异，盖用景写意，景显意微，作者之极致也。"

[明]陆时雍《唐诗镜》卷十："五六得景在'日圆'二字，是为不琢而佳，得意象故。"

[明]胡震亨《唐音癸签》卷十一："'前逢锦车使，都护在楼兰'，虞世南用为起句，殊未妥。不若王摩诘'萧关逢候骑，都护在燕然'，改作结句较妥也。"

[明]唐汝询《唐诗解》："李于鳞选律，多取边塞，为其尚气格也。此篇与《送平淡然》、《送刘司直》三诗，才情虽乏，神韵有余，终是风雅正调。蒋仲舒云：'孤烟如何直，须要理会。'夫理会何难，骨力罕敌。"

[明]王夫之《姜斋诗话》卷二："'僧敲月下门'，只是妄想揣摩，如说他人梦，纵令形容酷似，何尝毫发关心。知然者，以其沉吟'推敲'二字，就他作想也。若即景会心，则或推或敲，必居其一，因景因情，自然灵妙，何劳拟议哉！'长河落日圆'，初无定景；'隔水问樵夫'，初非想得，则禅家所谓现量也。"

[清]徐增《而庵说唐诗》卷十五："'大漠''长河'一联，独绝千古。"

[清]张谦宜《茧斋诗谈》卷五曰："'大漠孤烟直，长河落日圆'，边景如

画,工力相敌。"

[清]卢麰《闻鹤轩初盛唐近体读本》:"五六写景如生,是其自然本色中最警亮者。"

[清]屈复《唐诗成法》:"前四句写其荒远,故用'过'字、'出''入'字。五、六写其无人,故用'孤烟'、'落日'、'直'字、'圆'字,又加一倍惊恐,方转出七、八,乃为有力。"

[清]黄培芳《唐贤三昧集笺注》卷上曰:"'直''圆'二字极锻炼,亦极自然。后人全讲炼字之法,非也;全不讲炼字之法,亦非也。"

[清]潘德舆《养一斋诗话》:"'直'字、'圆'字,炼到无痕迹处,可以为妙悟也。"

[清]张文荪《唐贤清雅集》:"'直'字、'圆'字,十二分力量。"

[清]范大士《历代诗发》:"独造之句,得未曾有。"

[清]曹雪芹《红楼梦》四十八回:"诗的好处,有口里说不出来的意思,想去却是逼真的。有似乎无理的,想去竟是有理有情的。我看他《塞上》一首,那一联云:'大漠孤烟直,长河落日圆。'想来烟如何直?日自然是圆的。这'直'字似无理,'圆'字似太俗。合上书一想,倒像是见了这景的。若说再找两个字换这两个,竟再找不出两个字来。"

凉州赛神

凉州城外少行人,百尺峰头望虏尘^①。健儿击鼓吹羌笛^②,共赛城东越骑神^③。

【题解】

题下原注:"时为节度判官,在凉州作。"凉州,治所在今甘肃武威,为唐时河西节度使幕府所在地。王维以监察御使身份出使河西,至幕府后又接受崔希逸聘用,兼任节度判官。节度判官的职责是分判兵、仓、骑、胄四曹之事。此诗描写将士祭祀骑兵之神的热闹场面。

①峰，宋蜀本作"烽"。

②健儿：赵殿成注："称军士为健儿，盖本于三国时。"

③越骑：《新唐书·兵志》："其能骑而射者为越骑。"赛：祭祀酬报神恩。

凉州郊外游望

野老才三户，边村少四邻。婆娑依里社①，箫鼓赛田神②。
洒酒浇刍狗③，焚香拜木人。女巫纷屡舞，罗袜自生尘④。

【题解】

诗题下，《全唐诗》注云："时为节度判官，在凉州作。"此诗与上首写作
时间相近。诗歌描绘了凉州郊外荒凉的乡村风貌和浓厚的尚巫习俗。

【注释】

①婆娑：舞貌。《诗·陈风·东门之枌》："子仲之子，婆娑其下。"毛传：
"婆娑，舞也。"里社：乡里祭祀土地神之祠。《史记·封禅书》："民里社，各
自财以祠。"

②田神：农神。《周礼·地官·大司徒》："设其社稷之壝而树之田主"
汉郑玄注："田主，田神。后土、田正之所依也。"

③刍狗：草扎的狗，祭祀时用之。《淮南子·齐俗训》高诱注："刍狗，束
刍（草）为狗，以谢过求福。"

④"罗袜"句：语本曹植《洛神赋》："陵波微步，罗袜生尘。"

双黄鹄歌送别

天路来兮双黄鹄，云上飞兮水上宿①，抚翼和鸣整羽族②。

不得已,忽分飞,家在玉京朝紫微③。主人临水送将归④,悲笳嘹唳垂舞衣,宾欲散兮复相依。几往返兮极浦,尚徘徊兮落晖。岸上火兮相迎⑤,将夜入兮边城。鞍马归兮佳人散,怅离忧兮独含情⑥。

【题解】

题下原注曰:"时为节度判官,在凉州作。"此为凉州送别友人所作。前六句以双鸫分飞喻朋友别离。接着两句描写临水宴别,音乐悲凉,泪水沾衣。再两句写暮色渐晚,水边送别、徘徊不忍相离的景象。最后四句写别后,主人送别远行之人,入夜方回凉州,别情绵绵。全诗以骚体形式,生动展现了一场情思绵绵的送别画面,语言自然流畅,诗味隽永。

【注释】

①"云上"句:语本左思《蜀都赋》:"其中则有鸿俦鹄侣……云飞水宿,唼喋清渠。"

②羽族:羽毛。

③玉京:葛洪《枕中书》云:"元始天王在天中之上,名曰玉京山,山中宫殿,并金玉饰之。"也指帝都。紫微:星座名,即紫微垣,又名紫微宫,传说中的天帝居处。《晋书·天文志》:"紫宫垣十五星,其西蕃七,东蕃八,在北斗北。一曰紫微,大帝之坐也,天子之常居也,主命主度也。"紫微亦指王者之宫。

④"主人"句:语本《楚辞·九辩》:"憭栗兮若在远行,登山临水兮送将归。"

⑤岸,《全唐诗》注曰:"一作塞。"

⑥离忧:《楚辞·九歌·山鬼》:"思公子兮徒离忧。"离,罹,遭。

【汇评】

[明]顾可久曰:"畅洽老劲。"

105

从军行

吹角动行人^①，喧喧行人起。笳悲马嘶乱，争渡金河水^②。日暮沙漠垂，战声烟尘里。尽系名王颈^③，归来报天子^④。

【题解】

本诗叙写发生在金河的一场战斗。金河，在唐肃州（今甘肃酒泉）附近。高居诲《使于阗记》云："自甘州（今甘肃张掖）西始涉碛……西北五百里至肃州，渡金河，西百里出天门关，又西百里出玉门关。"本诗应作于河西期间。《从军行》为乐府古题，属相和歌辞平调曲。《乐府诗集》卷三十二引《乐府解题》曰："《从军行》，皆军旅苦辛之辞。"本诗不直接描绘战争场面，而重点描写战前的紧张气氛与战后请赏的豪情。技法高超，诗味雄浑。

【注释】

①行人：出征之人。

②金，底本、《全唐诗》注："一作黄。"

③"尽系"句：语本《汉书·贾谊传》："陛下何不试以臣为属国之官，以主匈奴，行臣之计，请必系单于之颈而制其命。"名王，底本注："《文苑英华》作藩王。一作名蕃。"

④报，宋蜀本、《全唐诗》作"献"，《全唐诗》又注："一作报"。

【汇评】

［明］顾可久曰："雄浑，善摹写。"

陇西行

十里一走马，五里一扬鞭。都护军书至，匈奴围酒泉^①。

关山正飞雪,烽戍断无烟②。

【题解】

此诗作于居河西期间。《陇西行》为汉乐府古辞,又名《步出夏门行》,属相和歌辞瑟调曲。《乐府诗集》卷三十七引《乐府解题》曰:"古辞云'天上何所有,历历种白榆',始言妇有容色,能应门承宾,次言善于主馈,终言送迎有礼。此篇出诸集,不入《乐志》。若梁简文'陇西四战地',但言辛苦征战,佳人怨思而已。"赵殿成也注曰:"按右丞是作,亦与简文同意,不合古辞也。"陇西,陇山之西,在今甘肃省陇西县以东。此诗描写匈奴入侵、边防告急、驿马急驰、传递送军书的情景。起束皆突兀急骤,简净有力。

【注释】

①酒泉:唐时肃州治所,天宝元年改名酒泉郡,在今酒泉市东北。

②烽戍:烽火台。古代边疆告警,以烽燧为号,白天举烟为"燧",夜晚举火为"烽"。戍,底本、《全唐诗》注:"一作火。"

【汇评】

[宋]张戒《岁寒堂诗话》卷上:"世以王摩诘古诗配太白,盖摩诘古诗能道人心中事而不露筋骨,如《陇西行》《息夫人》《西施篇》《羽林骑闺人》等篇,信不减太白。"

[明]顾可久曰:"起束皆突兀急骤,流丽宏古。"

陇头吟

长城少年游侠客①,夜上戍楼看太白②。陇头明月迥临关③,陇上行人夜吹笛。关西老将不胜愁④,驻马听之双泪流。身经大小百余战,麾下偏裨万户侯⑤。苏武才为典属国,节旄空尽海西头⑥。

作于居河西期间。《陇头吟》即《陇头》,乐府古题,属横吹曲辞汉横吹曲。陇头,即陇山,又名陇坂、陇首,在今陕西陇县至甘肃平凉一带。诗题下原注曰:"一作《边情》。"首联写长安游侠少年,夜登戍楼看太白,以立功自命,意气风发,跃跃欲试。三、四联写关西老将,虽身经百战,却不见行赏,故而闻笛涕零。两相对比,诗人悲从中来。全诗基调悲怆。

【注释】

①长城,《全唐诗》作"长安",又注:"一作城"。

②太白:金星。古星象家以为太白星主兵象。《晋书·天文志》:"太白进退以候兵,高埤迟速,静躁见伏,用兵皆象之,吉。"

③陇头:陇山。借指边塞。关:指陇关。

④关西:谓函谷关或潼关以西地区。

⑤"麾下"句:意本《史记·李将军列传》:"自汉击匈奴,而广未尝不在其中。而诸部校尉以下,才能不及中人,然以击胡军功取侯者数十人;而广不为后人,然无尺寸之功以得封邑者,何也?岂吾相不当侯邪?"偏裨:偏将,副将。万户侯,食邑万户之侯,泛指高爵显位。

⑥"苏武"二句:典出《汉书·苏武传》:苏武被扣匈奴,于北海"杖汉节牧羊,卧起操持,节旄尽落"。十九年后归汉,"拜为典属国"。节旄:旄节上所缀的牦牛尾饰物。典属国:《汉书·百官公卿表》:"典属国,秦官,掌蛮夷降者。"空尽,《全唐诗》作"落尽",又注:"一作空尽,一作零落"。

【汇评】

[明]顾可久:"句法顿挫流丽,并使二事一隐一显,是变幻作法。悲壮雄浑。"

[明]桂天祥《批点唐诗正声》:"音节气势,古今绝唱。"

[清]沈德潜《唐诗别裁》卷五:"少年看太白星,欲以立边功自命也;然老将百战不侯,苏武只邀薄赏,边功岂易立哉!"

[清]翁方纲《七言诗三昧举隅》:"此则空际振奇者矣,与前篇(《夷门歌》)之平实叙事者不同也。……平实叙事者,三昧也;空际振奇者,亦三昧也;浑涵汪茫千汇万状者,亦三昧也,此乃谓之万法归原也。若必专举寂寥

冲淡者以为三昧,则何万法之有哉?"

[清]吴乔《围炉诗话》卷二:"起手四句是宾,'关西老将不胜愁'六句是主。主多于宾,乃是赋义。"

[清]方东树《昭昧詹言》卷十二曰:"起势翩然,'关西'句转收,浑脱沈转,有远势,有厚气。此短篇之极则。"

[清]黄培芳《唐贤三昧集笺注》:"三、四句有景有情。收句若倒转便少味。"

[清]张文荪《唐贤清雅集》:"极凄凉情景,说得极平淡,是右丞家数。少年、老将,宾主相形法。"

[清]宋宗元《网师园唐诗笺》:"('关西老将'句下)立功之难,从听者意中写出。"

老将行

少年十五二十时,步行夺取胡马骑①。射杀山中白额虎②,肯数邺下黄须儿③。一身转战三千里,一剑曾当百万师。汉兵奋迅如霹雳,虏骑崩腾畏蒺藜④。卫青不败由天幸⑤,李广无功缘数奇⑥。自从弃置便衰朽,世事蹉跎成白首。昔时飞箭无全目⑦,今日垂杨生左肘⑧。路傍时卖故侯瓜⑨,门前学种先生柳⑩。茫茫古木连穷巷⑪,寥落寒山对虚牖⑫。誓令疏勒出飞泉⑬,不似颍川空使酒⑭。贺兰山下阵如云,羽檄交驰日夕闻⑮。节使三河募年少⑯,诏书五道出将军⑰。试拂铁衣如雪色,聊持宝剑动星文⑱。愿得燕弓射大将⑲,耻令越甲鸣吾君⑳。莫嫌旧日云中守㉑,犹堪一战立功勋㉒。

【题解】

作于居河西期间,时间近上首。全诗共三十句,每十句一段。第一段

109

叙老将自少时即勇武善战,屡立奇功;第二段写老将得不到应有封赏,反被弃置,过着凄凉的隐居生活;第三段写他虽年老仍关心边事,希望重返前线,为国立功。全诗结构匀称自如,叙事与抒情相融,用典多而贴切,语言苍劲鲜活,情调慷慨悲壮,是唐代边塞诗的名篇。

【注释】

①"步行"句:典出《史记·李将军列传》。李广受伤,为匈奴骑兵所擒,装死,夺胡儿马,疾驰而归。取,《全唐诗》作"得",又注:"一作取。"

②"射杀"句:典出《晋书·周处传》:周处除三害,南山白额虎为其中之一。山中,《全唐诗》作"中山",又注:"一作山中,一作阴山。"

③邺下:曹操封魏王时,都邺(今河北临漳县西南)。黄须儿:指曹彰,曹操次子。《三国志·魏书·任城威王彰传》:彰少善射御,膂力过人,征乌丸,大破敌。曹操喜,持彰须曰:"黄须儿竟大奇也!"裴松之注:"彰须黄,故以呼之。"

④崩腾:杂乱貌。蒺藜:一种带尖刺的植物,这里指战地障碍物,由铁铸成,有尖刺。

⑤由天幸:典出《史记·卫将军骠骑列传》:卫青姊子霍去病,常与壮骑先其大将深入匈奴,未尝困绝,因而被看作"天幸"。此处误用为卫青事。赵殿成注:"天幸乃去病事,今指卫青,盖误用也。"

⑥"李广"句:事出《史记·李将军列传》:元狩四年,广年六十余,从大将军卫青击匈奴,青尝"阴受上(武帝)诫,以为李广老,数奇,毋令当单于,恐不得所欲"。数奇,谓运数不吉。

⑦箭,赵殿成、《全唐诗》皆注曰:"当作雀。"无全目:《文选》鲍照《拟古三首》其一:"幽并重骑射,少年好驰逐。……石梁有余劲,惊雀无全目。"李善注引《帝王世纪》曰:"帝羿有穷氏与吴贺北游,贺使羿射雀,羿曰:'生之乎? 杀之乎?'贺曰:'射其左目。'羿引弓射之,误中右目。羿抑首而愧,终身不忘。故羿之善射,至今称之。"

⑧垂杨生左肘:《庄子·至乐》:"支离叔与滑介叔观于冥伯之丘、昆仑之虚,黄帝之所休。俄而柳生其左肘,其意蹶蹶然恶之。"柳,假作"瘤"。此处以"垂杨"代指"柳",也为"瘤"意。

⑨故侯瓜:《史记·萧相国世家》:"召平者,故秦东陵侯。秦破,为布衣。贫,种瓜于长安城东,瓜美,故世俗谓之东陵瓜。"

⑩先生柳:陶渊明隐居,门前有五棵柳,自号"五柳先生"。

⑪茫茫,《全唐诗》作"苍茫"。连,底本、《全唐诗》均注:"一作迷。"

⑫寥,元刻本作"辽",底本、《全唐诗》皆注:"一作辽"。牖(yǒu):窗户。

⑬"誓令"句:《后汉书·耿弇传》:"恭(耿恭)以疏勒城傍有涧水可固,五月,乃引兵据之。七月,匈奴复来攻恭……遂于城下拥绝涧水。恭于城中穿井十五丈,不得水,吏士渴乏,笮(压榨)马粪汁而饮之。恭仰叹曰:'闻昔贰师将军(李广利)拔佩刀刺山,飞泉涌出,今汉德神明,岂有穷哉?'乃整衣服,向井再拜,为吏士祷。有顷,水泉奔出,众皆称万岁。乃令吏士扬水以示虏,虏出不意,以为神明,遂引去。"疏勒:指汉疏勒城,在今新疆疏勒县。

⑭使酒:《汉书·灌夫传》师古注:"使酒,因酒而使气也。"汉将军灌夫,颍川郡人,去官失势后,因酒酣骂坐得罪丞相田蚡被杀。

⑮羽檄:军队紧急文书。

⑯节使:使臣。三河:《史记·货殖列传》:"昔唐人都河东,殷人都河内,周人都河南。夫三河,在天下之中,若鼎足,王者所更居也。"辖境在今山西西南部及河南北部一带。

⑰"诏书"句:《汉书·常惠传》:"宣帝初即位,本始二年……汉大发十五万骑,五将军分道出。"

⑱星文,即七星文。《吴越春秋》卷三载,伍子胥有宝剑,中有七星,价值百金。

⑲燕弓:燕地所产的弓。指良弓。大:宋蜀本、元刻本、《全唐诗》作"天"。

⑳"耻令"句:《说苑·立节》:"越甲(兵)至齐,雍门子狄请死之。……雍门子狄曰:'今越甲至,其鸣吾君也,岂左毂之下哉?车右可以死左毂,而臣独不可以死越甲也?'遂刎颈而死。"鸣,惊扰。

㉑云中守:云中郡(治所在今内蒙古托克托东北)太守魏尚。《汉书·冯唐传》:云中守礼贤下士,抗击匈奴有功,反而被削去官爵,罚作苦工。文

111

帝知之,赦魏尚,复为云中守。

㉒立,宋蜀本、《全唐诗》作"取",又注云:"一作树。"

【汇评】

[明]顾可久曰:"善使事,雄浑老劲。"

[明]胡应麟《诗薮》内编卷三:"王维《老将行》、《桃源行》,皆脉络分明,句调婉畅。"

[明]唐汝询《唐诗解》:"对偶严整,转换有法,长篇之圣者。"

[明]周珽《唐诗选脉会通评林》:"吴山民曰:陡然起便劲健。次六句何等猛烈。'卫青'句正不必慕,'李广'句便自可叹。'苍茫'二句说得冷落。'誓令'二句猛气犹存。末六句老趣何如。"

[明]邢昉《唐风定》:"绝去雕组,独行风骨,初唐气运至此一变。歌行正宗,千秋标准,有外此者,一切邪道矣。"

[清]毛先舒《诗辩坻》:"七言古至右丞,气骨软弱,已逗中唐。如'愿得燕弓射大将,耻令越甲鸣吾君',极欲作健,而风格已夷,即曲借对仗,无复浑劲之致。须溪评王嫩复胜老,爰忘其丑矣。"

[清]张谦宜《茧斋诗谈》卷五:"《老将行》填健语欲令雄壮,正是不足处,此在骨子内辨。"

[清]吴乔《围炉诗话》卷二:"《老将行》起语至'数奇'是兴,'自从'下是赋,'贺兰'下以兴结。"

[清]方东树《昭昧詹言》续录卷二:"《老将行》'卫青'句陪,'李广'句转;'昔时'二句奇姿远韵,'贺兰'句转。"

[清]郎廷槐《师友诗传录》:"问:七言长短句,波澜卷舒,何以得合法?萧亭答:七言长篇,宜富丽,宜峭绝,而言不悉。波澜要宏阔,陡起陡止,一层不了,又起一层。卷舒要如意警拔,而无铺叙之迹,又要徘徊回顾,不失题面,此其大略也。长篇如王摩诘《老将行》,最有法度。"

[清]沈德潜《唐诗别裁集》卷五:"此种诗,纯以对仗胜。学诗者不能从李、杜入,右丞、常侍自有门径可寻。"○"卖瓜种柳,极形落寞。后半写出据鞍顾盼意,不敢以衰老自废弃也。"

[清]范大士《历代诗发》:"右丞七古,和平宛委,无蹈厉莽裘之态,最不

易学。"

[清]黄培芳《唐贤三昧集笺注》："从少说起。('寥落寒山'句下)写得闲散,意象如画。('贺兰山下'句下)前路迤逦,其势蓄极,到此乃喷薄而出,须知其谐处俱不失其健。此段驰骤,须放缓来收,音节乃尽抑扬之妙。"

[清]张文荪《唐贤清雅集》："起势飘忽,骇人心目。七古长篇概用对句,错落转换,全以气胜,否则支离节解矣。转接补干,用法精细,大家见识。"

送崔三往密州觐省

南陌去悠悠,东郊不少留。同怀扇枕恋①,独念倚门愁②。路绕天山雪,家临海树秋。鲁连功未报,且莫蹈沧洲③。

【题解】

此诗作于居河西期间。为送崔三回密州看望父母而作。密州治所在今山东诸城。本诗说,崔三回密州要"路绕天山雪"。天山在今新疆。由此可推知,崔三是自安西或北庭而来,需途经河西节度使治所凉州。王维在凉州与崔三相会,写此诗送他继续前往密州。

【注释】

①扇枕恋:《晋书·王延传》："延事亲色养,夏则扇枕席,冬则以身温被。"

②念,底本注:"《文苑英华》作'解'";《全唐诗》注:"一作解"。倚门愁:《战国策·齐策六》："王孙贾年十五,事闵王;王出走,失王之处。其母曰:'女朝出而晚来,则吾倚门而望;女暮出而不还,则吾倚闾而望。女今事王,王出走,女不知其处,女尚何归?'"

③"鲁连"二句:鲁连,即鲁仲连,战国齐人。《史记·鲁仲连邹阳列传》载,燕将夺取齐国聊城,仲连写信给燕将,燕将见仲连书,泣三日,乃自杀,齐军趁机夺回聊城。仲连功当封爵,却逃隐于海上,曰:"吾与富贵而诎于

人，宁贫贱而轻世肆志焉。"沧洲，水边之地，这里指隐居之地。

灵云池送从弟

金杯缓酌清歌转，画舸轻移艳舞回。自叹鹡鸰临水别^①，不同鸿雁向池来。

【题解】

张《谱》系此诗于开元二十六年(738)春。灵云池在凉州幕府所在地姑藏城。高适在凉州写的诗有三首提到灵云池，其中《陪窦侍御灵云南亭宴诗》序曰："凉州近胡，高下其池亭，盖以耀蕃落也。……军中无事，君子饮食宴乐，宜哉。"又《陪窦侍御泛灵云池》曰："江湖仍塞上，舟楫在军中。"可见，灵云池在凉州，此诗为凉州任上所作。前两句写池上置酒送别的情景，以"金杯缓酌"与"画舸轻移"暗示心中的不舍。后两句以鹡鸰喻兄弟，叹兄弟分离。全诗情景交融，离情昭然。

【注释】

①鹡鸰(jí líng)：《诗·小雅·常棣》："脊令在原，兄弟急难。"孔疏曰："脊令者，水鸟，当居于水，今乃在于高原之上，失其常处，以喻人当居平安之世，今在于急难之中，亦失其常处也。……脊令既失其常处，飞则鸣，行则摇动其身，不能自舍，以喻兄弟相救于急难，亦不能自舍也。"王维此处即承其说，以"鹡鸰"喻兄弟友爱，急难相顾。

送岐州源长史归

握手一相送，心悲安可论？秋风正萧索，客散孟尝门^①。故驿通槐里^②，长亭下槿原^③。征西旧旌节^④，从此向河源^⑤。

【题解】

陈《谱》、张《谱》均系此诗于开元二十六年(738)秋。题下原注曰："源与余同在崔常侍幕中,时常侍已殁。"宋蜀本、元刻本无"源与余"三字,元刻本且无"中"字。崔常侍,即崔希逸。源是维于崔希逸幕府时的同僚。《资治通鉴》卷二一四"玄宗开元二十六年"五月:"以崔希逸为河南尹。希逸自念失信于吐蕃,内怀愧恨,未几而卒。"崔希逸是五六月份离开凉州的,不久王维也从凉州返回长安,源则改任岐州(治所在今陕西凤翔)长史。本诗作于长安,为送别源长史归岐州而作。此时,崔希逸去世不久,本诗借离别写哀挽,通篇饱含对崔希逸的思念之情。"客散孟尝门",以孟尝君喻崔希逸,叹崔氏门前冷落,人才凋零之窘境。尾联慨叹崔卒之后,其睦邻安边政策恐将被改变,西域可能会因此而战事不断。

【注释】

①孟尝:即孟尝君。《史记·孟尝君列传》载:曾相齐,门下养贤士食客数千人。

②槐里:古县名,《长安志》卷十四曰:"槐里驿在(兴平县)郭下,东至咸阳驿四十五里,西至武功驿六十五里。"

③"槿",宋蜀本作"堇",底本注:"一作柏。"槿原,未详何地。

④征西:这里指河西节度使,因掌管唐西部边地防务,故谓。旌节:旌与节。唐制,节度使赐双旌双节。旌以专赏,节以专杀。

⑤河源:《文选》江淹《杂体诗三十首·左记室咏史》:"当学卫霍将,建功在河源。"刘良注:"河源,即西域。"

【汇评】

[明]顾可久曰:"悲婉。"

[明]周珽《唐诗选脉会通评林》:"曲尽别时悲惋之情。"

《唐诗归》卷九:"钟云:自然可叹。"

[清]吴乔《围炉诗话》卷三:"'秋风正萧索,客散孟尝门',十字抵一篇《别赋》。"又曰:"叶文敏公骤卒于京师,门下士皆辞馆去,余偶诵右丞'秋风正萧索,客散孟尝门',不胜悲感。此是送别,然移作哀挽尤妙。"

[清]黄培芳《唐贤三昧集笺注》卷上:"意在笔先,起便情深。"

资圣寺送甘二

浮生信如寄^①，薄宦夫何有。来往本无归，别离方此受。
柳色蔼春余^②，槐阴清夏首。不觉御沟上^③，衔悲执杯酒^④。

【题解】

开元二十八年(740)，王维迁殿中御史。于资圣寺送别友人甘二，而有是作。资圣寺在长安崇仁坊；甘二，未详。这首诗表达了浮生如寄、往来无归的佛家思想。

【注释】

①如寄：《古诗十九首·驱车上东门》："人生忽如寄，寿无金石固。"

②蔼：树木繁茂的样子。

③御沟：见《寓言二首》其二注①。

④衔悲：含悲。

哭孟浩然

故人不可见，汉水日东流。借问襄阳老，江山空蔡洲^①。

【题解】

诗题，《万首唐人绝句》作《哭孟襄阳》，《唐诗纪事》作《忆孟》。题下原注曰："时为殿中侍御史，知南选，至襄阳作。""作"上，宋蜀本、《全唐诗》有"有"字。开元二十八年(740)秋冬之际，王维知南选赴岭南，途经襄阳，闻孟浩然去世的消息，因赋此诗哭之。

【注释】

①蔡洲：因东汉末年蔡瑁尝居于此而得名。《大清一统志》卷二七〇：

"蔡瑁宅,在襄阳县东南。"

【汇评】

[清]黄培芳《唐贤三昧集笺注》卷上:"王、孟交情无间,而哭襄阳之诗只二十字,而感旧推崇之意已至,盛唐人作近古如此,后人则尚敷衍。"

汉江临泛

楚塞三湘接[①],荆门九派通[②]。江流天地外,山色有无中。郡邑浮前浦,波澜动远空。襄阳好风日[③],留醉与山翁[④]。

【题解】

开元二十八年(740),王维知南选途经襄阳时所作。临泛,《瀛奎律髓》作"临眺"。"临泛"乃临流泛舟,似更契合本诗之意。诗歌描绘了一幅气韵流转的天地山河图,是诗人泛舟于江水之上,临高而望的所见所悟。颔联乃神来之笔,历来最得诗家赞赏。上句写出巨浪起伏的大江流向天外的恍惚,下句写出烟波萦绕的山影时隐时现的朦胧。整联于缥缈处见雄阔,又于雄阔处见缥缈,是浩渺江景神韵的完美展现。

【注释】

①楚塞:指襄阳一带的汉水,古时属楚国,故称"楚塞"。三湘:泛指洞庭湖南北,湘江流域一带。

②荆门:山名,参见《寄荆州张丞相》注②。九派:即《尚书·禹贡》所言长江的九条支流,这里指江西九江。

③日,宋蜀本作"月"。

④山翁:指晋山简,字季伦。《晋书·山简传》:"永嘉三年,出为征南将军、都督荆湘交广四州诸军事,假节镇襄阳。于时四方寇乱,天下分崩。……简优游卒岁,惟酒是耽。诸习氏,荆土豪族,有佳园池,简每出嬉游,多之池上,置酒辄醉,名之曰高阳池。"

【汇评】

〔宋〕陈岩肖《庚溪诗话》卷下："六一居士《平山堂》长短句云：'平山栏槛倚晴空，山色有无中。'岂用摩诘诗耶？然诗人意所到而语偶相同者，亦多矣。"

〔宋〕陆游《老学庵笔记》卷六："权德舆《晚渡扬子江》诗云：'远岫有无中，片帆烟水上。'已是用维语。"

〔明〕王夫之《姜斋诗话》卷二："有大景，有小景，有大景中小景。……若'江流天地外，山色有无中'，'江山如有待，花柳更无私'，张皇使大，反令落拓不亲。"

〔明〕王世贞《弇州山人四部稿》卷一三七："'江流天地外，山色有无中。'是诗家极俊语，却入画家三昧。"

〔明〕李维桢《唐诗隽》："'有无中'尤在虚字传神。"

〔明〕陆时雍《唐诗镜》卷十："'山色有无中'，此语亦落小乘。"

〔明〕胡应麟《诗薮》内编卷四："'楚塞三湘'篇，绮丽精工，沈、宋合调者也。"

〔明〕许学夷《诗源辩体》卷十六："摩诘五言律，风体不一。如'楚塞三湘接'既甚雄浑，'新妆可怜色'则又娇嫩。"

《唐诗归》卷九："钟云：（'江流'句下）真境说不得。"

〔清〕胡本渊《唐诗近体》："三句雄阔，四句缥缈，此换笔之妙。"

〔清〕黄培芳《唐贤三昧集笺注》："三四气格雄浑，盛唐本色。五六即第三句之半。"

〔清〕叶蒉《唐诗意》："胸中有一段浩然广大之致，适于泛江写出，可风亦可雅。"

〔清〕潘德舆《养一斋诗话》："'外'字人不敢下。'有无'对'天地'，亦微魄力。"

〔清〕吴昌祺《删订唐诗解》："以'有无'对'天地'，甚妙。"

〔清〕范大士《历代诗发》："'山色有无中'，正见汉江浩荡，波光动摇，非写山也。"

〔清〕查慎行《初白庵诗评》："第一、第三句中两用'江'字。不但此也，三江、九派、前浦、波澜,篇中说水处太多,终是诗病。"

《瀛奎律髓汇评》卷一:方回曰:"右丞此诗,中两联皆言景,而前联尤壮,足敌孟、杜岳阳之作。"纪昀曰:"三、四好,五、六撑不起,六句尤少味,复衍三句故也。"

〔清〕张谦宜《茧斋诗谈》卷五曰:"'江流天地外,山色有无中。'学其气象之大。"

〔清〕管世铭《读雪山房唐诗序例·论文杂言四十一则》曰:"太白'山随平野尽,江入大荒流',摩诘'江流天地外,山色有无中',少陵'星垂平野阔,月涌大江流',意境同一高旷,而三人气韵各别,'识曲听其真',可以窥前贤家数矣。"

送封太守

忽解羊头削①,聊驰熊轼轓②。扬舲发夏口③,按节向吴门④。帆映丹阳郭⑤,枫攒赤岸村⑥。百城多候吏⑦,露冕一何尊⑧。

【题解】

依陈《谱》,开元二十八年(740),王维赴岭南途经夏口,作此诗送封太守赴吴门上任。首颔两联实写。首联叙送别之由:封忽卸武职,擢升苏州刺史;颔联言送别之况:轻舟已备,按节向吴。颈尾两联虚笔,是诗人的想象之词。颈联写景,言封舟行途中所经之地的景物;尾联颂赞,叹封到任后百官相迎的尊贵场景。

【注释】

①羊头削:《淮南子·修务训》高诱注:"羊头之销(同'削',两刃曲刀),自羊子刀。"此句意指封卸去武职。

②轼,《全唐诗》作"首"。底本注:"顾元纬本、凌本俱作'首'。"熊轼:《后汉书·舆服志》王先谦《集解》:"伏熊轼者,车前横轼为伏熊之形也。"

辒:车。熊轼辒,这里指州刺史之车。

③扬舻:扬帆。舻,有窗子的小船。谢朓《和何议曹郊游二首》其二:"扬舻浮大川,惆怅至日下。"夏口:古地名,在今武汉市武昌。

④按节:徐行。吴门:苏州。

⑤丹阳:古县名,在今安徽当涂县东北,其地临江。

⑥攒,宋蜀本作"藏"。底本、《全唐诗》皆注:"一作藏。"赤岸:《大清一统志》卷七十三:"赤岸山,在六合县(今江苏南京市六合区)东南四十里。……《舆地纪胜》:'其山岩与江岸数里,土石皆赤。'"

⑦百城:指各地的地方官。汉潘勖《册魏公九锡文》:"刘表背诞,不供贡职,王师首路,威风先逝,百城八郡,交臂屈膝。"

⑧露冕:《后汉书·蔡茂传》附:东汉郭贺任荆州刺史,有殊政,明帝"敕行部去襜帷,使百姓见其容服,以章有德"。其后诗文中每以"露冕"为刺史外出之褒词。

送康太守

城下沧江水,江边黄鹤楼。朱栏将粉堞①,江水映悠悠。铙吹发夏口②,使君居上头③。郭门隐枫岸,候吏趋芦洲④。何异临川郡,还来康乐侯⑤。

【题解】

在夏口送别康太守时所作,时间同上诗。前两联描写送别之地的景色,第三联刻画康太守出行时尊贵的仪仗,第四联想象官吏正趋赴芦洲迎候太守的情景,尾后一联以谢灵运为临川内史喻康任太守,溢美之情出乎言表。全诗节奏明快,诗意活泼。

【注释】

①将:犹"与"。粉堞:白色女墙。

②铙吹:即铙歌。

③"使君"句:汉乐府《陌上桑》:"东方千余骑,夫婿居上头。"

④芦洲:《文选》鲍照《还都道中作》李善注引庾仲雍《江图》曰:"芦洲至樊口(今湖北鄂城西北)二十里,伍子胥初所渡处也。"

⑤"何异"二句:《宋书·谢灵运传》载,康乐公谢灵运于宋文帝时任临川内史。来,《全唐诗》、宋蜀本作"劳";底本注:"一作劳"。

送宇文太守赴宣城

寥落云外山①,迢遥舟中赏②。铙吹发西江,秋空多清响。地迥古城芜,月明寒潮广。时赛敬亭神③,复解罟师网④。何处寄相思?南风吹五两⑤。

【题解】

陈《谱》、张《谱》系于开元二十八年(740)。为南选途经夏口时送别宇文氏赴任宣城太守所作。宣城,唐宣州治所,即今安徽宣城。

【注释】

①寥,宋蜀本作"辽"。

②遥,《全唐诗》作"递"。

③敬亭:《元和郡县志》卷二十八:"敬亭山,(宣)州北十二里,即谢朓赋诗之所。"按,谢朓为宣城太守时,尝赋《赛敬亭山庙喜雨诗》、《祀敬亭山庙诗》、《祀敬亭山春雨》诸诗。此句指宇文氏到任后,必时为农人祈雨。

④解网:沈约《汉东流》:"至仁解网,穷鸟入怀。"罟师:渔夫。

⑤五两:古代一种测风仪,用鸡毛五两或八两系于高竿顶上而成。郭璞《江赋》:"觇五两之动静。"李善注:"《兵书》曰:'凡候风法,以鸡羽重八两,建五丈旗,取羽系其巅,立军营中。'许慎《淮南子注》曰:'綄,候风也,楚人谓之五两也。'"

【汇评】

[清]黄培芳《唐贤三昧集笺注》:"'清响'字甚灵。'地迥'十字最

妙绝。"

[清]张文荪《唐贤清雅集》:"兴比清旷,字字响。"

登辨觉寺

竹径从初地①,莲峰出化城②。窗中三楚尽③,林上九江平。软草承跌坐④,长松响梵声⑤。空居法云外⑥,观世得无生⑦。

【题解】

陈《谱》、张《谱》系此诗于开元二十九年(741)。是年春,王维完成南选任务北归,经九江登庐山游辨觉寺,而有是作。辨,底本、《全唐诗》均注:"一作新。"此诗写登庐山僧寺所见所感,禅意深远。首联写辨觉寺的地理位置,领联写高处所见,颈联写禅坐,尾联写禅想。"窗中三楚尽,林上九江平"两句,大笔勾勒出包罗万象、寥远阔大的景象。上句一"尽"字写出广阔感;下句,"上"字写出景色的层次感,"平"字写出画面的宁静感。

【注释】

①初地:菩萨乘五十二位中十地之第一地,即欢喜地。

②莲峰:庐山莲花峰。化城:佛家语,谓临时变化出来的城邑。为"法华七喻"之一,比喻小乘的涅槃果位。此处借指辨觉寺。

③三楚:秦、汉时分战国楚地为西楚、东楚、南楚,合称"三楚"。

④软,元刻本作"敷"。底本、《全唐诗》皆注:"一作嫩。"跌坐:即跏趺坐,又称结跏趺坐,谓交结左右趺(足背)加于左右股之上而坐,又有全跏坐(俗称双盘)与半跏坐(俗称单盘)之分。《大智度论》卷七:"诸坐法中,结跏趺坐最安稳,不疲极,此是坐禅人坐法。"

⑤梵声:念佛诵经之声。梁武帝《和太子忏悔》诗:"缭绕闻天乐,周流扬梵声。"

⑥法云:佛家语,喻佛法之涵盖一切。《华严经》曰:"不坏法云,遍覆

一切。"

⑦无生：不生不灭，即涅槃。

【汇评】

[明]谢榛《四溟诗话》卷四："（'窗中'二句）旷阔有气，但'上'字声律未妥。"

[明]唐汝询《唐诗解》："梵刹诗，此则景象弘远，声调超凡，登眺中绝唱。"

《瀛奎律髓汇评》卷四十七：方回曰："此似是庐山僧寺。三、四形容广大，其语即无雕刻，而'窗中'、'林外'四字，一了数千里，佳甚。"冯舒曰："至王、孟稍澄沈、宋而清之，故极壮语亦只如此。'窗中'十字，足敌洞庭'气蒸'、'波动'之句。"何焯曰："题云'登'，则寺在峰之巅，故目尽三楚，坐瞰九江。玩三、四自见。"纪昀曰："五、六句兴象深微，特为精妙。"

[清]彭端淑《雪夜诗谈》："摩诘诗佳句甚夥，如'窗中三楚尽，林外九江平'；'江流天地外，山色有无中'。皆超然绝俗，出人意表。"

[清]黄培芳《唐贤三昧集笺注》："雅正。"

谒璇上人并序

上人外人内天①，不定不乱②。舍法而渊泊③，无心而云动④。色空无得⑤，不物物也⑥；默语无际，不言言也⑦。故吾徒得神交焉⑧。玄关大启⑨，德海群泳，时雨既降，春物俱美。序于诗者，人百其言⑩。

少年不足言，识道年已长。事往安可悔，余生幸能养。誓从断荤血，不复婴世网⑪。浮名寄缨佩⑫，空性无羁鞅⑬。夙从大导师⑭，焚香此瞻仰。颓然居一室，覆载纷万象⑮。高柳早莺啼，长廊春雨响。床下阮家屐⑯，窗前筇竹杖⑰。方将见身云⑱，陋彼示天壤⑲。一心在法要⑳，愿以无生奖。

123

开元二十九年(741)春,王维自岭南北归,过润州江宁县(今南京市)瓦官寺,参谒璇上人,而有是作(参见陈《谱》)。上人,对僧人的敬称。璇上人为禅宗北宗嵩山普寂的弟子,《宋高僧传》卷一七《元崇传》、《景德传灯录》卷四有记载。

【注释】

①外人内天:语本《庄子·秋水》:"天在内,人在外,德在乎天。……牛马四足,是谓天;落马首,穿牛鼻,是谓人。"

②不定不乱:即中道。《维摩经·见阿閦佛品》:"不进不怠,不定不乱,不智不愚,不诚不欺,不来不去,不出不入。"

③法:佛家语,指一切事物与现象。

④"无心"句:陶渊明《归去来兮辞》:"云无心以出岫,鸟倦飞而知还。"

⑤色空:佛教认为现实世界的一切存在皆虚幻不实,谓之"色空"。无得,《全唐诗》作"无碍"。

⑥物物:主宰万物,语出《庄子·在宥》。

⑦不言言:不言之言。《列子·说符》:"夫知言之谓者,不以言言也。"张注:"言言则无微隐。"

⑧神交:谓以精神相交。《晋书·嵇康传》:"所与神交者,惟陈留阮籍、河内山涛。"

⑨"玄关"句:《嘉泰普灯录》卷十七:"玄关大启,正眼流通。"

⑩百:百倍。

⑪"不复"句:参见《偶然作·日夕见太行》注②。

⑫缨佩:《文选》沈约《学省愁卧》:"缨佩空为忝,江海事多违。"刘良注:"缨佩,官服饰也。"

⑬空性:依空而显的实性,即真如的别名。羁鞅:束缚。

⑭从:宋蜀本、元刻本、《全唐诗》作"承"。《全唐诗》又注:"一作从"。

⑮覆载:谓天地。

⑯阮家屐:《晋书·阮孚传》:"初,祖约性好财,孚性好屐,同是累而未

判其得失。有诣约,见正料财物,客至,屏当不尽,余两小篚,以着背后,倾身障之,意未能平。或有诣阮,正见自蜡屐,因自叹曰:'未知一生当着几量屐!'神色甚闲畅。于是胜负始分。"

⑰筇竹:亦作"邛竹"。《史记·大宛列传》正义:"邛都邛山(在今四川荥经西)出此竹,因名邛竹。节高实中,或寄生,可为杖。"

⑱身云:喻佛示现种种之身荫覆众生如云。

⑲示天壤:示以天地间生气。《庄子·应帝王》:"壶子曰:'乡吾示之以天壤,名实不入,而机发于踵,是殆见吾善者机也。'"

⑳法要:佛法之要义。

【汇评】

[清]牟愿相《小澥草堂杂论诗》曰:"王右丞诗'识道年已长',真过来人语。"

送丘为往唐州

宛洛有风尘①,君行多苦辛。四愁连汉水②,百口寄随人③。槐色阴清昼,杨花惹暮春。朝端肯相送④,天子绣衣臣⑤。

【题解】

丘为,嘉兴人,《唐才子传》卷二记为天宝二年进士,王维甚称许之,尝与唱和。历任主客郎中、司勋郎中、太子右庶子、左散骑常侍等职。唐州,《旧唐书·地理志》:"唐州,天宝元年改为淮安郡。"本诗仍称"唐州",故应作于天宝元年之前。开元二十九年(741),王维自岭南"知南选"回长安,此诗疑作于本年。丘为有答诗《留别》,曰:"归鞍白云外,缭绕出前山。今日又明日,自知心不闲。亲劳簪组送,欲趁莺花还。一步一回首,迟迟向近关。"

①宛洛:宛:南阳。洛:洛阳。陆机《为顾彦先赠妇》:"京洛多风尘,素衣化为缁。"

②"四愁"句:张衡《四愁诗序》:"(张衡)出为河间相。……时天下渐弊,郁郁不得志,为《四愁诗》。"

③百口:指全家。《晋书·周颢传》:"(王)导呼颢谓曰:'伯仁,以百口累卿。'"随:随洲。《元和郡县志》:"随州本春秋时随国。北至唐州三百六十里。"此处借指唐州。

④朝端:位居首席的朝臣,泛指大臣。

⑤绣衣臣:《汉书·百官公卿表》颜师古注:"衣以绣者,尊宠之也。"

【汇评】

[明]杨慎《升庵诗话》卷十一:"王右丞诗'杨花惹暮春',李长吉诗'古竹老梢惹碧云',温庭筠'暖香惹梦鸳鸯锦',孙光宪'六宫眉黛惹春愁',用'惹'字凡四,皆绝妙。"

送赵都督赴代州得青字

天官动将星①,汉地柳条青②。万里鸣刁斗③,三军出井陉④。忘身辞凤阙⑤,报国取龙庭⑥。岂学书生辈,窗间老一经⑦。

【题解】

本诗为送别赵都督赴任代州而作。唐时,都督掌郡州军事,并兼任所驻州之刺史。赵都督,名不详。代州,治所在今山西代县。《旧唐书·地理志》:"代州中都督府……天宝元年,改为雁门郡,依旧为都督府。乾元元年,复为代州。"本诗仍称"代州",故应作于天宝元年改"雁门郡"之前,大概为开元二十九年(741),此时王维刚从岭南回长安。"得青字",即拈得青字韵,依此韵赋诗,此三字宋蜀本、元刻本作题下注语。

【注释】

①天官:《史记·天官书》索隐曰:"案天文有五官,官者,星官也。星座有尊卑,若人之官曹列位,故曰天官。"动将星:将星摇,将有战事。《隋书·天文志上》:"大将星摇,兵起,大将出;小星不具,兵发。"

②地,宋蜀本作"泚";《全唐诗》作"上",又注:"一作地。"

③刁斗:古代行军用具。斗形有柄,铜质。白天用作炊具,晚上击以巡更。

④井陉(xíng):即井陉口,又称土门关,秦汉时为军事要地,为古"九塞"之一。

⑤凤阙:汉宫阙名,代指皇宫、朝廷。《史记·孝武本纪》:"于是作建章宫。……其东则凤阙,高二十余丈。"

⑥龙庭:《文选》班固《封燕然山铭》张铣注:"龙庭,单于祭天所也。"借指吐蕃和其他边塞少数民族国家。

⑦间,宋蜀本作"中"。老,元刻本作"着"。

【汇评】

[明]许学夷《诗源辩体》卷十六:"摩诘五言律,如'天官动将星',整栗雄厚者也。"

[清]宋宗元《网师园唐诗笺》:"('忘身'句下)一鼓作气,雄劲无前。"

[清]沈德潜《唐诗别裁集》卷九:"右丞五言律有二种:一种以清远胜,如'行到水穷处,坐看云起时'是也;一种以雄浑胜,如'天官动将星,汉地柳条青'是也。"

[清]施补华《岘佣说诗》曰:"起处须有峻嶒之势。……如'万壑树参天,千山响杜鹃'、'天官将星动,汉地柳条青',皆起势之峻嶒者,举此可以类推。"

终南别业

中岁颇好道①，晚家南山陲②。兴来每独往，胜事空自知。行到水穷处，坐看云起时。偶然值林叟③，谈笑无还期。

【题解】

依陈《谱》，开元二十九年(741)，王维自岭南回到长安后隐居终南山。本诗即作于隐居不久。诗题，《河岳英灵集》、《文苑英华》、《唐文粹》俱作《入山寄城中故人》，《国秀集》作《初至山中》。"行到水穷处，坐看云起时"两句，于信步闲走中融入"应无所住而生其心"之禅理，佛理与诗心水乳交融，信手拈来，毫不着力。

【注释】

①中岁：中年。

②晚：指晚近、近时。南山：即终南山。

③林，底本、《全唐诗》均注："一作邻。"

【汇评】

[宋]惠洪《天厨禁脔》："此诗不直言其闲逸，而意中见其闲逸，谓之造意句法。"

[宋]蔡正孙《诗林广记》前集卷五："赵章泉《诗法》云：王摩诘有诗云：'行到水穷处，坐看云起时。'杜少陵有诗云：'水流心不竞，云在意俱迟。'知诗者，于此不可以无语。或以小诗复之曰：'水穷云起初无意，云在水流终有心。倘若不将无有别，浑然谁会伯牙琴！'此所谓可与言诗者矣。"

[宋]周弼《碛砂唐诗》："盛传敏云：见功锻炼而天趣自发者，原不易得尔。"

[宋]胡仔《苕溪渔隐丛话》前集卷十五："《后湖集》云：此诗造意之妙，至与造物相表里，岂直诗中有画哉！观其诗，知其蝉蜕尘埃之中，浮游万物之表者也。"后集卷九曰："山谷老人曰：余顷年登山临水，未尝不读摩诘诗

'行到水穷处，坐看云起时'，故知此老胸次，有泉石膏肓之疾。"

《唐诗归》卷九："钟云：此等作只似未有声诗之先，便有此一首诗，然读之如新出诸口及新入目者，不觉现成，其故难言。○谭云：只是作人，行径幽妙。"

[明]周珽《唐诗选脉会通评林》："律含古意，趣非言尽，盖有一种悠然会心处，所见无非道也。"

[明]唐汝询《唐诗解》："此堪与'结庐在人境'竞爽。"

[明]许学夷《诗源辩体》卷十六："摩诘诗，'行到水穷处，坐看云起时'，诗中有画者也。"

[明]王夫之《唐诗评选》卷二曰："清靡为时调之冠，亦令人欲割爱而不能。"

[清]黄叔灿《唐诗笺注》："意趣闲适，诗亦天成，无斧凿痕。"

[清]查慎行《初白庵诗评》："五、六自然，有无穷景味。"

[清]张谦宜《茧斋诗谈》卷五："一气灌注中不动声色，所向惬然，最是难事。"又曰："古秀天然，杜不能尔。"

[清]沈德潜《唐诗别裁》卷九："行所无事，一片化机。"

[清]沈德潜《息影斋诗抄序》："诗贵有禅理禅趣，不贵有禅语。王右丞诗：'行到水穷处，坐看云起时'，'松风吹解带，山月照弹琴'，皆能悟入上乘。"

[清]黄生《唐诗摘抄》："玩'好道'二字，便知全篇不是徒然写景。意谓中岁虽颇参究此事，不免东投西奔，茫无着落，至晚年，方知有安身立命之处。得此把柄，则行止洒落，冷暖自知，水穷云起，尽是禅机，林叟闲谈，无非妙谛矣。以人我相作结，有悠悠自得之意。"

[清]施补华《岘佣说诗》曰："五律有清空一气，不可以炼句炼字求者，最为高格。如太白'牛渚西江夜'……摩诘'中岁颇好道'……诸首，所谓'羚羊挂角，无迹可求'。"

[清]徐增《而庵说唐诗》卷十五："行到水穷去不得处，我亦便止；倘有云起，我即坐而看云之起。……于佛法看来，总是个无我，行无所事。行到，是大死；坐看，是得活；偶然，是任运。此真好道人行履。谓之'好道'，

不虚也。"

《瀛奎律髓汇评》卷二十三：方回曰："右丞此诗有一唱三叹不可穷之妙。"冯班曰："第三联奇句惊人。"纪昀曰："此诗之妙，由绚烂之极，归于平淡，然不可以躐等求也。"又曰："此种皆镕炼之至，渣滓俱融；涵养之熟，矜躁尽化，而后天机所到，自在流出，非可以摹拟而得者。无其镕炼涵养之功，而以貌袭之，即为窠白之陈言，敷衍之空调。矫语盛唐者，多犯是病。此亦如禅家者流，有真空顽空之别，论诗者不可不辨。"

［清］俞陛云《诗境浅说》："此诗见摩诘之天怀淡逸，无住无沾，超然物外。言壮岁即厌尘俗，老去始卜宅终南。无多同调，兴到惟有独游，选胜怡情随处若有所得，不求人知，心会而已。五六句即言胜事自知。行至水穷，若已到尽头，而又看云起，见妙境之无穷。此二句有一片化机之妙，得纯任自然之乐。结句言心本悠然，偶值林叟，即流连忘返，如行云之在太虚，流水之无滞相也。"

终南山

太乙近天都①，连山到海隅②。白云回望合，青霭入看无③。分野中峰变④，阴晴众壑殊。欲投人处宿，隔水问樵夫。

【题解】

此诗作于开元二十九年(741)，时隐居终南山。诗题，宋蜀本作《终南山行》、《文苑英华》作《终山行》。诗写游终南山的所见所感。诗人从不同视角勾勒终南山的宏伟轮廓。开篇从遥望的角度，用夸张的笔法渲染终南山高耸入云、连绵到海的巍峨、浑茫气象。第二联由远及近，写登山途中感受：攀行山间，回望来路，白云青霭苍茫成片，然而身在其中，却又无影无踪。第三联由高而下，写登上山巅的观感，亦是大笔勾勒，突出终南山的辽阔幽深。至此，终南山高、远、深、大的雄伟景象尽收眼底。尾联在此基础上作点睛妙笔，勾勒一幅深山问路图，写出高山大壑带给人心的荒远幽深之意，以小见大,耐人寻味。全诗笔力劲健,气韵生动,是王维山水诗的高妙之作。

【注释】

①太乙:亦作太一,即终南山。《元和郡县志》卷一:"终南山在(京兆府万年)县南五十里。按经传所说,终南山一名太一,亦名中南。"天都:指帝都。

②到,底本、《全唐诗》注:"一作接。"

③青霭:山中的岚气。南朝宋鲍照《登大雷岸与妹书》:"左右青霭,表里紫霄。"

④分野:古时以地上州国的位置同天上星辰的位置相匹配。就天文说,称分星;就地面说,称分野。

【汇评】

[宋]刘须溪曰:"语不深僻,清夺众妙。"

[明]王夫之《唐诗评选》卷三:"工苦安排备尽矣,人力参天,与天为一矣。'连山到海隅',非徒为穷大语,读《禹贡》自知之。结语亦以形其阔大,妙在脱卸,勿但作诗中画观也,此正是画中有诗。"

[明]王夫之《姜斋诗话》卷二:"'欲投人处宿,隔水问樵夫',则山之辽廓荒远可知,与上六句初无异致,且得宾主分明,非独头意识悬相描摹也。"

[明]邢昉《唐风定》:"右丞不独幽闲,乃饶奇丽,但一出其口,自然清冷,非世中味耳。"

[清]张谦宜《茧斋诗谈》卷五:"于此看'积健为雄'之妙。'白云回望合,青霭入看无',看山得三昧,尽此十字中。"

[清]沈德潜《唐诗别裁》卷九:"'近天都'言其高,'到海隅'言其远,'分野'二句言其大,四十字中,无所不包,手笔不在杜陵下。或谓末二句似与通体不配,今玩其语意,见山远而人寡也,非寻常写景可比。"

[清]黄培芳《唐贤三昧集笺注》卷上:"神境。四十字中无一字可易,昔人所谓如四十位贤人。一结从小处见大,错综变化,最得消纳之妙。"

[清]黄生《唐诗摘抄》:"首言高,次言大,三、四承高说,五、六承大说。此立柱应法。回望处白云已合,入看时青霭却无,错综成句。此法与倒装异者,以押韵不动也。题中无'游'字,结处补其意,然三、四已暗藏针线

矣。"朱之荆补:"结见山远人稀。"

[清]徐增《而庵说唐诗》卷十五:"此总是见终南山之深大莫测。是诗如在开辟之初,笔有鸿濛之气,奇观大观也。"

[清]王尧衢《古唐诗合解》:"通首总见终南山之高深,前写其大概,后写其幽胜。"

[清]宋宗元《网师园唐诗笺》:"('青霭'句下)得此形容,乃不同寻常登眺。"

[清]延君寿《老生常谈》:"《终南山》诗,结句稍弱,由于前半气盛。"

[清]吴瑞荣《唐诗笺要》:"结语宛有画。"

[清]吴乔《围炉诗话》卷三:"《古今诗话》云:'王右丞《终南山》诗,讥刺时宰,其曰太乙近天都,连山到海隅,言势位盘据朝野也;白云回望合,青霭入看无,言徒有表而无里也;分野中峰变,阴晴众壑殊,言恩泽未遍及也;欲投人处宿,隔水问樵夫,言托足无地也。'余谓看唐诗常须作此想,方有入处。而山谷又曰:'喜穿凿者弃其大旨,而于所遇林泉人物,以为皆有所托,如世间商度隐语,则诗委地矣。'山谷此论,又不可不知也。"

[清]何文焕《历代诗话考索》:"《终南山》诗,或谓维讥时,此等附会大可恨。"

白鼋涡

南山之瀑水兮,激石滴瀑似雷惊[1],人相对兮不闻语声。翻涡跳沫兮苍苔湿,藓老且厚,春草为之不生。兽不敢惊动,鸟不敢飞鸣。白鼋涡涛戏濑兮[2],委身以纵横。主人之仁兮,不网不钓,得遂性以生成[3]。

【题解】

作于隐居终南期间。题下原注:"杂言走笔。"鼋:大鳖。诗写终南山一处湍急的水涡。前八句描绘水涡周围的自然环境,为下文描写遨游水涡的白鼋作铺垫。在瀑似雷惊、春草不生的环境中,鸟兽不敢轻举妄动,而与之相对,白鼋却在涡涛之中遨游自如。这是为何呢?诗尾作了回答:主人仁慈,不去网钓,顺遂了百鼋的本性。诗歌寓理于物,表达自己顺遂本性而隐居的自在和满足。

【注释】

①滈(hào)瀑:《文选》左思《蜀都赋》:"龙池滈瀑溃其隈。"李善注:"滈瀑,水沸之声也。"

②濑(lài):湍急之水。《蜀都赋》:"其深则有白鼋命鳖……跃涛戏濑,中流相忘。"

③遂性:顺其本性。《庄子·在宥》:"以遂群生。"成玄英疏:"遂,顺也。"

投道一师兰若宿

一公栖太白①,高顶出云烟②。梵流诸壑遍③,花雨一峰偏④。迹为无心隐⑤,名因立教传。鸟来还语法⑥,客去更安禅⑦。昼涉松露尽⑧,暮投兰若边。洞房隐深竹⑨,清夜闻遥泉。向是云霞里,今成枕席前。岂惟留暂宿⑩,服事将穷年。

【题解】

王维隐居终南期间,曾游太白山,访道一禅师。道一,或指禅宗南宗高僧马祖道一。俗姓马,时称马祖,六祖惠能弟子南岳怀让的高足。兰若,梵语"阿兰若"的简称,是僧人所居之处。诗题,元刻本空缺"道一"二字;顾本作《过福禅师兰若》;底本、《全唐诗》均注:"一作《宿道一上方院》。"诗写投宿道一禅师修行处的所见所感,虽多用佛书故事与禅宗意象,然而化用自然、诗意浑成。

①太白:即太白山,在今陕西郿县南。

②云,《全唐诗》作"风",又注:"一作云"。

③梵:清净之意。壑,《全唐诗》注:"一作洞。"

④雨:落下。偏:犹"多"。

⑤无心:离妄念之真心。

⑥"鸟来"句:《续高僧传》卷八《齐邺东大觉寺释僧范传》:"尝有胶州刺史杜弼于邺显义寺请范冬讲,至《华严》六地,忽有一雁飞下,从浮图东顺行入堂,正对高座,伏地听法,讲散徐出,还顺塔西,尔乃翔逝。"

⑦安禅:佛家语,犹言入定。江总《明庆寺》诗:"金河知证果,石室乃安禅。"

⑧露,宋蜀本、《全唐诗》作"路"。

⑨洞房:幽深的房室。

⑩留暂,宋蜀本、《全唐诗》作"暂留"。

戏赠张五弟諲三首

其 一

吾弟东山时①,心尚一何远。日高犹自卧,钟动始能饭②。领上发未梳,床头书不卷。清川兴悠悠③,空林对偃蹇④。青苔石上净,细草松下软。窗外鸟声闲,阶前虎心善。徒然万象多,澹尔太虚绵⑤。一知与物平⑥,自顾为人浅。对君忽自得,浮念不烦遣⑦。

【题解】

陈《谱》、张《谱》均系此诗于开元二十九年(741),时作者隐居终南山。底本题下注曰:"时在常乐东园走笔成。"此九字宋蜀本作大字,与诗题连书。张谙,《唐才子传》卷二《张谙传》:"谙,永嘉人。初隐少室下,闭门修肄,志甚勤苦,不及声利。后应举,官到刑部员外郎。明《易》象,善草隶,兼画山水,诗格高古。与李顾友善,事王维为兄,皆为诗酒丹青之契。……天宝中,谢官,尔故山偃仰,不复来人间矣。"王维赠答张谙诗颇多,二人志趣相和,友谊深厚。此《戏赠》三首,多赞美张谙朴野清高的作风和学富五车的才华,同时表达自己与之相同的隐逸之志。

【注释】

①东山时:谓隐居之时。

②钟动:这里指斋钟响起。

③兴,宋蜀本、元刻本作"与"。

④偃塞:《释名·释姿容》:"偃,偃息而卧不执事也;塞,跂塞也,病不能作事,今托病似此也。"王先谦《释名疏证补》曰:"郭璞《客傲》'庄周偃塞于漆园',即偃卧不事事之意。"

⑤澹尔:恬静、安然的样子。太虚:天空。《文选》孙绰《游天台山赋》:"太虚辽廓而无阂,运自然之妙有。"李善注:"太虚,谓天也。"缅:远。

⑥与物平:谓与物齐一,意本《庄子·齐物论》:"天地与我并生,而万物与我为一。"

⑦浮念:妄念。

【汇评】

[明]顾璘曰:"('窗外'二句)警语不在深。"

《唐诗归》卷八:"钟云:题中'戏赠'二字意颇难看,似嘲其隐志不能自坚。"

[清]施补华《岘佣说诗》曰:"'阶前'句甚奇而仍平,此摩诘能用柔笔处。"

其　二

张弟五车书①,读书仍隐居。染翰过草圣②,赋诗轻子虚③。闭门二室下④,隐居十年余。宛是野人野,时从渔父渔⑤。秋风日萧索⑥，五柳高且疏。望此去人世，渡水向吾庐。岁晏同携手，只应君与予。

【注释】

①五车书：形容书多。《庄子·天下》："惠施多方，其书五车。"

②草圣：东汉张芝(字伯英)擅草书，有"草圣"之称。《三国志·魏书·韦诞传》裴注引《文章叙录》曰："汉兴而有草书。……弘农张伯英者，因而转精其巧。……韦仲将谓之草圣。"

③子虚：汉代司马相如所著《子虚赋》。

④二室：嵩山东峰名太室，西峰曰少室。

⑤野人野，渔父渔：原作"野人也"，"渔父鱼"，据宋蜀本、《全唐诗》改。

⑥日，《全唐诗》作"自"，又注："一作日"。底本注："一作自。"

其　三

设置守毚兔①，垂钓伺游鳞②。此是安口腹，非关慕隐沦。吾生好清静③，蔬食去情尘。今子方豪荡，思为鼎食人④。我家南山下，动息自遗身⑤。入鸟不相乱⑥，见兽皆相亲。云霞成伴侣，虚白侍衣巾⑦。何事须夫子，邀予谷口真⑧。

【注释】

①"设置"句：语本鲍照《拟古八首》其一："伐木清江湄，设置守毚兔。"置(jū)，捕兔之网。毚(chán)兔：狡兔。

②钓，宋蜀本作"钩"。

③静，《全唐诗》作"净"，又注："一作静"。

④鼎食：列鼎而食，喻富贵。

⑤动息：犹言出处、进退。《文选》谢朓《观朝雨》："动息无兼遂，歧路多徘徊。"李善注："动息，犹出处。言出处之情有疑，譬临歧路而多惑也。"遗身：忘己。

⑥"入鸟"句:《庄子·山木》:"辞其交游,去其弟子,逃于大泽,衣裘褐,食杼栗,入兽不乱群,入鸟不乱行,鸟兽不恶,而况人乎?"

⑦虚白:语本《庄子·人间世》:"虚室生白,吉祥止止。"陆德明《释文》:"崔云:'白者,日光所照也。'"此处以"虚白"代日光,与上句中的"云霞"相对。此句谓以日光为侍者。

⑧谷口真:即谷口郑子真。《高士传》卷中:"郑朴,字子真,谷口人也。修道静默,世服其清高。成帝时,元舅大将军王凤以礼聘之,遂不屈。"此处作者以郑子真自喻。

【汇评】

[清]赵殿成曰:"前二篇,美张能隐居乐道,物我两忘,与己合志;后一篇,嗤张之钓弋山中,只图口腹,与己异操,譬如李家娘子,才出墨池,便登雪岭,何一日之间,黑白不均乎!题曰戏赠,良有以也。"

答张五弟

终南有茅屋,前对终南山。终年无客长闭关,终日无心长自闲。不妨饮酒复垂钓,君但能来相往还①。

【题解】

诗题下,宋蜀本、元刻本俱注:"杂言。"此诗作于隐居终南山期间。张五,即张諲。首二句简单勾勒隐居之地,三、四句叙写平淡悠闲的生活,末二句表达与志同道合者往来的期望。全诗感情真挚自然,如话家常。

【注释】

①相,顾本作"且"。

【汇评】

[明]王夫之《唐诗评选》卷一:"末以乐府语入闲旷,诗奇绝。"

[明]李攀龙《唐诗训解》:"四'终'字弄出真趣,然非安排可得。"

[明]唐汝询《唐诗解》:"略不构思,语极清迥,无《考槃》、《衡门》心胸,

拈此不出。"

[清]徐增《而庵说唐诗》卷四:"短诗要包含,长篇要无尽。吾说七言古多长篇,而短者则惟摩诘《答张五弟》一首。摩诘,道人也,一切才情学问洗涤殆尽,造洁净清微之地,非上根器人不喜看,看亦不知其妙也。"

[清]王尧衢《唐诗合解》:"终年二句,言自己居终南之自得处。特重两终字于两终南之下,又用两长字、两无字,双声叠韵,用急调于短章,奇绝之作。○六句四韵中,包含无限静思。右丞是学道人,出语精微,俱耐人想。"

[清]翁方纲《石洲诗话》:"今之选右丞七古,则必取'终南有茅屋'一篇,大约皆自李沧溟启之。此元遗山所谓'少陵自有连城璧,争奈微之识碔砆'者也。"

春日直门下省早朝

骑省直明光①,鸡鸣谒建章。遥闻侍中佩②,暗识令君香③。玉漏随铜史④,天书拜夕郎⑤。旌旗映阊阖⑥,歌吹满昭阳⑦。官舍梅初紫,宫门柳欲黄。愿将迟日意⑧,同与圣恩长。

【题解】

题下原注曰:"时为左补阙。"依陈《谱》,王维于天宝元年(742)春改官左补阙。左补阙属门下省,从七品上。本诗作于是年早春,为早朝时在门下省值班时所作。诗题下注语,宋蜀本、元刻本均无;《全唐诗》作"时为右补阙",非。此诗记录了自己出任左补阙后的官场生活,歌颂皇恩浩荡,语言雍容典雅。

【注释】

①骑省:赵殿成注:"唐时两省(中书、门下)皆有散骑常侍,故亦谓之骑省。"此处指门下省。明光:见《燕支行》注①。此借指唐皇宫。

②侍中:门下省最高长官,正三品。佩:指玉佩。《旧唐书·舆服志》:"诸佩,一品佩山玄玉,二品以下、五品以上,佩水苍玉。"

③令君香:《艺文类聚》卷七十引习凿齿《襄阳记》曰:"季和曰:荀令君至人家,坐处三日香。"

④玉漏:有玉饰的宫中漏刻。铜史:指漏刻上的铜人。《文选》陆倕《新刻漏铭》:"铜史司刻,金徒抱箭。"李善注:"张衡《漏水转浑天仪制》曰:'盖上又铸金铜仙人,居左壶,为胥徒,居右壶,皆以左手抱箭,右手指刻,以别天时早晚。'"

⑤天书:皇帝的诏书。夕郎:黄门侍郎。

⑥闾阖:宫门。

⑦昭阳:汉殿名,在未央宫中。此处借指唐宫。

⑧迟日:即春日,因春日昼长日行迟缓故谓。《诗经·豳风·七月》:"春日迟迟,采蘩祁祁。"

奉和圣制庆玄元皇帝玉像之作应制

明君梦帝先①,宝命上齐天②。秦后徒闻乐③,周王耻卜年④。玉京移大像⑤,金箓会群仙⑥。承露调天供⑦,临空敞御筵。斗回迎寿酒⑧,山近起炉烟。愿奉无为化⑨,斋心学自然⑩。

【题解】

玄元皇帝,即老子。乾封元年(666)三月二十日,唐高宗追尊老君为太上玄元皇帝。天宝元年(742)二月,西京玄元庙落成,庙中置老子玉石雕像,并置玄宗皇帝玉像侍立于右(见《唐会要》卷五十)。王维奉旨作诗,以歌此事。本诗颂赞皇家的崇玄之举,同时也表达了自己的感沐之情。

【注释】

①"明君"句:《旧唐书·礼仪志》:"开元二十九年……闰四月,玄宗梦京师城南山趾有天尊之像,求得之于盩厔(今陕西周至县)楼观之侧。"

②宝命:大命、天命。《文选》颜延之《宋文皇帝元皇后哀策文》:"用集宝命,仰陟天机。"李周翰注:"宝命,即大命。"

③"秦后"句:《文选》张衡《西京赋》:"昔者大帝说秦缪公而觐之,飨以钧天广乐。"后,君。

④"周王"句:《左传》宣公三年:"成王定鼎于郏鄏(周都,在今河南洛阳),卜世三十,卜年七百,天所命也。"卜年,占卜朝祚寿命。

⑤玉京:参见《双黄鹄歌送别》注③。

⑥金箓:道教的一种斋祭仪式。

⑦承露:承接甘露。天供:天子的供品。

⑧"斗回"句:语本《诗经·小雅·大东》:"维北有斗,不可以挹酒浆。"此处反其意而用之,谓斗柄回转,可用以取寿酒。

⑨无为化:即"无为自化"。《老子》五十七章:"我无为而民自化,我好静而民自正。"

⑩斋心:指清心寡欲。学自然:《老子》二十五章:"人法地,地法天,天法道,道法自然。"

三月三日曲江侍宴应制

万乘亲斋祭,千官喜豫游①。奉迎从上苑②,被禊向中流③。草树连容卫④,山河对冕旒⑤。画旗摇浦溆⑥,春服满汀洲⑦。仙乐龙媒下⑧,神皋凤跸留⑨。从今亿万岁,天宝纪春秋⑩。

【题解】

据末两句,本诗当作于天宝元年(742)三月三日上巳节。《后汉书·礼仪志》:"是月(指三月)上巳,官民皆洁于东流水上,曰洗濯祓除去宿垢疢为大洁。"后来上巳演变为游春的节日。唐开元中之后,长安士女多在这一天游览曲江,玄宗也每于此日在曲江宴赐臣僚。参见《奉和圣制赐史供奉曲江宴应制》。诗题,"曲江"下,《文苑英华》有"楼"字。

①豫游:犹游乐。参见《奉和圣制与太子诸王三月三日龙池春禊应制》注②。

②上苑:皇家园林,此处指曲江。

③袚禊(fú xì):古祭名,指在水边举行的除去不祥的祭祀活动。

④容卫:古代的仪仗、侍卫。庾信《周祀方泽歌·昭夏》:"川泽茂祉,丘陵容卫。"

⑤冕旒(liú):古时天子及贵官的礼冠。旒,古时天子及贵官礼帽前后下垂的玉串,天子十二旒,诸侯九,上大夫七,下大夫五。

⑥浦溆(xù):指水滨。

⑦汀洲:水边平地。《楚辞·九歌·湘夫人》:"搴汀洲兮杜若,将以遗兮远者。"

⑧仙乐,《全唐诗》作"仙籁",又注:"一作乐"。龙媒:《汉书·礼乐志》载武帝《天马》歌:"天马徕,龙之媒。"应劭注:"言天马者乃神龙之类,今天马已来,此龙必至之效也。"后因以"龙媒"称骏马。此处指天子之马。

⑨神皋:《文选》张衡《西京赋》张铣注:"神者美言之。泽畔曰皋。"此处指曲江。凤跸:指帝王出行的车驾。

⑩纪春秋:犹言纪年。纪,宋蜀本作"绍"。《全唐诗》注:"一作绍"

奉和圣制从蓬莱向兴庆阁
道中留春雨中春望之作应制

渭水自萦秦塞曲①,黄山旧绕汉宫斜②。銮舆迥出仙门柳③,阁道回看上苑花④。云里帝城双凤阙⑤,雨中春树万人家。为乘阳气行时令⑥,不是宸游重物华⑦。

【题解】

本诗作于天宝元年(742)三月。吏部侍郎苗晋卿有同咏,苗于天宝二年正月贬出,此诗当作于此前,故应为天宝元年。题中"留春",指三月。蓬莱、兴庆,即长安城内之大明宫、兴庆宫,前者称"东内",后者称"南内"。阁道,又作复道,用木架成的空中通道。《旧唐书·地理志》云:"自东内达南内,有夹城复道,经通化门达南内。人主往来两宫,人莫知之。"本诗为陪侍皇上行于从"东内"至"南内"的阁道中雨中望春应制而作。首联写远景,颔联写近景并点出春望题旨。"迥出""回看",转换鲜明自然,毫不黏滞。颈联描绘雨中望之景,秀健宏丽,彰显盛世之象。尾联曲终奏雅,寓规于颂,温厚得体。语言典重秀丽,气象清明舒畅,变化自然而有生意。

【注释】

①秦塞:《战国策·齐策三》:"今秦四塞之国。"高诱注:"四面有山关之固,故曰四塞之国也。"

②黄山:又称黄麓山,位于今陕西兴平西北,汉时于此置黄山宫。唐时,黄山宫为皇家道观。

③仙门:指宫门。"仙",《全唐诗》作"千",又注:"一作仙"。

④上苑:皇家园林。

⑤双凤阙:唐大明宫阙名。《雍录》:"阙之得名也,以其立土为高台楼观,夹峙宫门两旁,而中间阙然为道也。"

⑥阳气:《礼记·月令》:"孟春之月……天气下降,地气上腾,天地和同,草木萌动。"郑注:"此阳气蒸达,可耕之候也。"

⑦宸游:帝王之巡游。重:《全唐诗》作"玩",又注:"一作重"。物华:自然景色。

【汇评】

[宋]魏庆之《诗人玉屑》卷三:"'銮舆迥出仙门柳,阁道回看上苑花。'典重。"

[明]王夫之《唐诗评选》卷四:"人工备绝,更千万人不可废。若'九天阊阖''万国衣冠',直差排语耳。"

[明]陆时雍《唐诗镜》卷十:"前四语布景略尽,五六着色点染,一一俱工,佳在写题流动,分外神色自饶。摩诘七言律与杜少陵争驰。杜好虚摹,吞吐含情,神行象外;王用实写,神色冥会,意妙言先,二者谁可轩轾?"

[明]周珽《唐诗选脉会通评林》:"起得完整,联多神采,结有回护,雅诗正体。○周珽曰:宏丽之中,更饶贵重。"

[明]徐世溥《榆溪诗话》:"'渭水自萦秦塞曲,黄山旧绕汉宫斜'。秦塞、汉宫,何等冠冕;曲对斜,景象恰合。"

[明]屠隆《鸿苞论诗》:"('云里'二句)英词伟句,冠冕庄严,皇居帝里,形容壮丽殆尽。"

[明]王鏊《震泽长语》卷下:"摩诘铺张国家之盛,如'云里帝城双凤阙,雨中春树万人家',又何其伟丽也。"

[明]许学夷《诗源辩体》卷十六:"摩诘七言律,如'渭水自萦'篇,华藻秀雅者也。○摩诘诗:'云里'二句,诗中有画者也。○盛唐律诗,七言王维如'銮舆'四句,皆浑圆活泼,而气象风格自在。盖初唐气格甚胜,而机未圆活;大历过于流婉,而气格顿衰;盛唐所以为诣极也。"

[明]唐汝询《唐诗解》:"唐人应制,俱尚虚词,独此一联('为乘'二句)有规讽意。"

[明]顾可久按:"温丽自然,景象如画。"

[明]胡应麟《诗薮》卷五:"《春望》诗,'千门'、'上苑'、'双阙'、'万家'、'阁道',五用宫室字。惟其诗工,故读之不觉,然一经点勘,便为白璧之瑕,初学首所当戒。○王才甚藻秀而篇法多重,'绛帻鸡人'不免服色之讥,'春树万家'亦多花木之累。"

[清]沈德潜《说诗晬语》卷下:"唐时五言以试士,七言以应制,限以声律,而又得失谀美之念先存于中,揣摩主司之好尚,迎合君上之意旨,宜其言之难工也。钱起《湘灵鼓瑟》、王维《奉和圣制雨中春望》之外,杰作寥寥,略观可矣。"

[清]沈德潜《唐诗别裁》卷十三:"结意寓规于颂,臣子立言,方为得体。应制诗应以此篇为第一。"

[清]黄生《增订唐诗摘钞》卷三:"风格秀整,气象清明,一脱初唐板滞之习。"

[清]徐增《而庵说唐诗》卷十六:"右丞诗都从大处发意。此作有大体裁,所以笔如游龙,极其自在,得大宽转也。"

143

[清]方东树《昭昧詹言》卷十六："起二句，先以山川将长安宫阙大势完其方位，此亦擒题之命脉法也。……三四贴题中'从蓬莱向兴庆阁道'，五六贴'春望'，贴'雨中'。收'奉和应制'字。通篇只一还题完密，而兴象高华，称台阁体。"

[清]赵臣瑗《唐七言律诗笺注》："欲画銮舆迥出，阁道回看，先从渭水萦边，黄山绕处，经营布置，远处落墨，将一切蓬莱宫、兴庆宫、千门柳、上苑花、云中凤阙、雨里人家，都措在无数山围水抱之中，遂成一幅绝大绝妙之帝城春望图，真能事也。结得赞颂体，得规讽体。"

[清]张谦宜《茧斋诗谈》卷五："一二从外景写'望'字，三四阁道中写'望'字，五六方切雨中望，末又回护作结，章法密致之极。"

[清]吴昌祺《删订唐诗解》卷二十："所谓浓纤得中者也。微欠圣制意。"

[清]黄培芳《唐贤三昧集笺注》："颔联入画，然却是盛唐人语，故妙。"

[清]吴乔《围炉诗话》卷一："盛唐人之用字，实有后人难及处。如王右丞之'銮舆迥出千门柳，阁道回看上苑花'，其用'迥出'、'回看'，景物如见。"

[清]张世炜《唐七律隽》："'云里'二句是一幅禁城春雨宫殿图，此小家手笔所能梦见耶？"

[清]陈世镕《求志居唐诗选》："五、六开阔，有神无迹，当于音节求之，解此方可与言初、盛。"

[清]宋宗元《网师园唐诗笺》："诗传画意，颂不忘规。"

[清]张文荪《唐贤清雅集》："壮丽有逸气，应制绝作。"

[清]朱庭珍《筱园诗话》："赵松雪谓七律须有健句压纸，为通篇警策处，以树诗骨。此言极是。又谓七律中二联，以用实字无一虚字为妙，则矫枉过正，未免偏矣。纯用实字，杰句甚少，不可多得。王右丞'九天阊阖开宫殿，万国衣冠拜冕旒'，气象阔大，而稍欠精切；'云里帝城双凤阙，雨中春树万人家'，秀健而欠雄厚，又逊一格矣。"

[清]赵殿成按："结句言天子之出，本为阳气畅达，顺天道而巡游，以行时令，非为赏玩物华。因事进规，深得诗人温厚之旨，可为应制体之式。"

144

[清]王寿昌《小清华园诗谈》："颂美，近体当如右丞此诗与少陵之《将赴成都草堂途中先寄严郑公》，皆美不忘规，最为得体。"

[清]俞陛云《诗境浅说》内编："右丞此作，后四句尤佳。……五言觚棱双阙，高入云霄，状宫殿之尊崇。六言烟树万家，俱沾春雨，见邦畿之富庶。写景恢弘，句复工秀。结句言乘时布政，不为春游，立言得体。吴梅村《行围应制》诗：'不向围中逢大雪，无因知道外边寒'，与此同意。"

和仆射晋公扈从温汤

天子幸新丰①，旌旗渭水东。寒山天仗里②，温谷幔城中③。奠玉群仙座，焚香太乙宫④。出游逢牧马⑤，罢猎有非熊⑥。上宰无为化⑦，明时太古同。灵芝三秀紫⑧，陈粟万箱红⑨。王礼尊儒教，天兵小战功。谋猷归哲匠⑩，词赋属文宗。司谏方无阙⑪，陈诗且未工⑫。长吟吉甫颂，朝夕仰清风⑬。

【题解】

诗题下原注曰："时为右补阙。""右"应为"左"之误。唐时右补阙属中书省，左补阙属门下省。《春日直门下省早朝》及题下注，都证明王维任左补阙。《旧唐书》本传也为左补阙。仆射晋公，指李林甫。李于开元二十五年(737)七月赐爵晋国公，天宝元年(742)八月加尚书左仆射。温汤，指骊山温泉，唐于此置温泉宫，天宝六载改名华清宫。天宝元年十月，玄宗幸温泉宫，李林甫、王维扈从，李作《扈从温汤》，王维和之。本诗歌颂天朝盛世，夸赞宰相贤才，虽为歌功颂德之作，然而写得典雅从容，毫无媚态。

【注释】

①新丰：温泉宫在唐新丰县。

②寒，底本、《全唐诗》均注："一作远。"天仗：天子的仪仗。里，《全唐诗》作"外"，又注："一作里"。

③温谷:温泉。幔城:张帷幔围绕如城,故称"幔城"。庾肩吾《应令诗》:"别筵开帐殿,离舟卷幔城。"

④"奠玉"二句:谓玄宗在温泉宫祭神。《旧唐书·玄宗纪》曰:"(天宝元年)冬十月丁酉,幸温泉宫。……新成长生殿名曰集灵台,以祀天神。"太乙:宋蜀本、元刻本作"太一"。《史记·天官书》正义:"刘伯庄云:泰一,天神之最尊贵者也。"

⑤"出游"句:典出《庄子·徐无鬼》:黄帝问"为天下"于牧马童子,小童曰:"夫为天下者,亦奚以异乎牧马者哉?亦去其害马者而已矣。"黄帝再拜稽首,称天师而退。

⑥"罢猎"句:《搜神记》卷八:"吕望钓于渭阳,文王出游猎,占曰:'今日猎得一兽,非龙非螭,非熊非罴,合得帝王师。'果得太公于渭之阳。与语,大悦,同车载而还。"有,《全唐诗》作"见",又注:"一作有"。

⑦上宰:此指李林甫。

⑧灵芝:又名紫芝,一年开花三次,故又称三秀。嵇康《幽愤诗》:"煌煌灵芝,一年三秀。"

⑨"陈粟"句:言粟多。意本《诗经·小雅·甫田》:"乃求千斯仓,乃求万斯箱。"郑玄笺:"成王见禾谷之税,委积之多,于是求千仓以处之,万车以载之。"红,《汉书·贾捐之传》师古注:"粟久腐坏则色红赤也。"

⑩谋猷(yóu):计谋。哲匠:富有才智的大臣。

⑪"司谏"句:谓朝廷无缺失可谏。

⑫陈诗:《礼记·王制》:"命大师陈诗,以观民风。"郑玄注:"陈诗,谓采其诗而视之。"

⑬"长吟"二句:《诗经·大雅·烝民》:"吉甫作诵,穆如清风。"郑笺:"穆,和也。吉甫作此工歌之诵,其调和人之性,如清风之养万物。"此处以"吉甫颂"喻李林甫《扈从温汤》诗。

和太常韦主簿五郎温汤寓目

汉主离宫接露台①，秦川一半夕阳开②。青山尽是朱旗绕，碧涧翻从玉殿来③。新丰树里行人度④，小苑城边猎旗回⑤。闻道甘泉能献赋，悬知独有子云才⑥。

【题解】

本诗内容与上诗相近，写作时间相差也应不会太远，姑系于此。太常主簿，为唐太常寺掌管印章、簿书等事的官员，从七品上。温汤，见《和仆射晋公扈从温汤》题解。韦主簿五郎，未详何人。寓目，即目所见，常用于诗题。诗前三联写景，远近结合，错落有致，充分体现王维诗"诗中有画"之特色。末联赞美韦主簿才华，表明唱和之意。此诗在唐代即已广泛流传，且被谱曲歌唱。白居易《听歌六绝句·想夫怜》："玉管朱弦莫急催，容听歌送十分杯。长爱夫怜第二句，请君重唱夕阳开。"自注曰："王维右丞辞云：'秦川一半夕阳开'，此句尤佳。"

【注释】

①汉主离宫：指华清宫。唐人诗常以汉借指唐。露台：又称灵台，古时用以观察天文气象。《汉书·文帝纪》师古注："今新丰县南骊山之顶有露台乡，极为高显，犹有文帝所欲作台之处。"

②秦川：泛指今陕西、甘肃秦岭以北的平原地带。因春秋、战国时地属秦国而得名。

③玉殿：指华清宫。

④新丰：古县名，汉置，治所在今陕西临潼东北。树，底本注："一作市。"度：过。

⑤小苑：此处指华清宫。

⑥"闻道"两句：《汉书·扬雄传》："扬雄，字子云。……孝成帝时，客有荐雄文似相如者。上方郊祠甘泉泰畤、汾阴后土以求继嗣，召雄待诏承明

之庭。正月，从上甘泉，还，奏《甘泉赋》以风。"

【汇评】

［明］胡应麟《诗薮》内编卷五："唐七言律起语之妙，自'卢家少妇'外，崔颢'岩峣太华俯咸京，天外三峰削不成'，王维'汉主离宫接露台，秦川一半夕阳开'，皆冠裳宏丽，大家正脉可法。"

［明］许学夷《诗源辩体》卷十六："摩诘七言律，如'汉主离宫'，华藻秀雅者也。○摩诘诗，'新丰树里行人度，小苑城边猎骑回'，诗中有画者也。○（'青山尽是'四句）浑圆活泼，而气象风格自在。"

［明］顾璘曰："此篇铺写景象，雄浑富丽，造作句律，温厚深长，皆足为法。"

［明］桂天祥《批点唐诗正声》："诗思宏丽，开阖变化，尤深典雅，近时何（大复）、李（梦阳）所极力模仿者。"

［明］唐汝询《唐诗解》："以彼秦川之迥而夕阳半开，其半为宫室所掩也。今在朝之臣惟主簿独有其才，庶几寓目之作亦将有以感动吾君耳。"

［明］王夫之《唐诗评选》卷四："题云《温汤寓目》，固有规讽，通篇皆含此旨，故首以'汉主'二字隐之，乃使浅人不测。"

［明］杨慎《升庵诗话》："夫唐至天宝，宫室盛矣，秦川八百里，而夕阳一半开，则四百里之同皆离宫矣，此言可谓肆而隐。奢丽若此，而犹以汉文惜露台之费比之，可谓反而讽。末句欲韦郎效子云之赋，则其讽谏可知也。言之无罪，闻之可戒，得扬雄之旨者，其王维乎！"

［清］方东树《昭昧詹言》卷十六："《和太常韦主簿五郎温汤寓目》，先叙明温汤地方，以原题立案，所谓盐脑也。中四句寓目。收切主簿及和诗。只是不脱题面，不抛漏题中应有事意，而古今小才陋士率未能解，亦可怪也。首句写地，次句兼及时，三四近景，五六远景，收切人，切和诗。"

［清］金人瑞《贯华堂选批唐才子诗》："此前解是写温泉，然吾详玩其四句次第，却是细细又写寓目，譬如作大幅界画者，其正经主笔，本自定于一幅之居中，而其初时起手，却必是最下一角，先作从旁小景，既而渐渐添成，便是远近正偏，无数形势一齐俱备矣。一、二只陪写温泉，三、四方正写温泉。此为寓目时自远而近，自边而中，最精最细之理路也。如此一解四句，

便是右丞满胸章法，其为画家鼻祖，岂无故而然乎！”

[清]卢麰《闻鹤轩初盛唐近体读本》：“陈德公曰：爽笔写异景，绝不尖近，此为盛唐。三四老成警出。五六是其自然本色，亦有媚媚情致，不为衰率。又从题中‘寓目’字抒写，故佳。”

[清]黄培芳《唐贤三昧集笺注》卷上：“此种都是盛唐正轨。（‘秦川’句下）接得开宕，不平弱。”

[清]李因培《唐诗观澜集》：“好景如画，然用意极深，看项联‘尽是’、‘翻从’，托出得蕴藉如许。”

[清]张世炜《唐七律隽》：“落句以甘泉比温泉。诗中只写离宫之景，将温泉淡淡点出，俗手必极力描写。”

[清]赵殿成按：“诗以寓目命题，则前六句皆即目中之所见而言也。汉主句，纪其所见宫室之富，而并及其地。秦川句，纪其所见风景之丽，而兼记其时。青山、碧涧之句，乃寓目于近。新丰、小苑之句，乃寓目于远。末则归美韦郎，以见属和之意。诗之大旨，不过尔尔。温汤接近露台，本是骊山实境，何尝有反讽之意乎！夕阳未落，或为云霞所覆，其余辉所及，往往半有半无，今登高望远，时一遇之，不知杨氏有何创见，而谓四百里之内皆离宫耶？甘泉献赋，唐人习用，执此而言讽谏，尤属迂谈。”

赠裴旻将军

腰间宝剑七星文①，臂上琱弓百战勋②。见说云中擒黠虏，始知天上有将军。

【题解】

裴旻，曾镇守北平郡，先后参与对奚人、契丹和吐蕃的战事，官至“左金吾大将军”。《新唐书·文艺传中》曰：“文宗时，诏以白歌诗、裴旻剑舞、张旭草书为‘三绝’。”李翰《裴将军旻射虎图赞序》曰：“开元中，山戎寇边，玄宗命将军守北平州，且充龙华军使，以捍蓟之北门。”《全唐文》卷四五一乔潭《裴将军剑舞赋》:"元和秋七月,羽林裴公献戎捷于京师。上御花萼楼,大置酒。酒酣,诏将军舞剑。"元和,《文苑英华》卷二八作"后元年",是。"后元年"指玄宗之后元元年,即天宝元年(742)。王维此诗即作于是年。本诗前两句写裴旻的弓箭武艺,后两句写其守边功勋,虽用极语盛赞,却空灵有致,引人遥想,自有一股超越个人荣耀的盛唐豪气。

【注释】

①七星文:《吴越春秋》卷三载,伍子胥有宝剑,中有七星,价值百金。

②瑂:《汉书·酷吏传》师古注:"瑂,谓刻镂也,字与雕同。"

【汇评】

[明]顾可久曰:"俊伟。"

送丘为落第归江东

怜君不得意,况复柳条春。为客黄金尽①,还家白发新。五湖三亩宅②,万里一归人。知祢不能荐③,羞为献纳臣④。

【题解】

丘为,《唐才子传》卷二:"为,嘉兴人。初累举不第,归山读书数年。天宝初,刘单榜进士。"《登科记考》卷九谓丘为天宝二年(743)登第。诗的最后一句说"羞为献纳臣",可见诗人此时已任左补阙。因此,本诗应作于天宝元年(742)。江东:指长江下游南岸地区。诗题,《极玄集》作《送丘为》。颈联巧用数字,将丘为落第还乡的窘迫境况、颓唐心情表现得极为含蓄而深刻。

【注释】

①黄金尽:《战国策·秦策一》:"(苏秦)说秦王,书十上而说不行,黑貂之裘弊,黄金百斤尽。"

②五湖:有多种说法,此处可能指太湖附近的五个湖。三亩宅:语本《淮南子·原道训》:"故任一人之能,不足以治三亩之宅也。"

③祢:指祢衡。《后汉书·祢衡传》:"衡始弱冠,而融(孔融)年四十,遂与为交友,上疏荐之。"祢,宋蜀本、《全唐诗》作"尔"。《全唐诗》又注:"一作祢"。

④为,《全唐诗》作"称",又注:"一作为"。献纳臣:谏官,诗人自谓。

【汇评】

[宋]吴开《优古堂诗话》:"韩子苍《送王梲》诗末章云:'虚作西清老从臣,知祢才华不能举。'王摩诘《送丘为》诗云:'知祢不能荐,羞为献纳臣。'"

[明]谢榛《四溟诗话》卷二:"李林甫《璃岳应制》曰:'云收二华出,天转五星来。十月农初罢,三驱礼后开。'两联皆用数目字,不可为法。王摩诘《送丘为》曰:'五湖三亩宅,万里一归人。'此联叠用数目字,不可为病也。"

[明]许学夷《诗源辩体》卷十六:"摩诘五言律,如'怜君不得意',一气浑成者也。○'为客黄金尽,还家白发新。五湖三亩宅,万里一归人。'浑圆活泼,而气象风格自在。"

[明]周珽《唐诗选脉会通评林》:"陈继儒曰:神完气足,即盛唐亦不多得。○徐充曰:八句皆佳。○魏庆之曰:五、六,连珠句法。"

[明]陆时雍《唐诗镜》卷十:"稍近销削,开中唐之渐。"

[清]黄生《唐诗矩》:"尾联转换格。三怜其困,四怜其老,五怜其穷,六怜其贱。如此写不得意,尽情尽状。"

[清]毛先舒《诗辨坻》卷三:"'鸟道一千里,猿啼十二时','五湖三亩宅,万里一归人',句法孤露,意兴欲尽,尤易为浅学效颦,作者不欲数见者也。"

[清]张谦宜《茧斋诗谈》卷五:"'五湖'宽说具区,'三亩'方切本家,'万里'约举往返,'一归人'紧贴本身,并非堆垛死胚。毛稚黄以为病,何也?"

[清]潘德舆《养一斋诗话》:"无字不悲,收亦厚极,不愧古人。"

青龙寺昙壁上人兄院集并序

　　吾兄大开荫中^①，明彻物外。以定力胜敌^②，以惠用解严^③。深居僧坊，傍俯人里。高原陆地，下映芙蓉之池；竹林果园，中秀菩提之树^④。八极氛霁^⑤，万汇尘息^⑥，太虚寥廓^⑦，南山为之端倪^⑧；皇州苍茫^⑨，渭水贯于天地。经行之后^⑩，趺坐而闲，升堂梵筵，饵客香饭。不起而游览，不风而清凉。得世界于莲花^⑪，记文章于贝叶^⑫。时江宁大兄持片石命维序之^⑬，诗五韵，坐上成。

　　高处敞招提^⑭，虚空讵有倪。坐看南陌骑，下听秦城鸡。渺渺孤烟起^⑮，芊芊远树齐。青山万井外，落日五陵西。眼界今无染，心空安可迷。

【题解】

　　陈《谱》、张《谱》均系此诗于是天宝二年(743)。王维仍在长安任左补阙，过着亦官亦隐的生活。是年秋，他与王昌龄、王缙、裴迪等人集会于青龙寺昙壁上人院共同赋诗。青龙寺，《长安志》卷九："(长安新昌坊)南门之东，青龙寺。本隋灵感寺，开皇二年立。……景云二年(711)改为青龙寺。北枕高原，南望爽垲，为登眺之美。"昙壁上人，未详。"壁"，《全唐诗》作"璧"。王昌龄、王缙、裴迪皆有同咏，分别题作《同王维集青龙寺昙壁上人兄院五韵》、《同王昌龄裴迪游青龙寺昙壁上人兄院集和兄维》、《青龙寺昙壁上人院集》。

【注释】

　　①大开荫中：从色受想行识五蕴之中解脱出来。荫，亦译作阴、蕴。《翻译名义集》卷六："蕴谓积聚，古翻阴。阴乃盖覆，积聚有为，盖覆真性。"

　　②定力：禅定的力量，能破除一切妄想。

③惠:通"慧",指佛教"智慧",即般若。解严:本为弛备息兵之义,这里比喻涅槃境界。

④菩提:树名。相传释迦牟尼在菩提树下顿悟成佛,因此被称为智慧之树。

⑤氛霁:指云雾消散。

⑥万汇:万类。

⑦太虚寥廓:《文选》孙绰《游天台山赋》:"太虚辽廓而无阂。"李善注:"太虚,谓天也。"李周翰注:"辽廓,广远也。""寥廓"与"辽廓"同。

⑧南山:即终南山。端倪:边际。此句谓南山极高,隔断云天。

⑨皇州:犹言帝都。

⑩经行:修行者为防止坐禅时昏沉或睡眠而在一定处所缓慢地往返步行。《释氏要览》卷下:"西域地湿,叠砖为道,于中往来如布之经,故曰经行。"

⑪"得世"句:意本《华严经·华藏世界品》:莲华中包藏微尘数世界。

⑫贝叶:贝多罗树之叶。贝多罗树又称贝多树、贝叶树、多罗树,产于印度等地。树为常绿乔木,高达四、五丈,其叶大,有光泽,古印度人多用它抄写佛教经文,称贝叶经。

⑬江宁大兄:即王昌龄,时任江宁丞。

⑭招提:寺院之别称。

⑮渺渺,《全唐诗》、宋蜀本作"眇眇"。

同　咏

王昌龄

本来清净所,竹树引幽阴。槛外含山翠,人间出世心。圆通无有象,圣境不能侵。真是吾兄法,何妨友弟深。天香自然会,灵异识钟音。

同　咏

王缙

林中空寂舍,阶下终南山。高卧一床上,回看六合间。浮云机处灭,飞鸟何时还。问义天人接,无心世界闲。谁知大隐客,兄弟自追攀。

同　咏

裴迪

灵境信为绝,法堂出尘氛。自然成高致,向下看浮云。逶迤峰岫列,参差闾井分。林端远堞见,风末疏钟闻。吾师久禅寂,在世超人群。

与卢员外象过崔处士兴宗林亭

绿树重阴盖四邻①,青苔日厚自无尘。科头箕踞长松下②,白眼看他世上人③!

【题解】

王维与卢象、王缙、裴迪四人过访崔兴宗隐居的林亭,而有是作。卢象,刘禹锡《唐故尚书主客员外郎卢公集序》曰:"尚书郎卢公讳象,字纬卿,始以章句振起于开元中,与王维、崔颢比肩骧首,鼓行于时。……丞相曲江公方执文衡,揣摩后进,得公深器之。擢为左补阙、河南府司录、司勋员外郎。名盛气高,少年卑下,为飞语所中,左迁齐、汾、郑三郡司马,入为膳部

154

员外郎。"天宝初,卢象任司勋员外郎;天宝五年后,左迁齐州司马。王维此诗作于卢象任司勋员外郎期间,疑作于天宝二年(743)。本诗歌咏崔氏林亭的幽深和主人傲世不羁的风韵。卢、王、裴三人有同咏。卢诗题作《同王维过崔处士林亭》,王、裴诗题与维诗同。兴宗有答诗,题为《酬王摩诘卢象见过林亭》。

【注释】

①重,底本、《全唐诗》均注:"一作垂。"

②科头:不戴冠帽,裸露头髻。晋葛洪《抱朴子·刺骄》:"或乱项科头,或裸袒蹲夷。……此盖左衽之所为,非诸夏之快事也。"箕踞:《汉书·陆贾传》师古注:"箕踞,谓伸其两脚而坐,亦曰箕踞其形似箕。"

③"白眼"句:《晋书·阮籍传》:"籍又能为青白眼,见礼俗之士,以白眼对之。"此句宋蜀本作"白眼看君是甚人"。

【汇评】

[清]沈德潜《说诗晬语》卷上:"诗有当时盛称而品不贵者,王维之'白眼看他世上人',张谓之'世人结交须黄金',曹松之'一将功成万骨枯',章碣之'刘项原来不读书',此粗派也。"

同王维过崔处士林亭

卢象

映竹时闻转辘轳,当窗只见网蜘蛛。主人非病常高卧,环堵蒙笼一老儒。

与卢员外象过崔处士兴宗林亭

王缙

身名不问十年余,老大谁能更读书?林中独酌邻家酒,门外时闻长者车。

与卢员外象过崔处士兴宗林亭

裴迪

乔柯门里自成阴,散发窗中曾不簪。逍遥且喜从吾事,荣宠从来非我心。

酬王摩诘卢象见过林亭

崔兴宗

穷巷空林常闭关,悠悠独卧对前山。今朝忽枉稽生驾,倒屣开门遥解颜。

青雀歌

青雀翅羽短,未能远食玉山禾①。犹胜黄雀争上下,唧唧空仓复若何②!

【题解】

此诗写作时间与上两首相去不远,姑系于天宝二年(743)。卢象、王缙、裴迪、崔兴宗四人有同咏。维诗曰"未能远食玉山禾",崔诗曰"不应长在藩篱下",裴诗曰"何时提携致青云",均为未达时语气。与其他四人焦虑于仕途相比,王维情怀更为淡泊洒落。明人顾可久说:"诸咏皆命意自寓,所谓'盍各言尔志'者,右丞则洁清高远矣。"诚哉是言!

【注释】

①"未能"句:鲍照《代空城雀》:"诚不及青鸟,远食玉山禾。犹胜吴宫燕,无罪得焚窠。"玉山,《山海经·西山经》谓西王母所居。

②"唧唧"句:庾信《和何仪同讲竟述怀》:"饥噪空仓雀,寒惊懒妇机。"

同　咏

卢象

啾啾青雀儿,飞来飞去仰天池。逍遥饮啄安涯分,何假扶摇九万为?

同　咏

王缙

林间青雀儿,来往翩翩绕一枝。莫言不解衔环报,但问君恩今若为。

同　咏

崔兴宗

青扈绕青林,翩翾陋体一微禽。不应长在藩篱下,他日凌云谁见心!

同　咏

裴迪

动息自适性,不曾妄与燕雀群。幸忝鹓鸾早相识,何时提携致青云？

酬黎居士淅川作

侬家真个去，公定随侬否？着处是莲花①，无心变杨柳②。松龛藏药裹③，石唇安茶臼④。气味当共知，那能不携手？

【题解】

题下原注曰："昙壁上人院走笔成。"从此注语看，此诗之写作时间或与《青龙寺昙壁上人兄院集并序》相去不远，姑系于天宝二年(743)。居士，在家修佛道者。淅川，古县名，故址在今河南淅川县，又为水名，亦称淅水。淅，宋蜀本、《全唐诗》作"浙"。从前两句中的"侬"字看，黎居士或往浙江去，"淅川"似更为是。

【注释】

①着处：处处。莲花：指净土。

②杨柳：即杨柳观音，三十三观音之一。

③松龛：供神像的松木阁子。药裹：药包、药囊。

④石唇：指石崖边。茶臼：制茶用的石臼。

赠从弟司库员外絿

少年识事浅，强学干名利①。徒闻跃马年②，苦无出人智。即事岂徒言③，累官非不试④。既寡遂性欢，恐招负时累⑤。清冬见远山，积雪凝苍翠。皓然出东林⑥，发我遗世意。惠连素清赏⑦，夙语尘外事。欲缓携手期，流年一何驶！

此诗作于天宝二年(743),时在长安任左补阙。诗中,王维称自己处"跃马年"。"跃马年"代指四十三岁,典出《史记·范睢蔡泽列传》。王维四十三岁时正是天宝二年。王缙,维之堂弟,时任司库(属兵部,掌军械、卤簿、仪仗等)员外郎。此诗表达了对仕途的厌倦之情,流露出归隐之意。全诗直抒胸臆,有较强的艺术感染力。

【注释】

①干:求。《论语·为政》:"子张学干禄。"郑玄注:"干,求也。"

②跃马:喻指贵显得志。《史记·范睢蔡泽列传》:"(蔡泽)谓其御者曰:'吾持梁刺齿肥,跃马疾驱,怀黄金之印,结紫绶于要,揖让人主之前,食肉富贵四十三年足矣。'"

③即事:就事,就职。《广雅·释诂》:"即,就也。"

④试:《诗·小雅·大东》:"百僚是试。"毛苌传:"试,用也。"

⑤负时累:《汉书·武帝纪》:"故马或奔踶而致千里,士或有负俗之累而立功名。"负,违。

⑥皓然:义同"浩然"。皓,《全唐诗》作"浩"。谢惠连《雪赋》:"纵心皓然,何虑何营。"

⑦惠连:即谢惠连,南朝宋人。《宋书·谢方明传》:"子惠连,幼而聪敏,年十岁,能属文,族兄谢灵运深相知赏。"清赏:清尚、清高之义。

奉寄韦太守陟

荒城自萧索,万里山河空。天高秋日迥,嘹唳闻归鸿。寒塘映衰草,高馆落疏桐。临此岁方晏,顾景咏《悲翁》①。故人不可见,寂寞平林东②。

【题解】

韦太守陟,即韦陟,字殷卿,武后、中宗、睿宗三朝宰相韦安石之子。韦陟为人刚肠嫉恶,独立不群,因受忌于李林甫,先后被贬为襄阳、钟离、义阳、河东、吴郡等五地太守(《旧唐书·韦陟传》)。据张《谱》考证,此诗作于韦陟贬襄阳太守期间,时间大致是天宝二年(743)。全诗以友人视角写景抒情,用秋日的萧索之景衬托友人的怀故之情。前三联融情于景,"荒城"、"归鸿"、"寒塘"、"衰草"、"高馆"、"疏桐"等一系列疏冷的意象叠加,构成一幅萧索秋日图,意境潇洒悲凉。后两联融景于情,刻画友人相思情状。全诗构思精巧,不落痕迹,情景俱胜,淡而有味。

【注释】

①顾景:即顾影,谓自顾其影。《后汉书·南匈奴传》:"顾景裴回,俶动左右。"咏,元刻本作"问"。《悲翁》:即《思悲翁》,汉鼓吹铙歌十八曲之一。此处以"咏《悲翁》"表达对友人的思念。

②平林:即平林故城,在随县东北。林,宋蜀本、《全唐诗》作"陵"。

【汇评】

[明]周珽《唐诗选脉会通评林》:"唐陈彝曰:叙影潇洒。'顾景咏悲翁',情惨。蒋一梅曰:淡而有味。"

[明]李攀龙《唐诗广选》:"王元美曰:由工入微,不犯痕迹。"

[明]陆时雍《唐诗镜》卷十:"疏冷。"

[清]翁方纲《石洲诗话》卷一:"右丞五言,神超象外,不必言矣。至如'故人不可见,寂寞平陵东',未尝不取乐府语以见意也。"

[清]黄培芳《唐贤三昧集笺注》卷上:"其妙处纯在自然。六朝人名句足千古者,莫不是自然。"又曰:"('寒塘'二句)'月映清淮流'、'疏雨滴梧桐',不能专美。"

[清]张文荪《唐贤清雅集》:"高疏细密,'寒塘'二语,尤见风调。"

哭殷遥

人生能几何①?毕竟归无形。念君等为死②,万事伤人情。慈母未及葬,一女才十龄。泱漭寒郊外③,萧条闻哭声。

浮云为苍茫，飞鸟不能鸣。行人何寂寞，白日自凄清④。忆昔君在时，问我学无生⑤。劝君苦不早，令君无所成。故人各有赠，又不及生平⑥。负尔非一途⑦，痛哭返柴荆⑧。

【题解】

殷遥，《唐才子传》卷三《殷遥传》："遥，丹阳人。天宝间，常仕为忠王府仓曹参军。"芮挺章于天宝三年(744)编《国秀集》，收王维《送殷四葬》七绝一首，故殷遥去世时间当在天宝元年至三年之间，王维此诗也作于此间。杨《系年》、张《谱》均系于天宝三年。诗题，宋蜀本作《哭殷遥二首》，其第二首即七绝《送殷四葬》。本诗用直白抒呼的语言，沉痛哀悼友人殷遥的早逝。

【注释】

①"人生"句：语本曹操《短歌行》："对酒当歌，人生几何？"

②等为死：《史记·陈涉世家》："今亡亦死，举大计亦死，等死，死国可乎？"

③泱漭：《文选》张衡《西京赋》："山谷原隰，泱漭无疆。"薛综注："泱漭，无限域之貌。"《全唐诗》注："一作诀别。"

④白日，底本、《全唐诗》均注："一作日色。"

⑤学无生：指学佛。

⑥生平：生前。宋蜀本作"平生"。《全唐诗》注："一作平生。"

⑦一途：犹一处。

⑧痛：宋蜀本作"恸"。柴荆：代指村舍。《文选》谢灵运《初去郡》："恭承古人意，促装返柴荆。"刘良注："柴荆，谓柴门荆扉也。"

【汇评】

《唐诗归》卷八："谭云：(末句下)似有声出余纸外。"

[清]王闿运《湘绮楼论唐诗》："右丞诸作，惟《哭殷遥》诗，为特沉痛。"

送殷四葬

送君返葬石楼山①，松柏苍苍宾驭还②。埋骨白云长已矣，空余流水向人间。

【题解】

本诗写作时间同上诗。诗题，底本原作《哭殷遥》，《国秀集》、《唐诗纪事》、《全唐诗》俱作《送殷四葬》，今据改，以别于上诗。本诗重点写送葬，末句以流水不已反衬亡友之不返，语曲意悲。

【注释】

①石楼山：《新唐书·地理志》：汝州梁县（今河南临汝县）有石楼山。
②宾驭：宾客与驭手。鲍照《咏史》："宾御纷飒沓，鞍马光照地。"

同王十三维哭殷遥

储光羲

生理无不尽，念君在中年。游道虽未深，举世莫能贤。筮仕苦贫贱，为客少田园。膏腴不可求，乃在许西偏。四邻尽桑柘，咫步开墙垣。内艰未及虞，形影随化迁。茅茨俯苦盖，双殡两楹间。时闻孤女号，迥出陌舆阡。慈乌乱飞鸣，猛兽亦已跧。故人王夫子，静念无生篇。哀乐久已绝，闻之将泫然。太阳蔽空虚，雨雪浮苍山。迢递亲灵榇，顾予悲绝弦。处顺与安时，及此乃空言。

班婕妤三首

其 一

玉窗萤影度,金殿人声绝。秋夜守罗帏①,孤灯耿明灭②。

【题解】

《班婕妤》,乐府古题名,属相和歌辞楚调曲。《乐府诗集》卷四十三:"《班婕妤》,一曰《婕妤怨》……《乐府解题》曰:'《婕妤怨》者,为汉成帝班婕妤作也。婕妤,徐令彪之姑,况之女。美而能文,初为帝所宠爱。后幸赵飞燕姊弟,冠于后宫。婕妤自知见薄,乃退居东宫,作赋及《纨扇诗》以自伤悼。后人伤之而为《婕妤怨》也。'"诗题,《河岳英灵集》、《唐文粹》并作《婕妤怨》。《国秀集》选第三首,题作《扶南曲》。由于入选《国秀集》,本组诗应作于天宝三年(744)前。组诗借用乐府旧题,写失宠宫人的寂寞生活和痛苦心情,语言浅近而情味悠长。

【注释】

①帏,《全唐诗》、宋蜀本作"帷"。

②耿,明意。明,宋蜀本、《全唐诗》作"不"。

【汇评】

[明]顾璘曰:"咏婕妤而犹为含嚬希宠之态,似非婕妤本相。"

[明]唐汝询《唐诗解》:"此叙秋夜独居之景,凄切有情。"

[清]吴瑞荣《唐诗笺要》:"可怜在一守字,若换为掩字、卧字,便是索然。"

其 二

宫殿生秋草,君王恩幸疏。那堪闻凤吹①,门外度金舆②。

①凤吹:对笙箫等细乐的美称。《文选》孔稚珪《北山移文》:"闻凤吹于洛浦。"

②金舆:帝王乘坐的车轿。

【汇评】

[明]周珽《唐诗选脉会通评林》:"蒋一梅曰:凄然动人。"

[明]唐汝询《唐诗解》:"(后二句)梦得翻是联为《阿娇怨》,语意更新。"

[清]黄生《增订唐诗摘抄》卷一:"此暗用辞辇事,而反其意以写之,言同列之承恩者尔尔,本意一毫不露,作法高绝,从来诸作,皆可废矣。"

[清]杨逢春《唐诗偶评》:"首二正叙,下二转从近处验出疏来,语气一气层递而下,是加一倍渲染之法。"

[清]黄叔灿《唐诗笺注》:"意分两层,曲折沉挚。"

[清]宋顾乐《唐人万首绝句选》卷二:"门内秋草日生,门外金舆自度,如此看便妙。"

其 三

怪来妆阁闭①,朝下不相迎。总向春园里,花间笑语声②。

【注释】

①怪来:犹难怪。

②笑语,宋蜀本作"语笑"。

【汇评】

[宋]刘须溪曰:"语皆不刻而近。"

[宋]惠洪《冷斋夜话》:"诗有句含蓄者,如老杜曰:'勋业频看镜,行藏独倚楼。'……有意含蓄者,如……《嘲人》诗曰'怪来妆阁闭,朝下不相迎。总向春园里,花间笑语声'是也。"

[明]胡应麟《诗薮》卷六:"唐五言绝,初盛前多作乐府。然初唐只是陈隋遗响,开元以后句格方超。如崔国辅《流水曲》、《采莲曲》,储光羲《江南

曲》,王维《班婕妤》,崔颢《长干曲》,皆酷得六朝意象,高者可攀晋、宋,平者不失齐、梁。"

[明]王夫之《姜斋诗话》卷三:"《十九首》及'上山采蘼芜'等篇,止以一笔入圣证。自潘岳以凌杂之心,作芜乱之调,而后元声几熄。唐以后间有能此者,多得之绝句耳。一意中但取一句,'松下问童子'是已。如'怪来妆阁闭'又止半句,愈入化境。"

[明]唐汝询《唐诗解》:"此言班姬甘幽默也。言人怪我近来闭妆阁,罢朝之后便不复相迎。我想总向春园之中,亦惟花间语笑声而已,无他好也。其不与赵氏争宠可见。"

[明]顾可久曰:"含蓄、悠长、冲雅。"

[清]黄叔灿《唐诗笺注》:"花间语笑是别有相迎之人,'总向'二字,与'怪来'相应。"

[清]黄生《唐诗摘抄》:"向日闻君退朝必开妆阁以相迎,近来恩不及己,故妆阁闭而不相迎也。然不言恩疏而反为自怪之词,更深。三、四从承恩者反映。"

[清]徐增《而庵说唐诗》卷七:"夫第一等人诗,必须第一等人作,婕妤诗,定须右丞作。……从来后宫,谁不迎合至尊,而婕妤则以古君子之道自处,力辞同辇,惟恐以好色累却君王,故罢朝之暇,即闭却妆阁,不复相迎。在婕妤则以为常,而他人见之,岂不以为怪乎。又推婕妤之意,谓我即相迎,总无益处,亦不过向春园里花间,多一人笑语声耳,即无我去,又岂无笑语之声哉!"

奉和圣制上巳于望春亭观禊饮应制

长乐青门外①,宜春小苑东②。楼开万户上③,辇过百花中。画鹢移仙妓④,金貂列上公⑤。清歌邀落日⑥,妙舞向春风。渭水明秦甸⑦,黄山入汉宫⑧。君王来被禊⑨,灞浐亦朝宗⑩。

望春亭,即望春宫,在长安城东九里。《唐两京城坊考》卷一:"(禁)苑中宫亭二十四所,可考者曰南望春亭,曰北望春亭,即望春宫。天宝二年韦坚引浐水抵苑东望春楼下为潭,名广运潭,在长安城东九里。"据《资治通鉴》卷二一五载,天宝二年三月玄宗至望春楼观广运潭。天宝三载(744)上巳节,玄宗与群臣在望春亭举行禊饮(上巳日于水滨举行的袚除不祥的宴饮祭祀活动),王维应制而作是诗。诗的最后一句曰"灞浐亦朝宗",语意双关,既说引浐水入禁苑而开广运潭,又暗喻天朝盛世,天下归心。

【注释】

①长乐:汉长安宫殿名,此借指望春宫。青门:长安城东南门。

②宜春:即宜春宫,为秦离宫。

③户,《全唐诗》作"井",又注:"一作户"。

④画鹢:谓船。《淮南子·本经训》:"龙舟鹢首,浮吹以娱。"高注:"鹢,水鸟也。画其象着船头,故曰鹢首。"仙妓:宫中歌舞女艺人。

⑤金貂:《唐六典》卷八:中书令、侍中、散骑常侍,冠皆饰以金蝉貂尾。上公:位在"三公"之上者,历代说法不一,此处泛指高官。

⑥邀:阻,留。落日:元刻本作"日落"。

⑦秦甸:指长安郊外。古时称都城郊外为甸。

⑧黄山:又称黄麓山,位于今陕西兴平东南,汉时于此置黄山宫。唐时,黄山宫为皇家道观。

⑨袚禊:指上巳日在水边举行的除去不祥的祭祀。

⑩灞、浐:陕西两水名。朝宗:《诗·小雅·沔水》孔颖达正义:"朝宗者,本诸侯见天子之礼。……臣之朝君,犹水之趋海,故以水流入海为朝宗也。"

【汇评】

[清]余成教《石园诗话》:"王右丞应制之作,如'楼开万井上,辇过百花中',语语天成。"

[清]徐增《而庵说唐诗》卷二十一:"右丞是诗,自由性格,若法不能以

拘之者。此之谓'诗天子'。"

奉和圣制暮春送朝集使归郡应制

万国仰宗周①，衣冠拜冕旒②。玉乘迎大客③，金节送诸侯④。祖席倾三省⑤，褰帷向九州⑥。杨花飞上路⑦，槐色荫通沟⑧。来预钧天乐⑨，归分汉主忧。宸章类河汉，垂象满中州⑩。

【题解】

唐朝集使由都督和州级政府首长或副手担任，其主要任务是上京述职并回地方传达重要诏令。《旧唐书·职官志》："凡天下朝集使，皆以十月二十五日至京师，十一月一日户部引见讫，于尚书省与群官礼见，然后集于考堂，应考绩之事。元日，陈其贡篚于殿廷。凡京都诸县令，每季一朝。"天宝三载(744)三月，玄宗敕令两省五品以下官员于鸿胪亭祖饯朝集使，王维于此时应制而作是诗。诗前两联回想朝集使朝见天子与天子迎接、送别朝集使时的情形，中间两联写饯别的盛况与朝集使归返路途的风景，后两联展望朝集使为国分忧的前景并赞颂天子送别诗之辉光。

【注释】

①万国：犹言万方。宗周：周都城，此借指唐都长安。

②衣冠：士大夫的穿戴，借指缙绅、士大夫。《论语·尧曰》："君子正其衣冠，尊其瞻视，俨然人望而畏之。"冕旒：此处借指帝王。

③玉乘：江淹《恨赋》："丧金舆及玉乘。"李善注："玉乘，玉辂也。"饰玉之车，古时诸侯所乘。大客：周时出为使臣的诸侯之孤卿(六卿之掌握国政者，其位独尊，故称孤)。此处借指朝集使。

④金节：金属制的符节。诸侯：指郡太守。

⑤祖：祭名，出行之前祭祀路神。祖席：饯行宴席。三省：尚书省、门下省、中书省。

⑥褰：揭起。

⑦上路：京城的大路。

⑧通沟：指四通八达的沟渠。

⑨"来预"句：《史记·赵世家》："我之帝所甚乐，与百神游于钧天，广乐九奏万舞，不类三代之乐，其声动人心。"钧天，神话传说中天之中央；钧天乐，天上的音乐、仙乐，后泛指优美而雄壮的音乐

⑩宸章：帝王之诗文，此处指玄宗所作送朝集使归郡之诗。河汉：银河。中州：中国。

【汇评】

［清］余成教《石园诗话》："王右丞和贾至诗：'万国衣冠拜冕旒。'《和圣制送朝集使归郡》起句云：'万国仰宗周，衣冠拜冕旒。'两诗未知孰先孰后，只加'仰宗周'三字，便成两句，各见其佳。"

［清］徐增《而庵说唐诗》卷二十一："古人叶韵用重字，自是一病，然大家数多不论。盖古人重解数，且做一解，即抛一解，或不及照顾，叶句又贵稳，韵中或无可替用之字，不妨存以为玷，与白璧无损也。古诗可无论，排律体中只见此作。请大词坛试更之。"

奉和圣制幸玉真公主山庄
因题石壁十韵之作应制

碧落风烟外①，瑶台道路赊②。如何连帝苑，别自有仙家。比地回銮驾③，缘溪转翠华④。洞中开日月，窗里发云霞。庭养冲天鹤，溪流上汉查⑤。种田生白玉⑥，泥灶化丹砂。谷静泉逾响，山深日易斜。御羹和石髓⑦，香饭进胡麻⑧。大道今无外⑨，长生讵有涯。还瞻九霄上⑩，来往五云车⑪。

【题解】

玉真公主，睿宗第九女，玄宗同母妹，太极元年(712)为道士。据《新唐

书·诸帝公主列传》记载,天宝三年(744)十一月,玉真公主向玄宗请求去公主名号,获许。王维此诗仍称"公主",故应作于是年之前。玉真公主山庄非止一处。据陈铁民《王维集校注》考证,本诗所写玉真公主山庄当在骊山西,其地近温泉宫。本诗渲染山庄的仙道气氛,赞誉主人的道教修为。

【注释】

①碧落:道教语,指青天。《度人经》注:"始青天乃东方第一天,有碧霞徧满,是云碧落。"

②瑶台:指传说中的神仙居处。晋王嘉《拾遗记·昆仑山》:"傍有瑶台十二,各广千步,皆五色玉为台基。"赊,远。

③比,宋蜀本、《全唐诗》并作"此",《全唐诗》又注:"一作匝。"

④翠华:翠羽饰的旗子,指天子的仪仗。

⑤流,宋蜀本、元刻本作"留"。《全唐诗》注:"一作留"。汉,天河。查,即楂、槎,木筏。

⑥"种田"句:《搜神记》卷十一:"阳公伯雍,雒阳县人也。……父母亡,葬无终山,遂家焉。山高八十里,上无水,公汲水,作义浆于坂头,行者皆饮之。三年,有一人就饮,以一斗石子与之,使至高平好地有石处种之,云:'玉当生其中。'……乃种其石。数岁,时时往视,见玉子生石上,人莫知也。……天子闻而异之,拜为大夫。乃于种玉处,四角作大石柱,各一丈,中央一顷地,名曰'玉田'。"

⑦石髓:钟乳石。

⑧胡麻:即芝麻。

⑨无外:《庄子·天下》:"至大无外,谓之大一。"

⑩九霄:《文选》沈约《游沈道士馆》:"锐意三山上,托慕九霄中。"张铣注:"九霄,九天,仙人所居处也。"

⑪五云车:仙人所乘的云车。

奉和圣制十五夜燃灯继以酺宴应制

上路笙歌满①，春城漏刻长②。游人多昼日，明月让灯光。鱼钥通翔凤③，龙舆出建章④。九衢陈广乐⑤，百福透名香⑥。仙妓来金殿⑦，都人绕玉堂⑧。定应偷妙舞，从此学新妆。奉引迎三事⑨，司仪列万方。愿将天地寿，同以献君王。

【题解】

天宝四载(745)正月十五元宵节，天子赐宴群臣，王维应制而有是作。《旧唐书·玄宗纪》："天宝三载十一月癸丑，每载依旧取正月十四日、十五日、十六日开坊市门燃灯，永以为常式。"酺宴，天子诏赐臣民聚会宴饮。本诗把描绘的重点放在观赏灯火与欣赏舞乐的市民身上，渲染出一派普天同庆的热闹气氛。"定应偷妙舞，从此学新妆"，生动刻画出赏灯市民的心理，语句机警、诙谐而自然。最后把视线转向天子，揭示"与民同乐"的歌颂主题。

【注释】

①上路：京城的大道。

②漏刻：古计时之器，此处借指时刻。

③鱼钥：鱼形的锁。梁简文帝《秋闺夜思》："夕门掩鱼钥，宵床悲画屏。"翔凤：长安宫城的翔凤楼。

④建章：汉宫殿名，此处借指唐宫。

⑤广乐：盛大之乐，多指仙乐。《穆天子传》卷一："天子乃奏广乐。"

⑥百福：长安百福殿，此处泛指宫殿。

⑦仙妓：赵殿成："仙妓，乐妓。言仙者，誉其舞貌超越常人也。"仙，底本注："一作神。"

⑧都人：京都的人。班固《两都赋》："都人士女，殊异乎五方。"玉堂：汉

宫殿名,借指唐殿。

⑨奉引:为皇帝前导引车。三事:指三公之位。《汉书·韦玄成传》:"登我三事。"师古注:"三事,三公(丞相、大司马、御史大夫)之位,谓丞相也。"

三月三日勤政楼侍宴应制

彩仗连宵合①,琼楼拂曙通②。年光三月里,宫殿百花中。不数秦王日,谁将洛水同③。酒筵嫌落絮,舞袖怯春风。天保无为德④,人欢不战功。仍临九衢宴⑤,更达四门聪⑥。

【题解】

据陈《谱》,天宝四年(745)初,王维迁侍御史。是年上巳节,王维以侍御史身份于勤政楼陪侍宴饮,应制而有是作。据《旧唐书·玄宗纪》载,天宝年间玄宗有两次在勤政楼大宴群臣,一次是天宝四年三月,一次是天宝十四年。从本诗所表现的升平气象来看,应写于天宝四年,而不会是安史之乱即将爆发的天宝十四年。

【注释】

①彩仗:指天子的仪仗。合:集聚。

②琼楼:指勤政楼。

③"不数"两句:用秦昭王、周公于三月三日盛集之事。参见《奉和圣制与太子诸王三月三日龙池春禊应制》注⑦。不数:不亚于。将:与。

④无为:无为而治。

⑤九衢:指四通八达之路。屈原《天问》:"靡萍九衢。"王逸注:"九交道曰衢。"

⑥四门聪:《尚书·尧典》:"明四目,达四聪。"孔安国传:"广视听于四方,使天下无壅塞。"

新秦郡松树歌

青青山上松,数里不见今更逢。不见君,心相忆,此心向君君应识。为君颜色高且闲①,亭亭迥出浮云间。

【题解】

陈《谱》、张《谱》均系此诗于天宝四年(745)。诗人以侍御史身份出使新秦郡时所作。新秦郡,治所在今陕西神木市北。《旧唐书·地理志》:"天宝元年,王忠嗣奏请割胜州连谷、银城两县置麟州,其年改为新秦郡。乾元元年,复为麟州。"明人顾可久评此诗曰:"短短写亦自婉曲清古。"

【注释】

①颜色:容貌。

榆林郡歌

山头松柏林,山下泉声伤客心。千里万里春草色,黄河东流流不息①。黄龙戍上游侠儿②,愁逢汉使不相识③。

【题解】

写作时间同上诗。榆林郡,治所在今内蒙古准格尔旗东北。《旧唐书·地理志》:"隋置胜州,大业为榆林郡。武德中,平梁师都,复置胜州。天宝元年,复为榆林郡。乾元元年,复为胜州。"本诗借用古乐府意境,整诗写得语浅情深,王夫之赞曰:"真情老景,雄风怨调,只此不愧汉人乐府。"

【注释】

①黄河:据《元和郡县志》卷四载,唐榆林郡治所榆林县境内有黄河。

②黄龙:古城名,故址在今辽宁朝阳。

③汉使:作者自谓。

【汇评】

[明]顾可久:"见汉使而不相识,犹非乡人也,何以慰愁,意尤凄切。摹写荒远愁绝之景可想。"

[明]王夫之《唐诗评选》卷一:"真情,老景,雄风,怨调,只此不愧汉人乐府。"

奉和圣制送不蒙都护兼鸿胪卿归安西应制

上卿增命服①,都护扬归旆②。杂虏尽朝周③,诸胡皆自《邻》④。鸣笳瀚海曲⑤,按节阳关外⑥。落日下河源⑦,寒山静秋塞。万方氛祲息⑧,六合乾坤大⑨。无战是天心⑩,天心同覆载⑪。

【题解】

不蒙,赵殿成注:"不蒙,蕃将之姓。郭友培元谓当是夫蒙之讹,刘昫《旧唐书·高仙芝传》有安西节度使夫蒙灵詧,即其人也。"据《唐方镇年表》卷八与《资治通鉴》,夫蒙自开元二十九年至天宝六年,任安西四镇(龟兹、焉耆、于阗、疏勒)节度使兼鸿胪卿。唐时,节度使又称都护;鸿胪寺置卿一人,从三品,掌宾客、册封诸蕃及凶仪之事。本诗作于夫蒙任节度使兼鸿胪卿期间,姑系之于天宝四年(745)。

【注释】

①"上卿"句:指夫蒙兼任鸿胪卿。命服:天子按照官爵等级而赐的制服。

②旆:旌旗。

③"杂虏"句:典出《逸周书·王会解》:周成王在王城大会诸侯及四夷。

④自《邶》:《左传》襄公二十九年载:吴公子札观乐,"自《邶》以下无讥焉"。赵殿成曰:"右丞用其字者,亦取诸胡微细,如曹郐小国,不足置论之意。"

⑤鸣笳:指出行时奏乐。曲:偏僻之地。

⑥按节:徐行。阳关:古关名,在今甘肃省敦煌西南,是古代通往西域的要道。

⑦河源:即西域。参见《送岐州源长史归》注⑤。

⑧氛祲(jìn):妖气。

⑨六合:天地四方。大:通"泰",安泰之意。《荀子·富国》:"故儒术诚行,则天下大而富。"杨倞注:"大读为泰。"《全唐诗》注:"一作泰。"

⑩战,宋蜀本作"物"。

⑪覆载:指天地。

故西河郡杜太守挽歌三首

其 一

天上去西征①,云中护北平②。生擒白马将③,连破黑雕城④。忽见刍灵苦⑤,徒闻竹使荣⑥。空留左氏传⑦,谁继卜商名⑧?

【题解】

西河郡,治所在今山西汾阳。据《旧唐书·地理志》载,天宝元年,汾州改为西河郡;乾元元年,又复为汾州。杜太守,即杜希望,乃《通典》作者杜佑的父亲。《旧唐书·杜佑传》:"杜佑字君卿,京兆万年人。……父希望,历鸿胪卿、恒州刺史、西河太守,赠右仆射。"据《唐西河太守杜公遗爱碑》载,天宝五载(746),杜希望卒于西河任上。本组诗是王维为其写的挽歌,时间应在天宝五年(746)或稍后。

【注释】

①西征:杜希望曾率兵西征吐蕃。

②北平:即右北平,汉代郡名,治所在今辽宁凌源西南。

③白马将:《史记·李将军列传》:"(匈奴)有白马将出护其兵,李广上马与十余骑奔射杀胡白马将,而复还至其骑中。"

④黑雕:即黑齿雕题,染黑牙齿,额上雕花纹。《楚辞·招魂》:"雕题黑齿,得人肉而祀,以其骨为醢些。"此处借指边地少数民族。

⑤刍灵:用茅草扎成的人马,为古人送葬之物。《礼记·檀弓下》:"涂车刍灵,自古有之,明器之道也"郑玄注:"刍灵,束茅为人马,谓之灵者,神之类。"苦,元刻本作"善"。《全唐诗》注:"一作善。"

⑥竹使:即竹使符,此处借指郡守。竹使符为汉时竹制的信符,右留京师,左与郡国。《史记·孝文本纪》索隐:"《汉旧仪》:铜虎符发兵,长六寸;竹使符出入征发。"

⑦"空留"句:《晋书·杜预传》:"(预)既立功之后,从容无事,乃耽思经籍,为《春秋左氏经传集解》。又参考众家谱第,谓之《释例》。又作《盟会图》、《春秋长历》,备成一家之学,比老乃成。"此处以杜预喻杜希望。

⑧卜商:《史记·仲尼弟子列传》:"卜商,字子夏。……孔子既没,子夏居西河教授,为魏文侯师。"此处以卜商喻杜希望。

其 二

返葬金符守①,同归石窌妻②。卷衣悲画翟③,持翣待鸣鸡④。容卫都人惨⑤,山川驷马嘶。犹闻陇上客,相对哭征西⑥。

【注释】

①返葬:谓杜希望由西河返葬于京兆。金符:即铜虎符,代指郡守。

②石窌(liù)妻:《左传》成公二年:齐晋战于鞌,齐师败,齐顷公逃归,入临淄,"辟女子。女子曰:'君免乎?'曰:'免矣。'曰:'锐司徒免乎?'曰:'免

矣。'曰：'苟君与吾父免矣，可若何？'乃奔。齐侯以为有礼。既而问之，辟司徒之妻也。予之石窌。"石窌，在今山东长清东南。此处喻指杜希望之妻，言其知礼。妻，原作"栖"，据宋蜀本、《全唐诗》改。此句谓希望与其妻合葬。

　　③卷衣：赵殿成注："衣谓殡宫前所陈设之灵衣，殡将出，故卷而藏之，即谢朓《齐敬皇后哀策文》所云'俎彻三献，筵卷六衣'之义。或引《丧大记》'北面三号，卷衣投于前'，此则始死之仪，非兴殡之事矣。"画翟：带有画雉的衣服。

　　④翣（shà）：古代出殡时的棺饰。

　　⑤容卫：参见《三月三日曲江侍宴应制》注④。

　　⑥哭征西：《后汉书·耿秉传》载，秉拜征西将军，有恩于匈奴，待其卒，匈奴"举国号哭"。

其　三

　　涂刍去国门，秘器出东园①。太守留金印，夫人罢锦轩②。旌旐转衰木③，箫鼓上寒原。坟树应西靡④，长思魏阙恩⑤。

【注释】

　　①"秘器"句：《汉书·孔光传》："及霸薨，上素服临吊者再，至赐东园秘器、钱帛。"秘器，棺材。东园，汉代专造丧葬器物的官署。

　　②锦轩：即锦车，用锦作障幔的车子。

　　③旌旐：旗帜。《全唐诗》作"旌旗"。

　　④"坟树"句：《汉书·东平思王宇传》师古注："《皇览》云：东平思王冢在无盐，人传言王在国，思归京师，后葬，其冢上松柏皆西靡也。"

　　⑤魏阙：指代朝廷。《吕氏春秋·审为》："身在江海之上，心居乎魏阙之下。"高诱注："言身虽在江海之上，心存王室，故在天子门阙之下也。"

苑舍人能书梵字兼达梵音皆曲尽其妙戏为之赠

名儒待诏满公车①,才子为郎典石渠②。莲花法藏心悬悟③,贝叶经文手自书④。楚词共许胜扬马⑤,梵字何人辨鲁鱼⑥?故旧相望在三事⑦,愿君莫厌承明庐⑧。

【题解】

苑舍人,即苑咸,京兆人,天宝五年(746)为中书舍人,正五品上。王维写《苑舍人能书梵字兼达梵音皆曲尽其妙戏为之赠》,苑咸回赠《酬王维》,在序中谓王维“久未迁”,并在诗中嘲戏曰:“应同罗汉无名欲,故作冯唐老岁年。”王维又作《重酬苑郎中》,也在序中叙及自己“久未迁”,并在诗中自嘲。王维写这两首诗时为库部员外郎。据陈《谱》,王维转库部员外郎的时间是在天宝五年,天宝七年或八年则迁库部郎中,由从六品上升至从五品上。王维两诗写于“久未迁”时,大概在天宝六载(747)或七载。

【注释】

①待诏:等待诏命之意。公车:参见《上张令公》注⑦。

②才子:指苑咸。为郎:苑咸时兼郎中。典石渠:谓兼掌宫中秘书或集贤学士。石渠:见《上张令公》注⑨。

③莲花法藏:谓佛之教法。悬悟:凭空而悟。

④贝叶:见《青龙寺昙壁上人兄院集并序》注⑫。

⑤扬马:扬雄、司马相如。

⑥辨鲁鱼:辨别字形讹误。《抱朴子·遐览》:“书三写,鱼成鲁,帝成虎。”

⑦三事:三公,即丞相、太尉、御史大夫。

⑧承明庐:汉代侍从之臣值夜之所。《汉书·严助传》师古注:“张晏曰:‘承明庐在石渠阁外。直宿所止曰庐。’”

酬王维

苑咸

王员外兄以予尝学天竺书,有戏题见赠。然王兄当代诗匠,又精禅理,枉采知音,形于雅作,辄走笔以酬焉。且久未迁,因而嘲及。

莲花梵字本从天,华省仙郎早悟禅。三点成伊犹有想,一观如幻自忘筌。为文已变当时体,入用还推间气贤。应同罗汉无名欲,故作冯唐老岁年。

重酬苑郎中并序

顷辄奉赠,忽枉见酬①。叙末云:"且久不迁,因而嘲及。"诗落句云:"应同罗汉无名欲,故作冯唐老岁年。"亦解嘲之类也。

何幸含香奉至尊②,多惭未报主人恩。草木岂能酬雨露,荣枯安敢问乾坤?仙郎有意怜同舍③,丞相无私断扫门④。扬子《解嘲》徒自遣⑤,冯唐已老复何论⑥!

【题解】

题下原注曰:"时为库部员外。"所作时间稍迟于上诗。苑郎中,即苑咸。首联自我解嘲,惭愧自己未能建立功业,为君主分忧。颔联借草木喻臣子,表述自己对圣上感恩戴德,不敢过问升迁与否。颈联写即使苑咸同情自己,而丞相也是公正不阿,禁绝请托的。尾联借典故表达自己的淡泊之志。全诗委婉蕴藉,内容丰富。

【注释】

①见酬:指咸所作《酬王维》。

②含香:古代尚书郎奏事答对时,口含鸡舌香以去秽,故常用指侍奉君王。《通典·职官四》:"尚书郎口含鸡舌香,以其奏事答对,欲使气息芬芳也。"

③仙郎:唐时尚书郎之美称,此指苑咸。同舍:同僚。

④丞相:指李林甫。扫门:典出《史记·齐悼惠王世家》:"魏勃少时,欲求见齐相曹参,家贫,无以自通,乃常独早夜扫齐相舍人门外。相舍人怪之,以为物而伺之,得勃。勃曰:'愿见相君无因,故为子扫,欲以求见。'于是舍人见勃曹参,因以为舍人。"

⑤扬子《解嘲》:《汉书·扬雄传》:"时雄方草《太玄》,有以自守,泊如也。或嘲雄以玄尚白,而雄解之,号曰《解嘲》。"

⑥冯唐:《史记·张释之冯唐列传》载:"武帝立,求贤良,举冯唐。唐时年九十余,不能复为官,乃以唐子冯遂为郎。"

【汇评】

[明]顾可久:"中间意绪转折太多,约略一篇文字数百言,尽于五十六字中,此等诗最高品也。"

与苏卢二员外期游方丈寺而苏不至因有是作

共仰头陀行①,能忘世谛情②。回看双凤阙③,相去一牛鸣④。法向空林说⑤,心随宝地平⑥。手巾花氎净⑦,香帔稻畦成⑧。闻道邀同舍⑨,相期宿化城⑩。安知不来往,翻以得无生⑪。

【题解】

诗题中,苏员外即虞部苏员外,参见《酬虞部苏员外过蓝田别业不见留之作》;卢员外即卢象,时任司勋员外郎,参见《与卢员外象过崔处士兴宗林亭》。此诗曰:"闻道邀同舍,相期宿化城。""同舍",即同官、同僚之意,语出《汉书·直不疑传》:"(直不疑)为郎,事文帝。其同舍有告归,误持其同舍郎金去……"既然王维称苏卢二员外为"同舍",他本人也应任相应官职。据陈《谱》,王维于天宝五年(746)任库部员外郎,此诗可能作于此时。

【注释】

①头陀行:为去除尘垢烦恼,佛教对修行者衣食住等方面所做的规定,共有十二种,称十二头陀行。《翻译名义集》:"《大品》云:说法者受持十二头陀:一衲衣,二但三大衣,三常乞食,四次第乞食,五一坐食,六中后不饮浆,七节量食,八作阿兰若,九冢间住,十树下住,十一露地住,十二常坐不卧。"

②世谛:佛家语,又称俗谛、世俗谛,与真谛(又曰胜义谛、第一义谛)相对。"谛"指真实不虚之理。佛教各派对二谛的解释不尽相同。一般认为,世俗人所知之道理为世谛,出世人所知之道理为真谛。《涅槃经》:"如出世人之所知者,第一义谛。世间人所知,名为世谛。"

③双凤阙:汉长安宫阙名。《雍录》:"阙之得名也,以其立土为高台楼观,夹峙宫门两旁,而中间阙然为道也。"

④一牛鸣:佛家语,即一牛鸣地,亦云一牛吼地,谓牛之吼声所及的距离。《翻译名义集》卷三:"拘卢舍,此云五百弓,亦云一牛吼地,谓大牛鸣声所极闻。或云一鼓声。《俱舍》云二里,《杂宝藏》云五里。"

⑤空林:指僧人修行的寺院、庵堂。

⑥宝地:佛地,僧寺。沈佺期《游少林寺》:"长歌游宝地,徙倚对珠林。"平:《楞严经》:"当平心地,则世界地一切皆平。"

⑦氎(dié):棉布。慧琳《一切经音义》卷六十四:"案氎者,西国木棉花如柳絮,彼国土俗皆抽捻以纺为缕,织以为布,名之为氎。"木棉即棉花,唐时始传入中国。

⑧香帔稻畦:指染香之袈裟。袈裟又称水田衣、稻田衣、稻畦帔,因其或绣作方格,或以方形布块连缀而成,宛如水田。《释氏要览》卷上:"《僧祇律》云:'佛住王舍城,帝释石窟前经行,见稻田畦畔分明,语阿难言:过去

诸佛,衣相如是,从今依此作衣相。'"

⑨闻:元刻本作"同"。

⑩化城:参见《登辨觉寺》注②。

⑪以得:宋蜀本、《全唐诗》作"得似"。无生:不生不灭,即涅槃。

过卢员外宅看饭僧共题

三贤异七圣①,青眼慕青莲②。乞饭从香积③,裁衣学水田。上人飞锡杖④,檀越施金钱⑤。趺坐檐前日⑥,焚香竹下烟。寒空法云地⑦,秋色净居天⑧。身逐因缘法⑨,心过次第禅⑩。不须愁日暮,自有一灯燃⑪。

【题解】

此诗写作时间与上诗相去不远,姑系于天宝五年(746)。卢员外:疑即卢象。诗题,"卢"下,宋蜀本、《全唐诗》有"四"字,疑误,因为卢象行八,崔颢《赠卢八象》可以为证。"共题"后,宋蜀本、《全唐诗》有"七韵"两字。诗人见卢员外施食于僧因有是作。诗前三联描述所见之事,后三联想象僧人修行情形,最后一联抒发自己的感想。"寒空法云地,秋色净居天"两句,以佛语写秋景,新颖而又自然。

【注释】

①三贤:即三贤位,佛教修行的初级阶位,因未入圣位,故名贤。小乘佛教以"五停心观"、"别相念处"、"总相念处"为三贤位;大乘佛教以"十住"、"十行"、"十回向"为三贤位。七圣:即七圣位,属见道以后的修行阶位。《俱舍论》卷二十五:"学无学位有七圣者,一切圣者皆此中摄。一随信行,二随法行,三信解,四见至,五身证,六慧解脱,七俱解脱。"圣,宋蜀本、《全唐诗》作"贤"。《全唐诗》又注:"一作圣"。

②青眼:《晋书·阮籍传》:"籍又能为青白眼。见礼俗之士,以白眼对

之。及嵇喜来吊,籍作白眼,喜不怿而退。喜弟康闻之,乃赍(携带)酒挟琴造焉。籍大悦,乃见青眼。由是礼法之士,疾之若雠。"青莲:譬佛之眼。《维摩诘经·佛国品》:"(佛)目净修广如青莲。"僧肇注:"天竺有青莲花,其叶修而广,青白分明,有大人目相,故以为喻也。"

③"乞饭"句:典出《维摩诘经·香积佛品》:众香国之佛号香积,其食香气周流十方无量世界,维摩诘化作菩萨前去乞食,香积佛以香钵盛满香饭与之。

④飞锡杖:孙绰《游天台山赋》:"王乔控鹤以冲天,应真飞锡以蹑虚。"李周翰注:"执锡杖而行于虚空,故云飞也。"后用为僧人游方的美称。

⑤檀越:即施主,向僧人施舍财物、饮食的世俗信徒。

⑥跌坐:参见《登辨觉寺》注④。

⑦法云地:菩萨十地之第十地。

⑧净居天:在色界四禅之最高处,有五重天(无烦天、无热天、善现天、善见天、色究竟天),为证得不还果的圣者所居之处,因无外道杂居,故名净居。

⑨因缘:佛教用语,指事物赖以产生和存在的原因和条件,其中,内在直接的条件称"因",外在间接的条件叫"缘"。佛教有时也把产生结果的一切原因总称为因缘。佛教认为万法(即一切事物和现象)皆因缘和合而生,这种以缘起解释万有的法则称因缘法,它是佛教理论的基石。《维摩经·观众生品》:"以因缘法化众生,故我为辟支佛。"

⑩次第禅:禅修者依次第由低到高修习的九种禅定,即色界的四禅定(初禅次第定、二禅次第定、三禅次第定、四禅次第定),无色界的四处(空处次第定、识处次第定、无所有处次第定、非想非非想处次第定)以及灭受想次第定。

⑪灯:比喻佛法。《大般若波罗蜜多经》卷四〇六:"故佛所言,如灯传照。"

与卢象集朱家

主人能爱客，终日有逢迎。贳得新丰酒^①，复闻秦女筝^②。柳条疏客舍，槐叶下秋城。语笑且为乐，吾将达此生^③。

【题解】

此诗写作时间疑与上二诗相去不远，姑系于天宝五年（746）。诗人与卢象参加朱家宴会而有是作。诗以"新丰酒"与"秦女筝"表现宴会的热闹场景，既传达出欢乐的气息，又具有文人雅士的情调。最后以玄语作结，使全诗蕴藉而有意味。

【注释】

①贳：赊。新丰酒：新丰，古县名，产名酒，谓之新丰酒。梁元帝《登江州百花亭怀荆楚诗》："试酌新丰酒，遥劝阳台人。"

②秦女筝：曹植《箜篌引》："秦筝何慷慨，齐瑟和且柔。"张铣注："秦人善弹筝。"

③达：通达。《庄子·达生》："达生之情者，不务生之所无以为。"

【汇评】

[明]许学夷《诗源辩体》卷十六："摩诘五言律，如'主人能爱客'，闲远自在者也。"

达奚侍郎夫人寇氏挽歌二首

其　一

束带将朝日^①，鸣环映牖辰^②。能令谏明主，相劝识贤人。遗挂空留壁^③，回文日覆尘^④。金蚕将画柳^⑤，何处更知春。

诗题,《文苑英华》作《吏部达奚侍郎夫人寇氏挽歌二首》。张《谱》系于天宝十三载,陈铁民著《王维年谱》札记》一文认为应在天宝六、七载间。达奚侍郎,即达奚珣,天宝元年迁礼部侍郎,六年改任吏部侍郎。《唐代墓志汇编》天宝一三六《寇洋墓志》:"公之子婿吏部侍郎达奚公,天下词伯,王之茂臣。"挽歌,《全唐诗》作"挽词"。这两首诗为悼念达奚珣夫人寇氏而作,前首怀生前,后首悲逝后,皆语悲意婉,感人至深。李颀同为挽歌,题作《达奚吏部夫人寇氏挽歌》。

【注释】

①束带:《论语·公冶长》:"赤也,束带立于朝,可使与宾客言也。"

②鸣环:环形佩玉。牖:初升的太阳。《说文》:"牖……谭长以为甫上日也,非户也。牖所以见日。"辰:时。

③"遗挂"句:语本潘岳《悼亡诗三首》其一:"流芳未及歇,遗挂犹在壁。"

④回文:回文诗。《晋书·列女传》:"窦滔妻苏氏,始平人也。名蕙,字若兰,善属文。滔,苻坚时为秦州刺史,被徙流沙,苏氏思之,织锦为回文旋图诗以赠滔。宛转循环以读之,词甚凄惋,凡八百四十字。"

⑤金蚕:古殉葬之具,以金属铸为蚕形。将:与。画柳:装饰丧车的帷盖。

其 二

女史悲彤管①,夫人罢锦轩。卜茔占二室②,行哭度千门。秋日光能澹,寒川波自翻。一朝成万古,松柏暗平原。

【注释】

①女史:张华《女史箴》刘良注:"女史,女人之官,执彤管书后妃之事。"《左传》"定公九年"杜注:"彤管,赤管笔,女史记事规诲之所执。"

②卜茔:以占卜选择墓地。二室:见《戏赠张五弟諲三首》其二注④。

赠李颀

闻君饵丹砂①，甚有好颜色。不知从今去，几时生羽翼②？
王母翳华芝③，望尔昆仑侧。文螭从赤豹④，万里方一息⑤。悲
哉世上人，甘此膻腥食。

【题解】

李颀，家居颍阳东川（今河南登封市东北）。开元二十三年进士及第，
曾任新乡县尉；二十九年去官归东川。天宝五至七年，往来长安与洛阳间，
与王维、卢象等人交往。疑此诗即作于这期间，姑系之于天宝七年（748）。
李颀热衷道教修炼，王维以诗赠之，表达自己对道教的浓厚兴趣。

【注释】

①饵：食。丹砂：此指丹药。

②生羽翼：谓成仙。曹丕《折杨柳行》："服药四五日，身体生羽翼。"

③翳华芝：谓以华盖自蔽。《文选》扬雄《甘泉赋》："于是乘舆乃登夫凤
皇兮而翳华芝，驷苍螭兮六素虬。"李善注："服虔曰：华芝，华盖也。善曰：
言以华盖自翳也。"

④"文螭"句：《楚辞·九歌·山鬼》："乘赤豹兮从文狸。"文螭，有花纹
的螭龙。

⑤方一息：宋蜀本作"走方息"。一息：一呼一吸，喻时间短暂。《汉
书·王褒传》："周流八极，万里一息。"

大同殿生玉芝龙池上有庆云百官共睹
圣恩便赐宴乐敢书即事

欲笑周文歌宴镐①，遥轻汉武乐横汾②。岂如玉殿生三

秀③，讵有铜池出五云④？陌上尧樽倾北斗⑤，楼前舜乐动南薰⑥。共欢天意同人意，万岁千秋奉圣君。

【题解】

据《旧唐书·玄宗纪》载，天宝七年（748）三月，兴庆宫大同殿柱产玉芝，兴庆殿后龙池上生五色祥云，并有神光照殿的瑞应。玄宗赐宴，王维当朝奉官，作此诗祝贺。诗题：生，《全唐诗》作"柱产"二字；"云"下，《全唐诗》多"神光照殿"四字。

【注释】

①周文歌宴镐：《诗·小雅·鱼藻》："王在在镐，岂乐饮酒。"郑笺："岂亦乐也。天下平安，万物得其性，武王何所处乎？处于镐京，乐八音之乐，与群臣饮酒而已。"周文，周文王。镐，即镐京，西周国都，故址在今陕西西安市西。赵殿成注："（'歌宴镐'）本武王事，谓为周文者误也。然考宋之问《幸昆池应制》诗，亦云'镐饮周文乐，汾歌汉武才'，岂唐人相袭作周文事用耶？"

②汉武乐横汾：汉武帝《秋风辞》序曰："上行幸河东，祠后土，顾视帝京欣然，中流与群臣饮燕，上欢甚，乃自作《秋风辞》。"辞曰："泛楼舡兮济汾河，横中流兮扬素波。"

③如，《全唐诗》作"知"，又注："一作如"。三秀：见《和仆射晋公扈从温汤》。

④铜池：《汉书·宣帝纪》："金芝九茎产于函德殿铜池中。"注："如淳曰：'铜池，承溜（檐下承雨水之器）也。'"五云：五色之云，即庆云。

⑤尧樽：指天子赐的酒。北斗：借指酒器。《楚辞·九歌·东君》："操余弧兮反沦降，援北斗兮酌桂浆。"

⑥舜乐动南薰：《礼记·乐记》："昔者舜作五弦之琴，以歌南风。"郑玄注："南风，长养之风也，以言父母之长养己，其辞未闻也。"南薰，即南风。

【汇评】

［明］唐汝询《唐诗解》："此记当时瑞应也。设尧樽，举舜乐，朝野欢呼，颂之以为天人合应，圣寿当无疆也。"

[明]许学夷《诗源辩体》卷十六：“摩诘七言律，如'欲笑周文'，宏赡雄丽者也。”

　　[清]金人瑞《贯华堂选批唐才子诗》：“'陌上'字，妙！便知尧尊直通田家瓦盆。'楼前'字，妙！便知舜乐直通妇子连袂。于是而休嘉之气上通彼苍……生芝出云，如何不宜也？”

　　[清]潘德舆《养一斋诗话》：“李于鳞选右丞七律，亦不尽如人意。如'欲笑周文歌宴镐'篇，调平意复，岂独非绝作而已。”

奉和圣制天长节赐宰臣歌应制

　　太阳升兮照万方，开阊阖兮临玉堂①，俨冕旒兮垂衣裳②。金天净兮丽三光③，彤庭曙兮延八荒④。德合天兮礼神遍⑤，灵芝生兮庆云见。唐尧后兮稷契臣⑥，匝宇宙兮华胥人⑦。尽九服兮皆四邻⑧，乾降瑞兮坤献珍⑨。

【题解】

　　《旧唐书·玄宗纪》载，开元十七年(729)八月，百官表请以玄宗生日即八月五日为千秋节，休假三日；天宝七年(748)八月，改千秋节为天长节。本诗即作于天宝七年八月五日。前三句叙早朝时天子朝臣皆容服庄严的形象。再四句写天子恩泽八方，与天相合。末四句写君主求贤治世，夷狄都为之感化，天地呈现福兆。

【注释】

　　①阊阖：宫门的正门。玉堂：宫殿。

　　②俨：整齐貌。冕旒：见《三月三日曲江侍宴应制》注⑤。

　　③金天：秋天。三光：《淮南子·泛论训》：“若上乱三光之明，下失万民之心。”高诱注：“三光，日、月、星辰也。”

　　④彤庭：因汉皇宫中庭漆为朱色故称，后泛指皇宫。班固《西都赋》：“于是玄墀扣砌，玉阶彤庭。”延：及。八荒：八方极远之地。

⑤礼神遍:遍祀诸神。

⑥后:君。稷:周的始祖后稷。契,殷的始祖。

⑦华胥:《列子·黄帝》:黄帝梦游于华胥氏之国,"其国无帅长,自然而已;其民无嗜欲,自然而已",黄帝既寤,怡然自得,二十八年后,天下大治,几若华胥氏之国。

⑧九服:王畿之外的九等地区。《周礼·夏官·职方氏》:"乃辨九服之邦国。方千里曰王畿,其外方五百里曰侯服,又其外方五百里曰甸服,又其外方五百里曰男服,又其外方五百里曰采服,又其外方五百里曰卫服,又其外方五百里曰蛮服,又其外方五百里曰夷服,又其外方五百里曰镇服,又其外方五百里曰藩服。"

⑨"乾降"句:指上诗"灵芝生"、"庆云见"之祥瑞。献,《全唐诗》作"降",又注:"一作献"。

奉和圣制重阳节宰臣及群臣上寿应制

四海方无事,三秋大有年。百工逢此日①,万寿愿齐天。芍药和金鼎②,茱萸插玳筵③。玉堂开右个④,天乐动宫悬⑤。御柳疏秋影,城鸦拂曙烟。无穷菊花节⑥,长奉柏梁篇⑦。

【题解】

本诗疑作于天宝七年(748)重阳节。宰臣,任宰相职务的诸大臣。群臣,《全唐诗》、宋蜀本作"群官"。前两联总写太平盛世,以引出对重阳盛宴的描写。三、四两联铺叙宴会场景。"御柳疏秋影,城鸦拂曙烟"两句,宕开一笔,顿觉灵气往来。末联回到奉和之旨。整首诗,虽为应制之作,却语语天成,毫无造作之态。

【注释】

①百工:众官。"工",宋蜀本、元刻本、《全唐诗》作"生"。逢,《全唐诗》作"无",宋蜀本作"逸"。

②芍药:同"勺药",指酸、苦、甘、辛、咸五种调料。《史记·司马相如传·子虚赋》:"勺药之和具,而后御之。"集解:"郭璞曰:勺药,五味也。"

③茱萸:乔木名,有山茱萸、吴茱萸、食茱萸之分。《太平御览》卷三十二引周处《风土记》曰:"九月九日,律中无射而数九,俗于此日,以茱萸气烈成熟,尚此日,折茱萸房以插头,言辟恶气而御初寒。"参见《九月九日忆山东兄弟》注②。玳筵:饰以玳瑁的筵席(坐具)。

④右个:《礼记·月令》:"季秋之月……天子居总章右个。""个",犹隔,指正堂两旁的侧室。

⑤天乐:即钧天广乐,见《奉和圣制暮春送朝集使归郡应制》注⑨。此处喻指宫中美妙音乐。宫悬:宫廷悬挂钟磬的数量与方法。《周礼·春官·小胥》:"正乐悬之位,王宫悬,诸侯轩悬,卿大夫判悬,士特悬。"郑玄注:"宫悬四面悬,轩悬去其一面,判悬又去其一面,特悬又去其一面。"

⑥菊花节:见《送崔兴宗》注③。

⑦柏梁篇:《三辅黄图》:"柏梁台,(汉)武帝元鼎二年春起此台,在长安城中北门内,《三辅旧事》云:'以香柏为梁也。帝置酒其上,诏群臣和诗,能七言诗者乃得上。'"《古文苑》卷八载有《柏梁台七言联句》,相传为汉武帝在柏梁台上与群臣所共赋,人各一句,每句用韵。后世把这种每句平韵、一韵到底的七言诗称为"柏梁体"。

奉和圣制登降圣观与宰臣等同望应制

凤扆朝碧落①,龙图耀金镜②。维岳降二臣③,戴天临万姓④。山川八校满⑤,井邑三农竟⑥。比屋皆可封⑦,谁家不相庆?林疏远村出,野旷寒山静。帝城云里深,渭水天边映。喜气含风景⑧,颂声溢歌咏。端拱能任贤⑨,弥彰圣君圣。

【题解】

《旧唐书·玄宗纪》:"(天宝七载)十二月戊戌,言玄元皇帝见于华清宫之朝元阁,乃改为降圣阁。"储光羲《述降圣观》诗题下自注:"天宝七载十二月二日,玄元皇帝降于朝元阁,改为降圣阁。"王维应制作诗以记此事,并赞天子圣德。

【注释】

①凤扆(yǐ):本指宫殿户牖间绘有凤凰图饰的屏风,代指帝座。南朝陈徐陵《劝进梁元帝表》:"扬龙旗以飨帝,御凤扆以承天。"碧落:碧空。详见《奉和圣制幸玉真公主山庄因题石壁十韵之作应制》注①。

②龙图:指天子之雄图。金镜:喻清明之道。

③"维岳"句:典出《诗·大雅·崧高》:"崧高维岳,骏极于天。维岳降神,生甫及申。维申及甫,维周之翰,四国于蕃,四方于宣。"朱熹《集传》曰:"言岳山高大,而降其神灵和气,以生甫侯、申伯,实能为周之桢干屏蔽,而宣其德泽于天下也。"

④戴天:蒙受天恩。临万姓:治理天下。

⑤八校:汉时八种校尉的合称,此处指天子的侍卫。

⑥三农:指春、夏、秋三个农时。张衡《东京赋》:"三农之隙,曜威中原。"此为冬季,故曰"三农竟"。

⑦"比屋"句:《汉书·王莽传》:"明圣之世,国多贤人,故唐虞之时,可比屋而封。"比屋,犹每家。

⑧喜,《全唐诗》作"佳",又注:"一作喜"。

⑨端拱:犹垂拱,谓王者无为而治。《魏书·辛雄传》:"端拱而四方安。"

【汇评】

[清]张谦宜《茧斋诗谈》卷五:"此等诗如内造雕漆器皿,镂金错采,即不无终未是瑚琏簠簋样。"

[清]赵殿成按:"或谓律诗无仄韵,其仄韵者,乃是对偶古诗耳。成谓古律之分,当以调以格,不当以韵。唐人试士,类用律诗,今考张谓之'落日山照耀',豆卢荣之'春风扇微和',裴次元、何儒亮《赋得亚父碎玉斗》、郭邕之《洛出书》,俱用仄韵,不居然可知乎!孙月峰作《排律辨体》,特出仄律一门,盖有见于此矣。"

190

待储光羲不至

重门朝已启①,起坐听车声。要欲闻清佩②,方将出户迎。
晚钟鸣上苑③,疏雨过春城。了自不相顾,临堂空复情④。

【题解】

储光羲,润州延陵(今江苏金坛西北)人。开元十四年登进士第,曾任
县尉,后隐于终南。天宝六、七年间出山官太祝,寻迁监察御史。从本诗内
容来看,应写于储在长安官太祝或监察御史之时,时间大至在天宝中,姑系
之于天宝七年(748)。储有《答王十三维》诗,是对王维本诗的酬答。本诗
以时间为顺序,记述期盼友人的内心感受。前两联写等待:早起大开重门,
坐听车驾之声,几次仿佛听到动静,慌忙相迎,却一片枉然;"启"、"听"、
"闻"、"迎",一系列细致的动作描写生动展现了诗人等待中的急迫心情。
后两联写"不至":晚钟鸣,疏雨过,友人不至,久候成空,心中排恻难安。
"晚钟"、"疏雨"句,意境凄凉,"空复情"三字包蕴丰富,这些都细腻地表达
了诗人希望落空后的落寞心绪和对友人的深厚情意。

【注释】

①重门:《文选》谢朓《观朝雨》:"平明振衣坐,重门犹未开。"吕向注:
"重门,帝宫门也。"

②清佩:清脆的玉佩声。

③晚,原作"晓",据宋蜀本、元刻本、《全唐诗》改。上苑:皇家园林。
《新唐书·苏良嗣传》:"帝遣宦者采怪竹江南,将莳上苑。"

④空复情:谢朓《同谢谘议铜雀台诗》:"芳襟染泪迹,婵媛空复情。"

【汇评】

[明]许学夷《诗源辩体》卷十六:"摩诘五言律,如'重门朝已启',闲远
自在者也。"

《唐诗归》卷九:"钟云:'要欲'、'方将'等虚字下得极苦心,所谓苦吟,

正如此。"谭云:"('晚钟'二句)此十字正是待人,莫作境与事看。"

[清]顾安《唐律消夏录》:"上四句是'待',下四句是'不至',章法甚明。妙在从最早待至极晚。'要欲'、'方将',说得倾心侧耳。及上苑钟鸣,春城雨过,方知其'了自不相顾'也。'空复情','空'字说无数相待之情已成空,'复'字说无数相待之情仍然无已。"

[清]卢麰《闻鹤轩初盛唐近体读本》:"中有生致,虽轻不萎。'要欲'、'了自',字法自高。"

[清]宋征璧《抱真堂诗话》:"王摩诘有'忽过新丰市'及'疏雨过春城','过'字妙。"

答王十三维

储光羲

门生故来往,知欲命浮觞。忽奉朝青阁,回车入上阳。落花满春水,疏柳映新塘。是日归来暮,劳君奏雅章。

故太子太师徐公挽歌四首

其 一

功德冠群英,弥纶有大名①。轩皇用风后②,傅说是星精③。就第优遗老④,来朝诏不名⑤。留侯常辟谷⑥,何苦不长生?

【题解】

《旧唐书·玄宗纪》载:"(天宝八载闰六月)戊辰,太子太师、徐国公萧嵩薨。"本组诗为悼念萧嵩而作,时间应为天宝八年(749)。

①弥纶:治理。《文选》李康《运命论》:"行足以应神明,而不能弥纶于俗。"吕延济注:"言时君不能用之使广理于俗也。"

②轩皇:指黄帝。风后:相传为黄帝臣之一。《史记·五帝本纪》:"(黄帝)举风后、力牧、常先、大鸿以治民。"裴骃《集解》引郑玄曰:"风后,黄帝三公也。"

③傅说:《庄子·大宗师》:"夫道,有情有信,无为无形。……傅说得之,以相武丁,奄有天下,乘东维,骑箕尾,而比于列星。"

④"就第"句:《汉书·张禹传》:"(禹)为相六岁,鸿嘉元年,以老病乞骸骨,上加优再三,乃听许。赐安车驷马,黄金百斤,罢就第,以列侯朝朔望,位特进,见礼如丞相。"就第,指免职回家。

⑤不名:《汉书·王莽传》:"高皇帝褒赏元功,相国萧何,邑户既倍,又蒙殊礼,奏事不名,入殿不趋。"奏事不名,是对大臣的特殊礼遇。

⑥"留侯"句:《史记·留侯世家》曰:"留侯(张良)乃称曰:'……愿弃人间事,欲从赤松子游耳。'乃学辟谷,道引轻身。"常,宋蜀本作"尝"。《旧唐书·萧嵩传》曰:"嵩性好服饵,及罢相,于林园植药,合炼自适。"

其 二

　　谋猷为相国①,翊赞奉乘舆②。剑履升前殿③,貂蝉托后车④。齐侯疏土宇⑤,汉室赖图书⑥。僻处留田宅⑦,仍才十顷余。

【注释】

①谋猷:谋划。

②翊赞:辅助。赞,《全唐诗》作"戴"。乘舆:贾谊《新书·等齐》:"天子车曰乘舆。"此处代指天子。乘,《全唐诗》作"宸",又注:"一作乘。"

③"剑履"句:《史记·萧相国世家》:"于是乃令萧何第一,赐带剑履上殿,入朝不趋。"

④貂蝉:侍中、常侍等贵近之臣的冠饰,代指显贵的大臣。托后车:曹丕《与朝歌令吴质书》:"从者鸣笳以启路,文学托乘于后车。"托,附。后车,随从之车。

⑤"齐侯"句:齐侯,即齐桓公。疏:分。土宇:领土。《晏子春秋》外篇上第二十四:"景公谓晏子曰:昔吾先君桓公,予管仲狐与谷,其县十七,著之于帛,申之以策,通之诸侯,以为其子孙赏邑。"

⑥"汉室"句:《史记·萧相国世家》:"沛公至咸阳,诸将皆争走金帛财物之府分之,何独先入收秦丞相御史律令图书藏之。……汉王所以具知天下厄塞、户口多少、强弱之处、民所疾苦者,以何具得秦图书也。"

⑦"僻处"句:《汉书·萧何传》:"何买田宅,必居穷僻处,为家不治垣屋,曰:'令后世贤,师吾俭;不贤,毋为势家所夺。'"

其　三

旧里趋庭日①,新年置酒辰②。闻诗鸾渚客③,献赋凤楼人④。北首辞明主⑤,东堂哭大臣⑥。犹思御朱辂⑦,不惜污车茵⑧。

【注释】

①趋庭:《论语·季氏》:"尝独立。鲤趋而过庭。曰:'学《诗》乎?'对曰:'未也。''不学《诗》,无以言。'鲤退而学《诗》。他日,又独立,鲤趋而过庭。曰:'学礼乎?'对曰:'未也。''不学礼,无以立。'鲤退而学礼。"

②辰,元刻本作"晨"。

③鸾渚:即鸾台,指门下省。《旧唐书·职官志》:"门下省,光宅(元年九月)改为鸾台。"鸾渚客,指嵩子华。《旧唐书·萧嵩传》:"嵩子华,为给事中。"

④凤楼:《列仙传》卷上:"萧史者,秦穆公时人也。善吹箫……穆公有女,字弄玉,好之,公遂以女妻焉。日教弄玉作凤鸣,居数年,吹似凤声,凤凰来止其屋,公为作凤台。夫妇止其上,不下数年,一旦皆随凤凰飞去。"凤

楼人,指萧嵩子衡。《旧唐书·萧嵩传》:"子衡,尚新昌公主(玄宗女)。"

⑤北首:下葬时首朝北方。《礼记·檀弓下》:"葬于北方北首,三代之达礼也。"首,底本原作"阙",据宋蜀本、元刻本、《全唐诗》改。

⑥东堂:东厢殿堂,为天子正寝之处。

⑦朱辂:贵者所乘之车。《旧唐书·舆服志》:"王公已下车辂……诸辂皆朱质朱盖,朱旗旛。"

⑧污车茵:《汉书·丙吉传》:"(吉)于官属掾史,务掩过扬善。吉驭吏耆酒,数逋荡,尝从吉出,醉欧丞相车上。西曹主吏白欲斥之,吉曰:'以醉饱之失去士,使此人将复何所容?西曹地忍之,此不过污丞相车茵耳。'遂不去也。"车茵,车垫席。

其　四

久践中台座①,终登上将坛②。谁言断车骑③,空忆盛衣冠④。风日咸阳惨,笳箫渭水寒。无人当便阙,应罢太师官⑤。

【注释】

①中台:星名,与上台、下台合称三台。古人以三公应三台,其中,丞相、司徒应中台。

②"终登"句:指嵩曾任河西节度使,大破吐蕃。

③断车骑:指去世。断,抛开。

④盛衣冠:显贵之臣。

⑤"应罢"句:《唐六典》卷二十六:"凡三师(太子太师、太傅、太保)三少(太子少师、少傅、少保),官不必备,唯其人,无其人,则阙之。"

【汇评】

[明]顾炎武《日知录》卷二一:"王摩诘《故太子太师徐公挽歌》,重用二'名'字,施之律诗,则为非体。"

奉和圣制御春明楼临右相园亭赋乐贤诗应制

　　复道通长乐①，青门临上路②。遥闻凤吹喧③，暗识龙舆度④。褰旒明四目④，伏槛纡三顾⑤。小苑接侯家，飞甍映宫树。商山原上碧⑥，浐水林端素⑦。银汉下天章⑧，琼筵承湛露⑨。将非富人宠⑩，信以平戎故⑪。从来简帝心⑫，讵得回天步⑬?

【题解】

此诗作于天宝八年(749)。记述天子临御春明楼并赐宴赋诗一事。春明楼，在春明门上。据《唐六典》卷七，长安东面有三门，中间者即为春明门。右相，即中书令。天宝元年改中书令为右相，至德二载复旧。这期间，李林甫、杨国忠皆尝为右相。陈铁民《王维集校注》考证，"右相园亭"或为李林甫别墅。

【注释】

①复道，亦称阁道，见《奉和圣制从蓬莱向兴庆阁道中留春雨中春望之作应制》题解。

②青门:《三辅黄图》卷一:"长安城东出南头第一门曰霸城门，民见门色青，名曰青城门，或曰青门。"唐长安城东面三门为通化门、春明门、延兴门。青门此处借指春明门。上路:犹道路、道上。

③凤吹:见《班婕妤三首》其二注①。

④褰:揭起。旒，见《三月三日曲江侍宴应制》注⑤。明四目:《尚书·舜典》:"(舜)明四目，达四聪。"孔安国传:"广视听于四方，使天下无壅塞。"

⑤槛:栏杆。纡:屈身。三顾:诸葛亮《前出师表》:"先帝不以臣卑鄙，猥自枉屈，三顾臣于草庐之中。"

⑥商山:又名地肺山、楚山，在陕西商县东南。

⑦"浐水"句:潘岳《西征赋》:"南有玄灞素浐，汤井温谷。"李善注:"玄、

素,水色也。"

⑧银汉:即银河。天章:天文。《诗·大雅·棫朴》:"倬彼云汉,为章于天。"

⑨琼筵:精美的筵宴。湛露:《诗·小雅·湛露》序曰:"《湛露》,天子燕诸侯也。"郑笺:"燕,谓与之燕饮酒也;诸侯朝觐会同,天子与之燕,所以示慈惠。"

⑩富人:即富民。人,原作"民",此从宋蜀本、《全唐诗》改。宠:荣。

⑪平戎:和戎。《左传》僖公十二年:"齐侯使管夷吾平戎于王,使隰朋平戎于晋。"杜注:"平,和也。"

⑫简帝心:《论语·尧曰》:"帝臣不蔽,简在帝心。"简,存。

⑬天步:犹言国运。《诗·小雅·白华》:"天步艰难,之子不犹。"

崔九弟欲往南山马上口号与别

城隅一分手,几日还相见?山中有桂花,莫待花如霰①。

【题解】

此诗疑作于天宝八年(749)。诗题,口号犹口占,即随口吟成之意;崔九,即崔兴宗,行九。崔兴宗欲归隐南山,王维与裴迪送行。裴迪有同题诗,崔兴宗有答诗。本诗以对话的形式写成,语言冲淡自然,情味蕴藉悠长。

【注释】

①霰:水蒸气在高空中凝结成的小冰粒。柳恽《独不见》:"芳草生未积,春花落如霰。"

【汇评】

[明]顾可久:"言外意不尽,冲淡自然。"

[清]黄生《唐诗摘抄》:"恐不能即会,故以落花促其归也。"

[清]黄培芳《唐贤三昧集笺注》卷上:"古甚,亦极有味,耐人领略。言

外意不尽,冲淡自然。"

[清]潘德舆《唐贤三昧集评》:"右丞五绝全用天机,故尝独步一时。"

崔九弟欲往南山马上口号与别

裴迪

归山深浅去,须尽丘壑美。莫学武陵人,暂游桃源里。

留别王维

崔兴宗

驻马欲分襟,清寒御沟上。前山景气佳,独往还惆怅。

同比部杨员外十五夜游有怀静者季

承明少休沐①,建礼省文书②。夜漏行人息,归鞍落日余。岂知三五夕③,万户千门辟。夜出曙翻归,倾城满南陌。陌头驰骋尽繁华,王孙公子五侯家。由来月明如白日,共道春灯胜百花。聊看侍中千宝骑④,强识小妇七香车⑤。香车宝马共喧阗⑥,个里多情侠少年⑦。竞向长杨柳市北⑧,肯过精舍竹林前⑨?独有仙郎心寂寞⑩,却将宴坐为行乐⑪。倘觅忘怀共往来⑫,幸沾同舍甘藜藿⑬。

【题解】

比部,刑部四司之一,掌稽查、审察内外籍账等事。天宝十一年改名司计,至德初复旧。置员外郎一人,从六品上。本诗仍称"比部",故应作于天宝十一年前,具体时间不详,姑系于天宝八年(749)。杨员外,不详。静者,指隐士或佛道人士。静者季,未详。王维与杨员外于十五夜观灯,而有是作。诗题下,宋蜀本、元刻本有"杂言"二字。

【注释】

①承明:见《苑舍人能书梵字兼达梵音皆曲尽其妙戏为之赠》注⑧。休沐:休假。唐制,官吏每旬休沐一日。

②建礼:汉宫门名,为尚书台所在之地。应劭《汉官仪》卷上:"尚书郎主作文书起草,夜更直五日于建礼门内。"此处借指唐尚书郎直宿之所。省:视。

③岂,元刻本、《全唐诗》作"悬",宋蜀本作"置"。

④宝,宋蜀本、元刻本作"余"。侍中:见《春日直门下省早朝》注②,此处泛指天子近臣。

⑤小,元刻本作"少"。七香车:参见《洛阳女儿行》注③。

⑥喧阗:喧哗拥挤。

⑦个里:此中。

⑧长杨:秦汉长杨宫。柳市:汉长安九市之一。《三辅黄图·长安九市》:"又有柳市、东市、西市。当市楼有令署,以察商贾货财买卖贸易之事,三辅都尉掌之。"

⑨精舍:佛寺。

⑩仙郎:见《重酬苑郎中并序》注③。此处指杨员外。

⑪宴坐:闲坐、安坐。

⑫觅,宋蜀本、元刻本、《全唐诗》俱作"觉"。《全唐诗》又注:"觅"。忘怀:无心于外物。

⑬同舍:同僚。甘藜藿:以藜藿为甘。曹植《七启》:"予甘藜藿,未暇此食也。"刘良注:"藜藿,贱菜,布衣之所食。"

酬比部杨员外暮宿琴台朝跻书阁率尔见赠之作

旧简拂尘看,鸣琴候月弹。桃源迷汉姓^①,松树有秦官^②。空谷归人少,青山背日寒。羡君栖隐处,遥望白云端。

【题解】

此诗,《全唐诗》重见于王维集与卢照邻集中;王集诸本俱录此诗,《文苑英华》亦作王维诗;卢照邻《幽忧子集》未收此诗。当以王维诗为是。此诗中的"比部杨员外"与《同比部杨员外十五夜游有怀静者季》中者应是同一人。所作时间比上首略晚,姑系于天宝八年(749)。琴台,在单父(故城在今山东单县),相传为孔子弟子宓不齐(字子贱)弹琴之所。高适曾作《宓公琴台诗三首》,其序曰:"甲申岁(744),适登子贱琴台,赋诗三首。"王维此诗叙写在杨员外栖隐之处的所见所感。

【注释】

①桃源:即桃花源。"源"下,底本、《全唐诗》均注:"一作花。"迷汉姓:《桃花源记》:"乃不知有汉,无论魏晋。"

②"松树"句:《史记·秦始皇本纪》:"(始皇)遂上泰山,立石,封,祠祀;下,风雨暴至,休于树下,因封其树为五大夫。"后因以"五大夫"为松之别称。

【汇评】

[清]吴修坞《唐诗续评》:"'松径有秦官',用古极化。'羡君栖隐处',酬意作结。"又,"首联写杨栖隐之事,中二联栖隐之处,结点醒之。酬诗与和诗不同,和诗必见和意,酬诗不必也,但必要似答其人口气,如'羡君'云云。"

[清]卢麰《闻鹤轩初盛唐近体读本》:"三、四工而婉。第六尤警,作对更如不意。"

酬诸公见过

嗟余未丧①，哀此孤生。屏居蓝田②，薄地躬耕。岁晏输税，以奉粢盛③。晨往东皋，草露未晞④。暮看烟火，负担来归。我闻有客，足扫荆扉⑤。箪食伊何？副瓜抓枣。仰厕群贤，皤然一老。愧无莞簟⑥，班荆席藁⑦。泛泛登陂，折彼荷花。静观素鲔⑧，俯映白沙。山鸟群飞，日隐轻霞。登车上马，倏忽雨散⑨。雀噪荒村，鸡鸣空馆。还复幽独，重欷累叹⑩！

【题解】

依陈《谱》，王维于天宝九年(750)正月丁母忧，离朝屏居辋川。此诗作于这期间。题下原注曰："时官出，在辋川庄。""时"上，宋蜀本、元刻本多"四言"二字；官出，指离职，宋蜀本、《全唐诗》作"官未出"。诗人于辋川守丧，友人来访，以诗赠答。

【注释】

①余：《全唐诗》作"予"。

②屏居：隐居。《史记·魏其武安侯列传》："魏其谢病，屏居蓝田南山之下数月，诸宾客辩士说之，莫能来。"

③粢盛：指盛在祭器内供祭祀用的谷物。《公羊传·桓公十四年》何休注："黍稷曰粢，在器曰盛。"

④"草露"句：《诗·秦风·蒹葭》："白露未晞。"毛苌传："晞，干也。"

⑤足：遍。荆扉：柴门。晋陶潜《归园田居》诗之二："白日掩荆扉，虚室绝尘想。"

⑥莞簟：蒲席与竹席。《诗·小雅·斯干》："下莞上簟，乃安斯寝。"郑玄笺："莞，小蒲之席也。竹苇曰簟。"

⑦班荆：朋友相遇，共坐谈心。《左传》"襄公二十六年"杜预注："班，布也。布荆坐地，共议归楚事。朋友世亲。"

⑧静：原作"净"，据《全唐诗》改。鲔：鲟鱼。

⑨雨散：喻离散。谢朓《和刘中书》："山川隔旧赏，朋僚多雨散。"雨，《全唐诗》作"云"，又注："一作雨"。

⑩欷：抽泣。

【汇评】

《唐诗归》卷八："钟云：'韵高气厚。'"又："谭云：'四言诗字字欲学《三百篇》，便远于《三百篇》矣。右丞以自己性情留之，味长而气永，使人益厌刘琨、陆机诸人之拙。'"

[清]张谦宜《茧斋诗谈》卷五："《酬诸公见过》，只是一篇雅词，尚未到汉魏境界，《雅》《颂》又无论矣。向后人作四言体，却只宗此派。"

秋夜独坐怀内弟崔兴宗

夜静群动息，螅蛄声悠悠①。庭槐北风响，日夕方高秋。思子整羽翮②，及时当云浮。吾生将白首，岁晏思沧洲③。高足在旦暮④，肯为南亩俦⑤。

【题解】

本诗曰："高足在旦暮，肯为南亩俦。"可见，崔兴宗尚在隐居中。兴宗于天宝十一年（752）结束隐居生活，出任右补阙。本诗疑作于天宝十载（751），其特色在于通过描摹自然界的声响来渲染秋夜的凄清气氛。

【注释】

①螅蛄：《庄子·逍遥游》："螅蛄不知春秋。"《释文》："司马云：螅蛄，寒蝉也，一名蟪蛄，春生夏死，夏生秋死。"

②翮：鸟翎的茎；宋蜀本、《全唐诗》作"翰"。

③岁晏:暮年。《楚辞·九歌·山鬼》:"留灵修兮憺忘归,岁既晏兮孰华予。"沧洲:谓隐者所居之地。陆云《泰伯碑》:"沧洲遁迹,箕山辞位。"

④高足:骏马。《古诗十九首·今日良宴会》:"何不策高足,先据要路津。"

⑤肯:犹岂。俦:伴侣。

赠刘蓝田

篱中犬迎吠①,出屋候柴扉②。岁晏输井税③,山村人夜归。晚田始家食④,余布成我衣⑤。讵肯无公事,烦君问是非。

【题解】

赵殿成注曰:"此诗亦载卢象集中。"王安石《唐百家诗选》卷一作卢象诗,《全唐诗》重见于王维集与卢象诗补遗。诸本王集俱录此诗,《河岳英灵集》与《唐文粹》也以此诗为王所作,当从。从本诗内容来看,当作于居住辋川别业期间,姑系于天宝十载(751)。此诗是写给蓝田县令刘某的,诗人拟农家口吻将村人心声委婉道出,颇具温柔敦厚之风雅传统。明人顾可久说:"急征繁苦之意,见于言外。"诚哉是言!

【注释】

①中,《全唐诗》作"间",又注:"一作中"。

②柴,《全唐诗》作"荆",又注:"一作柴"。

③输:交纳。井税:指田税。

④晚田:《六部成语·户部》:"晚田,晚稻之田也。"指秋季作物。

⑤余布:指纳调后剩下的布。

【汇评】

《唐诗归》卷八:"('余布'句下)钟云:'厚甚。为此一句不入律内,然盛唐人不拘。'"

[清]屈复《唐诗成法》:"气味淳正,笔法疏落,从陶诗中涵咏深者。"

［清］范大士《历代诗发》："着笔全不尤人。"

［清］黄培芳《唐贤三昧集笺注》："前六句极写村人之淳朴安乐,所以美其政也。今人美县令诗,谁及此之大雅而深至者?末二句言岂必无公事,烦君一问是非,正见公事之稀也,立言之超妙无匹乃尔!"

敕赐百官樱桃

　　芙蓉阙下会千官①,紫禁朱樱出上兰②。才是寝园春荐后③,非关御苑鸟衔残④。归鞍竞带青丝笼⑤,中使频倾赤玉盘⑥。饱食不须愁内热⑦,大官还有蔗浆寒⑧。

【题解】

　　题下原注曰:"时为文部郎中。"张《谱》:天宝十一年(752)二月底三月初,服阕,由辋川回朝,拜吏部郎中;三月二十八日,吏部改文部,继续任文部郎中。四月一日参加玄宗敕赐百官樱桃的盛会,写下此诗。本诗描绘皇上敕赐百官樱桃场景,借以歌颂君恩隆厚,小处落笔,意旨深远。

【注释】

　　①芙蓉阙:宫门前之阙,状如芙蓉。

　　②紫禁:谢庄《宋孝武宣贵妃诔》:"收华紫禁。"李善注:"王者之宫以象紫微,故谓宫中为紫禁。"上兰:汉宫观名,在上林园中。

　　③寝园:先帝陵园。春荐:《礼记·月令》:"仲夏之月……天子乃以雏尝黍,羞以含桃,先荐寝庙。"荐,祭献之意。

　　④鸟衔:《吕氏春秋·仲夏》:"羞以含桃。"高诱注:"羞进含桃。樱桃,莺鸟所含食,故言含桃。"

　　⑤青丝笼:《陌上桑》:"青丝为笼系。"此指盛樱桃的篮子。

　　⑥中使:太监。赤玉盘:《太平御览》卷九六九引《拾遗录》曰:"汉明帝于月夜宴赐群臣樱桃,盛以赤瑛盘,群臣视之月下,以为空盘,帝笑之。"

　　⑦内热:《政和证类本草》:"《衍义》曰:樱桃,小儿食之过多,无不作热,

此果在三月末四月初间熟,得正阳之气,先诸果熟,性故热。"

⑧大官:又称太官,掌百官膳食。

【汇评】

[宋]胡仔《苕溪渔隐丛话》后集卷九:"摩诘诗:'归鞍竞带青丝笼,中使频倾赤玉盘。'退之诗:'香随翠笼擎初重,色映银盘泻未停。'二诗语意相似。摩诘诗浑成,胜退之诗。"

[明]李攀龙《唐诗直解》:"典而致,在三、四句尤见本事。"

[明]唐汝询《唐诗解》:"五六对偶工,用事妥。另生议论作结,亦是巧思。"

[明]王夫之《姜斋诗话》卷二:"咏物诗,齐、梁始多有之。其标格高下,犹画之有匠作,有士气。征故实,写色泽,广比譬,虽极镂绘之工,皆匠气也。又其卑者,饾凑成篇,谜也,非诗也。……至盛唐以后,始有即物达情之作。'自是寝园春荐后,非关御苑鸟衔残',贴切樱桃,而句皆有意,所谓正在阿堵中也。"

[清]张谦宜《茧斋诗谈》卷五:"《敕赐百官樱桃》描写君恩之厚,得《三百篇》遗意。三四言其新,五六言其多,七八用补笔跳结,意更足,法更妙,笔更圆活。"

[清]沈德潜《唐诗别裁集》卷十三:"起句敕赐之由,三四见敬礼臣下,结见君恩无已。词气雍和,浅深合度,与少陵《野人送樱桃》诗,均为三唐绝唱。"

[清]薛雪《一瓢诗话》:"如《敕赐百官樱桃》,当时赋诗纪恩者不一,独摩诘三、四两句,人所忽而不言者,而独言之。是天理人心之砥柱,不是他人一味铺张盛事夸耀君恩而已。"

[清]方东树《昭昧詹言》卷十六:"《敕赐百官樱桃》,起亦是盐题之脑。三四在赐之前,补二句,意思圆足。五六赐字正位。收题后补义。格律详整明密。"

[清]管世铭《读雪山房唐诗序例》:"凡律诗最重起结,七言尤然。落句以语尽意不尽为贵。如王维'饱食不须愁内热,太官还有蔗浆寒',皆足为一代楷式。"

[清]恒仁《月山诗话》："王维之《敕赐百官樱桃》、岑参之《早朝大明宫》，李白之《登金陵凤凰台》，不独可为唐律压卷，即在本集此体中，亦无第二首也。"

　　[清]黄生《唐诗摘抄》："结处将无作有，更进一层，妙！"

　　[清]徐增《而庵说唐诗》卷十六："（末句）极小事到右丞手便见如许之大，人岂可无手笔！"

　　[清]金人瑞《贯华堂选批唐才子诗》："敕赐樱桃诗，妙在第一句全不提起樱桃，只奋大笔先书曰'芙蓉阙下会千官'。盖阙下会千官，即会朝至尊也。朝廷之事，必有大者，而此樱桃不过一日偶然宣赐之微物，此谓笔所争甚微，而立言所关甚大也。三、四两使樱桃事，妙在写出一片敬爱之盛，正不徒以精切为能也。五写先受赐者，六写后受赐者，不谓连百官之百字，先生妙笔，直有本事都写出来，读之分明立在门左右，亲看其纷纷续续而去也。末又意外再写君恩无穷，又如逐员宜谕之也。"

　　[清]俞陛云《诗境浅说》："咏樱桃者，以摩诘及少陵《野人赠朱樱》诗为最。王诗注重承赐，处处皆纪恩泽之隆。杜诗注重又见樱桃，处处皆见怀旧之切。"

和王维《敕赐百官樱桃》

崔兴宗

　　未央朝谒正逶迤，天上樱桃锡此时。朱实初传九华殿，繁花旧杂万年枝。全胜晏子江南橘，莫比潘家大谷梨。闻道令人好颜色，神农本草自应知。

同崔员外秋宵寓直

　　建礼高秋夜^①，承明候晓过^②。九门寒漏彻^③，万井曙钟

多^④。月迥藏珠斗^⑤，云消出绛河^⑥。更惭衰朽质，南陌共鸣珂^⑦。

【题解】

张《谱》系此诗于天宝十一年(752)秋。崔员外，即崔圆，时任司勋员外郎。《旧唐书·崔圆传》："崔圆，清河东武城(今河北清河东北)人。开元中，以铨谋射策甲科，授执戟。后为会昌丞。累迁司勋员外郎。"寓直，即值宿。这首诗为诗人同崔圆在尚书省值宿，早上下班时有感而作。五、六两句采用倒叙手法，写景自然浑成，体现出诗人平淡而有气韵的创作风格。

【注释】

①建礼：见《同比部杨员外十五夜游有怀静者季》注②。

②承明：汉未央宫内殿名，殿旁有承明庐，为汉代侍从之臣值夜之所。此处借指唐皇宫之门。

③九门：《礼记·月令》郑玄注："天子九门者，路门也，应门也，雉门也，库门也，皋门也，城门也，近郊门也，远郊门也，关门也。"此泛指皇宫之门。漏：铜壶滴漏，古代计时器。

④万井：《汉书·刑法志》："地方一里为井……一同百里，提封万井。"引申为千家万户。

⑤藏珠斗：指北斗隐没。

⑥绛河：即银河。杜审言《七夕》："白露含明月，青霞断绛河。"

⑦陌：《广雅·释室》："陌，道也。"珂：马勒上的饰物，马行时作声，故曰"鸣珂"。

【汇评】

［明］许学夷《诗源辩体》卷十六："九门寒漏彻……云消出绛河。浑圆活泼，而气象风格自在。"又："摩诘五言律，如'建礼高秋夜'，一气浑成者也。"

［明］胡应麟《诗薮》内编卷四："王维《岐山应教》、《秋宵寓直》、《观猎》俱盛唐绝作，视初唐格调如一，而神韵超玄，气概闳逸，时或过之。"

《瀛奎律髓汇评》卷二：何焯曰："清华。"纪昀曰："了无深意，而气体自然高洁。又曰:'藏'字、'出'字,炼得自然,不似晚唐、宋人之尖巧。"

[清]屈复《唐诗成法》:"建礼秋夜,承以'漏彻'、'曙钟',似不写夜景矣,直到五、六方转笔写夜景,此倒叙法,唐人多有。'更惭'接上,简妙,言同值已惭矣,'更'字'共'字相呼应。"

[清]李因培《唐诗观澜集》:"('万井'句下)自然好!('月迥'二句下)清华秀丽,十字画出禁中秋宵。"

[清]黄生《唐诗矩》:"尾联见意格。味结语便知崔在壮年,立朝可以有为,今已方衰朽,展效无力,能不怀惭。无限语意只以'惭'字见出,盛唐人笔力不可及者以此。右丞诗分艳、淡二种,艳在初年,淡归晚年,所谓'绚烂之极,乃造平淡'者也。"

送陆员外

郎署有伊人①,居然古人风。天子顾河北②,诏书隶征东③。拜手辞上官④,缓步出南宫⑤。九河平原外⑥,七国蓟门中⑦。阴风悲枯桑,古塞多飞蓬。万里不见虏,萧条胡地空。无为费中国,更欲邀奇功⑧。迟迟前相送⑨,握手嗟异同⑩。行当封侯归,肯访南山翁⑪。

【题解】

据张《谱》,此诗作于天宝十一年(752)。《资治通鉴》卷二一六:"玄宗天宝十一载三月,安禄山发蕃、汉步骑二十万击契丹。"此事与诗中所写内容相合。先点出陆员外将奉命远赴燕、蓟一带为官,接着描写边地萧条荒凉景象,继而指出国家这样耗费人力、物力去征边毫无意义,最后表达对友人前途的美好祝愿。

【注释】

①郎署:汉唐时宿卫侍从官的公署。伊人:《诗·秦风·蒹葭》:"所谓

伊人,在水一方。"郑玄笺:"伊当作繄。繄犹是也。"

②顾:顾念。河北:河北道名。

③隶,宋蜀本、《全唐诗》等俱作"除"。《全唐诗》又注:"一作隶。"征东:赵殿成认为是"安东"之讹,陈铁民认为指幽州节度使。陈为是。

④拜手:跪拜礼的一种。《尚书·太甲中》:"伊尹拜手稽首。"孔安国传:"拜手,首至手。"

⑤南宫:指尚书省。

⑥九河:《尚书·禹贡》:"济、河惟兖州。九河既道(导)。"孔安国传:"河水分为九道,在此州界平原以北是。"平原,郡名,治所在今山东平原西南。

⑦七国:指幽州,治所在蓟县。《晋书·地理志》:"幽州统郡国七,县三十四,户五万九千二十。"蓟门:亦曰蓟丘,明蒋一葵《长安客话·古蓟门》:"京师古蓟地,以蓟草多得名。……今都城德胜门外有土城关,相传是古蓟门遗址,亦曰蓟邱。"

⑧邀奇功:《汉书·段会宗传》载:"会宗为人,好大节,矜功名,与谷永相友善,谷永闵其老复远出,予书戒曰:'……方今汉德隆盛,远人宾服,傅、郑、甘、陈之功,没齿不可复见,愿吾子因循旧贯,毋求奇功。'"

⑨迟迟:缓行貌。《诗经·邶风·谷风》:"行道迟迟,中心有违。"毛传:"迟迟,舒行貌。"

⑩嗟异同:嗟叹持论不同于人。"嗟",宋蜀本作"诘"。

⑪行:且。南山,宋蜀本、《全唐诗》作"商山"。

送徐郎中

东郊春草色,驱马去悠悠。况复乡山外,猿啼湘水流。岛夷传露版①,江馆候鸣驺②。卉服为诸吏,珠官拜本州③。孤莺吟远墅,野杏发山邮④。早晚方归奏,南中绝忌秋⑤。

徐郎中，即徐浩。《新唐书·徐浩传》："徐浩字季海，越州人。……迁累都官郎中，为岭南选补使，又领东都选。"据张式《徐公神道碑铭》，徐浩任岭南"选补使"期间，成绩卓著，颂声四起，五岭百越请为之建旌德碑，"都督张九皋为之飞章"。张九皋为南海郡都督的时间是在天宝十至十二载（见郁贤皓《唐刺史考》卷二五七），徐浩赴岭南任"选补使"的时间也应在这期间，王维本诗的写作时间当然也在这期间。"徐"，宋蜀本、《全唐诗》作"祢"。

【注释】

①岛夷：见《送从弟蕃游淮南》注③。露版：亦称露板，指奏章、文书等，因其不缄封故称。

②鸣驺：古代随从显贵出行并传呼喝道的骑卒，有时借指显贵。此处指徐郎中的车骑。

③卉服：见《送从弟蕃游淮南》注⑥，此处借指穿着葛布的岛上居民。珠官：管采珠之官。拜：拜官。这两句是说，在土著居民中铨选官吏。

④邮：驿。

⑤南中：泛指南方。"绝"，宋蜀本、全唐诗作"才"。《玉篇》："绝，最也。"忌：《说文》："忌，憎恶也。"此谓徐郎中不久就将平安回朝。

送李睢阳

将置酒，思悲翁①；使君去，出城东。麦渐渐②，雉子斑③；槐阴阴，到潼关。骑连连，车迟迟，心中悲。宋又远④，周间之⑤；南淮夷⑥，东齐儿⑦。碎碎织练与素丝，游人贾客信难持。五谷前熟方可为，下车闭合君当思⑧。天子当殿俨衣裳，太官尚食陈羽觞⑨，彤庭散绶垂鸣珰⑩。黄纸诏书出东厢⑪，轻纨叠绮烂生光⑫。宗室子弟君最贤，分忧当为百辟先⑬。布衣一言相为死,何况圣主恩如天!鸾声哕哕鲁侯旗⑭,明年上计朝京师⑮。须忆今日斗酒别⑯,慎勿富贵忘我为!

【题解】

依陈《谱》,此诗作于天宝十二年夏(753)。李睢阳,即李峘,信安王祎长子。《旧唐书·李峘传》:"杨国忠秉政,郎官不附己者悉出于外,峘自考功郎中出为睢阳太守。"睢阳,即宋州,天宝元年改名睢阳郡,乾元元年复旧,治所在今河南商丘市南。本诗为送别李峘出任睢阳太守而作。全诗在时间结构上分为当下、展望、回想、再展望,最后回到当下。体例仿乐府歌行而有创新。

【注释】

①思悲翁:汉铙歌有《思悲翁》,此处借指对李峘的思念。

②渐渐:《史记·宋微子世家》索隐:"渐渐,麦芒之状。"

③雉子:小野鸡。斑:指毛色斑斓好看。汉铙歌《雉子斑》:"雉子,斑如此!之于雉梁。"

④宋:指睢阳。春秋时睢阳为宋地。

⑤周:指东周旧地,在今河南洛阳一带。间:隔。

⑥淮夷:古代居于淮河流域的少数民族。《尚书·费誓》:"徂兹淮夷,徐戎并兴。"

⑦东齐:睢阳之东为古齐地,故云。

⑧"下车"句:王维《上党苗公德政碑》云:"凡邦伯到官,诏使按部,或闭合思政,或下车作威。"下车:到任。

⑨尚食:唐殿中省有尚食局,设奉御二人,掌供皇帝膳食。羽觞:酒器,作雀鸟形。

⑩彤庭:皇宫。参见《奉和圣制天长节赐宰臣歌应制》注④。绶:绶带。珰:珠。系珰于绶下,行走时作声,故曰"鸣珰"。

⑪黄纸诏书:《三国志·魏书·刘放传》:"帝纳其言,即以黄纸授放作诏。"

⑫纨:《说文通训定声》:"纨,谓白致缯,今之细生绢也。"绮:《说文》:

"绮,文缯也。"

⑬百辟:《诗·大雅·假乐》:"百辟卿士,媚于天子。"原指诸侯,后泛指公卿大臣。

⑭哕哕(huì):有节奏的车铃声。《诗经·鲁颂·泮水》:"其旂茷茷,鸾声哕哕。"

⑮上计:即汉时之上计使,在唐称朝集使。《周礼·天官·小宰》唐贾公彦疏:"汉之朝集使,谓之上计吏,谓上一年计会文书及功状也。"

⑯斗:大饮酒器。《诗经·大雅·行苇》:"酌以大斗。"

【汇评】

[明]顾可久曰:"雅丽有藻思。"

《唐诗归》卷八:"钟云:字字是乐府妙语,又不当作歌行体看之。"

送魏郡李太守赴任

与君伯氏别,又欲与君离。君行无几日,当复隔山陂①。苍茫秦川尽②,日落桃林塞③。独树临关门④,黄河向天外。前经洛阳陌,宛洛故人稀⑤。故人离别尽,淇上转骖骓⑥。企予悲送远⑦,惆怅睢阳路。古木官渡平⑧,秋城邺宫故⑨。想君行县日⑩,其出从如云。遥思魏公子,复忆李将军⑪。

【题解】

此诗作于天宝十二年(753)秋。为送别李岘赴任魏郡太守而作,时离送别其兄李峘出任睢阳太守不久,因此前两句说:"与君伯氏别,又欲与君离。"伯氏,即长兄。信安王祎有三子,峘、峄、岘,峘居长。《旧唐书·地理志》:"河北道魏州,天宝元年改为魏郡。"魏郡治所在贵乡(今河北大名县北)。

【注释】

①山陂:山河。《古诗十九首·冉冉孤生竹》:"千里远结婚,悠悠隔

山陂。"

②秦川:泛指今陕西、甘肃秦岭以北平原地带,因春秋、战国时地属秦国而得名。

③桃林塞:《左传·文公十三年》杜预注:"桃林在宏农华阴县东潼关。"大致相当于今河南灵宝以西、陕西潼关以东地区。

④关:指潼关。

⑤洛:原误作"路",据宋蜀本、《全唐诗》改。宛洛:谢朓《和徐都曹出新亭渚》:"宛洛佳遨游,春色满皇州。"张铣注:"宛,南阳。洛,洛阳。"

⑥淇上:淇河之滨。骖(cān)騑(fēi):孔颖达《礼记》疏云:"车有一辕,而四马驾之,中央两马夹辕者名服马,两边名騑马,亦曰骖马。"

⑦企予:踮起脚尖。予,助词,相当于"而"。曹丕《秋胡行》:"企予望之,步立踌躇。"

⑧官渡:在今河南中牟东北。东汉建安五年,曹操于此歼灭袁绍主力,曹丕植柳以示纪念,还于十五年后作《柳赋》。古木,或即指此。

⑨邺宫:邺京宫殿。陆云《登台赋》序:"永宁中,参大府之佐于邺都,以时事巡行邺宫三台。"

⑩行县:郡守巡视所辖之县。

⑪魏公子:赵殿成认为指魏文帝,陈铁民认为也可能指魏公子元。李将军:指"破虏将军"李典。赵殿成解释这两句说:"末一联是谓其行县之时,或思魏公子之风流,或忆李将军之功烈,盖览故迹遗墟而感怀凭吊之意,皆用魏郡事实也。"

【汇评】

[清]黄培芳《唐贤三昧集笺注》:"右丞此派,实继《三百篇》而别成一格,与汉魏又自不同。('君行'二句)语浅味深。"

同崔兴宗送瑗公

衡岳瑗上人者①,常学道于五峰②,荫松栖云,与狼虎杂处,得无所得矣③。天宝癸巳岁,始游于长安。手提瓶笠④,至自万里;宴居吐论⑤,缁属高之⑥。初,给事中房公谪居宜春⑦,与上人风土相接,因为道友,伏腊往来⑧。房公既海内盛名,上人亦以此增价。秋九月,杖锡南返⑨,扣门来别。秦地草木,槭然已黄⑩;苍梧白云⑪,不日而见。滇阳有曹溪学者⑫,为我谢之。

言从石菌阁⑬,新下穆陵关⑭。独向池阳去⑮,白云留故山。绽衣秋日里⑯,洗钵古松间。一施传心法⑰,惟将戒定还⑱。

【题解】

诗题,《全唐诗》作《同崔兴宗送衡岳瑗公南归》。瑗公,禅宗南宗僧人,住锡南岳衡山。据序文,天宝十二年(753)九月,瑗公游历长安后将回衡山,王维与内弟崔兴宗以诗相送。全诗分为两部分:前四句写来长安,后四句写离长安。由于所送为出家人,因此缺少一般送别诗所特有的感伤情绪。

【注释】

①上人:《释氏要览》:"瓶沙王呼佛弟子为上人。古师云:内有智慧,外有胜行,在人之上,名上人。"

②常:《全唐诗》作"尝"。五峰:指衡山。《方舆胜览》:"衡山七十二峰,最大者五:祝融、紫盖、云密、石廪、天柱,而祝融为最高。"

③无所得:佛家语,即空慧,谓体无相之真理而心中无所执着、无所分别的智慧。《涅槃经》十七曰:"无所得者,则名为慧。有所得者,名为无明。"

④瓶:即净瓶,为比丘常随身携带十八物之一。《释氏要览》卷中:"净瓶,梵语军持,此云瓶,常贮水,随身用以净手。"笠:斗笠,在佛教律典中分竹盖与叶盖二种。

⑤宴居:闲居。宴通"燕"。《正字通》:"宴,闲也。"

⑥缁属:僧众。僧服缁衣故称缁属、缁徒。

⑦"给事"句:《旧唐书·房管传》:"(天宝)五年正月,(房管)擢试给事中。……坐与李适之、韦坚等善,贬宜春太守。"给事中:唐官名,正五品上,掌陪侍左右,分判省事。宜春,即袁州,在今江西宜春。

⑧伏腊:古时夏天的伏日、冬天的腊日,皆行祭祀之礼,故称"伏腊"。

⑨杖锡:手持锡杖。锡杖为僧人的一种法器。《翻译名义集》:"锡杖,由振时作锡锡声也,亦名声杖。"

⑩槭:凋谢貌。潘岳《秋兴赋》:"庭树槭以洒落兮,劲风戾而吹帷。"

⑪苍梧:山名,即九嶷山,在今湖南宁远县南,多云。

⑫滇阳:县名,始置于汉,唐时属广州,在今广东英德市东。曹溪:水名,位于广东韶关市曲江区东南。南宗禅创始人慧能尝于曹溪宝林寺说法,故其禅被称为"曹溪禅",其门人被称为"曹溪学者"。

⑬石菌:即石囷,又名石廪,衡山七十二峰之一。石菌阁,借指瑗公在衡山的住处。

⑭穆陵关:一作木陵关,故址在今湖北麻城市西北。

⑮池阳:汉时县名,唐时曰泾阳,在今陕西泾阳西北。

⑯绽:缝补。《正字通》:"缝补其裂,亦曰绽。"

⑰传心法:南宗禅不立文字、以心传心之法。慧能《六祖坛经·行由品》:"法则以心传心,皆令自悟自解。"

⑱戒:为出家和在家信徒制定的戒规。戒有多种,其中"五戒"(不杀生、不偷盗、不邪淫、不妄语、不饮酒)为最基本的戒条。定:即禅定,音译作"三昧"或"三摩地",是心专注一境而不散乱的精神状态。

同　咏

崔兴宗

行苦神亦秀,泠然溪上松。铜瓶与竹杖,来自祝融峰。
常愿入灵岳,藏经访遗踪。南归见长老,且为说心胸。

送秘书晁监还日本国

积水不可极①，安知沧海东。九州何处远②，万里若乘空？向国惟看日，归帆但信风③。鳌身映天黑④，鱼眼射波红。乡树扶桑外⑤，主人孤岛中。别离方异域，音信若为通？

【题解】

据陈《谱》，此诗作于天宝十二年(753)。是年秋，晁衡还日本，王维作诗赠行。晁衡，日名阿倍仲麻吕，两《唐书》作仲满。开元五年三月，随使团来唐留学，后应举入仕，改名晁衡。曾任左拾遗、左补阙、司马、秘书监兼卫尉卿等职。《旧唐书·职官志》："秘书监一员，从三品；少监二员，从四品上。秘书监之职，掌邦国经籍图书之事。少监为之贰。"诗题，宋蜀本无"秘书"二字。本篇序与诗，诸本多不相系属，分载于王维文集与诗集之中，唯底本、《全唐诗》将两者合为一篇。本书不录序文。

【注释】

①积水：指海。《荀子·儒效》："积土而为山，积水而为海。"

②九州：《史记·驺衍传》："中国外，如赤县神州者九，乃所谓九州也。"

③帆，底本、《全唐诗》注曰："一作途"。

④天，宋蜀本作"晚"。鱼，底本、《全唐诗》注曰："一作蜃"。

⑤扶桑：日出之所，后为东方国名，又为日本代称。《梁书·东夷传》："扶桑在大汉国东二万余里，地在中国之东，其土多扶桑木，故以为名。"

【汇评】

[明]顾璘云："送日本无过之者。"

[明]胡震亨《唐音癸签》卷十一："王维'积水不可极，安知沧海东'，亦可谓工于发端矣。"

[明]胡应麟《诗薮》内篇卷四："排律，摩诘《玉霄公主山庄》、《送晁监》、

《感化寺》、《悟真寺》,皆一代大手笔,正法眼,学者朝夕把玩可也。"

《唐诗归》卷九:"谭云:'韵诗难得如此浑成,常宜诵之。'〇钟云:'亦复壮幻。'"

[清]沈德潜《唐诗别裁集》卷十七:"姚合《极玄集》以此诗压卷。"

[清]黄培芳《唐贤三昧集笺注》:"顾云:正大雄浑。"

[清]徐增《而庵说唐诗》卷二一:"总写不忍相别之情,可谓淋漓尽致矣。"

[清]卢麰《闻鹤轩初盛唐近体读本》:"鳌身二句奇横,不堕险怪,作俑长吉,故为盛音。"

[清]姚鼐《近体诗抄》:"奇警称题。"

[清]王寿昌《小清华园诗谈》卷下:"王右丞之'鳌身映天黑,鱼眼射波红'……一韵之响,遂能振起百倍精神。"

西施咏

艳色天下重,西施宁久微①?朝为越溪女②,暮作吴宫妃。贱日岂殊众?贵来方悟稀。邀人傅脂粉③,不自着罗衣。君宠益骄态④,君怜无是非。当时浣纱伴⑤,莫得同车归。持谢邻家子,效颦安可希⑥?

【题解】

此诗载于《河岳英灵集》,题中之"咏"作"篇"。由于《河岳英灵集》选诗的下限为天宝十二载,因此王维此诗当作于天宝十二年之前。西施,春秋时越国美女。此诗采用比兴寄托的表现手法,于深婉含蓄的诗句中寄托对世态炎凉的讥讽,笔调冲和,托意深远。

【注释】

①宁:《全唐诗》注:"一作又"。微:卑贱。

②为,《全唐诗》作"仍",又注:"一作为"。越溪:浣纱溪。

③邀:召唤。脂,全唐诗作"香",又注:"一作脂"。

④骄态:宋蜀本作"娇恣",元刻本、《全唐诗》作"娇态"。

⑤浣纱:相传西施贫贱时,常在若耶溪边浣纱。

⑥效颦:《庄子·天运》:"西施病心而矉其里,其里之丑人,见而美之,归亦捧心而矉其里。其里之富人见之,坚闭门而不出;贫人见之,挈妻子而去之走。"

【汇评】

[宋]刘辰翁:"('贱日'二句)语有讽味,似浅似深,妙。"

[明]王夫之《唐诗评选》卷二:"讽刺亦褊,其转折浑成,犹有元韵。"

《唐诗归》卷八:"钟惺曰:情艳诗,到极深细、极委曲处,非幽静人原不能理会,此右丞所以妙于情诗也。彼专以禅寂闲居求右丞幽静者,真浅且浮矣。('君怜'句下)宫怨妙语。('莫得'句下)说得荣衰变态,咄咄逼人。"

[清]黄周星《唐诗快》卷四:"既有'君怜无是非',便有君憎无是非矣,语有意外之痛。"

[清]赵殿成曰:"'贱日岂殊众'二言,古今亟称佳句,然愚意以为不及'君宠益骄态'二言为尤工。四言之义,俱属慨词,然出之以冲和之笔,遂不觉飒飒乎为入耳之音,诚有合于风人之旨也哉!"

[清]陈沆《诗比兴笺》:"《西施篇》之'贱日岂殊众'六句,当是为李林甫、杨国忠、韦坚、王铁辈而作。"

晚春闺思

新妆可怜色,落日卷罗帷。炉气清珍簟①,墙阴上玉墀②。春虫飞网户③,暮雀隐花枝。向晚多愁思,闲窗桃李时。

【题解】

此诗载于《河岳英灵集》,写作时间在天宝十二年前。诗题,《河岳英灵集》作《春闺》,《全唐诗》作《晚春归思》。本诗通过对暮春时节景物及闺中日常物品的点染勾画,从侧面烘托独处女子的寂寞与哀愁。语言清新雅致,情味绵柔悠长。

【注释】

①珍簟:精美的竹席。谢朓《在郡卧病呈沈尚书》:"珍簟清夏室,轻扇动凉飔。"

②玉墀:铺砌玉石的台阶。

③网户:门扉上的如网方格。《楚辞·招魂》:"网户朱缀,刻方连些。"

【汇评】

[明]许学夷《诗源辩体》卷十六:"摩诘五言律风体不一,'楚塞三湘接'既甚雄浑,'新妆可怜色'则又娇嫩。"

[清]王闿运《湘绮楼论唐诗》:"刘希夷学简文,而超逸绝伦,居然青出。王维继之以烟霞,唐诗之逸,遂成芳秀。"

送缙云苗太守

手疏谢明王①,腰章为长吏②。方从会稽邸③,更发汝南骑④。按节下松阳⑤,清江响铙吹。露冕见三吴⑥,方知百城贵⑦。

【题解】

本诗为送别苗太守前往缙云赴任而作。缙云,唐郡名,治所在今浙江丽水县西。《旧唐书·地理志》:"处州,隋永嘉郡。武德四年,平李子通,置括州。……天宝元年,改为缙云郡。乾元元年,复为括州。"由诗题"缙云",可知本诗作于天宝年间。苗太守即苗奉倩,天宝五载至十二载任缙云太守(郁贤浩《唐刺史考》)。本诗即作于这期间,姑系于天宝十二载(753)。首联写辞君,颔联写赴任,颈联写欢迎,尾联寓勉励。"会稽邸"、"汝南骑"、"露冕"、"百城"等典故,雍容大气,典而不诬。

【注释】

①手疏：亲自写奏疏。王，《全唐诗》作"主"。

②腰章：佩印章于腰间。

③会稽邸：《汉书·朱买臣传》：买臣免官，待诏京师，寄居会稽郡邸。及拜为会稽太守，"买臣衣故衣，怀其印绶，步归郡邸。……有顷，长安厩吏乘驷马车来迎，买臣遂乘传（驿车）去。"邸为诸王和郡守为朝见而在京师设置的住所。邸，宋蜀本作"郊"，《全唐诗》注："一作郊"。

④汝南骑：天子所赐车骑。《北堂书钞》卷七四引谢承《后汉书·韩崇传》："崇迁汝南太守，诏引见，赐车马及剑、革带。"汝南，郡名。

⑤按节：骑马依节奏徐行。松阳：缙云郡属县名。

⑥露冕：参见《送封太守》注⑧。三吴：指吴郡、吴兴、会稽。

⑦百城：原指州刺史或郡太守的辖境，此处借指郡太守。

送高道弟耽归临淮作

少年客淮泗，落魄居下邳①。遨游向燕赵，结客过临淄。山东诸侯国②，迎送纷交驰。自尔厌游侠，闭户方垂帷③。深明戴家《礼》④，颇学毛公《诗》⑤。备知经济道⑥，高卧陶唐时⑦。圣主诏天下，贤人不得遗。公吏奉缥组⑧，安车去茅茨⑨。君王苍龙阙⑩，九门十二逵⑪。群公朝谒罢，冠剑下丹墀⑫。野鹤终踉跄⑬，威凤徒参差⑭。或问理人术，但致还山词。天书降北阙⑮，赐帛归东菑⑯。都门谢亲故，行路日逶迟。孤帆万里外，森漫将何之？江天海陵郡，云日淮南祠⑰。杳冥沧洲上⑱，荡潏无人知。纬萧或卖药⑲，出处安能期？

【题解】

本诗写作时间近于《送缙云苗太守》，姑系于天宝十二载（753）。题下原注曰:"座上作。"高道,《全唐诗》作"高适",非。高道、高耽,未详何人。临淮,即泗州,天宝元年改为临淮郡,乾元元年复为泗州(《旧唐书·地理志》)。本诗为送别高道的弟弟高耽辞官回临淮而作。诗围绕高耽人生经历着笔,可分为两部分。前半部分,先写少年游侠,再写闭门苦读,又写入朝为官。后半部分,先实写高耽因有高情逸志、不乐仕进而被赐帛遣还,后虚写退仕后的隐居生活。此诗也寄寓着王维自己的人生轨迹。"野鹤终踉跄,威凤徒参差",生动形象地揭示了隐士在官场的尴尬处境。

【注释】

①魄:元刻本作"拓"。下邳:临淮郡属县,治所在今江苏睢宁东北。

②山东:指崤山以东地区,即战国时秦以外的六国。

③垂帷:指闭门苦读。《梁书·王僧孺传》:"下帷无倦,升高有属。"

④戴家《礼》:西汉梁人戴德与其兄子戴圣,同随后苍学《礼》,德称大戴,圣称小戴。德删《礼记》为称八十五篇,称《大戴礼记》;圣又删为四十九篇,称《小戴礼记》(即今本《礼记》)。参见《汉书·儒林传》。

⑤毛公:汉初《诗经》学者毛苌。《汉书·儒林传》:"毛公,赵人也,治《诗》,为河间献王博士。"

⑥经济:经国济民。《文中子·礼乐》:"皆有经济之道。"

⑦陶唐时:指圣明之世。尧初封于陶,又封于唐,号陶唐氏。参见《史记·五帝本纪》。

⑧缥组:指帝王征聘贤士的贽礼。缥,浅赤色,帛三染而成之;组,丝带,古用以系佩玉。

⑨安车:坐乘之车。古车多立乘,故以坐乘为安车。《后汉书·严光传》:"(严光)少有高名,与光武同游学。及光武即位,乃变名姓,隐身不见。帝思其贤……乃备安车玄缥,遣使聘之,三反而后至。"茅茨:即茅屋。

⑩苍龙阙:《三辅黄图》谓汉未央宫有"玄武、苍龙二阙"。此处借指唐长安之宫阙。

⑪九门:见《同崔员外秋宵寓直》注③。十二逵:泛指京城的通衢大道。逵,通衢大道。

⑫丹墀:古代宫殿前漆成红色的台阶。

⑬野鹤:《晋书·嵇绍传》:"昨于稠人中始见嵇绍,昂昂然如野鹤之在鸡群。"

⑭威凤:凤之有威仪者。古典诗文中常用以比喻有才能品德之人。参差:指凤翼参差不齐。

⑮北阙:臣子等候朝见或上书奏事之处,亦用为宫禁或朝廷的别称。《汉书·高帝纪》颜师古注:"未央殿虽南向,而上书奏事、谒见之徒,皆诣北阙。"

⑯'赐帛'句:《高士传》卷中:"(韩福)以德行征至京兆,病不得进。元凤元年诏策曰:'朕愍劳福以官职之事,赐帛五十匹,遣归。'"东菑:田野,借指乡里。

⑰淮南祠:指淮神庙,在泗州临淮县古淮水南岸。南:宋蜀本作"阴"。《全唐诗》注:"一作阴"。

⑱沧洲:滨水之地。指隐居之所。

⑲纬萧:织蒿为帘。纬,编织;萧,蒿。《庄子·列御寇》:"河上有家贫恃纬萧而食者。"

送李太守赴上洛

商山包楚邓①,积翠蔼沉沉。驿路飞泉洒,关门落照深。野花开古戍,行客响空林。板屋春多雨,山城昼欲阴。丹泉通虢略②,白羽抵荆岑③。若见西山爽④,应知黄绮心⑤。

【题解】

本诗为送别李太守前往上洛郡而作。上洛,即商州,天宝元年改为上洛郡,乾元元年复为商州,治所在今陕西商洛(《旧唐书·地理志》)。由题中"上洛"可知此诗作于天宝间,与《送缙云苗太守》相去不远,姑系于天宝十二载(753)。李太守,未详何人。本诗通篇写地形,而送别寄寓其中,"驿路"、"行客"二词含蓄点题。全诗虽两次出现"泉"字,三次出现"山"字,但一点不枯淡。"野花开古戍，行客响空林"，静中有动；"板屋春多雨，山城昼欲阴"，诗中有画。"商山"与"西山"，首尾映发，流露出隐逸之味。

【注释】

①商山：见《奉和圣制御春明楼临右相园亭赋乐贤诗应制》注⑥。楚邓：唐邓州（治所在今河南邓州市），春秋时属楚地。

②丹泉：即丹水。《水经注·丹水》："丹水出上洛县西北冢岭山，东南过其县南，又东南至于丹水县入于均。"虢略：虢州境地，今河南卢氏、灵宝一带。

③白羽：古地名，在今河南西峡县。荆岑：即荆山，在今湖北省南漳县以西。

④西山爽：《世说新语·简傲》："王子猷（徽之）作桓车骑（冲）参军。桓谓王曰：'卿在府久，比当相料理。'徽之初不答，直高视，以手版柱颊云：'西山朝来，致有爽气'。"西山：即首阳山，是殷末伯夷、叔齐隐居的地方。

⑤黄绮："商山四皓"之夏黄公、绮里季，这里代指四皓。陶渊明《饮酒二十首》其六："咄咄俗中愚，且当从黄绮。"

【汇评】

［明］顾可久曰："全篇叙行色，结句着吊古意，词多老成醇雅。"

［明］王夫之《唐诗评选》附·五言排律："点染亦富，而终不杂。'驿路'二字便是入题，藏于排偶中，不复有痕。'关门落照深'，灵心警笔。山字三用。"

［明］李攀龙《唐诗选》："王遮曰：排律须庄次雄浑，警句亦不可少。如摩诘'野花开古戍，行客响空林'，语殊胜人。"

［明］周珽《唐诗选脉会通评林》："吴登之曰：'情景相适。'○周启琦曰：'板屋二语，深山景象画出。'"

［明］唐汝询《唐诗解》："通篇幽胜，几失太守。今人作此，安免行者之患。"

［清］卢龆《闻鹤轩初盛唐读本》："陈德公曰：秀琢之章，王、岑正响。三句'洒'字是大家字法。'行客'句自然隽雅。起二亦极作异。'商山''西山'首尾映发，是绾合处，不得以重犯为嫌。"

［清］张文荪《唐贤清雅集》："气局浑成，魄力自大。应转'商山'，回环

223

成章。"

[清]沈德潜《唐诗别裁集》卷十七:"(末句下)似欲讽其归意。"

[清]毛先舒《诗辩坻》卷三:"王维'商山包楚邓'篇十二句,凡十二见地形,虽全叙行色,而写送流利,不觉烦;然终是诗律未细处。"

[清]赵殿成曰:"诗中复二'泉'字,三'山'字,凡十二见地形,竟无太守意,古人不以为病。李于麟选唐诗,去取极刻,亦登此首,则诗之所尚,概可知矣。彼吹毛索垢者,必执一例以绳古人之诗,又安能得佳构于牝牡骊黄之外哉?"

送崔五太守

长安厩吏来到门①,朱文露网动行轩②。黄花县西九折坂③,玉树宫南五丈原④。褒斜谷中不容幰⑤,惟有白云当露冕⑥。子午山里杜鹃啼⑦,嘉陵水头行客饭。剑门忽断蜀川开⑧,万井双流满眼来⑨。雾中远树刀州出⑩,天际澄江巴字回⑪。使君年几三十余⑫,少年白晰专城居⑬。欲持画省郎官笔⑭,回与临邛父老书⑮。

【题解】

张《谱》系于天宝十三载(754)。崔五太守,即崔涣。《旧唐书·崔涣传》:"少以士行闻。累迁尚书司门员外郎。天宝末,杨国忠不附己者,涣出为剑州刺史。"本诗即为送别崔涣赴任蜀地太守而作。诗以行人旅途线路为顺序,串联一系列地名及当地风物,构思巧妙,对仗警拔。

【注释】

①"长安"句:《汉书·朱买臣传》:"上拜买臣会稽太守。……长安厩吏乘驷马车来迎,买臣遂乘传(驿车)去。"

②朱文:此处指车上的红色饰纹。露网:车上饰物。行轩:高贵者所乘

之车。

③黄花县:唐县名,治所在今陕西凤县东北。九折坂:位于四川荥经县西邛崃山,因其险峻回曲而得名。《汉书·王尊传》:"先是琅琊王阳为益州刺史,行部至邛崃九折阪,叹曰:'奉先人遗体,奈何数乘此险!'后以病去。及尊为刺史,至其阪,问吏曰:'此非王阳所畏道邪?'吏对曰:'是。'尊叱其驭曰:'驱之!'王阳为孝子,王尊为忠臣。"

④玉树宫:指甘泉宫,始筑于秦,扩建于汉,故址在今陕西淳化县西北甘泉山。五丈原:位于陕西岐山县。

⑤"褒斜"句:参见《送杨长史赴果州》"褒斜不容幰"注①。

⑥露冕:参见《送封太守》注⑧。

⑦子午山:即子午谷,为古时关中通汉中的一条谷道。

⑧剑门:即剑门山,在今四川剑阁县北。分大剑山、小剑山,二山对峙,下有隘路如门。蜀川:指嘉陵江。剑门山东临嘉陵江。

⑨双流:左思《蜀都赋》:"带二江之双流。"战国秦蜀郡太守李冰兴修都江堰时,在今四川灌县西北,分岷江为二支:北称郫江,又名北江;南称捡江,又名流江。

⑩雾:宋蜀本作"露"。刀州:益州之代称。《晋书·王浚传》:"浚夜梦悬三刀于卧屋梁上,须臾又益一刀,浚惊觉,意甚恶之,主簿李毅再拜贺曰:'三刀为州字,又益一者,明府其临益州乎?'……果迁浚为益州刺史。"

⑪巴字:《太平寰宇记》卷一三六引《三巴记》,谓阆、白二水,南流曲折如巴字,又称巴江。

⑫几:《全唐诗》作"纪",又注:"一作几"。

⑬"少年"句:语本汉乐府《陌上桑》:"三十侍中郎,四十专城居。为人洁白晰,鬒鬒颇有须。"《文选》张铣注:"专,擅也,谓擅一城也。谓守宰之属。"

⑭画省郎官:即尚书郎,在皇帝左右负责起草文书等政务。"笔",宋蜀本、元刻本作"草"。《全唐诗》注:"一作草"。

⑮"回与"句:用司马相如事。《汉书·司马相如传》:"相如使(蜀)时,蜀长老多言通西南夷之不为用,大臣亦以为然。相如欲谏,业已建之,不

敢,乃著书,藉蜀父老为辞,而己诘难之,以风天子,且因宣其使指(旨),令百姓皆知天子意。"

【汇评】

[明]顾璘曰:"('雾中'二句)不见斧痕。"

[明]顾可久曰:"叙景中有变换,便不堆垛。"

[清]方东树《昭昧詹言》卷十二:"'黄花县西'以下,叙一路所经由之地。学其对仗警拔。"

过崔驸马山池

画楼吹笛妓①,金椀酒家胡②。锦石称贞女③,青松学大夫④。脱貂赏桂醑⑤,射雁与山厨。闻道高阳会⑥,愚公谷正愚⑦。

【题解】

张《谱》系于天宝十三载(754)。崔驸马,即崔惠童,娶唐玄宗第十一女晋国公主。诗人过访在崔驸马家山池举行的宴会而有是作。全诗多用魏晋士人典故,寄托自己的高情远致,表达了对隐逸生活的向往。

【注释】

①画,宋蜀本作"书"。吹笛妓:《晋书·王敦传》:"恺尝置酒,敦与导俱在坐,有女伎吹笛。"

②金椀:指酒器。"椀",同"碗"。酒家胡:辛延年《羽林郎》:"依倚将军势,调笑酒家胡。"

③锦石:石之美称。贞女:《水经注》卷三十九《洭水》:"峡西岸高岩名贞女山,山下际有石如人形,高七尺,状如女子,故名贞女峡。"

④"青松"句:《史记·秦始皇本纪》:"(始皇)遂上泰山,立石,封祠祀;下,风雨暴至,休于树下,因封其树为五大夫。"后因以"五大夫"为松之别称。

⑤"脱貂"句:《晋书·阮孚传》:"(孚)迁黄门侍郎、散骑常侍。尝以金

貂换酒，复为所司弹劾，帝宥之。"醅，原作"酌"，据宋蜀本改。桂醅，亦作桂花醅，即桂花酒。沈约《郊房赋》："席布骈驹，堂流桂醅。"

⑥高阳会：《晋书·山简传》："简优游卒岁，惟酒是耽。诸习氏，荆土豪族，有佳园池，简每出嬉游，多之池上，置酒辄醉，名之曰高阳池。"

⑦愚公谷：在今山东淄博东。《水经注·淄水》："有愚公谷，齐桓公时，公隐于谷。"

故人张谔工诗善易卜兼能丹青草隶
顷以诗见赠聊获酬之

　　不逐城东游侠儿，隐囊纱帽坐弹碁①。蜀中夫子时开卦②，洛下书生解咏诗③。药栏花径衡门里④，时复据梧聊隐几⑤。屏风误点惑孙郎⑥，团扇草书轻内史⑦。故园高枕度三春，永日垂帷绝四邻。自想蔡邕今已老，更将书籍与何人⑧？

【题解】
　　张《谱》系于天宝十三载(754)。张谔，见《戏赠张五弟谔三首》。前八句咏叹张谔的诸多风雅才艺，娓娓道来，清芬袭人。后四句总束咏叹，回到自身，表达自己对张谔的相惜之情。全诗章法井然，结构有致。

【注释】
　　①隐囊：《颜氏家训·勉学》赵鸥明注："隐囊，如今之靠枕。"弹棋：即弹棋。《后汉书·梁冀传》李贤注引《艺经》曰："弹棋，两人对局，白黑棋各六枚，先列棋相当，更先弹也，其局以石为之。"

　　②蜀中夫子：指严遵，字君平。西汉隐士，精于《易》《老》《庄》。鲍照《蜀四贤咏》："君平因世闲，得还守寂寞。闭帘注《道德》，开卦述天爵。"

　　③"洛下"句：《晋书·谢安传》："安本能为洛下书生咏，有鼻疾，故其音浊，名流爱其咏而弗能及，或手掩鼻以效之。"

④药栏:指花药栏栅。庾肩吾《和竹斋》:"向岭分花径,随阶转药栏。"衡门:横木为门,喻简陋之屋。《诗·陈风·衡门》:"衡门之下,可以栖迟。"

⑤据梧:《庄子·德充符》:"倚树而吟,据槁梧而瞑。"《释文》:"崔云:据琴而睡也。"成玄英疏:"槁梧,夹膝几也。"隐几:靠着几案。《庄子·齐物论》:"南郭子綦隐机(几)而坐,仰天而嘘。"

⑥"屏风"句:张彦远《历代名画记》卷四:"曹不兴,吴兴人也。孙权使画屏风,误落笔点素,因就成蝇状,权疑其真,以手弹之。"

⑦"团扇"句:《晋书·王羲之传》载:"尝在蕺山见一老姥,持六角竹扇卖之。羲之书其扇,各为五字。姥初有愠色。因谓姥曰:'但言是王右军书,以求百钱邪。'姥如其言,人竞买之。"内史:指王羲之,曾官会稽内史。

⑧"自想"二句:《三国志·魏书·王粲传》:"献帝西迁,粲徙长安,左中郎将蔡邕见而奇之。时邕才学显著,贵重朝廷,常车骑填巷,宾客盈坐,闻粲在门,倒屣迎之。粲至,年既幼弱,容状短小,一坐尽惊。邕曰:'此王公孙也,有异才,吾不如也。吾家书籍文章,尽当与之。'"

【汇评】

[宋]刘克庄《后村诗话》新集卷三:"'蔡邕今已老','书籍与何人',警句。"

[明]顾璘:"亹亹说故事,不觉重叠。"

[明]顾可久:"每起二句,下使事承接。"

[清]黄周星《唐诗快》卷六:"韵人韵事,读之只觉清芬袭人。"

[清]方东树《昭昧詹言》卷十一:"前八句分叙四事,各有警句。'故园'二句,总束咏叹。末二句,结到自己作收。古人无不成章之什,学诗先宜知之。"

送张五谞归宣城

五湖千万里①,况复五湖西。渔浦南陵郭②,人家春谷溪③。欲归江森森,未到草凄凄④。忆想兰陵镇⑤,可宜猿

228

更啼⑥？

【题解】

张《谱》系于天宝十三载(754)。宣城,治所在今安徽宣城。《旧唐书·地理志》:"宣州……天宝元年,改为宣城郡。……乾元元年,复为宣州。"首联作两层深入,表现归所远僻。颔联承"五湖西",用地名点缀,有田园风味。颈尾两联送归,想象归途江水浩渺、芳草萋萋、猿声不绝的情形,以问句作结,尤为婉曲不尽。

【注释】

①五湖:见《送丘为落第归江东》注②。

②南陵:在今安徽南陵县,唐时属宣州。

③春谷溪:在宣城境内。谢朓《郡内登望》:"山积陵阳阻,溪流春谷泉。"

④凄凄,《全唐诗》、宋蜀本作"萋萋"。草木茂盛。罗隐《谒文宣王庙》:"晚来乘兴谒先师,松柏凄凄人不知。"

⑤兰陵,元刻本作"南陵"。据《魏书·地形志》,兰陵属高塘郡(今安徽宿松)。

⑥更,底本、《全唐诗》均注:"一作夜。"

【汇评】

[清]卢麰《闻鹤轩初盛唐近体读本》:"王源涤曰:'起二作两层入,三四即承"五湖西"申说宣城境地。后半方说送归,结更委婉不尽。'"

[清]黄培芳《唐贤三昧集笺注》卷上:"句法,第三字用实字最有力,下用叠字更动荡,施于五、六尤得解。"

[清]黄生《唐诗摘抄》:"一、二送,三、四宣城,五、六归途,七、八归况。四用地名点缀。"

[清]王闿运批《唐诗选》:"一字一珠。"

送张五归山

送君尽惆怅，复送何人归？几日同携手，一朝先拂衣①。东山有茅屋②，幸为扫荆扉③。当亦谢官去，岂令心事违！

【题解】

此诗写作时间比《送张五涍归宣城》稍晚，亦作于天宝十三年(754)。张五，即张涍。《唐才子传》卷二《张涍传》："天宝中，谢官，尔故山偃仰，不复来人间矣。"此诗即为送别张涍归隐山林而作，同时抒发诗人自己的归隐之志。

【注释】

①拂衣：振衣而去，谓归隐。谢灵运《述祖德》："高揖七州外，拂衣五湖里。"

②东山：泛指隐居之地，参见《送綦毋潜落第还乡》注①。

③扫，元刻本作"归"。

【汇评】

[明]顾可久："情话成文，冲淡高古，不可句摘。"

崔濮阳兄季重前山兴

秋色有佳兴，况君池上闲。悠悠西林下，自识门前山①。千里横黛色，数峰出云间。嵯峨对秦国②，合沓藏荆关③。残雨斜日照，夕岚飞鸟还④。故人今尚尔⑤，叹息此颓颜。

【题解】

张《谱》系于天宝十三年(754)。崔季重，濮阳太守。前山，即诗中之

"门前山",当指终南山。赵殿成注曰:"苏源明《小洞庭五太守宴籍序》:天宝十二载七月辛丑,东平太守扶风苏源明,觞濮阳太守清河崔公季重······于回源亭。"由此可见,崔季重于天宝十二载任濮阳太守。题下原注曰:"山西去亦对维门。"诗人与崔季重游于山之西边林下,有感而作。"千里横黛色,数峰出云间""残雨斜日照,夕岚飞鸟还"四句,诗中有画。

【注释】

①悠悠,宋蜀本作"悠然"。陶潜《归田园居》:"采菊东篱下,悠然见南山。"

②秦国:指秦都咸阳一带。

③合沓:指山峰重叠、攒聚。荆关:柴扉。谢庄《山夜忧》:"回舻拓绳户,收棹掩荆关。"

④"夕岚"句:陶渊明《饮酒》其五:"山气日夕佳,飞鸟相与还。"

⑤"故人"句:《古诗十九首·客从远方来》:"相去万余里,故人心尚尔。"

【汇评】

[明]许学夷《诗源辩体》卷十六:"摩诘诗如'残雨斜日照,夕岚飞鸟还',诗中有画者也。"

[清]黄培芳《唐贤三昧集笺注》卷上:"起爽朗。此首略近青莲。"又曰:"('千里'四句下)四语阔大。"

[清]黄周星《唐诗快》卷四:"何其澹远。"

酬郭给事

洞门高阁霭余晖①,桃李阴阴柳絮飞。禁里疏钟官舍晚②,省中啼鸟吏人稀③。晨摇玉佩趋金殿④,夕奉天书拜琐闱⑤。强欲从君无那老⑥,将因卧病解朝衣⑦。

【题解】

陈《谱》、张《谱》均系于天宝十四年(755)春。是年,王维转任给事中。

唐门下省置给事中四员,正五品上,掌陪侍皇帝左右,分判省事。郭给事,即郭纳,亦官给事中。前三联描写郭给事的工作环境与状态,"洞门高阁霭余晖"等诗句极具画面感。尾联道出自己酬诗之真意,含蓄蕴藉。整首诗意趣闲适,语句典雅秀整。

【注释】

①洞门:指深宅大院重重相对之门。《汉书·董贤传》颜师古注:"洞门,谓门门相当也。"

②禁:《正字通》卷七:"天子所居曰禁。"

③省中:宫禁之内。

④晨,底本注:"一作朝。"

⑤奉,底本注:"一作捧。"天书:帝王诏书。拜琐闱:《后汉书·百官志》刘昭注引《汉旧仪》:"黄门郎,属黄门令,日暮入对青琐门拜,名曰夕郎。"琐闱,即青琐门,镂刻有连琐图案的宫中侧门。

⑥那,底本注:"一作奈。"

⑦解朝衣:辞官。张协《咏史》:"抽簪解朝衣,散发归海隅。"

【汇评】

[明]顾可久曰:"清俊温雅。"

[明]胡应麟《诗薮》内篇卷五:"'汉主离宫''洞门高阁',和平闲丽而斤两微劣。"

[明]许学夷《诗源辩体》卷十六:"摩诘七言律,如'洞门高阁'篇,淘洗澄净者也。"又曰:"'禁里疏钟……拜琐闱',浑圆活泼,而气象风格自在。"

[明]唐汝询《唐诗解》:"起语闲雅,三、四深秀,五、六峻整。"

[明]李沂《唐诗援》:"结语多少蕴藉,令人一唱三叹。岑嘉州《西掖省》诗后四与此略同,但结语太直,为不及耳。"

[清]叶羲昂《唐诗直解》:"趣得闲适,中四语秀整有度。"

[清]方东树《昭昧詹言》卷十六:"给事是侍从官,起句先出官署,亦为题立案,寻主脉也。三、四所居之署,中有人在。五、六正写给事本人。收自己酬诗之意。"

[清]金人瑞《贯华堂选批唐才子诗》:"看他写余晖,却从'洞口高阁'着

手,此即'反景入深林,复照青苔上'文法,言余晖从洞门穿入,倒照高阁也。再如'桃李'句,写余晖中一人闲坐,真是分明如画。再加禁钟、省鸟,写此花阴柳絮中间闲坐之一人,方且与时俱逝,百事都损,真又分明如画也。"

秋夜独坐

独坐悲双鬓,空堂欲二更。雨中山果落,灯下草虫鸣。白发终难变①,黄金不可成②。欲知除老病③,惟有学无生④。

【题解】

从本诗内容看,应作于天宝末年,杨《系年》系于天宝十四载(755)。诗人于秋夜独坐空堂,悲慨年老体衰,思索解脱老病之苦的方法。认为道教炼丹之术难见成效,惟有佛教"无生"才是解脱正路。"雨中山果落,灯下草虫鸣"两句,意境淡远,被称为景句中的"逸品"。

【注释】

①"白发"句:《列仙传》卷下载,朱璜入浮阳山玉女祠,八十年后,白发尽黑。

②"黄金"句:江淹《从建平王游纪南城》:"丹沙信难学,黄金不可成。"黄金:《史记·孝武本纪》:"致物而丹砂可化为黄金,黄金成,以为饮食器则益寿。"

③老病:指代佛教四苦,即生老病死。

④无生:不生不灭,即涅槃,此处代指佛教。

【汇评】

[明]王世贞《艺苑卮言》卷四:"摩诘才胜孟襄阳,由工入微,不犯痕迹,所以为佳。间有失检点者,如'独坐悲双鬓',又云'白发终难变',他诗往往有之,虽不妨白璧,能无少损连城?观者须略玄黄,取其神检。"

[明]唐汝询《唐诗解》:"悲双鬓者,悲其白也。白发难变,是承上语,不可言重。以此病之,正犹凿舟寻漏。"

[明]许学夷《诗源辩体》卷十六："摩诘五言律，如'独坐悲双鬓'，澄淡精致者也。"

[清]王士禛《带经堂诗话》卷三："严沧浪以禅喻诗，余深契其说，而五言尤为近之。如王、裴辋川绝句，字字入禅。他如'雨中山果落，灯下草虫鸣'，'明月松间照，青泉石上流'……妙谛微言，与世尊拈花，迦叶微笑，等无差别。通其解者，可语上乘。"又曰："唐人五言绝句，往往入禅，有得意忘言之妙，与净名默然，达磨得髓，同一关捩。观王、裴《辋川集》及祖咏《终南残雪》诗，虽钝根初机，亦能顿悟。"

[清]顾安《唐律消夏录》："上半首沉痛迫切，下半首直截了当。胸中有此一首诗，那得更有余事？须知右丞一生闲适之乐，皆从此'悲'字得力也。"

[清]潘德舆《养一斋诗话》卷三："一唱三叹，由于千锤百炼。今人都以平淡为易易，知其未吃甘苦来也。右丞'雨中山果落，灯下草虫鸣'，其难有十倍于'草枯鹰眼疾，雪尽马蹄轻'者。到此境界，乃自领之，略早一步，则成口头语而非诗矣。"

[清]冒春荣《葚原诗说》卷一："写景之句，以工致为妙品，真境为神品，淡远为逸品。……'明月松间照，清泉石上流'，'雨中山果落，灯下草虫鸣'……皆逸品也。如'日落江湖白，潮来天地青'……皆神品也。"

[清]黄培芳《唐贤三昧集笺注》卷上："真意溢于楮墨，其气充足。清婉。"

[清]范大士《历代诗发》："神伤幽独，是夜情景，万古如生。"

[清]贺贻孙《诗筏》："吾尝谓眼前寻常景，家人琐俗事，说得明白，便是惊人之句。盖人所易道，即人所不能道也。'枫落吴江冷'，'空梁落燕泥'，与摩诘'雨中山果落'，老杜'叶里松子僧前落'，四落字俱以现成语为灵幻。"

郑果州相过

丽日照残春①，初晴草木新。床前磨镜客②，林里灌园人③。五马惊穷巷,双童逐老身。中厨办粗饭④,当恕阮家贫⑤。

【题解】

依杨《系年》,姑系于天宝十四载(755)。郑果州,果州刺史郑某,名不详。果州,天宝元年改名南充郡,治所在今四川南充北。此处仍沿用旧称。首联写景,晚春初晴,草木焕发勃勃生机,一派清新自然景象。颔联写人,以古仙人、隐士喻指往来者的超尘脱俗。颈联叙述郑刺史来访时的情景。尾联以阮籍自比,望友人见谅粗茶淡饭,流露出对隐逸生活的喜爱与自适之情。

【注释】

①丽,元刻本作"斜",《全唐诗》注:"一作斜"。

②磨镜客:谓仙人。《列仙传》卷下:"负局先生者,不知何许人也。语似燕代间人。常负磨镜局,徇吴市中,炫磨镜一钱,因磨之,辄问主人:'得无有疾苦者?'辄出紫丸药以与之,得者莫不愈,如此数十年。后大疫病,家至户到,与药,活者万计,不取一钱,吴人乃知其真人也。"

③林里,宋蜀本作"树里";《全唐诗》作"树下",又注:"一作林里"。灌园人:即陈仲子。《高士传》卷中:"陈仲子者,齐人也,其兄戴,为齐卿,食禄万钟,仲子以为不义,将妻适楚,居于陵,自谓于陵仲子。……楚王闻其贤,欲以为相,遣使持金百镒,至于陵聘仲子。仲子入谓妻曰……于是出谢使者,遂共相与逃去,为人灌园。"

④"中厨"句:汉乐府《陇西行》:"谈笑未及竟,左顾敕中厨,促令办粗饭,慎莫使稽留。"

⑤阮家贫:《晋书·阮咸传》:"咸与籍居道南,诸阮居道北,北阮富而南阮贫。"此以阮家自喻。

酬贺四赠葛巾之作

野巾传惠好,兹觊重兼金^①。嘉此幽栖物^②,能齐隐吏心。
早朝方暂挂,晚沐复来簪^③。坐觉嚣尘远,思君共入林^④。

【题解】

依杨《系年》,姑系于天宝十四载(755)。贺四,名不详。本诗为酬谢友
人赠己葛布头巾而作,借此表达自己的隐逸避世之心。

【注释】

①兼金:《孟子·公孙丑下》:"王馈兼金一百而不受。"赵岐注:"兼金,
好金也。其价兼倍于常者,故谓之兼金"。

②幽栖物:古时隐者常着葛巾。《宋书·陶潜传》:"郡将候潜,值其酒
熟,取头上葛巾漉酒,毕,还复着之。"

③晚沐:沈约《和谢宣城》:"晨趋朝建礼,晚沐卧郊园。"李善注:"沐,休
沐也。"

④入林:指隐居。《世说新语·赏誉》:"谢公道:'豫章若遇七贤,必自
把臂入林。'"

别綦毋潜

端笏明光宫^①,历稔朝云陛^②。诏看延阁书^③,高议平津
邸^④。适意偶轻人^⑤,虚心削繁礼^⑥。盛得江左风^⑦,弥工建安
体^⑧。高张多绝弦^⑨,截河有清济^⑩。严冬爽群木^⑪,伊洛方清
泚^⑫。渭水冰下流,潼关雪中启^⑬。荷蓧几时还^⑭,尘缨待
君洗^⑮。

【题解】

此诗作于天宝十四年(755)底。綦毋潜于开元十六年(728)弃官校书郎,天宝九年(750)出山任宜寿尉,两年后迁右拾遗,入集贤院待制,为著作郎,因此王维本诗第二句说"历稔朝云陛",即逐年进官。天宝十四载十一月,"安史之乱"爆发,綦毋潜再次弃官。《唐才子传》綦毋潜小传云:"后见兵乱,官况日恶,挂冠归隐江东,王维有诗送之云云,一时文士咸赋诗,祖饯甚荣。"这里所谓"兵乱"即是指"安史之乱"。卢象也有《送綦毋潜》诗。

【注释】

①端笏:双手持笏扳。明光宫:见《燕支行》注①。

②历稔(rěn):历年。南朝梁何逊《临行与故游夜别》:"历稔共追随,一旦辞群匹。"云陛:参见《同卢拾遗韦给事东山别业二十韵》注①。

③看,宋蜀本、《全唐诗》作"刊"。延阁:西汉宫中的藏书阁,后用以称秘书省,因其为掌管图书之官署。

④"高议"句:《汉书·公孙弘传》:丞相公孙弘被封平津侯,"时方兴功业,娄举贤良",弘"于是起客馆,开东阁,以延贤人,与参谋议"。邸,为王侯之府第。

⑤偶轻人,宋蜀本作"轻偶人"。

⑥虚心,《全唐诗》注:"一作遇人。"

⑦江左风:指东晋玄言诗风。

⑧建安体:汉末建安(196—220)时期,文坛以"三曹"、"七子"为代表的作家群体,具有慷慨悲凉的创作风格,被后人称为建安体。

⑨"高张"句:语本《文选》颜延之《秋胡诗》:"高张生绝弦,声急由调起。"高张,激越高扬之音;绝弦,精妙绝伦之弦。

⑩"截河"句:《尚书·禹贡》孔颖达疏:"济水既入于河,与河相乱,而知截河过者,以河浊济清,南出还清,故可知也。"

⑪爽:催枯。

⑫伊洛:伊水、洛水。清泚(cǐ):清澈。谢朓《始出尚书省》:"邑里向疏芜,寒流自清泚。"

⑬潼关:古关名,在今陕西潼关县境。

⑭荷莜(diào):指隐者。《论语·微子》:"子路从而后,遇丈人,以杖荷莜。……明日,子路行以告。子曰:'隐者也。'"

⑮"尘缨"句:《文选》沈约《新安江水至清浅深见底贻京邑游好》:"纷吾隔嚣滓,宁假濯衣巾。愿以潺湲水,沾君缨上尘。"

送友人归山歌二首

其 一

山寂寂兮无人,又苍苍兮多木。群龙兮满朝,君何为兮空谷?文寡和兮思深,道难知兮行独。悦石上兮流泉,与松间兮草屋①。入云中兮养鸡②,上山头兮抱犊③。神与枣兮如瓜④,虎卖杏兮收谷⑤。愧不才兮妨贤,嫌既老兮贪禄。誓解印兮相从,何詹尹兮可卜⑥。

【题解】

本诗最后四句说:"愧不才兮妨贤,嫌既老兮贪禄。誓解印兮相从,何詹尹兮可卜。"感慨自己年老不才,决心去官与友人一起隐居。这明显是晚年语气,应作于天宝末年。

【注释】

①与:通誉,乐意。《字汇》:"誉与豫同,乐也。"

②养鸡:刘向《列仙传》卷上:"祝鸡翁者,洛人也。居尸乡北山下,养鸡百余年。鸡有千余头,皆立名字,暮栖树上,昼放散之。欲引呼名,即依呼而至。"

③"上山"句:《元和郡县志》卷十一:"此山(抱犊山)去海三百余里,天气澄明,宛然在目。昔有遁隐者,抱犊于其上垦种,故以为名。"

④"神与"句:《史记·封禅书》:"安期生(仙人)食巨枣,大如瓜。"

238

⑤"虎卖"句：葛洪《神仙传》卷六："后杏子大熟，(董奉)于林中作一草仓，示时人曰：'欲买杏者，不须报奉，但将谷一器置仓中，却自往取一器杏去。'常有人置谷来少而取杏去多者，林中群虎出吼逐之，大怖，急掣杏走，路傍倾覆，至家量杏，一如谷多少。"

⑥何，宋蜀本作"向"。詹尹：《楚辞·卜居》："屈原既放，三年不得复见。竭知尽忠，而蔽鄣于谗，心烦虑乱，不知所从。乃往见太卜郑詹尹曰：'余有所疑，愿因先生决之。'"可：宋蜀本、《全唐诗》作"何"。《全唐诗》又注："一作可"。

其 二

山中人兮欲归，云冥冥兮雨霏霏。水惊波兮翠菅靡①，白鹭忽兮翻飞，君不可兮褰衣②。山万重兮一云，混天地兮不分。树晻暧兮氛氲③，猿不见兮空闻。忽山西兮夕阳，见东皋兮远村④。平芜绿兮千里⑤，眇惆怅兮思君⑥。

【注释】

①翠菅：青茅。

②褰：撩起。《诗·郑风·褰裳》："褰裳涉溱。"

③晻暧：《玉篇》："暗暧，暗貌。"氛氲：云雾朦胧貌。

④东皋：泛指田野。参见《宿郑州》注④。

⑤平芜：草木丛生的平旷原野。

⑥眇：极目远视貌。

【汇评】

[宋]刘辰翁云："点景状意，色色自别。〇不用楚调，自适目前，词少而意多，尚觉《盘谷歌》意为凡。〇宋玉之下，渊明之上，甚似晋人。不知者以为气短，知者以为《琴操》之余音也。"

[明]顾璘云："丽句极多，骚之变也。"

[明]顾可久按："摹写景物，各有分属，玄虚，高古，俊彩。"

[明]周珽《唐诗选脉会通评林》:"周敬曰:幽境中翻出新意,语语成锦。○周珽曰:寝食衣履于楚骚,故学积而气通,形神俱肖。○吴山民曰:起数语用楚辞比兴法,见世不可居。中引兴自佳。末芳草王孙之思。楚格,楚语,结撰自别。"

[清]沈德潜《唐诗别裁集》卷五:"'山万重兮'以下,写去后情事,如披画图。"

辋川集并序

余别业在辋川山谷,其游止有孟城坳、华子冈、文杏馆、斤竹岭、鹿柴、木兰柴[1]、茱萸沜、宫槐陌、临湖亭、南垞、欹湖、柳浪、栾家濑、金屑泉、白石滩、北垞、竹里馆、辛夷坞、漆园、椒园等,与裴迪闲暇各赋绝句云耳[2]。

【题解】

辋川,在陕西蓝田南辋谷内。《旧唐书·王维传》:"维弟兄俱奉佛,居常蔬食,不茹荤血。晚年长斋,不衣文彩,得宋之问蓝田别墅,在辋口。辋水周于舍下,别涨竹洲花坞。与道友裴迪浮舟往来,弹琴赋诗,啸咏终日。尝聚其田园所为诗,号《辋川集》。"据陈《谱》,王维最迟于天宝三载(744)开始经营蓝田辋川别业。《辋川集》二十首田园诗,大都作于天宝三年至十五年之间,每首诗的具体写作时间不详,依下限编排于此。辋川期间的其他作品,编于此集之后。

【注释】

①木兰柴:宋蜀本作"木兰花"。下同。

②裴迪:关中(今属陕西)人。《唐诗纪事》卷十六:"迪初与王维、兴宗俱居终南。天宝后,为蜀州刺史,与杜甫友善。"后返长安,与王维关系密切,尝为尚书郎。

孟城坳

新家孟城口,古木余衰柳。来者复为谁？空悲昔人有①。

【题解】

孟城坳即孟城口。前两句写新家周围景物:昔人已往,池亭台榭也不复存在,只剩几株古木衰柳,一派衰败景象。后两句抒发感慨:世事无常,昔人已没,来者又复为谁? 诗人在对历史遗迹的咏叹中,融入对人生"无常"的体悟,并以平和达观的态度排遣悲怀。

【注释】

①"来者"二句:沈德潜《唐诗别裁》卷十九释曰:"言后我而来者不知何人,又何必悲昔人之所有耶! 达人每作是想。"

【汇评】

[明]高棅《唐诗正声》:"吴云:'寄慨来者,感兴自深,流利清婉。'"

[清]徐增《而庵说唐诗》卷七:"此达者之辞。我新移家于孟城坳,前乎我,已有家于此者矣,池亭台榭,必极一时之胜。今古木惟余衰柳几株,吾安得保我身后,衰柳尚有余焉者否也。后我来者,不知为谁;后之视今,亦犹吾之视昔,空悲昔人所有而已。"

[清]李瑛《诗法易简录》卷十三:"四句中无限曲折,含蓄不尽。"

[清]宋顾乐《唐人万首绝句选》:"淡荡人作淡荡语,所以入妙。格调峻整,下二句一倒转,便不成语矣,所以诗贵调度得法。"

同　咏

裴迪

结庐古城下,时登古城上。古城非畴昔,今人自来往。

华子冈

飞鸟去不穷,连山复秋色。上下华子冈,惆怅情何极①!

【题解】

关于华子冈景色,王维在《山中与裴秀才书》中有详细描述:"夜登华子冈,辋水沦涟,与月上下;山远火,明灭林外;深巷寒犬,吠声如豹;村墟夜舂,复与疏钟相间。时独坐,僮仆静默。多思曩昔,携手赋诗,步仄径,临清流也。"此诗写秋登华子冈的所见所闻所感。前两句写景,勾画出刹那变迁、寥廓无尽的秋景,渲染杳无边际的开旷境界。后两句述情,面对无尽的宇宙,生发出人生短促、生灭无常的怅惘之情。整首诗格调高古,趣幽味深。

【注释】

①"惆怅"句:陶潜《归去来辞》:"既自以心为形役,奚惆怅而独悲!"

【汇评】

[宋]刘辰翁评:"萧然更欲无言。"

[清]张谦宜《茧斋诗谈》卷五:"《华子冈》,根在上截。"

同　咏

裴迪

落日松风起,还家草露晞。云光侵履迹,山翠拂人衣。

文杏馆

文杏裁为梁^①，香茅结为宇^②。不知栋里云，去作人间雨^③。

【题解】

文杏，即银杏，白果树。文杏馆位于山之高处，远望有似入于云间。前两句实写，从文杏馆的构造材质写出馆的精美芳洁，超尘脱俗。后两句虚写，想象山上云出于栋梁之间而化为甘雨降落人间，以"人间"与"文杏馆"对举，突出馆的清幽出尘。

【注释】

①"文杏"句：司马相如《长门赋》："刻木兰以为榱兮，饰文杏以为梁。"

②香茅：又名香茅草、菁茅。宇：屋面。

③"不知"二句：郭璞《游仙诗七首》其二："青溪千余仞，中有一道士。云生梁栋间，风出窗户里。"

【汇评】

[清]张谦宜《茧斋诗谈》卷五："《文杏馆》，力注下截。"

[清]黄培芳《唐贤三昧集笺注》："当是馆在空山中云，然景色虚旷可想。"

[清]李瑛《诗法易简录》卷十三："玩诗意，馆应在山之最高处。首二句写题面，三、四句写出其地之高。山上之云自栋间出而降雨，而人犹不知，则所居在山之绝顶可知。"

同　咏

裴迪

迢迢文杏馆，跻攀日已屡。南岭与北湖，前看复回顾。

斤竹岭

檀栾映空曲^①,青翠漾涟漪。暗入商山路^②,樵人不可知。

【题解】

斤竹:《集韵》:"菫(竹菫),竹名,通作斤。"前两句实写空旷寂寥高山之上的青翠竹浪,后两句转入虚写,想象由斤竹岭通往商山的道路,含蓄地表达自己归隐山林的愿望。

【注释】

①檀栾:秀美貌,多用以形容竹。枚乘《梁王兔园赋》:"修竹檀栾,夹池水旋。"空曲:高峻险要的山峰。杜甫《重经昭陵》:"陵寝盘空曲,熊罴守翠微。"

②商山:在陕西商县东南,因"商山四皓"而成为中国隐逸文化的象征。参见《奉和圣制御春明楼临右相园亭赋乐贤诗应制》注⑥。

【汇评】

[明]顾可久曰:"摹写竹深处,正不在雕琢。"

同　咏

裴迪

明流纤且直,绿筱密复深。一径通山路,行歌望旧岑。

鹿　柴

空山不见人,但闻人语响。返景入深林^①,复照青苔上^②。

柴,通"寨",栅栏、篱障之意。前两句写幽静空山的人语喧声,以有声显现出人迹罕至的幽静。后两句写夕阳返照青苔,用细微寂静的景致传达出清净虚空的心境。诗人纯以直观去感受景物的变化与姿态,体悟深林的空寂与心境的清澄。

【注释】

①返景:《初学记》卷一:"日西落,光反照于东,谓之反景。"

②苔:底本注:"一作莓。"

【汇评】

[明]唐汝询《唐诗解》:"'不见人',幽矣;'闻人语',则非寂灭也。景照青苔,冷淡自在。摩诘出入渊明,独辋川诸作最近,探索其趣,不拟其词。如'结庐在人境,而无车马喧',喧中之幽也;'空山不见人,但闻人语响',幽中之喧也。如此变化,方入三昧法门。"

[明]李东阳《怀麓堂诗话》:"诗贵意,意贵远不贵近,贵淡不贵浓。浓而近者易识,淡而远者难知。……王摩诘'返景入深林,复照青苔上',皆淡而愈浓,近而愈远,可与知者道,难与俗人言。"

[清]沈德潜《唐诗别裁集》卷十九:"佳处不在语言,与陶公'采菊东篱下,悠然见南山'同。"

[清]刘大勤《师友诗传续录》:"问:'右丞《鹿柴》、《木兰柴》诸绝,自极淡远,不知移向他题,亦可用否?'答:'摩诘诗如参曹洞禅,不犯正位,须参活句,然钝根人学渠不得。'"

[清]吴瑞荣《唐诗笺要》:"景到处有情,情到处生景。可思不可象,摩诘真五绝圣境。"

[清]张谦宜《茧斋诗谈》:"《鹿柴》,悟通微妙,笔足以达之。'不见人'之人,即主人也,故能见返照青苔。"

[清]李瑛《诗法易简录》卷十三:"人语响,是有声也;返景照,是有色也。写空山不从无声无色处写,偏从有声有色处写,而愈见其空。严沧浪所谓'玲珑透彻'者,应推此种。沈归愚谓其'佳处不在语言',然诗之神韵

意象,虽超于字句之外,而实不能不寓于字句之间,善学者须就其所已言者,而玩索其不言之蕴,以得于字句之外可也。"

[清]徐增《而庵说唐诗》卷七:"不见人,是非有;人语响,是非无。人语可闻,人定不远,而偏云不见人,非人不可得而见,而语可得而闻也,盖见落形质,闻如虚空,虚空则圆通无碍,此方以声音作佛事。"

[清]杨逢春《唐诗偶评》:"通首只完得'不见人'三字,偏写得寂中喧,无中有,解此语妙,方不落枯寂。语似逐句转,意却一气下,备禅家杀活纵夺之法。"

[清]章燮《唐诗三百首注疏》:"首二句见辋川中林木幽深,静中寓动。后二句有一派天机,动中寓静。诗意深隽,非静观不能自得。"

同　咏

裴迪

日夕见寒山,便为独往客。不知松林事,但有麏麚迹。

木兰柴

秋山敛余照,飞鸟逐前侣。彩翠时分明①,夕岚无处所②。

【题解】

本诗是一幅秋山夕照图。秋叶、夕岚与飞鸟在落日的余晖中组成一道转瞬即逝的绚烂风景。飞鸟相逐归林,秋叶斑斓明灭,夕岚流动迷离。诗人在刹那间捕捉到的落日山景,超越了变幻明灭的瞬刻而具有永恒之美。

【注释】

①翠,宋蜀本作"峰"。

②岚:山上的雾气。

[明]许学夷《诗源辩体》卷十六:"摩诘诗:'彩翠时分明,夕岚无处所'诗中有画者也。"

《唐诗归》卷九:"钟云:'此首殊胜诸咏,物论恐不然。'"

[清]黄培芳《唐贤三昧集笺注》:"顾云:'是咏木兰柴一时景色逼人,造化尽在笔端矣。'"

[清]王士禛《带经堂诗话》卷十五:"二十字真为终南写照也。"

[清]宋顾乐《唐人万首绝句选》:"令人心目俱远。"

同　咏

裴迪

苍苍落日时,鸟声乱溪水。缘溪路转深,幽兴何时已!

茱萸沜

结实红且绿,复如花更开。山中倘留客,置此芙蓉杯^①。

【题解】

诗题,"沜"乃水涯之意。赵殿成曰:"盖其水上有茱萸,因名。"诗人观赏水中茱萸之果,引发出留客以之为饮的美好联想。诗前两句写茱萸在秋天果实红绿相映,就像春花再次绽放,以花喻果实,传达出茱萸果色彩的明艳动人。后两句申发想象,如果留客山中,一定要把茱萸果置于酒里让客人品尝。诗人对茱萸的喜爱之情,不言自明。

【注释】

①芙蓉,《全唐诗》注:"一作茱萸。"古有置茱萸于酒中而食的习俗。《太平御览》卷三十二引《齐人月令》曰:"酒必采茱萸、甘菊以泛之。"

同　咏

裴迪

飘香乱椒桂，布叶间檀栾。云日虽回照，森沉犹自寒。

宫槐陌

仄径荫宫槐^①，幽阴多绿苔。应门但迎扫^②，畏有山僧来。

【题解】

宫槐，即守宫槐。《尔雅·释木》："守宫槐，叶昼聂宵炕。"邢疏："言其叶昼合夜开者，别名守宫槐。"前两句写景，宫槐覆荫的小路，青苔随处可见，一派人迹罕至的萧寂之境。后两句写人，见门僮殷勤打扫，诗人生发联想：或许会有山林高僧来访。后两句虽是写人，而愈加突显幽清寂寥的氛围，与前两句相照应。

【注释】

①仄：狭窄。

②应门：看门人。李密《陈情表》："内无应门五尺之僮。"

【汇评】

［明］顾可久曰："衬出闲景闲情。"

同　咏

裴迪

门南宫槐陌，是向欹湖道。秋来山雨多，落叶无人扫。

临湖亭

轻舸迎上客①，悠悠湖上来。当轩对樽酒，四面芙蓉开。

【题解】

前两句写远景，小船载着贵客悠然而至，渲染临湖亭清幽雅致的氛围。后两句描近景，诗人与客人一起临窗饮酒赏荷，惬意闲适之情溢于言表。

【注释】

①轻舸：小船。《玉篇》："舸，船也。"上：《全唐诗》注："一作仙"。

【汇评】

[明]顾可久："远景弥幽，近景可即，澹适乃尔，意兴极玄。"

同　咏

裴迪

当轩弥涨漾，孤月正徘徊。谷口猿声发，风传入户来。

南　垞

轻舟南垞去，北垞淼难即。隔浦望人家①，遥遥不相识。

【题解】

南垞为欹湖南面的小丘。裴迪同咏曰："孤舟信风泊，南垞湖水岸。"可见南垞临湖，垞乃小丘意。诗人乘舟往南垞，于湖上远望，北垞人家映于波光林霭之间,可望而不可即。全诗勾画出一幅幽独清寂图景,衬托出南垞清逸脱俗气质。俞陛云《诗境浅说》:"写水窗闲眺情景,如身在轻桡容与中也。"

【注释】

①浦:此处指湖水。张正见《泛舟横大江》:"舟移历浦月,棹举湿春衣。"

【汇评】

[明]徐用吾《精选唐诗分类评释绳尺》:"独景远俗。"

[清]黄培芳《唐贤三昧集笺注》:"顾云:'暮写玄妙,不容更添一物。'"

[清]宋顾乐《唐人万首绝句选》:"写得渺漫,如在目前。"

同　咏

裴迪

孤舟信风泊,南垞湖水岸。落日下崦嵫,清波殊淼漫。

欹　湖

吹箫凌极浦①,日暮送夫君②。湖上一回首③,青山卷白云④。

【题解】

诗题,"欹"乃倾斜之意,因湖底西南高东北低呈倾斜状故谓之"欹湖"。前两句写日暮乘舟吹箫以送友人,渲染离别的感伤气氛。后两句写湖上回望之景,水光山色,白云悠悠,清景之中蕴含无限深情。

【注释】

①浦:水边。《九歌·湘君》:"望涔阳兮极浦。"王逸注:"极,远也;浦,

水涯也。"

②夫君:对男子的敬称。《九歌·湘君》:"望夫君兮未来,吹参差兮谁思!"

③首,元刻本作"看",《全唐诗》注:"一作看"。

④青山:元刻本作"山青"。

【汇评】

[明]顾可久:"前《临湖亭》迎客,此送客,各具足一时之景,极闲澹会情。"

[明]唐汝询《唐诗解》:"摩诘辋川诗,并偶然托兴,初不着题模拟。此盖送客敧湖,而吹箫以别。回首白云,有怅望意。"

[清]吴修坞《唐诗续评》:"末句无限深情,却于景中写出。"

[清]潘德舆《养一斋诗话》:"右丞'相送临高台','吹箫凌极浦',皆天下之奇作。"

同　咏

裴迪

空阔湖水广,青荧天色同。舣舟一长啸,四面来清风。

柳　浪

分行接绮树,倒影入清漪。不学御沟上①,春风伤别离。

【题解】

前两句写景,聚焦于柳树倒映水中的婀娜倩影。后两句抒情,诗人反用折柳典故,剥去历代文人在柳意象上所赋予的感伤情绪,还原其自然清雅的本性,以此表达自己的闲适之情。

【注释】

①御沟:流经皇宫的河道。《古今注》卷上:"长安御沟,谓之杨沟,谓植高杨于其上也。"

同　咏

裴迪

映池同一色,逐吹散如丝。结阴既得地,何谢陶家时。

栾家濑

飒飒秋雨中,浅浅石溜泻①。跳波自相溅②,白鹭惊复下。

【题解】

濑,为流过沙石的湍急之水。诗前两句写飒飒秋雨及石间流水,渲染清幽气氛。精彩之处在后两句。雨水溅起的水花,惊起水中的白鹭,发现为虚惊一场,又放心地落下。诗人于静中写"惊",又以"惊"写静,自然而有情致。全诗以一派自然天真的秋日小景蕴含诗人静逸安闲的气韵风度。

【注释】

①石溜:石间流水。左思《魏都赋》:"林薮石留而芜秽。"张铣注:"石间有水曰石留。"

②跳波:水花。司马相如《上林赋》:"驰波跳珠"。

【汇评】

[明]顾可久:"闲景闲情,岂尘嚣者所能领会? 只平平写,景自见。"

[明]陆时雍《唐诗镜》卷十:"古趣"。

同　咏

裴迪

濑声喧极浦,沿步向南津。泛泛凫鸥渡,时时欲近人。

金屑泉

日饮金屑泉,少当千余岁。翠凤翔文螭①,羽节朝玉帝②。

【题解】

本诗以修真成仙之想象赋予金屑泉飘逸之灵气。后两句描绘仙人仪仗与朝见玉帝场面,文采绚丽而又超凡脱俗。明顾可久赞曰:"极状泉有仙灵气,藻丽中复飘逸。"

【注释】

①翠凤:饰以翠羽的凤形车驾。王嘉《拾遗记》卷三:"西王母乘翠凤之辇而来。"翔,宋蜀本、《全唐诗》作"翙",《全唐诗》又注:"一作翔"。文螭:有花纹的螭龙。

②羽节:饰以鸟羽的节,此处指仙人的仪仗。李峤《太平公主山亭侍宴应制》:"龙舟下瞰鲛人室,羽节高临凤女台。"

同　咏

裴迪

潆潭澹不流,金碧如可拾。迎晨含素华,独往事朝汲。

白石滩

清浅白石滩,绿蒲向堪把①。家住水东西,浣纱明月下。

【题解】

前两句写景,清浅明净的白石滩与水边渐渐长成的绿蒲草相映成趣。后两句想象少女月下滩边浣纱情景,借西施浣纱典故暗示浣纱少女的美丽。全诗虚实结合,色调柔和明丽。

【注释】

①蒲:一种水生草本植物,叶长而尖,可以用来编席。向堪把:差不多可以把握了。

【汇评】

[清]黄培芳《唐贤三昧集笺注》:"顾云:此使西施浣纱石事咏之。如此白石滩,安得不浣纱,有'清斯濯缨'之意。曰'明月下'景益清切。"

同　咏

裴迪

趺石复临水,弄波情未极。日下川上寒,浮云淡无色。

北　垞

北垞湖水北①,杂树映朱栏②。逶迤南川水,明灭青林端。

北垞为欹湖北面的小丘,与南垞隔湖相望。前两句写近景,朱红色的栅栏在树木的掩映之下或隐或显,宁静而安详;后两句写远景,丛林之中曲折蜿蜒的南川水明灭变幻,若有若无,空灵而飘缈。"逶迤"、"明灭"两词尤妙,清黄培芳说:"曲尽丛林长流景色。"

【注释】

①湖:指欹湖。裴迪同咏曰:"南山北垞下,结宇临欹湖。"

②朱栏:朱红色的围栏。

【汇评】

[明]许学夷《诗源辩体》卷十六:"摩诘诗:'逶迤南川水,明灭青林端',诗中有画者也。"

[清]黄培芳《唐贤三昧集笺注》:"顾云:犹是南垞余景。'逶迤'、'明灭'字,曲尽丛林长流景色。"

同　咏

裴迪

南山北垞下,结宇临欹湖。每欲采樵去,扁舟出菰蒲。

竹里馆

独坐幽篁里①,弹琴复长啸。深林人不知,明月来相照。

【题解】

王维《酬张少府》诗曰:"晚年唯好静,万事不关心。自顾无长策,空知返旧林。松风吹解带,山月照弹琴。君问穷通理,渔歌入浦深。"此诗可视为《竹里馆》的注解。两诗都以林中独坐、月下弹琴谋篇,不同的是,前者把意旨和盘托出,后者则将其消融于景色描写之中。第三句中,"人不知"三字既呼应首句"独"字,又引出最精彩的第四句。此时的明月,已不仅仅是诗人眼中的景色,更是诗人空寂澄明之心的外化。整首诗意境如镜花水月,读之令人神清气爽。

【注释】

①幽篁:《楚辞·九歌·山鬼》:"余处幽篁兮终不见天。"吕向注:"幽,深也;篁,竹丛也。"

【汇评】

[明]唐汝询《唐诗解》:"林间之趣,人不易知。明月相照,似若会意。"

[明]屠隆《鸿苞论诗》:"'独坐幽篁里','中岁颇好道',冲玄清旷,爽气袭人。如寒泉漱齿,烦嚣顿除;神丹入口,凡骨立蜕。"

[清]黄培芳《唐贤三昧集笺注》:"幽迥之思,使人神气爽然。"

[清]黄叔灿《唐诗笺注》:"辋川诸诗,皆妙绝天成,不涉色相。只录二首(《鹿柴》及此诗),尤为色籁俱清,读之肺腑若洗。"

同　咏

裴迪

来过竹里馆,日与道相亲。出入惟山鸟,幽深无世人。

辛夷坞

木末芙蓉花,山中发红萼。涧户寂无人①,纷纷开且落。

【题解】

辛夷坞为辋川中一片四面高中间低的谷地,因盛产辛夷花而得名。辛夷,落叶乔木,其花开在枝头,花苞尖如笔头,开后似芙蓉,有红紫二色。诗人以悠然恬淡之心观照辛夷花,由花开花落,体悟自自然然的禅意人生。此诗历来被视为"入禅之作"。

【注释】

①涧户:山涧中的住宅。卢照邻《羁卧山中》:"涧户无人迹,山窗听鸟声。"

【汇评】

[明]胡应麟《诗薮》内编卷六:"'木末芙蓉花',五言绝之入禅者。"

[明]邢昉《唐风定》:"此诗每为禅宗所引,反令减价,只就本色观,自是绝顶。"

[清]黄培芳《唐贤三昧集笺注》:"思致平淡闲雅,亦自可爱。"

[清]沈德潜《唐诗别裁集》卷十九:"幽极。借用楚辞,因颜色相似也。"

[清]李锳《诗法易简录》:"幽淡已极,却饶远韵。"

[清]刘宏煦等《唐诗真趣编》:"摩诘深于禅,此是心无挂碍境界。虽在世中,脱然世外,令人动海上三山之想。"

[清]宋顾乐《唐人万首绝句选》:"刻意取远韵。"

[清]施补华《岘佣说诗》:"辋川诸五绝清幽绝俗,其间'空山不见人'、'独坐幽篁里'、'木末芙蓉花'、'人闲桂花落'四首尤妙,学者可以细参。"

同　咏

裴迪

绿堤春草合,王孙自留玩。况有辛夷花,色与芙蓉乱。

漆　园

古人非傲吏①,自阙经世务。偶寄一微官,婆娑数株树②。

　　漆园为辋川一景,以此命名,一方面可能因为此处真的种有漆树,另一方面史与庄子典故有关,暗示诗人以庄周自喻。《史记·老庄列传》:"庄周尝为蒙漆园吏。"漆园故城在今山东曹县西北。晋郭璞《游仙诗》曰"漆园有傲吏",把庄子之不仕归因于其生性孤傲。本诗翻其意而用之,认为是因为"自阙经世务",这是在说庄子也是在说自己,表面是翻转前人诗意,实质上是殊途同归。

【注释】

①傲吏:指庄子。郭璞《游仙诗七首》其一:"漆园有傲吏,莱氏有逸妻。"

②婆娑:闲适自得貌。郭璞《客傲》:"庄周偃蹇于漆园,老莱婆娑于林窟。"

【汇评】

[宋]刘辰翁:"使在谢东山辈,口语皆成高韵。"

[明]顾可久:"引古自况。即此漆园不必有景色,自与古人高情会。"

[明]高棅《唐诗品汇》卷三九:"朱子《语录》云:'摩诘辋川此诗,余深爱之,每以语人,辄无解余意者。'"

[清]宋顾乐《唐人万首绝句选》:"李慈铭批:'起落自然,别成章法。'"

[清]吴修坞《唐诗续评》:"郭璞诗:'漆园有傲吏',此翻其意而用之,借蒙庄以自况。《诗·陈风·东门之枌》:'子仲之子,婆娑其下。'"

同　咏

裴迪

好闲早成性,果此谐宿诺。今日漆园游,还同庄叟乐。

椒　园

桂尊迎帝子^①,杜若赠佳人^②。椒浆奠瑶席^③,欲下云中君^④。

【题解】

椒园,因种植花椒而得名。本诗把椒园中的桂树香草与《楚辞》中的意象世界相联系,赋予椒园超脱而古雅的氛围,以此表达自己的山林闲适之趣。

【注释】

①桂尊:盛满桂酒之尊。帝子:《楚辞·九歌·湘夫人》:"帝子降兮北渚,目眇眇兮愁予。"

②杜若:草名,叶广披针形,味辛香。《楚辞·九歌·湘君》:"采芳洲兮杜若,将以遗兮下女。"

③椒浆:即椒酒,是用椒浸制而成的酒,古代多用以祭神。《楚辞·九歌·东皇太一》:"蕙肴蒸兮兰藉,奠桂酒兮椒浆。"

④云中君:云神。典出屈原《楚辞·九歌·云中君》。君,元刻本作"身"。《全唐诗》又注:"一作身"。

【汇评】

[明]王鏊《震泽长语》:"摩诘以淳古澹泊之音,写山林闲适之趣,如辋川诸诗,真一片水墨不着色画。"

[明]唐汝询《唐诗解》:"摩诘辋川诗并偶然托兴,初不着题模拟。"

[明]胡应麟《诗薮》内编卷六:"右丞辋川诸作,却是自出机轴,名言两忘,色相俱泯。"又曰:"'千山鸟飞绝'二十字,骨力豪上,句格天成,然律以辋川诸作,便觉太闹。"

[明]许学夷《诗源辩体》卷十六:"摩诘五言绝,意趣幽玄,妙在文字之外。摩诘胸中滓秽净尽,而境与趣合,故其诗妙至此耳。"

[清]焦袁熹《此木轩论诗汇编》:"《辋川集》小画皆有远景。"

[清]洪亮吉《北江诗话》卷五:"王维、裴迪《辋川》诸作,元结《春陵》篇及《语溪》等诗,无意学陶,亦无一类陶,而转似陶。则又当于神明中求之耳。"

同　咏

裴迪

丹刺胃人衣,芳香留过客。幸堪调鼎用,愿君垂采摘。

辋川闲居赠裴秀才迪

寒山转苍翠,秋水日潺湲。倚杖柴门外,临风听暮蝉。渡头余落日,墟里上孤烟①。复值接舆醉②,狂歌五柳前③。

【题解】

本诗为辋川之作。首联写景:深秋时节,山色渐深,水流潺湲,一派清旷闲静气象。颔联自我刻画:拄杖柴门,临风听蝉,一种安闲自在神情。颈联描摹一幅余晖渐敛、炊烟袅袅的乡村黄昏图,"余""上"两字生动传神。尾联以两位隐士事,表达自己的高洁隐逸情怀。

【注释】

①墟里:村落。孤烟:炊烟。陶渊明《归园田居五首》其一:"暧暧远人村,依依墟里烟。"

②接舆:楚国隐士。《论语·微子》:"楚狂接舆歌而过孔子,曰:'凤兮凤兮,何德之衰?'……孔子下,欲与之言。趋而辟之,不得与之言。"

③五柳:陶渊明《五柳先生传》:"先生不知何许人也,亦不详其姓字。宅边有五柳树,因以为号焉。"

【汇评】

[宋]刘辰翁评:"类以无情之景述无情之意,复非作者所有。"

[明]周珽《唐诗选脉会通评林》:"淡宕闲适,绝类渊明。"

[明]许学夷《诗源辩体》卷十六:"摩诘五言律,如'寒山转苍翠',皆闲远自在者也。"

[明]王夫之《唐诗评选》卷三:"通首都有赠意,在言句文身之外,不可徒以结用两古人为赠也。楚狂、陶令,俱凑手偶然,非着意处。"又曰:"以高洁写清幽,故胜。"

[明]陆时雍《唐诗镜》卷十:"三四意态犹夷。五六佳在布景,不在属词。彼'时倚檐前树,远看原上村'语似逊此。"

[明]胡应麟《诗薮》内篇卷四:"'寒山转苍翠'幽闲古澹,储、孟同声者也。"

[清]施补华《岘佣说诗》:"写景须曲肖此景。'渡头余落日,墟里上孤烟',确是晚村光景。"

[清]黄叔灿《唐诗笺注》:"倚杖二句流水对,说景色闲妙。"

[清]黄生《唐诗矩》:"虚实相间格。一二五六用实,三四七八用虚,相间成篇。"

[清]黄培芳《唐贤三昧集笺注》:"对起,上句尤妙,此从陶出。'渡头余落日,墟里上孤烟',景色可想。"又:"顾云:'一时情景,真率古淡。'"

[清]乔亿《剑溪说诗》:"《辋川闲居》二首,并体认'闲'字极细,句句与幽居迥别。前首(即此篇)结处,合两事熔成一篇以赠裴,妙有'闲'字余情。"

[清]卢氀《闻鹤轩初盛唐近体读本》:"此篇声格淡逸清高,自然绝俗。"又曰:"三、四绝不作意,品高气逸,与'采菊东篱下,悠然见南山'正同一格。"

[清]张文荪《唐贤清雅集》:"神韵止可意会,才拟议便非。"

[清]曹雪芹《红楼梦》四十八回:"这'余'字和'上'字,难为他怎么想来! 我们那年上京来,那日下晚便挽住船,岸上又没有人,只有几棵树,远

远的几家人家作晚饭,那个烟竟是碧青,连云直上。谁知我昨儿晚上读了这两句,倒像我又到那个地方去了。"

[清]高步瀛《唐宋诗举要》卷四:"自然流转,而气象又极阔大。"

答裴迪

渺渺寒流广,苍苍秋雨晦。君问终南山,心知白云外。

【题解】

诗题,《全唐诗》作《答裴迪辋口遇雨忆终南山之作》。辋口,即辋谷口。裴迪作《辋口遇雨忆终南山因献王维》诗,王维读后即景作答。前两句写景,突出一个"晦"字;后两句写"心",突出一个"外"字。惠能《坛经》说:"自性常清净,日月常明,只为云覆盖,上明下暗,不能了见日月星辰,忽遇惠风吹散卷云雾,万象森罗,一时皆现。"云有舒卷,天有明暗,而日月常明。正如日月常明,人之自性恒常清净,不会被烦恼染污。王维此诗表达的正是这一思想,有人说此诗"隐寓佛家'此心常净明圆觉'意",此语不虚。

【汇评】

[清]张谦宜《茧斋诗谈》:"《答裴迪》,全从'晦'字生意。"

[清]黄培芳《唐贤三昧集笺注》:"顾云:'高古'。隐寓佛家'此心常净明圆觉'意。"

[清]张文荪《唐贤清雅集》:"不从题外求解,自有远神。长题五绝定式。"

辋口遇雨忆终南山因献王维

裴迪

积雨晦空曲,平沙灭浮彩。辋水去悠悠,南山复何在?

赠裴十迪

风景日夕佳，与君赋新诗。澹然望远空，如意方支颐^①。春风动百草，兰蕙生我篱。暖暖日暖闺^②，田家来致词。欣欣春还皋^③，澹澹水生陂^④。桃李虽未开，荑萼满其枝^⑤。请君理还策^⑥，敢告将农时。

【题解】

裴十迪，即裴迪，其在兄弟辈中排行第十。清洪亮吉《北江诗话》卷五云："王维、裴迪《辋川》诸作……无意学陶，亦无一类陶，而转似陶，则又当于神明中求之耳。"王维此诗也是从陶诗中涵咏而出，在题材、风格、意境诸方面深得陶诗三昧。"风景日夕佳"、"暖暖日暖闺"诗句，从陶诗"山气日夕佳"、"暖暖远人村"化出，最后两句与陶诗"待到重阳日，还来就菊花"神似。整诗格调高远，冲淡自然。

【注释】

①如意：一名搔杖，柄端作手指形，用以搔背痒。支颐：托腮。

②暖暖：迷蒙隐约貌。陶潜《归园田居》诗之一："暖暖远人村，依依墟里烟。"闺：内室。

③皋：水边高地，也泛指田园、原野。

④陂：池塘。

⑤荑：草木嫩芽。萼：花萼，此指蓓蕾。其：《全唐诗》、宋蜀本作"芳"，又注："一作其"。

⑥理：准备。还策：拄杖而回，犹言还归。《南史·褚伯玉传》："望其还策之日，暂纡清尘。"

【汇评】

［明］顾可久："流彩中复冲古，景与兴会。"

[明]何良俊《四友斋丛说》卷二五:"王右丞五言有绝佳者,如《赠裴十迪》,格调既高,而寄兴复远,即古人诗中亦不能多见者。"

[清]张谦宜《茧斋诗谈》卷五:"汁清味厚,此加料鲤血汤也。"

黎拾遗昕裴秀才迪见过秋夜对雨之作

促织鸣已急,轻衣行向重^①。寒灯坐高馆,秋雨闻疏钟。
白法调狂象^②,玄言问老龙^③。何人顾蓬径?空愧求羊踪^④。

【题解】

从本诗内容来看,当作于隐居辋川之时。黎昕,《元和姓纂》卷三:"宋城唐右拾遗黎昕。"岑仲勉《元和姓纂四校记》卷三曰:"《备要》、《类稿》均作'黎',又'右'作'左'。"拾遗,谏官名。"秀才"二字,底本无,据宋蜀本、《全唐诗》补。黎昕、裴迪白日来访,诗人于雨夜以诗见赠。"寒灯坐高馆,秋雨闻疏钟",以幽冷之境融孤寂之心,堪称千古名句。

【注释】

①向,元刻本作"尚",《全唐诗》注:"一作尚"。

②白法:佛教谓清净之善法为白法,与"黑法"(邪恶杂染之法)相对。《究竟一乘宝性论》卷四:"愚不信白法,邪见及骄慢,过去谤法障,执着不了义,着供养恭敬,唯见于邪法。"狂象:喻狂迷之妄心。《涅槃经》卷三十一:"心轻躁动转,难捉难调,驰骋奔逸,如大恶象。"

③玄言:谓道家之言。《晋书·王衍传》:"(衍)妙善玄言,唯谈《老》、《庄》为事。"老龙:即老龙吉。《庄子·知北游》:"妸荷甘与神农同学于老龙吉。"陆德明《音义》:"老龙吉,李云:'怀道人也。'"

④求羊踪:谢灵运《田南树园激流植援》:"唯开蒋生径,永怀求羊踪。"李善注:"《三辅决录》曰:'蒋诩字元卿,隐于杜陵,舍中三径,惟羊仲、求仲从之游,二仲皆挫廉逃名。'"

[清]张谦宜《茧斋诗谈》卷五:"('寒灯'二句)写意画令人想出妙景。"

赠裴迪

不相见,不相见来久。日日泉水头,常忆同携手。携手本同心,复叹忽分衿②。相忆今如此,相思深不深?

【题解】

作于隐居辋川之时。诗题下,宋蜀本有"杂言"二字。诗人与裴迪长时间不见,以诗寄托思念之情。整诗语言如同白话,语虽浅而味不薄。

【注释】

①分衿:即离别。骆宾王《秋日别侯四》:"歧路分襟易,风云促膝难。"

登裴迪秀才小台作

端居不出户①,满目望云山②。落日鸟边下,秋原人外闲。遥知远林际,不见此檐间。好客多乘月,应门莫上关③。

【题解】

作于隐居辋川之时。诗题,宋蜀本、《全唐诗》作《登裴秀才迪小台》。本诗为秋日黄昏登临裴迪小台时的所见所感。颔联本写日边鸟下,原外人闲,却用倒装句法,益加耐人寻味。颈联设想从自己山林居处遥看身处的小台,视角独特,想象奇妙,金圣叹称之为"倩女离魂法"。整诗景丽境清,意兴闲远,味在咸酸之外。

【注释】

①端居:闲居。

②望,底本、《全唐诗》注:"一作空。"

③关:门闩。庾肩吾《南苑看人还诗》:"洛桥初度烛,青门欲上关。"

【汇评】

[明]王夫之《唐诗评选》卷三:"自然清韵,较襄阳徧佻之音固别。"又曰:"起句拙好。"

《唐诗归》卷九:"钟云:('落日'二句)晚景之妙,无如此语。('遥知'二句)不说登处却说望处,笔端妙,妙!"

[清]顾安《唐律消夏录》:"本是日边鸟下,原外人闲,看他句法倒转,便觉深妙。"

[清]沈德潜《唐诗别裁集》卷九:"转从远林望小台,思路曲折。远林,己之家中也,故结言应门有待,莫便上关。"

[清]黄培芳《唐贤三昧集笺注》:"顾云:'冲雅。第三句自然,三四摹写如画。'"

[清]张谦宜《茧斋诗谈》卷五:"'落日'二句,写台却以人物衬出,宽远入妙,方是台上眼光。'遥知'二句,悬想题外,却是转入题中,此法又妙。"

[清]黄叔灿《唐诗笺注》:"首联言裴迪小台,不出户而可望云山。次联写登台所见,境极清丽。三、四联说远处未必得见此台,以其小也,从对面说起,亦是翻空。"

[清]张文荪《唐贤清雅集》:"意兴闲远,神味在字句之外,静玩愈永。"

[清]金圣叹批《西厢记》第二本:"斫山云:美人于镜中照影,虽云看自,实是看他。细思千载以来,只有离魂倩女一人,曾看自己。他日读杜子美诗,有句云:'遥怜小儿女,未解忆长安',却将自己肠肚,置儿女分中,此真是自忆自。又他日读王摩诘诗,有句云:'遥知远林际,不见此檐端',亦是将自己眼光,移置远林分中,此真是自望自。盖二先生皆用倩女离魂法作诗也。"

酌酒与裴迪

酌酒与君君自宽^①，人情翻覆似波澜^②。白首相知犹按剑^③，朱门先达笑弹冠^④。草色全经细雨湿，花枝欲动春风寒。世事浮云何足问，不如高卧且加餐^⑤。

【题解】

作于隐居辋川之时。裴迪干请不遂，心情郁闷，王维与之对酌，劝其宽心。"草色全经细雨湿，花枝欲动春风寒"为本诗名句。赵殿成解释说："'草色'一联，乃是即景托喻。以众卉而邀时雨之滋，以奇英而受春寒之痼，即植物一类，且有不得其平者，况世事浮云变幻，又安足问耶！拟之六义，可比可兴。"

【注释】

①"酌酒"句：鲍照《拟行路难十八首》其四："酌酒以自宽，举杯断绝歌《路难》。"自宽：自我宽慰。

②"人情"句：陆机《君子行》："天道夷且简，人道险而难。休咎相乘蹑，翻覆若波澜。"

③白首相知：邹阳《狱中上梁王书》："语曰：'有白头如新，倾盖如故。'何则？知与不知也。"按剑：《史记·苏秦列传》："于是韩王勃然作色，攘臂瞋目按剑。"

④弹冠：《汉书·王吉传》："王阳在位，贡公弹冠。"师古注："弹冠者，言入仕也。"

⑤高卧：《晋书·陶潜传》："夏月虚闲，高卧北窗之下，清风飒至，自谓羲皇上人。"加餐：《古诗十九首》："弃捐勿复道，努力加餐饭。"

【汇评】

［明］廖文炳《评注唐诗鼓吹》："此裴干请不遂，因与酌酒解之也。"

[明]王世贞《艺苑卮言》卷四:"摩诘七言律,自《应制》、《早朝》诸篇外,往往不拘常调。至'酌酒与君'一篇,四联皆用仄法,此是初盛唐所无,尤不可学。凡为摩诘体者,必以意兴发端,神情傅合,浑融疏秀,不见穿凿之迹,顿挫抑扬,自出宫商之表,可耳。"

《唐诗归》卷九:"钟云:直直命题,便藏感慨。('草色'二句下)感慨矣,忽着此和缓语。此诗去粗露一途亦近矣,此二语救之。"

[清]彭端淑《雪夜诗谈》:"七言律最难,惟少陵、右丞乃造其极,而维诗甚少,殊不满意。如'云里帝城双凤阙,雨中春树万人家';'草色全经细雨湿,花枝欲动春风寒'。皆雄视古今,无与颉者。"

[清]黄培芳《唐贤三昧集笺注》卷上:"炉火纯青妙极矣,此又七律中高一着者也。极纡徐淡与之致,立论故不见其轻薄。第七句'世事浮云'妙与'春风''细雨'相为映带,'何足问'三字将上所论人情世事,一切消纳。第八句乃为缴足,去路悠然。"

[清]翟翚《声调谱拾遗》:"《酌酒与裴迪》,'细雨湿'三仄,'春风寒'三平,于中联偶著拗调,求之前人诗中亦不多见。岂是时诗律未严,沿袭齐梁之遗与!"

[清]黄周星《唐诗快》:"此拗体也,然语气岸兀不群,亦何必以常格绳之。"

闻裴秀才迪吟诗因戏赠

猿吟一何苦,愁朝复悲夕。莫作巫峡声①,肠断秋江客。

【题解】

作于隐居辋川之时。明朱存爵《存余堂诗话》曰:"诗非苦吟不工,信乎! 古人如孟浩然眉毛尽落;裴迪袖手,衣袖至穿;王维走入醋瓮;皆苦吟之验也。"本诗戏嘲裴迪苦吟,于轻谐玩趣之中寄托深厚友情。

①巫峡声:凄厉的猿声。《水经注·江水二》:"其(巫山)间首尾百六十里,谓之巫峡,盖因山为名也。……每至晴初霜旦,林寒涧肃,常有高猿长啸,属引凄异,空谷传响,哀转久绝。故渔者歌曰:'巴东三峡巫峡长,猿鸣三声泪沾裳。'"

过感化寺昙兴上人山院

暮持筇竹杖①,相待虎溪头②。催客闻山响,归房逐水流。野花丛发好,谷鸟一声幽。夜坐空林寂③,松风直似秋。

【题解】

作于隐居辋川之时。感化寺,宋蜀本作"感配寺",《全唐诗》校云:"一作感配,一作化感。"王维另有《游感化寺》诗,宋蜀本作《游化感寺》。又,王维《山中与裴秀才迪书》曰:"辄便独往山中,憩感配寺。"感化寺、化感寺、感配寺,关于这三名,学界颇有争议,可能以"化感寺"为是。为慎重起见,本书仍依底本。再摘录一些有关化感寺的材料,以供读者参考。《旧唐书·义福传》:"初止蓝田化感寺。"严挺之《大智禅师碑铭并序》:"游于终南化感寺。"元稹《山竹枝》自注:"自化感寺携来,至清源,投入辋川耳。"道宣《续高僧传》卷十五《灵润传》:"乃隐潜于蓝田之化感寺";卷十三《道岳传》:"从业蓝谷化感寺侧。"昙兴上人:不详。

【注释】

①筇竹:见《谒璇上人并序》注⑰。

②虎溪:《莲社高贤传》曰:"时远(慧远)法师居东林(庐山东林寺),其处流泉匝寺,下入于溪,每送客至此,辄有虎号鸣,因名虎溪。后送客未尝过,独陶渊明、修静(陆修静)至,语道契合,不觉过溪,因相与大笑。"

③林:元刻本作"村"。《全唐诗》注:"一作村"。

[清]黄培芳《唐贤三昧集笺注》:"待、催二字相应。"又:"顾云:'此景此意,只在目前。人不道着,幽邃可想。后半幽邃之景,宛然清雅。'"

游感化寺昙兴上人山院

裴迪

不远灞陵边,安居向十年。入门穿竹径,留客听山泉。
鸟啭深林里,心闲落照前。浮名竟何益,从此愿栖禅。

游感化寺

翡翠香烟合①,瑠璃宝地平②。龙宫连栋宇,虎穴傍檐楹。
谷静惟松响,山深无鸟声。琼峰当户拆,金涧透林鸣③。郢
路云端迥④,秦川雨外晴⑤。雁王衔果献⑥,鹿女踏花行⑦。抖擞
辞贫里⑧,归依宿化城⑨。绕篱生野蕨,空馆发山樱。香饭青
菰米⑩,嘉蔬绿芋羹⑪。誓陪清梵末⑫,端坐学无生。

【题解】

作于隐居辋川之时。前两联写感化寺的富丽堂皇与神圣庄严。次三联写寺院周围风景,描绘一幅空明澄澈的山水画卷。接下来四联,先以佛经故事渲染感化寺的灵异气息,再以寺中幽景与果蔬衬托其超尘脱俗的趣致。末联表明自己心迹,决心向佛。

【注释】

①翡翠:此处指色如翡翠之香烟。梁简文帝《咏烟》诗:"欲持翡翠色,时吐鲸鱼灯。"

②瑠璃:宝石名,为佛教七宝之一。此指以瑠璃装饰之佛殿。

③鸣:宋蜀本、《全唐诗》作"明"。《全唐诗》又注:"一作鸣"。

④郢路:通往郢都(今湖北钟祥)之路。《楚辞·九章·抽思》:"惟郢路之辽远兮,魂一夕而九逝。"

⑤秦川:泛指今陕西、甘肃秦岭以北平原地带。因春秋、战国时地属秦国而得名。

⑥雁王:佛教语,领头的大雁,为佛三十二相之一。《大智度论》卷四:"五者,手足指缦网相,如雁王,张指则现,不张则不现。"雁,宋蜀本作"凤"。衔果献:《法苑珠林》卷一○九云:"宋京师道林寺有沙门僧伽达多……以元嘉之初,来游宋境。达多常在山中坐禅,日时将逼,念欲受斋,乃有群鸟衔果飞来授之。达多自惟,昔猕猴奉蜜,佛亦受而食之,今飞鸟授食,何为不可?于是受进食之。"

⑦"鹿女"句:《杂宝藏经》卷一《莲华夫人缘》:"过去久远无量世时,雪山边有一仙人,名提婆延……常石上行小便,有精气,流堕石宕。有一雌鹿,来舐小便处,即便有娠。日月满足,来诣仙人窟下,生一女子,华裹其身,从母胎出,端正殊妙。仙人知是己女,便取畜养,渐渐长大,既能行来,脚蹈地处,皆莲华出。"

⑧抖擞:梵语"头陀"的意译。"辞贫里"典出《法华经·信解品》:有一穷子自幼离家出走,五十岁讨饭回来,其父已为城中之"大富长者"。因畏惧其父势力,穷子仍回"贫里"讨饭度日。长者设法与穷子一起做除粪之事,借机开导他,并认他为干儿子。二十年后,长者临终告诉穷子真相,穷子继承了长者全部财富,"并谓己本无心希求,今此宝藏自然而至"。此故事以穷子受大富长者之教化而得宝藏,比喻如来大慈大悲,以种种善巧方便,引人归于佛乘。

⑨归依:亦作"皈依","信奉"义。化城:谓一时化作之城郭,语出《法华经》卷三《化城喻品》。此处借指感化寺。

⑩菰米:菰生浅水中,高五、六尺,嫩茎的基部名茭白;夏秋间开紫红色小花,秋结实,称菰米,可做成饭吃。

⑪绿:宋蜀本作"紫"。芋羹:《全唐诗》作"笋茎"。

⑫清梵:谓和尚诵经声。此指诵经的僧人。末:末座。

【汇评】

[明]唐汝询《唐诗解》:"首言山寺之华,次言其僻,次言其幽,次言山水之胜,次言眺望之迥,次言象教之神。我安得不抖擞以辞贫里而归于化城哉!"

临高台送黎拾遗

相送临高台,川原杳何极!日暮飞鸟还,行人去不息。

【题解】

谢朓《临高台》诗:"千里常思归,登台临绮翼。才见孤鸟还,未辨连山极。四面动清风,朝夜起寒色。谁知倦游者,嗟此故乡忆。"此诗表达临望伤情之意。王维此诗意境出于谢诗。后两句以飞鸟于日暮倦飞而还,反衬行人长途跋涉不息,寓情于景,不着痕迹。

【汇评】

[明]唐汝询《唐诗解》:"摹写居人之思,不露情态,是五绝最佳处。"

[清]施补华《岘佣说诗》:"所谓语短意长而声不促也,可以为法。"

[清]黄培芳《唐贤三昧集笺注》:"顾云:'景中寓情不尽。古淡,极沉着。'"

[清]徐增《而庵说唐诗》卷七:"此纯写'临高台'之意。飞鸟还,则行人可息矣,而犹去不息,日暮途远,在行人恨不得即到,而送者则愿其早歇,念之深,爱之至也。"

[清]吴修坞《唐诗续评》:"只写其所见之景,而送客之怀,居人之思,俱在不言之表,高甚!"

[清]吴瑞荣《唐诗笺要》:"'去'字偏贽在'飞鸟还'下,便有浓味。"

[清]潘德舆《养一斋诗话》:"右丞'相送临高台','吹箫凌极浦',皆天下之奇作。"

辋川闲居

一从归白社①，不复到青门②。时倚檐前树，远看原上村。青菰临水映③，白鸟向山翻。寂寞于陵子，桔槔方灌园④。

【题解】

诗人于辋川别业闲居感怀之作。首联直陈归隐之志，颔联描写闲适的生活情态，颈联描绘闲静的自然环境，尾联再表心迹。"青"、"白"二字重见，不但不使人觉其重复，反而愈发显得自然，非大手笔无以至此。"时倚檐前树，远看原上村。"清张谦宜评曰："无景中有景。"

【注释】

①白社：指隐士居所。《清一统志·湖北·荆门州》："《名胜志》：古隐士之居，以白茅为屋，因名。"

②青门：《三辅黄图》卷一："长安城东出南头第一门曰霸城门，民见门色青，名曰青城门，或曰青门。"此处代指长安。

③青菰：俗称茭白。映，宋蜀本作"披"，《全唐诗》作"拔"。

④于陵子：即陈仲子，详见《郑果州相过》注③。桔槔：汲水工具。

【汇评】

《瀛奎律髓汇评》卷二十三："方回曰：'山下孤烟远村，天边独树高原'，与此'时倚檐前树，远看原上村'，予独心醉不已。"

[明]王世懋《艺圃撷余》："诗有古人所不忌，而今人以为病者。摘瑕者因而酷病之，将并古人无所容，非也。然今古宽严不同，作诗者既知是瑕，不妨并去。有重字者，王摩诘尤多，若'暮云空碛'、'玉靶雕弓'，二'马'俱押在下；'一从归白社，不复到青门'，'青菰临水映，白鸟向山翻'，'青'、'白'重出。比皆是失检点处，必不可借以自文也。"

[清]宋征璧《抱真堂诗话》："王摩诘云：'时倚檐前树，远看原上村。'李太白云：'倚树听流泉'，更复远淡。"

［清］朱庭珍《筱园诗话》:"律诗炼句,以情景交融为上。……情景交融者,景中有情,情中有景,打成一片,不可分拆。如右丞'白云回望合,青霭入看无';'松风吹解带,山月照弹琴';'行到水穷处,卧看云起时','时倚檐前树,远看原上村'、'大壑随阶转,群峰入户登'等句,皆是句中有人,情景兼到者也。"

［清］沈德潜《唐诗别裁集》卷九:"三、四自然,青、白字复。"

［清］张谦宜《茧斋诗谈》卷五:"'时倚檐前树,远看原上村',无景中有景。"

［清］吴瑞荣《唐诗笺要》:"颔联与'采菊东篱下,悠然见南山'同一意象,宜虚谷心醉此语。"

［清］卢麰《闻鹤轩初盛唐近体读本》:"王西宁曰:'三、四语虽直置,却得自然,有元亮笔意。'"

［清］吴昌祺《删订唐诗解》:"言菰、鸟各得其性,而我亦自适于灌园也。"

［清］乔亿《剑溪说诗》:"右丞诗,如《辋川闲居》二首,并体认'闲'字极细,句句与幽居有别。前首(指《辋川闲居赠裴秀才迪》)结处,合两事镕成一片以赠裴,妙有'闲'字余情。后首所云于陵灌园,是即目借以衬托,叹彼寂寞中尚不无所事,正见比倚树者真闲也。"

［清］徐增《而庵说唐诗》卷十五:"右丞作诗,意之所及,笔即随之,遑知'青'、'白'二字不可再用也。余读去,绝不觉其重复。古人要见本事,偏要弄出重复字来,今人却以此为病。大人不修边幅,此正见其大手笔处。灌园与菰之映水,鸟之向山,总只是一般,无二无别也。此诗其言甚淡,其意甚微。人性急,寻它头绪不出,把来放在一边,故是诗亦不免于寂寞也。"

［清］黄生《唐诗矩》:"亦只写寂寞二字。《归嵩山作》用为冒则,从后读去,皆见寂寞之意。此篇用为结则,从前读来,皆见寂寞之意。章法两变,意味俱佳。"

［清］王闿运批《唐诗选》:"亦是'遥'字意。"

积雨辋川庄作

　　积雨空林烟火迟,蒸藜炊黍饷东菑①。漠漠水田飞白鹭,阴阴夏木啭黄鹂。山中习静观朝槿②,松下清斋折露葵③。野老与人争席罢④,海鸥何事更相疑⑤。

【题解】

　　作于辋川。诗题,积雨,宋蜀本作"秋雨",疑非,由颔联"阴阴夏木"四字可见当时应为夏季,积雨乃久雨之意;"庄"下,《全唐诗》注曰:"一有上字。"本诗为夏日雨后观赏乡村田园风光而作。"漠漠水田飞白鹭,阴阴夏木啭黄鹂"两句,写景精工而自然,被清方东树赞为"万古不磨之句"。最后两句,以《庄子》、《列子》典故,表达玄同物我,超然世外的人生态度。

【注释】

　　①饷东菑:往田里送饭。菑,此泛指田亩。

　　②习静:亦作"习靖",谓静养心性,亦指过幽静生活。汉焦赣《易林·噬嗑之大过》:"奇适无偶,习靖独处。"朝槿:即木槿,朝开暮落故名。

　　③露葵:一种水生植物,嫩叶可食。曹植《七启》:"芳菰精稗,霜蓄露葵。"李善注:"宋玉《讽赋》曰:'为臣煮露葵之羹。'"张铣注:"蓄与葵,宜于霜露之时。"

　　④争席:争座位,表示彼此融洽无间,不拘礼节。《庄子·寓言》:"其往也,舍者迎将其家,公执席,妻执巾栉,舍者避席,炀者避灶。其反也,舍者与之争席矣。"成玄英疏:"除其容饰,遣其矜夸,混迹同尘,和光顺俗,于是舍息之人与争席而坐矣。"

　　⑤"海鸥"句:《列子·黄帝》:"海上之人有好沤鸟者,每旦之海上从沤鸟游,沤鸟之至者,百住而不止。其父曰:'吾闻沤鸟皆从汝游,汝取来吾玩之。'明日之海上,沤鸟舞而不下也。"张湛注:"心动于内,形变于外;禽鸟犹觉,人理岂可诈哉?"事:宋蜀本、元刻本俱作"处"。

【汇评】

[唐]李肇《唐国史补》卷上："维有诗名，然好取人文章佳句。'行到水穷处，坐看云起时'，《英华集》中诗也。'漠漠水田飞白鹭，阴阴夏木啭黄鹂'，李嘉佑诗也。"

[宋]叶梦得《石林诗话》卷上："诗下双字极难，须使七言五言之间除去五字三字外，精神兴致，全见于两言，方为工妙。唐人记'水田飞白鹭，夏木啭黄鹂'为李嘉佑诗，王摩诘窃取之，非也。此两句好处，正在添'漠漠'、'阴阴'四字，此乃摩诘为嘉佑点化，以自见其妙，如李光弼将郭子仪军，一号令之，精彩数倍。不然，如嘉佑本句，但是咏景耳，人皆可到。"

[宋]晁公武《郡斋读书记》卷四上："李肇记维'漠漠水田飞白鹭……'之句，以为窃李嘉佑者，今嘉佑之集无之，岂肇厚诬乎？"

[宋]范季随《陵阳先生室中语》："王维诗云：'漠漠水田飞白鹭，阴阴夏木啭黄鹂。'极尽写物之工。"

[宋]曾季狸《艇斋诗话》："前人诗言立鹭者三：欧公'稻田水浸立白鹭'，东坡'颍水清浅可立鹭'，吕东莱'稻水立白鹭'，皆本于王摩诘'漠漠水田飞白鹭'。"

[宋]周弼《碛砂唐诗》："敏曰：'无此叠字，径直无情，加此叠字，情景活现，用叠字之法具在矣。况乎七言最忌五言句泛加二字，惟此真是七字句，并非五言泛加二字也。'"

[明]顾璘曰："结语用庄子忘机之事无迹。此诗首述田家时景，次述己志空泊，末写事实，又叹俗人之不知己也。东坡云摩诘'诗中有画，画中有诗'者此耳。"

[明]胡应麟《诗薮》内编卷五："世谓摩诘好用他人诗，如'漠漠水田飞白鹭'，乃李嘉佑语，此极可笑。摩诘盛唐，嘉佑中唐，安得前人预偷来者？此正嘉佑用摩诘诗。宋人习见摩诘，偶读嘉佑集，得此便为奇货。"

[明]唐汝询《唐诗解》："盖是时维已退隐，而当路者犹忌之，故托此以自解。"

[明]周珽《唐诗选脉会通评林》："周敬曰：'清脱无尘，出世人语，往往多道气。'"

[明]许学夷《诗源辩体》卷十六:"摩诘七言律,如'帝子远辞'、'洞门高阁'、'积雨空林'等篇,皆淘洗澄净者也。"

《唐诗归》卷九:"钟云:'烟火迟'又妙于'烟火新',然非积雨说不出。"

[清]王士禛《带经堂诗话》卷十五"袭故类"张宗柟附识:"又案李嘉佑天宝七年进士,视右丞开元登第时后二十载,然考右丞之殁在上元初年,固非渺不相及也。"

[清]宋征璧《抱真堂诗话》:"摩诘加以'漠漠'、'阴阴'四字,情景俱妙,固知摩诘善画也。"

[清]方东树《昭昧詹言》卷十六:"此题命脉,在'积雨'二字。起句叙题。三四写景极活现,万古不磨之句。后四句,言己在庄上事与情如此。"

[清]黄叔灿《唐诗笺注》:"读此诗,摩诘心胸恬淡如见。"

[清]屈复《唐诗成法》:"用成句亦不妨,然有右丞之炉锤则可,无,则抄写而已。"

[清]吴景旭《历代诗话》:"郭彦深曰:王维'漠漠水田飞白鹭,阴阴夏木啭黄鹂',此用叠字之法,不独摹景入神,而音调抑扬,气格整暇,悉在四字中。杜诗'野日荒荒白,江流泯泯清',亦是上二字扬,下二字抑,情景气格悉备。李嘉佑剪去'漠漠'、'阴阴',使索然少味矣。"

[清]贺贻孙《诗筏》:"老杜'杖藜还客拜','旧犬喜我归',王摩诘'野老与人争席罢',高达夫'庭鸭喜多雨',皆现成琐俗事无人道得,道得即成妙诗,何尝炼还字、喜字、罢字以为奇耶?诗家固不能废炼,但以炼骨炼气为上,炼句次之,炼字斯下矣。"

[清]王寿昌《小清华园诗谈》:"何谓瘦?曰:如刘随州之《逢郴州使因寄郑协律》,及右丞之《积雨辋川庄作》,少陵之《夜》是也。"

戏题辋川别业

柳条拂地不须折,松树梢云从更长①。藤花欲暗藏猱子②,柏叶初齐养麝香③。

作于辋川。本诗描写柳的垂地枝条、松的入云枝干,以及繁茂的藤花与初生的柏叶,又以"不须折"、"从更长"与"藏猱子"、"养麝香"等词赋予大自然以生命与活意,由此寄予诗人对自然的欣赏态度与天人合一的人生情怀。

【注释】

①梢:扫。《全唐诗》作"披"。

②猱:猿的一种。

③麝:又称麝獐、香獐、麝香。嵇康《养生论》:"麝食柏而香。"

【汇评】

[清]张谦宜《茧斋诗谈》卷五:"《戏题辋川别业》,此截中四句法,比老杜好看,遂似胜之。"

归辋川作

谷口疏钟动,渔樵稍欲稀。悠然远山暮,独向白云归①。
菱蔓弱难定,杨花轻易飞。东皋春草色②,惆怅掩柴扉。

【题解】

诗人于春天日暮归还辋川别业而有是作。前两联点出归还辋川别业之事与所见的山野风景,"稀"与"独"蕴含孤寂幽深的情味。颈联以随波飘摆的菱蔓与因风飘扬的柳絮,暗喻浮沉不定的人生。尾联表明归隐之意。本诗意旨在于一个"归"字。

【注释】

①"独向"句:陶弘景《答诏问》:"山中何所有?岭上多白云。"

②东皋:见《宿郑州》注④。

春中田园作

屋上春鸠鸣,村边杏花白。持斧伐远扬①,荷锄觇泉脉②。归燕识故巢③,旧人看新历④。临觞忽不御⑤,惆怅远行客⑥。

【题解】

作于辋川。诗题,宋蜀本作《春中田园作二首》,此诗为第一首,《淇上田园即事》为第二首。首联以春鸠、杏花点出初春时令,颔联写春天里忙碌的农人。颈联以燕回故巢、人看新历,暗示岁月易逝、人生易老。尾联紧承上一联,触景生情,惆怅怀远。

【注释】

①"持斧"句:《诗·豳风·七月》:"蚕月条桑,取彼斧斨,以伐远扬。"孔颖达疏:"远,谓长枝去人远也;扬,谓长条扬起者也。皆手所不及,故枝落之,而采取其叶。"

②觇泉脉:察看伏流于地下的泉水。谢朓《赋平民田》:"察壤见泉脉,觇星视农正。"

③归:元刻本作"新";《全唐诗》注:"一作新"。故:宋蜀本作"旧";《全唐诗》注:"一作旧"。

④旧:底本、《全唐诗》均注:"一作故"。

⑤临觞:举杯。陆机《短歌行》:"置酒高堂,悲歌临觞。"御:饮用。《独断》卷上:"御者,进也。凡衣服加于身,饮食入于口,妃妾接于寝,皆曰御。"

⑥远行:《全唐诗》注:"一作送远"。

[明]陆时雍《唐诗镜》卷十:"野趣"。

[清]延君寿《老生常谈》:"此诗整而不板,旧而实新,学右丞此种为最。"

[清]黄培芳《唐贤三昧集笺注》卷上:"神境高极。一结从'嗟我怀人,寘彼周行'化出。"又:"顾云:'上六句叙事,末一转结束之。此有所思而作者,别一格局,亦高古。'"

春园即事

宿雨乘轻屐①,春寒着弊袍。开畦分白水②,间柳发红桃。草际成棋局,林端举桔槔③。还持鹿皮几④,日暮隐蓬蒿⑤。

【题解】

作于辋川。诗人于初春宿雨后观赏田园风光而作。首联点出初春微寒,雨后初晴的天气特征。中间两联描写眼前之景:桃花盛开于柳间,青草间隔如棋局,春光旖旎,令人陶醉;村民有的在开畦分水,有的在林边汲水,繁忙而有序。尾联写自己黄昏之时隐几静坐,一派安闲静逸气象。全诗写景叙事清新淡雅,富有生气。

【注释】

①屐:木鞋,泛指鞋。

②畦:田园中分成的小区。

③举桔槔:《庄子·天运》:"且子独不见夫桔槔者乎,引之则俯,舍之则仰。"

④鹿皮几:鹿皮做成的小几,供疲倦时倚靠。古诗文中多为隐士所用。

⑤蓬蒿:陶潜《答庞参军》:"朝为灌园,夕偃蓬庐。"

【汇评】

[明]陆时雍《唐诗镜》卷十:"五、六语入绘笔。"

山居即事

寂寞掩柴扉,苍茫对落晖。鹤巢松树徧①,人访荜门稀②。
嫩竹含新粉③,红莲落故衣④。渡头灯火起⑤,处处采菱归。

【题解】

作于辋川。本诗写夏日黄昏的田园风光。颔联中,一"徧"一"稀"形成鲜明对比,以鹤巢"徧"反衬访人"稀",以此呼应首联"寂寞"二字,景色虽寂寞却不乏活意。颈联以嫩竹破衣、莲叶凋谢昭示大自然的新陈代谢,以一花一叶而见三千大千世界,语句含蓄而有韵致。尾联写农家采菱归来,渡口灯火平添些许人间情调。

【注释】

①徧:遍。

②荜:同筚。荜门:《左传·襄公十年》:"筚门闺窦之人。"杜预注:"筚门,柴门也。"

③嫩:宋蜀本、《全唐诗》作"绿"。

④"红莲"句:庾信《入彭城馆》:"槐庭垂绿穗,莲浦落红衣。"

⑤灯:宋蜀本、元刻本作"烟"。

【汇评】

[明]许学夷《诗源辩体》卷十六:"摩诘五言律,如'寂寞掩柴扉',澄淡精致者也。"

[明]胡应麟《诗薮》内篇卷四:"'寂寞掩柴扉'篇,幽闲古淡,储孟同声者也。"

[明]王夫之《唐诗评选》卷三:"八句景语,自然含情,亦自齐梁来,居然风雅典则。俗汉轻诋六代铅华,谈何容易!"又曰:"'落'字重用。"

[明]陆时雍《唐诗镜》卷十:"三、四幽境自成,闲然清远。"

[清]高士奇《唐三体诗》:"何焯云:第三句反衬无人。五、六言不唯竟

日,春秋代谢恒如是也。结句应'稀'字,归人渡喧,愈见荜门寂寂也。"

[清]顾安《唐律消夏录》:"此诗首句既有'掩柴扉'三字,而下面七句皆是门外情景,如何说得去? 不知古人用法最严,用意最活,下紧接'对落晖'句,便知'掩柴扉'三字是虚句也。"

[清]张谦宜《茧斋诗谈》卷五:"'鹤巢松树偏,人访荜门稀',寂寞中景色鲜活。"

山居秋暝

空山新雨后,天气晚来秋。明月松间照,清泉石上流。竹喧归浣女,莲动下渔舟。随意春芳歇①,王孙自可留②。

【题解】

作于辋川。此诗作于秋天傍晚的雨后。诗人选择松、泉、石等自然景物,以及融和于山水自然中的浣女,营造出一幅清新生动的秋山晚景图。全诗境界空明澄澈,语句平淡率真而有韵致。清张谦宜评之为"写真境之神品",清黄生认为"此非复食烟火人能道者"。

【注释】

①春芳歇:南朝宋刘铄《拟明月何皎皎》:"谁为客行久,屡见流芳歇。"

②王孙:本指贵族子弟,后来也泛指隐士。《楚辞·招隐士》:"王孙兮归来,山中兮不可以久留。"

【汇评】

[明]郭濬《增订评注唐诗正声》:"色韵清绝。"

[明]唐汝询《唐诗解》:"雅淡中有致趣。"

[明]周珽《唐诗选脉会通评林》:"月从松间照来,泉由石上流出,极清极淡,所谓洞口胡麻,非复俗指可染者。'浣女'、'渔舟',秋晚情景;'归'字、'下'字,句眼大妙;而'喧'、'动'二字属之'竹'、'莲',更奇入神。"

[清]宋征璧《抱真堂诗话》:"王摩诘'明月松间照,清泉石上流',魏文

帝'俯视清水波,仰看明月光',俱自然妙境。"

[清]吴乔《围炉诗话》卷三:"盛唐不巧,大历以后力量不及前人,欲避陈浊麻木之病,渐入于巧。右丞之'明月松间照,清泉石上流',极是天真大雅,后人学之,则为小儿语也。"

[清]张谦宜《茧斋诗谈》卷五:"《山居秋暝》,写真境之神品。"又曰:"'空山新雨后,天气晚来秋',起法高洁,带得通篇俱好。"

[清]徐增《而庵说唐诗》卷十五:"人皆知颔联之佳,而不知此承起二句来。"

[清]叶矫然《龙性堂诗话》:"《山居秋暝》诗,第七句颇费解。予揣诗意,以众芳摇落之辰,悲感易生,自达人观之,春荣秋歇,乃天之道,随意处之,则王孙无芳草之怨,而自可留,亦招隐之意也。盖此诗前六句信口不假思索,到结故作蕴藉语,俾轻浅人不得效颦,此诗人身分处也。"

[清]黄叔灿《唐诗笺注》:"写山居之景,幽绝清绝。"

[清]黄生《唐诗矩》:"右丞本从工丽入,晚岁加以平淡,遂到天成。如'明月松间照,清泉石上流',此非复食烟火人能道者。今人不察其渐老渐熟乃造平淡之故,一落笔便想作此等语,以为吾以王、孟为宗,其流弊可胜道哉!"

[清]张文荪《唐贤清雅集》:"语气若不经意,看其结体下字何等老洁,切勿顺口读过。"

[清]章燮《唐诗三百首注疏》:"此诗所谓不着一字尽得风流者,最为难学。后生不知其难,往往妄步,遂成浅俗。"

田园乐七首

其 一

出入千门万户^①,经过北里南邻^②。蹀躞鸣珂有底^③,崆峒散发何人^④。

【题解】

诗题下,宋蜀本有"六言走笔立成"六字。为诗人退隐辋川时所作,皆为六言绝句,故又题作"辋川六言"。本组诗有一个共同的主题,即赏玩优美的田园风光,描绘简朴的隐居生活,抒发恬淡的隐逸情致。清黄生《唐诗摘抄》用"景之胜"、"俗之朴"、"地之幽"、"身之闲"、"供之淡"等词概括本组诗的特点,并谓其"极尽田园之乐"。

【注释】

①出入:宋蜀本、《全唐诗》作"厌见"。《全唐诗》又注:"一作出入"。千门万户:指规模深广宏大的宫殿屋宇。《史记·孝武本纪》:"于是作建章宫,度为千门万户。"

②北里南邻:谓王侯贵族所居之地。左思《咏史八首》其四:"济济京城内,赫赫王侯居。……南邻击钟磬,北里吹笙竽。"

③蹀躞:马行貌;宋蜀本、《全唐诗》作"官府"。《全唐诗》又注:"一作蹀躞"。鸣珂:马勒饰玉,行时作声,故名。蹀躞鸣珂:谓贵人出行之状。有底:为何。

④崆峒:亦作空同,山名,在今甘肃省平凉市城西。相传仙人广成子居于此。《庄子·在宥》:"黄帝立为天子,十九年,令行天下,闻广成子在于空同之上,故往见之。"

【汇评】

〔清〕黄叔灿《唐诗笺注》:"朝官贵客,那识田园乐趣。曰'有底'、曰'何人',四字惺然动人。"

其　二

再见封侯万户,立谈赐璧一双①。讵胜耦耕南亩②,何如高卧东窗。

【注释】

①"再见"二句:用虞卿说赵孝成王事。《史记·范雎蔡泽列传》:"夫虞卿蹑屩担簦,一见赵(孝成)王,赐白璧一双,黄金百镒;再见,拜为上卿;三见,卒受相印,封万户侯。"

②耦耕南亩:《论语·微子》:"长沮、桀溺耦而耕,孔子过之,使子路问津焉。"

【汇评】

[清]黄叔灿《唐诗笺注》:"尝谓摩诘是靖节后身,淡荡高情,千古同调,诗格虽异而情致一也。山居景色,悠然入胜。"

其 三

采菱渡头风急①,策杖村西日斜②。杏树坛边渔父③,桃花源里人家。

【注释】

①急:元刻本、《全唐诗》注:"一作起。"

②策杖:拄杖。曹植《苦思行》:"策杖从我游,教我要忘言。"村:宋蜀本作"林"。

③"杏树"句:《庄子·渔父》:"孔子游乎缁帷之林,休坐乎杏坛之上。弟子读书,孔子弦歌,鼓琴奏曲未半,有渔父者下船而来,须眉交白,披发揄袂,行原以上,距陆而止,左手据膝,右手持颐以听。"

【汇评】

[明]唐汝询《唐诗解》:"采菱、杖策,纪所游也。风急、日斜,状其景也。身同渔樵,家为隐沦也。然乃杏坛之渔父,桃源之人家,稍与俗人异耳。"

[清]黄叔灿《唐诗笺注》:"如此悠闲野趣,想见辋川图画中人。"

其 四

萋萋芳草春绿①,落落长松夏寒②。牛羊自归村巷,童稚不识衣冠③。

【注释】

①芳:诸本皆作"春",底本据《唐诗品汇》改为"芳"。春:宋蜀本、《全唐

诗》作"秋"。萋萋:《诗·周南·葛覃》:"维叶萋萋。"毛苌传:"茂盛貌。"《楚辞·招隐士》:"王孙游兮不归,春草生兮萋萋。"

②落落:孙绰《游天台山赋》:"藉萋萋之纤草,荫落落之长松。"吕延济注:"落落,松高貌。"

③衣冠:士大夫的穿戴,借指缙绅、士大夫。《论语·尧曰》:"君子正其衣冠,尊其瞻视,俨然人望而畏之。"

【汇评】

[明]唐汝询《唐诗解》:"卉木随时,民裕淳古,乐可知矣。"

[清]李锳《诗法易简录》:"三、四句写出田园真朴景象。"

[清]黄周星《唐诗快》:"如此田园之乐乃真乐,世间安得此桃花源乎!"

其 五

山下孤烟远村,天边独树高原。一瓢颜回陋巷①,五柳先生对门②。

【注释】

①"一瓢"句:《论语·雍也》:"子曰:'贤哉,回也! 一箪食,一瓢饮,在陋巷。人不堪其忧,回也不改其乐。'"朱熹注:"程子曰:'颜子之乐,非乐箪瓢陋巷也,不以贫窭累其心而改其所乐也。'"

②五柳先生:指陶渊明。

【汇评】

《瀛奎律髓汇评》卷二十三:方回:"予于摩诘'山下孤烟远村,天边独树高原'独心醉不已。"

[明]董其昌《画禅室随笔》卷二:"'山下孤烟远村,天边独树高原',非右丞工于画道,不能得此语。"

[明]唐汝询《唐诗解》:"先生对门,非泛然语,岂裴迪辈欤!"

其 六

桃红复含宿雨,柳绿更带春烟①。花落家僮未扫②,莺啼山客犹眠。

【注释】

①春,《全唐诗》作"朝"。

②僮,宋蜀本、《全唐诗》作"童"。

【汇评】

[宋]黄升《玉林诗话》:"六言绝句,如王摩诘'桃红复含宿雨'及王荆公'杨柳鸣绸暗晴'二诗,最为警绝,后难继者。"

[宋]胡仔《苕溪渔隐丛话》后集卷九:"苕溪渔隐曰:'每哦此句,令人坐想辋川春日之胜,此老傲睨闲适于其间也。'"

《瀛奎律髓汇评》卷二十三:方回:"右丞有六言《田园乐七首》。'花落家童未扫,莺啼山客犹眠'举世称叹。"

[明]唐汝询《唐诗解》:"上联状景之佳,下联写居之逸。"

[明]周珽《唐诗选脉会通评林》:"上联景媚句亦媚,下联居逸趣亦逸。"

[清]黄叔灿《唐诗笺注》:"读罢不觉长歌《归去来辞》。"

[清]潘德舆《养一斋诗话》卷五:"或问六言诗法,予曰:王右丞'花落家僮未扫,鸟啼山客犹眠',康伯可'啼鸟一声村晚,落花满地人归',此六言之式也。必如此自在谐协方妙,若稍有安排,只是减字七言绝耳,不如无作也。"

[清]李锳《诗法易简录》:"写出田园闲适之乐。"

[清]张谦宜《茧斋诗谈》卷五:"何尝不风流,只是浑含。"

其　七

酌酒会临泉水,抱琴好倚长松。南园露葵朝折,东舍黄粱夜春①。

【注释】

①东舍:元刻本、底本、《全唐诗》作"东谷"。黄粱:《尔雅翼》:"黄粱,穗

大毛长,壳米俱粗于白粱,而收子少,不耐水旱,食之香味逾于诸粱,人号为竹根黄。"

【汇评】

[明]唐汝询《唐诗解》:"临泉而酌,倚松而琴,隐居之趣也。折葵而烹,春粮而食,田家之味也。"

【七首总评】

[宋]李之仪《姑溪集》:"鲁直以六言诗方得其法,乃真知摩诘者,惟其能知之,然后能发明其秘要。须咀嚼久,始信其难。"

[清]黄生《唐诗摘抄》:"第三首景之胜,第四首俗之朴,第五首地之幽,第六首身之闲,第七首供之淡,极尽田园之乐。"

[清]赵翼《陔余丛考》:"六言,至王摩诘等又以之创为绝句小律,亦波峭可喜。"

[清]吴瑞荣《唐诗笺要》:"此体托始汉司农谷永,魏晋曹、刘间出,唐人自李景伯后,传者略少,惟摩诘最工,且亦转多云。"

泛前陂

秋空自明迥①,况复远人间。畅以沙际鹤②,兼之云外山。澄波澹将夕③,清月皓方闲。此夜任孤棹,夷犹殊未还④。

【题解】

诗人于秋夜池塘泛舟而作。首联写秋空,突出其空旷寂寥、远离尘世特征,"自"字充满禅意。中间两联写舟中所见:沙边白鹤,云外青山,澄澈的水波,清幽的明月,望之令人产生出尘之想。尾联,诗人于湖光山色之中流连忘返,任凭小舟随波漂流,显示出自在悠然的情致。

【注释】

①自明,底本、《全唐诗》注曰:"一作明月。"迥:高远。

②畅,宋蜀本作"扬"。

③澹:水摇动貌。宋玉《高唐赋》:"水澹澹而盘纡兮。"

④夷犹:屈原《九歌·湘君》:"君不行兮夷犹。"王逸注:"夷犹,犹豫也。"

【汇评】

[明]杨慎《升庵诗话》卷三:"王右丞诗:'畅以沙际鹤,兼之云外山。'孟浩然云:'重以观鱼乐,因之鼓枻歌。'虽用助语辞,而无头巾气。宋人黄陈辈效之,如:'且然聊尔耳,得也自知之。'又如:'命也岂终否,时乎不暂留。'岂止学步邯郸,效颦西子? 乃是丑妇生疮,雪上加霜也。"

[明]胡震亨《唐音癸签》卷四:"诗用语助字,非法也,惟排律长篇或间有之。如老杜'余力浮于海,端忧问彼苍',尚不觉用语助字。至王、孟'畅以沙际鹤,兼之云外山',及'依止此山门,谁能效丘也'之类,则恶矣,岂可妄效。"

[清]贺裳《载酒园诗话》:"'畅以沙际鹤,兼之云外山',右丞偶尔自佳,后人尊之为法,动用数虚字演句,便成馊酸馅矣。"

山茱萸

朱实山下开,清香寒更发。幸有丛桂花①,窗前向秋月。

【题解】

诗题,宋蜀本作"《山茱萸咏》"。山茱萸,《图经本草》说:"山茱萸,叶如梅,有刺,二月开花如杏,四月实如酸枣,赤色。"前两句写山茱萸花凌寒开花,清香袭人。后两句以桂花类比,用明月相衬,表明山茱萸花高洁清逸的品性特征。

【注释】

①有:宋蜀本、《全唐诗》作"与";《全唐诗》又注:"一作有"。

酬虞部苏员外过蓝田别业不见留之作

贫居依谷口,乔木带荒村。石路枉回驾,山家谁候门?
渔舟胶冻浦①,猎火烧寒原②。惟有白云外,疏钟闻夜猿③。

【题解】

虞部苏员外过访隐居在辋川别业的王维,不遇而回,王维以诗记之。
虞部为工部四司之一,置员外郎一人,从六品上,掌京城街巷种植、山泽苑
囿及草木薪炭等事。苏员外,未详何人。前四句交代自己隐所周围环境及
友人过而不见留之事,"贫居"、"荒村"、"山家"等词昭示居所的清幽僻远。
后四句设想友人所见:渔舟冻结在水边,猎火腾跃在原野;所闻:白云外传
来凄楚的猿啼与稀疏的钟声。清冷幽寂的意象中寄予着友人"过不见留"
的惆怅之情。

【注释】

①冻浦:冰封的河畔。
②猎火烧:宋蜀本作"猎犬绕"。烧,《全唐诗》注:"一作绕"。猎火:打
猎时焚山驱兽之火。
③闻:元刻本作"间"。

【汇评】

《唐诗归》卷九:"钟云:'后四句似不沾题,映带蕴藉,妙在言外,此法
不能知。'"

[清]黄培芳《唐贤三昧集笺注》:"顾云:起二句,此别业景可想见。第
四应'贫居',五六善叙冬日之景。"

[清]张文荪《唐贤清雅集》:"通首用缩笔藏锋法,古韵铿然,起四句俱
活对。"

[清]焦袁熹《此木轩论诗汇编》:"'惟有'者,无一有也。此诗家三
昧也。"

蓝田山石门精舍

落日山水好，漾舟信归风①。玩奇不觉远②，因以缘源穷。遥爱云木秀③，初疑路不同。安知清流转，偶与前山通。舍舟理轻策④，果然惬所适。老僧四五人，逍遥荫松柏。朝梵林未曙⑤，夜禅山更寂⑥。道心及牧童⑦，世事问樵客。暝宿长林下⑧，焚香卧瑶席⑨。涧芳袭人衣⑩，山月映石壁。再寻畏迷误⑪，明发更登历⑫。笑谢桃源人，花红复来觌⑬。

【题解】

此诗记游蓝田石门精舍的所见所感。《元和郡县志》："蓝田山一名玉山，一名覆车山，在(蓝田)县东二十八里。"精舍，即寺院。明周珽《唐诗选脉会通评林》概括本诗内容说："从入蓝田水陆行径，叙到深憩精舍中情景，始以无心，终若有得。其间恍惚投足，幽寂悟机，一一从笔端倾出，毫不着相，手腕灵脱。"诗人"无心"，诗句"毫不着相"，周氏此评的确抓住了本诗的核心特征。"落日山水好，漾舟信归风。""涧芳袭人衣，山月映石壁。"这些诗句正是"无心"、"不着相"的表现，殷璠《河岳英灵集》赞曰："一字一句，皆出常境。"

【注释】

①漾舟：泛舟。谢惠连《西陵遇风献康乐》："成装候良辰，漾舟陶嘉月。"李周翰注："漾舟，泛舟也。"归风：回风，旋风。木华《海赋》："或乃萍流而浮转，或因归风以自反。"李周翰注："或因回风以自归也。"

②玩：《全唐诗》作"探"，又注："一作玩"。

③秀：底本、《全唐诗》注曰："一作翠。"云木：云雾缭绕的树林。

④理：持。

⑤朝梵：和尚早晨诵经。未：底本、《全唐诗》注："一作方。"

⑥夜禅：夜晚坐禅。山：《全唐诗》注："一作心。"

⑦道心：此处指佛教之菩提心。及，《全唐诗》注："一作友"。

⑧林：底本，《全唐诗》注："一作井。"

⑨瑶席：席子的美称。瑶，指瑶草，传说中的一种香草。

⑩"涧芳"句：宋蜀本注："一云涧风吹人衣。"涧芳：涧边花草的芳香。

⑪"再寻"句：用《桃花源记》武陵渔人欲再去桃源已迷失路径之意。

⑫明发：黎明。《诗·小雅·小宛》："明发不寐。"朱熹传："明发，谓将旦而光明开发也。"王维《春夜竹亭赠钱少府归蓝田》诗："羡君明发去，采蕨轻轩冕。"

⑬觌（dí）：看。

【汇评】

[唐]殷璠《河岳英灵集》上："维诗词秀调雅，意新理惬。在泉为珠，着壁成绘。一句一字，皆出常境。至如'落日山水好，漾舟信归风'……讵肯惭于古人也？"

[宋]刘辰翁评："（'偶与前山通'四句）此景自常有之，其诗亦若无意，故是佳趣。"

[明]陆时雍《唐诗镜》卷十："语语领趣。"

[明]郭濬《增订评注唐诗正声》："游得幽远有趣，妙在以虚字斡旋。"

[明]周珽《唐诗选脉会通评林》："从入蓝田水陆行径，叙到深憩精舍中情景，始以无心，终若有得。其间恍惚投足，幽寂悟机，一一从笔端倾出，毫不着相，手腕灵脱。"

《唐诗归》卷八："钟云：山水真境，妙在说得变化，似有步骤，而无端倪。作记之法亦然。（'道心'句下）'及'字深妙难言。"又："谭云：游得心细。"

[清]焦袁熹《此木轩论诗汇编》："起数语神化已极，前无曹、刘，后无李、杜。"

[清]徐增《而庵说唐诗》卷二："看二解（五字八句）中，许多层数，许多曲折。作淡远一路诗，最要晓得这个道理。结四语，勿作认真会，虽是诗家后来之出路，然要晓得作者于此必要显石门之精妙。"

[清]黄培芳《唐贤三昧集笺注》卷上："'漾舟'字奇。'安知'二句，柳子

292

厚小记中'舟行若穷,忽又无际',沈确士引以比拟,洵为佳境佳句。'涧芳'字亦奇。"又曰:"撷康乐之英。"

[清]黄周星《唐诗快》卷四:"('道心'句下)'及'字不但难言,亦且难想。一幅石门精舍图。读至'道心'二语,则又别有天地,非人间矣。"

[清]张谦宜《茧斋诗谈》卷五:"一气浑成中极掩映合沓之妙。"

[清]王闿运批《唐诗选》:"黄花川、石门等作,亦能得山水理趣。"

山 中

荆溪白石出^①,天寒红叶稀。山路元无雨,空翠湿人衣^②。

【题解】

此诗录于底本外编,亦录于奇字斋本外编及凌本,其他诸本未见收录。《全唐诗》王维诗收有《阙题二首》,第一首即此诗。苏轼《书摩诘蓝田烟雨图》谓此诗云:"此摩诘之诗也。或曰:非也,好事者以补摩诘之遗。"可见宋时已有人认为此诗非王维所作。与苏轼同时代的诗僧惠洪,在其《冷斋夜话》卷四中录此诗,谓之"王摩诘《山中》诗"。惠洪之说或有所据,今从其说。本诗被苏轼视为"诗中有画"的代表,尤其是后两句,以虚笔写心理感受,空灵超妙,越出常境。

【注释】

①荆溪:即长水,又名荆谷水,源出蓝田县西北,西北流,入灞水。参见《水经注·渭水》。底本注:"一作蓝田"。

②"空翠"句:梁庾肩吾《奉和春夜应令》:"水光悬荡壁,山翠下添流。"空翠:山间岚气。

【汇评】

[宋]苏东坡《书摩诘蓝田烟雨图》云:"味摩诘之诗,诗中有画;观摩诘之画,画中有诗。诗曰:'蓝溪白石出,玉山红叶稀。山路元无雨,空翠湿人衣。'此摩诘之诗也。或曰:非也,好事者以补摩诘之遗。"

[明]胡震亨《唐音癸签》卷三三:"坡公尝戏为摩诘之诗,以摹写摩诘之画,编《诗纪》者,认为真摩诘诗,采入集中世人无识,那可与分辨!《书摩诘蓝田烟雨图》云:'此摩诘之诗也。或曰:非也,好事者以补摩诘之遗。'此话语被人作死语看,摩诘增一首好诗,失却一幅好画矣。"

送　别

山中相送罢,日暮掩柴扉。春草明年绿,王孙归不归①?

【题解】

此诗作于辋川。诗题,元刻本、《全唐诗》同,宋蜀本作"山中送别"。又,《全唐诗》注云:"一作《送友》。"前两句写送别后日暮掩门,以寻常举动婉转传达惆怅落寞之情。后两句写询问友人归期,惜别、相思之情溢于言表。整首诗语言简淡自然而又蕴藉深厚,饱含缱绻不尽的离愁别绪。

【注释】

①"春草"二句:《楚辞·招隐士》:"王孙游兮不归,春草生兮萋萋","王孙兮归来,山中兮不可以久留"。

【汇评】

[宋]胡仔《苕溪渔隐丛话》后集卷九:"盖用《楚辞》'王孙游兮不归,春草生兮萋萋。'此善用事也。"

[明]唐汝询《唐诗解》:"扉掩于暮,居人之离思方深;草绿有时,行子之归期难必。"

[明]顾可久曰:"自谓因归人感怀,怅恨不穷,婉曲、含蓄、多味、高古。"

《唐诗归》卷八:"钟云:'慷慨寄托,尽末十字,蕴藉不觉,深味之,知右丞非一意清寂、无心用世之人。'"

[清]黄培芳《唐贤三昧集笺注》:"此种断以不说尽为妙,结得有多少妙味。"

[清]宋顾乐《唐人万首绝句选》:"翻弄《骚》语,刻意扣题。"

早秋山中作

无才不敢累明时，思向东溪守故篱。不厌尚平婚嫁早^①，却嫌陶令去官迟^②。草堂蛩响临秋急^③，山里蝉声薄暮悲。寂寞柴门人不到，空林独与白云期^④。

【题解】

作于辋川。首联感叹时世，自称无才，意欲弃官归隐。颔联以尚平、陶渊明事，表达归隐的决心。颈联写景，以秋蛩暮蝉的急促叫声渲染萧瑟气氛。尾联述幽居僻远访客不至，独自与白云为伴，传达出诗人宁静、洒脱的情怀。

【注释】

①不，底本、元刻本、宋蜀本作"岂"。尚平：即尚长，一作"向长"。《后汉书·逸民列传》："向长，字子平，河内朝歌人也。隐居不仕，性尚中和。……建武中，男女娶嫁既毕，敕断家事勿相关，'当如我死也'。于是遂肆意与同好北海禽庆俱游五岳名山，竟不知所终。"

②"却嫌"句：《晋书·陶潜传》："郡遣督邮至，县吏白应束带见之，潜叹曰：'吾不能为五斗米折腰，拳拳事乡里小人邪！'义熙二年，解印去县，乃赋《归去来兮辞》。"

③堂，宋蜀本、元刻本、《全唐诗》作"间"。蛩：蟋蟀。

④期，宋蜀本作"归"。

【汇评】

［清］管世铭《读雪山房唐诗序例·七律凡例》："凡律诗最重起结，七言

尤然。起句之工于发端,如王维'无才不敢累明时,思向东溪守故篱',皆足为一代楷式。"

[清]赵臣瑗《山满楼笺注唐诗七言律》:"此等诗温厚和平,不失正始之遗,读之令人悠然自远。"

林园即事寄舍弟纮

寓目一萧散,消忧冀俄顷①。青草肃澄陂②,白云移翠岭。后浦通河渭③,前山包鄢郢④。松含风里声,花对池中影。地多齐后疟⑤,人带荆州瘿⑥。徒思赤笔书⑦,讵有丹砂井⑧?心悲常欲绝,发乱不能整。青箪日何长⑨,闲门昼方静。颓思茅檐下⑩,弥伤好风景。

【题解】

诗题下,《全唐诗》注:"次荆州时作。"纮,王维最小的弟弟,曾任礼部员外郎、司勋郎中等职,后因依附元载遭贬(见《旧唐书·代宗纪》)。最后两句"颓思茅檐下,弥伤好风景",是全诗的总结,也暗示了全诗的结构:前四联写"好风景",接下来的四联写"颓思"。以悦景寓哀情,愈见悲情不能自已。

【注释】

①俄顷:片刻,一会儿。

②陂:元刻本作"波"。

③浦:宋蜀本、《全唐诗》作"沔";《全唐诗》又注:"一作浦"。

④鄢郢:郢为春秋楚都,鄢为楚别都,后世也鄢郢合称楚都,又泛指今湖北江陵、襄阳一带。

⑤疟:宋蜀本、《全唐诗》作"瘠"。《全唐诗》又注:"一作疟"。齐后疟:齐后,齐君,指齐景公。《晏子春秋·内篇·谏上》:"景公疥且疟,期年

不已。"

⑥荆州瘿:《博物志》卷二:"山居之民多瘿肿疾,由于饮泉之不流者。今荆南诸山郡东多此疾瘤。"瘿,长在脖子上的一种囊状瘤。

⑦赤笔书:指道教的仙书、符篆。赵殿成笺注:"赤笔书,当作仙书、符篆之解。《魏书·释老志》所谓丹书、紫字,《云笈七签》所谓紫书、紫笔、缮文之类是也。"

⑧丹砂井:葛洪《抱朴子内篇·仙药》:"疑其井水殊赤,乃试掘井左右,得古人埋丹砂数十斛,去井数尺。此丹砂汁因泉渐入井,是以饮其水而得寿。"

⑨簟:竹席,元刻本作"箪"。江淹《别赋》:"夏簟清兮昼不暮。"

⑩颓思:司马相如《长门赋》:"无面目之可显兮,遂颓思而就床。"李善注:"《广雅》曰:'颓,坏也。'言坏其思虑而就床。"茅檐下:语本陶潜《饮酒二十首》:"褴缕茅檐下,未足为高栖。"

山中示弟等

山林吾丧我①,冠带尔成人②。莫学嵇康懒③,且安原宪贫④。山阴多北户⑤,泉水在东邻。缘合妄相有⑥,性空无所亲⑦。安知广成子⑧,不是老夫身?

【题解】

诗题,"弟"下,宋蜀本、《全唐诗》无"等"字。王维有弟四人,曰缙、绅、纮、纨(参见《新唐书·宰相世系表》)。此诗作于天宝末年,向诸弟谈自己的人生体悟。

【注释】

①吾丧我:《庄子·齐物论》:"今者吾丧我,汝知之乎?"郭象注:"吾丧我,我自忘矣;我自忘矣,天下有何物足识哉!故都忘外内,然后超然俱得。"

②冠带:指仕宦。

③嵇康懒:嵇康《与山巨源绝交书》:"性复疏懒,筋驽肉缓,头面常一月十五日不洗,不大闷痒,不能沐也。"

④原宪贫:《史记·仲尼弟子列传》:"原宪字子思。……孔子卒,原宪亡在草泽中。子贡相卫,而结驷连骑。排藜藿,入穷阎,过谢原宪。宪摄敝衣冠见子贡。子贡耻之,曰:'夫子岂病乎?'原宪曰:'吾闻之,无财者谓之贫,学道而不能行者谓之病,若宪贫也,非病也。'子贡惭,不怿而去。"

⑤北,元刻本作"是"。北户:门户朝北开。

⑥缘:佛教用语,即因缘,指事物赖以产生和存在的原因和条件。妄相:佛教认为,世间万法(一切事物和现象)皆因缘和合所生,没有自性,皆是虚妄,故称"妄相"。

⑦性空:佛教用语,指诸法之体性虚幻不实。

⑧广成子:葛洪《神仙传》卷一:"广成子者,古之仙人也。居崆峒山石室之中,黄帝闻而造焉。"

春过贺遂员外药园

前年槿篱故①,今作药栏成②。香草为君子③,名花是长卿④。水穿磐石透,藤系古松生。画畏开厨走⑤,来蒙倒屣迎⑥。蔗浆菰米饭⑦,蒟酱露葵羹⑧。颇识灌园意,于陵不自轻⑨。

【题解】

贺遂员外,即户部员外郎贺遂陟。关于贺遂陟药园,李华《贺遂员外药园小山池记》曰:"种竹艺药,以佐正性;华实相蔽,百有余品。"据陈《校注》考证,李华此文写于安史之乱前的长安,王维本诗大概也作于此时此地。前六句写园中之美景,中四句写主人之盛情,后两句赞主人志趣之高雅。

①槿：元刻本作"种"。故：元刻本作"外"。

②今：宋蜀本、《全唐诗》作"新"。

③"香草"句：屈原《离骚》常以香草喻君子。王逸《离骚经序》："《离骚》之文，依《诗》取兴，引类譬喻。故善鸟香草，以配忠贞；恶禽臭物，以比谗佞。"

④长卿：司马相如。

⑤画，宋蜀本作"书"。走，底本注曰："一作去"；《全唐诗》注曰："一作书，一作去。"《晋书·顾恺之传》："恺之尝以一厨画糊题其前，寄桓玄，皆其深所珍惜者。玄乃发其厨后窃取画，而缄闭如旧以还之，绐云未开。恺之见封题如初，但失其画，直云妙画通灵，变化而去，亦犹人之登仙，了无怪色。"

⑥倒屣：屣，鞋，宋蜀本作"屐"。《三国志·魏书·王粲传》："（蔡邕）闻粲在门，倒屣迎之。"后以"倒屣"形容热情迎客。

⑦菰米：即菱白，生于湖泊中，果实像米，可以做饭。

⑧蒟酱：异名枸酱、蒌叶等，蔓生木本植物，果实如桑椹，有辣味，可制酱。露葵：一种水生植物，嫩叶可食，详见《积雨辋川庄作》注③。

⑨于陵：于陵子，即陈仲子，详见《郑果州相过》注③。

送贺遂员外外甥

南国有归舟①，荆门泝上流②。苍茫葭菼外③，云水与昭丘④。樯带城乌去⑤，江连暮雨愁。猿声不可听，莫待楚山秋。

【题解】

此诗写作时间同上诗。为送别贺遂陟外甥南归而作。前四句想象离人溯江而行所见到的景象，后四句写眼前实景，寄予浓浓的关切之意。全诗境界雄浑，以豪迈之笔抒送别之情，不落俗套。

①南国:古指江汉一带的诸侯国。《国语·周语上》韦昭注:"南国,江汉之间也。"后亦泛指南方。

②荆门:荆州(今湖北江陵)。泝,逆流而上。

③葭菼:芦荻。

④与:底本、《全唐诗》注曰:"一作同。"昭丘:春秋楚昭王墓,在湖北当阳市东南。王粲《登楼赋》:"北弥陶牧,西接昭丘。"李善注引《荆州图记》曰:"当阳东南七十里,有楚昭王墓,登楼则见,所谓昭丘。"

⑤樯:桅杆。城乌:萧绎《和刘尚书侍讲》:"城乌侵曙鸣。"

【汇评】

[清]黄培芳《唐贤三昧集笺注》卷上:"大气霡霂,一滚而出,要知是高贵,若落粗豪便失之。"又曰:"('苍茫'二句)散落动荡,仍极完整。"

问寇校书双溪

君家少室西①,为复少室东?别来几日今春风。新买双溪定何似②?余生欲寄白云中。

【题解】

寇校书,生平不详。钱起《夜雨寄寇校书》曰:"此时蓬阁友,应念昔同衾。"蓬阁即秘书省。钱起自天宝九载至天宝末为秘书省校书郎,寇与钱为"蓬阁友",因此也应在这段时间任校书郎,王维此诗也应作于这段时期,姑系之于天宝末。双溪,为寇校书在嵩山附近购置的别业之名称。本诗借询问寇校书新买双溪别业,表达自己的山林之志。

【注释】

①少室:《元和郡县志》:"河南道登封县。嵩高山,在县北八里,亦名外方山,又云东曰太室,西曰少室,嵩高总名,即中岳也。"

②似,宋蜀本作"以"。

过沈居士山居哭之

杨朱来此哭①,桑扈返于真②。独自成千古,依然旧四邻。闲檐喧鸟雀③,故榻满埃尘。曙月孤莺啭,空山五柳春。野花愁对客,泉水咽迎人。善卷明时隐④,黔娄在日贫⑤。逝川嗟尔命⑥,丘井叹吾身⑦。前后徒言隔,相悲讵几晨⑧?

【题解】

此诗疑作于天宝末。诗题,宋蜀本作《过沈居哭沈居士》。沈居士,为一名在家修行的佛教徒,生平不详。前两句交代本诗写作缘起。中间八句通过描写沈居士山居之景而抒发自己的悲悼之情。接下来,以古之贤士"善卷"、"黔娄"喻沈居士品节。最后四句,诗人由悼念沈居士而抒发自己时近暮年的身世之感。

【注释】

①"杨朱"句:《列子·仲尼》:"随梧之死,杨朱抚其尸而哭。"

②"桑扈"句:《庄子·大宗师》:"子桑户、孟子反、子琴张三人相与语。……莫然有间,而子桑户死,未葬……或编曲,或鼓琴,相和而歌曰:'嗟来桑户乎!嗟来桑户乎!而已反其真,而我犹为人猗。'"桑扈,即桑户。返于真,谓人死归于自然。

③雀:《全唐诗》作"鹊"。

④"善卷"句:《庄子·让王》:"舜以天下让善卷,善卷曰:'余立于宇宙之中……日出而作,日入而息,逍遥于天地之间而心意自得,吾何以天下为哉?悲夫!子之不知余也。'遂不受,于是去而入深山,莫知其处。"

⑤"黔娄"句:《列女传》卷二《鲁黔娄妻》:"(黔娄)甘天下之淡味,安天下之卑位,不戚戚于贫贱,不忻忻于富贵,求仁而得仁,求义而得义。"

⑥"逝川"句:《论语·子罕》:"子在川上曰:'逝者如斯夫!不舍

昼夜。'"

⑦丘井：丘墟枯井，喻身心衰老。《维摩经·方便品》："是身如丘井，为老所逼。"

⑧晨：通"辰"，时。

【汇评】

［明］王夫之《唐诗评选》卷三："挽诗得此，神理不减。起结各用一意四句，长篇不如是则冗。沈云卿《玩月》，李白《送储邕》，通用此局阵，其源亦自康乐玄晖来。"

［明］周珽《唐诗选脉会通评林》："'曙月'二句悲意在言外，'野花'二句悲意在景中。〇吴山民曰：'一通篇清婉凄切。''成千古'二语，发出几许辛酸！'善卷'、'黔娄'，引喻居士，佳。"

夏日过青龙寺谒操禅师

龙钟一老翁，徐步谒禅宫①。欲问义心义②，遥知空病空③。山河天眼里④，世界法身中⑤。莫怪销炎热，能生大地风。

【题解】

本诗首句，王维自称"龙钟一老翁"，显然作于晚年。裴迪有同咏，这说明本诗作于安史之乱前，因为安史之乱后裴就入蜀了。综合这两方面原因，可大致判断本诗作于天宝末年。据《长安志》卷九记载，青龙寺在长安新昌坊南门东面，为唐代密宗道场。本诗充满禅理，可以禅诗视之。

【注释】

①禅宫：佛寺。

②义心：谓犹豫不决之心，有迷事、迷理两种。

③空病：执着于"空"之病。以"空"破除迷人对"空"的执着，即空空。

嘉祥《仁王经疏》卷二："空破五阴，空空破空。如服药能破病，病破已，药亦应出，若药不出，即复是病；以空破诸烦恼病，恐空复为患，是故以空舍空，故名空空也。"

④天眼：佛教五眼(肉眼、天眼、慧眼、法眼、佛眼)之一。《大智度论》卷五："于眼，得色界四大造清净色，是名天眼。天眼所见……诸色无不能照见。"

⑤世界：又名世间。世指时间，界指空间。《楞严经》卷四："世为迁流，界为方位。汝今当知，东、西、南、北、东南、西南、东北、西北、上、下为界，过去、未来、现在为世。"法身：佛三身(法身、报身、应身)之一，又名自性身，或法性身，即常住不灭，人人本具的真性。

同　咏

裴迪

安禅一室内，左右竹亭幽。有法知不染，无言谁敢酬。鸟飞争向夕，蝉噪已先秋。烦暑自兹退，清凉何所求。

菩提寺禁裴迪来相看说逆贼等
凝碧池上作音乐供奉人等举声
便一时泪下私成口号诵示裴迪

万户伤心生野烟，百官何日再朝天①？秋槐叶落空宫里，凝碧池头奏管弦。

【题解】

据陈《谱》，此诗作于至德元年(756)八月。天宝十五年六月，安禄山攻陷长安,玄宗奔蜀,王维扈从不及被捕,被缚送洛阳,拘于菩提寺,迫以伪署。七月,肃宗即位于灵武,改元至德。八月,安禄山在洛阳凝碧池宴请其徒,命梨园诸工奏乐,诸工皆泣。裴迪来菩提寺看望王维,告知此事,维闻之悲恻而作是诗(《旧唐书·王维传》)。在本诗中,王维感伤两京陷落,抒发对朝廷的思念之情。整诗写得沉痛、婉曲、韵味悠长。

【注释】

①官,宋蜀本、《全唐诗》作"寮"。再,宋蜀本、《全唐诗》作"更"。

【汇评】

[明]王鏊《震泽长语》:"'凝碧池头奏管弦',不言亡国,而亡国之意溢于言外,得风人之旨矣。"

[明]李沂《唐诗援》:"有无限说不出处,而满腔悲愤俱在其中,非摩诘不能为。"

[明]顾可久曰:"感慨、沉着、婉曲、深长。"

[清]张谦宜《茧斋诗谈》卷五:"此谓怨而不怒。"

口号又示裴迪

安得舍尘网①,拂衣辞世喧②。悠然策藜杖③,归向桃花源。

【题解】

此诗继上诗而作,故曰"又示"。诗题,《唐人万首绝句》作《菩提寺禁示裴迪》,《全唐诗》作《菩提寺禁口号又示裴迪》。

【注释】

①尘,《全唐诗》作"罗",又注:"一作尘"。

②拂衣:指归隐,详见《送张五归山》注①。

③策:扶。藜:一年生草本植物,茎坚老者可为杖。

既蒙宥罪旋复拜官伏感圣恩
窃书鄙意兼奉简新除使君等诸公

忽蒙汉诏还冠冕，始觉殷王解网罗①。日比皇明犹自暗，天齐圣寿未云多。花迎喜气皆知笑②，鸟识欢心亦解歌。闻道百城新佩印③，还来双阙共鸣珂④。

【题解】

陈《谱》系于乾元元年(758)初春。至德二年(757)九月唐军收复西京，十月收复东京，王维被勒赴西京。十二月，陷贼官以六等定罪，"维以凝碧诗闻于行在，肃宗嘉之，会缙请削己刑部侍郎以赎兄罪，特宥之"(《旧唐书·王维传》)。至德三年二月改乾元元年(758)。是春，王维复官，责授太子中允，加集贤殿学士。"既蒙宥罪旋复拜官"，维伏感皇恩浩荡因有是作，并以之献给将去各地赴任的新任刺史们。

【注释】

①殷王解网罗：《史记·殷本纪》："汤出，见野张网四面，祝曰：'自天下四方皆入吾网。'汤曰：'嘻，尽之矣！'乃去其三面。祝曰：'欲左，左；欲右，右。不用命，乃人吾网。'诸侯闻之曰：'汤德至矣，及禽兽。'"

②皆知，元刻本作"犹能"。《全唐诗》注："一作犹能"。

③百城：指州刺史(使君)的辖境，又指州刺史。参见《送封太守》注⑦。

④珂：马勒上的玉饰，马行时作声，故曰"鸣珂"。

【汇评】

[清]金人瑞《贯华堂选批唐才子诗》："既赦罪，又复官，若顺事各写，此成何章句。今看其小出手法，只将二事抟作二句，言我直至复官之后始悟既已赦罪矣。便令前此畏罪之深，后此蒙恩之重；前此惊魂一片，后此衔感万重，所有意中意外、如恍如惚、无数情事，不觉尽出。此谓临文变化生心

之能也。……上解伏感圣恩,此解奉简诸公也。……五、六花皆含笑鸟亦解歌者,盖事出望外,心神颠倒,所谓不自知其手之舞之、足之蹈之也。"

辋川别业

不到东山向一年①,归来才及种春田。雨中草色绿堪染,水上桃花红欲燃②。优娄比丘经论学③,伛偻丈人乡里贤④。披衣倒屣且相见⑤,相欢语笑衡门前⑥。

【题解】

此诗疑作于乾元元年(758)初春。诗人被宥罪复官重回辋川,距离天宝末陷贼离开这里正好一年有余,所以诗人开篇即说:"不到东山向一年。"首联"才及"二字,显示出诗人心中难以抑制的喜悦。接着又用"绿堪染"、"红欲燃"、"相欢语笑"等词渲染出一派喜悦欢庆的气氛。

【注释】

①东山:泛指隐居之地。典出《晋书·谢安传》:"累违朝旨,高卧东山。"此处借指辋川。

②欲,元刻本作"亦";《全唐诗》注:"一作亦"。

③优娄比丘:指佛教僧人。经论:佛教三藏(经律论)之经藏与论藏。

④伛偻丈人:《庄子·达生》:"仲尼适楚,出于林中,见痀偻者承蜩,犹掇之也。……孔子顾谓弟子曰:'用志不分,乃凝于神,其痀偻丈人之谓乎!'"

⑤披衣:陶潜《移居》:"相思则披衣,言笑无厌时。"倒屣:形容热情迎客,详见《春过贺遂员外药园》注⑥。

⑥衡门:横木为门,指简陋的屋舍。《诗·陈风·衡门》:"衡门之下,可以栖迟。"朱熹传:"言衡门虽浅陋,然亦可以游息。"

和贾舍人早朝大明宫之作

绛帻鸡人送晓筹①,尚衣方进翠云裘②。九天阊阖开宫殿③,万国衣冠拜冕旒④。日色才临仙掌动⑤,香烟欲傍衮龙浮⑥。朝罢须裁五色诏⑦,佩声归向凤池头⑧。

【题解】

陈《谱》系于乾元元年(758)春末。王维迁中书舍人,与贾至、岑参、杜甫等并为两省僚友,多有唱和。诗题中,贾舍人即贾至,字幼邻,河南洛阳人,自天宝末至乾元元年春官中书舍人。贾至作《早朝大明宫呈两省僚友》,王维此诗即为和作。又,岑参《奉和中书贾至舍人早朝大明宫》,杜甫《奉和贾至舍人早朝大明宫》,皆同和之作。

【注释】

①绛帻鸡人:指宫中传更报晓之人。绛帻:红色头巾。赵殿成注引《汉官仪》曰:"宫中兴台并不得畜鸡,夜漏未明三刻鸡鸣,卫士侯于朱雀门外,着绛帻,专传鸡唱。"送晓筹:即报晓。筹,指更筹、更签,古时报更用的牌。

②尚衣:掌天子服冕之官。翠云裘:指天子之衣。

③阊阖:指宫门。

④衣冠:谓缙绅、士大夫。冕旒:此处代指天子。参见《三月三日曲江侍宴应制》注⑤。

⑤仙掌:汉武帝为求仙,在建章宫神明台上造铜仙人,舒掌捧铜盘玉杯,以承接天上的仙露,后称承露金人为仙掌。张衡《西京赋》:"立修茎之仙掌,承云表之清露。"

⑥衮龙:天子的衮龙袍。

⑦五色诏:用五色纸书写的诏书。

⑧佩:玉佩。凤池:即凤凰池,指中书省。

【汇评】

［宋］胡仔《苕溪渔隐丛话》前集卷十："老杜《和早朝大明宫》诗，贾至为唱首，王维、岑参皆有和，四诗皆佳绝。"

［元］杨载《诗法家数》："荣遇之诗，要富贵尊严，典雅温厚。写意要闲雅，美丽清细，如王维、贾至诸公《早朝》之作，气格雄深，句意严整，如宫商迭奏，音韵铿锵，真麟游灵沼，凤鸣朝阳也。学者熟之，可以一洗寒陋。"

［明］顾璘曰："右丞此篇，直与老杜颉颃，后惟岑参及之，他皆不及。盖气概阔大，音律雄浑，句法典重，用字清新，无所不备故也。或犹未全美，以用衣服字太多耳。"

［明］徐师曾《诗体明辨》："古人赓和，答其来意而已，初不为韵所缚。如杜甫、王维、岑参和贾至《早朝大明宫》诗，各自成篇。甫但云'诗成珠玉在挥毫'，参云'阳春一曲和皆难'，并其意不同，况于韵乎！中唐以后，元、白、皮、陆更相倡和，此体始盛。"

［明］许学夷《诗源辩体》卷十六："摩诘七言律，如'绛帻鸡人'，宏赡雄丽者也。"

［明］郝敬《批选唐诗》："意象俱足，庄严稳称，较胜诸作。"

［明］陆时雍《唐诗镜》："王用实写，神色冥会，意妙言先。"

［明］谢榛《四溟诗话》卷二："'尚衣方进翠云裘'，'万国衣冠拜冕旒'重字，不害为大家。"

［明］胡震亨《唐音癸签》卷十："《早朝》四诗，名手汇此一题，觉右丞擅场，嘉州称亚，独老杜为滞钝无色。"

［明］胡应麟《诗薮》内编卷五："细校王、岑之作，岑通章八句，皆精工整密，字字天成。颈联绚烂鲜明，早朝意宛然在目。独颔联虽绝壮丽，而气势迫促，遂至全篇音韵微乖，不尔，当为唐七言律冠矣。王起语意偏，不若岑之大体；结语思窘，不若岑之自然。颈联甚活，终未若岑之骈切。独颔联高华博大，而冠冕和平，前后映带，遂令全首改色，称最当时。大概二诗力量相等，岑以格胜，王以调胜；岑以篇胜，王以句胜；岑极精严缜匝，王较宽裕悠扬"。

［清］毛先舒《诗辩坻》："典重可讽，而冕服为病，结又失严。"

308

［清］吴烻《唐诗选胜直解》："应制诗庄重典雅,斯为绝唱。"

［清］沈德潜《唐诗别裁集》卷十三:"早朝倡和诗,右丞正大,嘉州名秀,有鲁卫之目。贾作平平。杜作无朝之正位,不存可也。"

［清］赵翼《瓯北诗话》续卷十二:"岑、王、杜等《早朝》诸作,敲金戛玉,研练精切。"

［清］许印芳《律髓辑要》："尾联与三联不粘。唐人七律上下联不忌失粘,后人七律声律加密始忌之。若以后人之法绳唐人而病其失粘,则非矣。"

［清］赵殿成曰:"《早朝》四作,气格雄深,句调工丽,皆律诗之佳者。结句俱用凤池事,惟老杜独别,此其妙处不容掩者也。若评较全篇,定其轩轾,则岑为上,王次之,杜、贾为下,虽苏子瞻所赏在'旌旗日暖'二句,杨诚斋所取在'花迎剑佩'一联,文人爱尚,各有不同。"

［清］王寿昌《小清华园诗谈》:"何谓气象? 曰王维《和贾舍人早朝大明宫之作》,不谓之'诗中天子'不可也。"

同　和

杜甫

五夜漏声催晓箭,九重春色醉仙桃。旌旗日暖龙蛇动,宫殿风微燕雀高。朝罢香烟携满袖,诗成朱玉在挥毫。欲知世掌丝纶美,池上于今有凤毛。

同　和

岑参

鸡鸣紫陌曙光寒,莺啭皇州春色阑。金阙晓钟开万户,

玉阶千仗拥千官。花迎剑佩星初落,柳拂旌旗露未干。独有
凤凰池上客,阳春一曲和皆难。

早朝大明宫呈两省僚友

贾至

银烛朝天紫陌长,禁城春色晓苍苍。千条弱柳垂青琐,
百啭流莺绕建章。剑佩声随玉墀步,衣冠身惹御炉香。共沐
恩波凤池里,朝朝染翰侍君王。

登楼歌

聊上君兮高楼,飞甍鳞次兮在下①。俯十二兮通衢,绿槐
参差兮车马。却瞻兮龙首②,前眺兮宜春③。王畿郁兮千里④,
山河壮兮咸秦⑤。舍人下兮青宫⑥,据胡床兮书空⑦。执戟疲
于下位⑧,老夫好隐兮墙东⑨。亦幸有张伯英草圣兮龙腾虬
跃⑩,摆长云兮揬回风。琥珀酒兮雕胡饭⑪,君不御兮日将晚。
秋风兮吹衣,夕鸟兮争返。孤砧发兮东城,林薄暮兮蝉声远。
时不可兮再得⑫,君何为兮偃蹇⑬。

【题解】

张《谱》系于乾元元年(758)。这是王维宥罪复官以后为肃宗朝写的一
首颂歌,其中亦有叹老嗟卑之词与归隐东山之思。汉魏诗人王粲《登楼赋》
曰:"登兹楼以四望兮,聊暇日以销忧。览斯宇之所处兮,实显敞而寡仇。"
王维《登楼歌》与王粲《登楼赋》应有启承关系。诗先写登楼所见壮阔景象,

再抒自己屈于卑位的苦闷,接下来描绘秋日薄暮的孤凄画面,最后慨叹时不我待,说服自己下决心归隐。诗篇采用骚体形式,也不乏屈子的不平之气。

【注释】

①飞甍:两端翘起的房脊。鲍照《咏史》:"京城十二衢,飞甍各鳞次。"

②龙首:古山名。《水经注·渭水》:"(龙首山)长六十余里,头临渭水,尾达樊川。"

③宜春:宜春宫。

④王畿:京城所管辖的方圆千里的地区。

⑤咸秦:秦都咸阳。此处借指长安。

⑥舍人:《旧唐书·职官志》:"太子右春坊……中舍人二人,正五品上。舍人掌行令书、令旨及表启之事。"青宫:太子宫。《神异经》:"东海外有东明山,有宫焉。……以青石碧镂,题曰'天地长男之宫'。"因此后称太子宫为青宫。

⑦胡床:又称交椅、交床,一种可折叠的轻便坐具,因由胡人传入故称。书空:《晋书·殷浩传》:"浩虽被黜放,口无怨言,夷神委命,谈咏不辍,虽家人不见其有流放之感。但终日书空,作'咄咄怪事'四字而已。"

⑧执戟:唐时负责守卫宫殿门户的小官,属正九品下。

⑨墙东:谓隐者所居之地,典出《后汉书·逸民列传·逢萌》。东汉王君公于乱世"侩牛自隐",时人论之曰:"避世墙东王君公。"

⑩张伯英:名芝,东汉著名书法家,有"草圣"之称。

⑪琥珀酒:色如琥珀之酒。雕胡:即菰米饭。参见《晦日游大理韦卿城南别业四首》其三注④。

⑫"时不"句:屈原《九歌·湘君》:"时不可兮再得,聊逍遥兮容与。"

⑬偃蹇:《释名·释姿容》:"偃,偃息而卧不执事也;蹇,跛蹇也,病不能作事,今托病似此也。"王先谦《释名疏证补》曰:"郭璞《客傲》'庄周偃蹇于漆园',即偃卧不事事之意。"

【汇评】

[清]张谦宜《茧斋诗谈》卷五:"比骚差多,为其明白光滑也。"

送韦评事

欲逐将军取右贤①，沙场走马向居延②。遥知汉使萧关外③，愁见孤城落日边。

【题解】

张《谱》引日本学者梅泽和轩语云："评事属大理寺，有八人，又十人为司直之官，时执务于军中。杜（甫）诗云《送韦十六评事充同谷防御判官》，盖同人也。天宝之变，与杜甫共陷贼围中。至德二年出同谷郡，参与塞外军事，亦维之友人也。前半壮绝，后半凄绝，正为雄浑伟大之作。"仇兆鳌《杜诗详注》系《送韦十六评事充同谷防御判官》于至德二载。据此，张《谱》系维诗于乾元元年(758)，为复官之后所作。

【注释】

①取右贤：《汉书·匈奴传》载，汉武帝元朔五年(前124)，车骑将军卫青率众击匈奴，围右贤王，"得右贤王人众男女万五千人，裨小王十余人"。右贤王：匈奴在单于下设左、右贤王，分管东(左)西(右)部地区。

②居延：汉县名，故址在今内蒙古额济纳旗东南。

③萧关：古关名，故址在今宁夏固原市东南。

【汇评】

[明]李攀龙《唐诗直解》："两种情思，结作一堆。"

[明]陆时雍《唐诗镜》卷十："意外含情。"

[明]周珽《唐诗选脉会通评林》："以第三句想出远道情景，亦唐诗一体。"

[清]范大士《历代诗发》："右丞善用'遥'字，俱是代人设想，莫不佳绝。"

[清]黄培芳《唐贤三昧集笺注》："深远雅正。"

晚春严少尹与诸公见过

松菊荒三径①,图书共五车。烹葵邀上客②,看竹到贫家③。鹊乳先春草④,莺啼过落花。自怜黄发暮⑤,一倍惜年华。

【题解】

陈《谱》系于乾元元年(758)晚春。严少尹,即严武,自至德二载(757)九月至乾元元年六月官京兆少尹。少尹,唐京兆、河南、太原等府,各置尹(正长官)一员,从三品;少尹(副长官)二员,从四品下。本诗写暮春友人来访的感触。经历安史之乱中陷贼、被迫接受伪职和两京收复后入狱的打击,诗人的思想感情很复杂,处于出与处的矛盾之中,本诗即为此种思想情绪的流露。全诗写得清淡精致,纪昀评曰:"句句清新而气韵天成,不见刻画之迹。"

【注释】

①"松菊"句:语本陶渊明《归去来兮辞》:"三径就荒,松菊犹存。"三径,见《黎昕裴迪见过秋夜对雨之作》注④。

②"烹葵"句:《古文苑》卷二宋玉《讽赋》:"上客远来……乃炊雕胡之饭,烹露葵之羹以食之。"

③看竹:参见《春日与裴迪过新昌里访吕逸人不遇》注③。

④乳:《说文》:"人及鸟生子曰乳。"

⑤黄发:年老。

【汇评】

[宋]刘克庄《后村诗话》新集卷三云:"'烹葵邀上客,看竹到贫家。'警句。"

《瀛奎律髓汇评》卷十:方回:"三四唐人不曾犯重,极新。第六句尤妙。"陆贻典:"三四用事,天然凑合。"纪昀:"句句清新而气韵天成,不见刻画之迹。五六句赋中有比，末句从此过脉，浑化无痕。"

[明]许学夷《诗源辩体》卷十六："摩诘五言律，如'松菊荒三径'，澄淡精致者也。"

[明]周珽《唐诗选脉会通评林》："刘辰翁曰：三四有味外味。"

[明]陆时雍《唐诗镜》卷十："三四精雅，五六语韵恬适。"

《唐诗归》："钟云：'先'字、'过'字，幻妙之甚！○谭云：'过，字尤不可思议。'"

[清]查慎行《初白庵诗评》："'过'字千锤百炼，而出以自然。"

[清]黄生《增订唐诗摘抄》卷一："五六起下意，言鹊乳甫先春草，莺啼倏过落花，此年华之所以可惜也。分明有倏、甫二字在句内，名缩脉句。诸公皆有见过之作，诗中必有惜年华之语，故结处答其意，言诸公皆以年华为可惜，自怜暮景，故惜年华之心，比诸公更加一倍也。七八二句，上仍有说话，谓之意在句前。"

酬严少尹徐舍人见过不遇

公门暇日少，穷巷故人稀。偶值乘篮舆①，非关避白衣②。不知炊黍否，谁解扫荆扉？君但倾茶碗，无妨骑马归。

【题解】

此诗所作时间与上诗相去不远。诗题，严少尹，即严武；徐舍人，即徐浩。严武，见上首题解。徐浩，至德元年(756)自襄州刺史召拜中书舍人，乾元元年(758)四月二十八日后徙国子祭酒(见《唐仆尚丞郎表》卷八)。王维此诗大概作于乾元元年四月。友人拜访而不遇，王维作此诗聊表谢意。一、二联解释自己并非有意怠慢，三、四联关心友人来访时所受待遇。全诗以真情率意贯穿，语言冲淡，意境古雅。

【注释】

①乘篮舆：《宋书·陶潜传》："江州刺史王弘欲识之，不能致也。潜尝

往庐山,弘令潜故人庞通之赍酒具于半道栗里要之。潜有脚疾,使一门生、二儿举篮舆(竹轿)。既至,欣然便共饮酌。俄顷弘至亦无忤也。"

②白衣:指给官府当差的小吏。避白衣,典出《晋书·陶潜传》:"刺史王弘以元熙中临州,甚钦迟之,后自造焉。潜称疾不见,既而语人云:'我性不狎世,因疾守闲,幸非洁志慕声,岂敢以王公纡轸(枉驾)为荣邪!'"

【汇评】

[明]顾可久曰:"意思真率,冲澹古雅。"

同崔傅答贤弟

洛阳才子姑苏客①,桂苑殊非故乡陌②。九江枫树几回青,一片扬州五湖白③。扬州时有下江兵④,兰陵镇前吹笛声⑤。夜火人归富春郭⑥,秋风鹤唳石头城⑦。周郎陆弟为俦侣⑧,对舞前溪歌白苎⑨。曲几书留小史家⑩,草堂棋赌山阴墅⑪。衣冠若话外台臣⑫,先数夫君席上珍⑬。更闻台阁求三语⑭,遥想风流第一人⑮。

【题解】

陈铁民《王维集校注》据诗中述及永王璘东巡事,认为是王维被宥复官后所作,姑系之于乾元元年(758)春。崔傅,无考。本诗多用典实,情致委折,词旨雅丽,句调婉畅。其中"九江"一联,视野广远,境界寥廓,色彩鲜明,极具王诗"诗中有画"之特色。

【注释】

①洛阳才子:潘岳《西征赋》:"终童山东之英妙,贾生洛阳之才子。"姑苏:苏州。

②桂苑:《文选》谢庄《月赋》:"乃清兰路,肃桂苑。"李善注:"兰路,有兰之路。桂苑,有桂之苑。"

③"九江"两句:汉时姑苏、九江等地俱属扬州,这两句都写姑苏一带景色。五湖:见《送丘为落第归江东》注②。

④下江兵:《汉书·王莽传》:"是时南郡张霸、江夏羊牧、王匡等起云杜绿林,号曰下江兵。"陈铁民《王维集校注》认为此处"下江兵"可能指至德元年(756)永王璘引兵东巡事。

⑤兰陵镇:东晋、南朝置兰陵县,治所在今江苏常州市西北。笛声:这里指代军乐。

⑥富春:古县名,唐时曰富阳县,治所在今浙江富阳。

⑦秋风鹤唳:《晋书·谢玄传》:"(苻坚)余众弃甲宵遁,闻风声鹤唳,皆以为王师已至。"石头城:故址在今南京市。

⑧周郎:即周瑜,此喻指崔傅。陆弟:陆机之弟陆云,此喻指"贤弟"。

⑨前溪:《晋书·乐志下》:"《前溪歌》者,车骑将军沈充所制。"白苎:吴之舞曲,属乐府《舞曲歌辞》。

⑩"曲几"句:《晋书·王羲之传》"(羲之)尝诣门生家,见棐几滑净,因书之,真草相半。后为其父误刮去之,门生惊懊者累日。"小史,官府小吏。

⑪"草堂"句:《晋书·谢安传》"(苻)坚后率众,号百万,次于淮肥,京师震恐。加安征讨大都督。玄入问计,安夷然无惧色,答曰:'已别有旨。'既而寂然。玄不敢复言,乃令张玄重请。安遂命驾出山墅,亲朋毕集,方与玄围棋赌别墅。"山阴,山北。

⑫外台:指州刺史。《后汉书·谢夷吾传》:"爰牧荆州,威行邦国。……寻功简能,为外台之表;听声察实,为九伯之冠。"

⑬夫君:对友人的敬称。谢朓《酬德赋》:"闻夫君之东守,地隐蓄而怀仙。"席上珍:喻美德。《礼记·儒行》:"儒有席上之珍以待聘。"

⑭台阁:谓尚书台。三语:《世说新语·文学》:"阮宣子有令闻,太尉王夷甫见而问曰:'老庄与圣教同异?'对曰:'将无同。'太尉善其言,辟之为掾,世谓三语掾。"

⑮第一人:《南史·谢晦传》:"时谢混风华,为江左第一。"

【汇评】

[明]邢昉《唐风定》:"顾云:摩诘七言最高,情景故实,随取随足。"

316

［清］沈德潜《唐诗别裁》卷五："寓疏荡于队仗之中,此盛唐人身分。"

和宋中丞夏日游福贤观天长寺之作

已相殷王国①,空余尚父溪②。钓矶开月殿③,筑道出云梯④。积水浮香象⑤,深山鸣白鸡⑥。虚空陈妓乐⑦,衣服制虹霓⑧。墨点三千界⑨,丹飞六一泥⑩。桃源勿遽返,再访恐君迷。

【题解】

宋中丞,即宋若思,天宝十五载六月任御史中丞。福贤观、天长寺,题下原注曰:"即陈左相所施。"陈左相,即陈希烈,天宝六载四月官左相兼兵部尚书。任左相期间,陈施自己山庄为寺观。至德二载(757)十二月,陈因任安禄山伪相被赐死。从本诗"已相殷王国,空余尚父溪"两句看,陈希烈此时已被赐死,故此诗应作于乾元元年(758)夏。诗题,宋蜀本作《和宋中丞夏日游福贤观天长寺即陈左相宅所施之作》,《全唐诗》于"寺"下多一"寺"字。

【注释】

①"已相"句:此处以殷纣王喻安禄山,谓陈希烈任安禄山伪相。

②尚父:即吕尚,被周武王尊称为尚父。尚父溪:刘向《列仙传》卷上:"(吕尚)西适周,匿于南山,钓于磻溪。"溪在今陕西宝鸡市东南。此处以"尚父溪"喻希烈所施山庄。

③钓矶:钓鱼时坐的岩石,泛指水边石滩或突出的大石。北周明帝《贻韦居士诗》:"坐石窥仙洞,乘槎下钓矶。"月殿:月天子(大势至菩萨的化身)所居之宫殿。《长阿含经》卷二十二:"月天子住于月宫殿。"此处泛指佛殿。

④云梯:《文选》郭璞《游仙诗七首》其一:"灵溪可潜盘,安事登云梯?"李善注:"云梯,言仙人升天因云而上。"此处代指道教。

⑤"积水"句:意本《大唐西域记》卷九:"菩提树东渡尼连禅那河,大林

317

中有窣堵波,其北有池,香象侍母处也。如来在昔修菩萨行,为香象子,居北山中,游此池侧。"香象:佛经中青色带香气之象。

⑥白鸡:《续博物志》卷七曰:"陶隐居云:学道之士,居山宜养白犬白鸡,可以辟邪。"

⑦"虚空"句:《法华经·譬喻品》:"诸天伎乐百千万种,于虚空中一时俱作。"

⑧虹霓:指道士佩带的霞帔(上有云霞花纹,披于肩背)。

⑨"墨点"句:《法华经·化城喻品》:"诸比丘,彼佛灭度已来,甚大久远。譬如三千大千世界所有地种,假使有人磨以为墨,过于东方千国土,乃下一点,大如微尘,又过千国土,复下一点,如是展转,尽地种墨,于汝等意云何?是诸国土,若算师,若算师弟子,能得边际,知其数不?"本句用三千大千世界作墨比喻往古之久远。

⑩六一泥:道家炼丹用以封炉的一种泥,用六加一种材料混合烧炼而成,取义于"天一生水,地六成之"。《抱朴子内篇·金丹》:"第一之丹,名曰丹华。当先作玄黄,用雄黄水、矾石水。戎盐、卤盐、礜石、牡蛎、赤石脂、滑石、胡粉各数十斤,以为六一泥,封之,火之三十六日,成,服之七日仙。"

崔兴宗写真

画君年少时,如今君已老。今时新识人,知君旧时好。

【题解】

张《谱》系此诗于乾元元年(758)。崔兴宗,见《送崔兴宗》。写真,画像。诗题末,宋蜀本、《全唐诗》有"咏"字。

【汇评】

[明]徐师曾《诗体明辨》:"(三、四两句)着想自殊。"

[明]唐汝询《汇编唐诗十集》:"意极圆转,觉传神者难于下笔。"

送崔九兴宗游蜀

送君从此去，转觉故人稀。徒御犹回首①，田园方掩扉。出门当旅食，中路授寒衣②。江汉风流地③，游人何处归④？

【题解】

张《谱》、杨《系年》均系此诗于乾元元年(758)。本诗为送别崔兴宗游蜀而作，整诗写得语淡而情深。

【注释】

①徒御：挽车、御马的人。《诗·小雅·车攻》："徒御不惊，大庖不盈。"毛传："徒，辈也。御，御马也。"

②"中路"句：《诗·豳风·七月》："九月授衣。"

③江汉：指长江与汉水之间及其附近的一些地区。古巴蜀之地处江汉地区。杜甫《枯棕》："嗟尔江汉人，生成复何有？"仇兆鳌注："江汉，指巴蜀。"

④处，宋蜀本、《全唐诗》作"岁"；《全唐诗》又注："一作处"。

【汇评】

［明］顾可久曰："（'徒御'二句）去住婉恋之情不尽，深至。"

［清］黄培芳《唐贤三昧集笺注》卷上："发端极有神，五律最争起手。"

送杨长史赴果州

褒斜不容幰①，之子去何之②？鸟道一千里③，猿啼十二时④。官桥祭酒客⑤，山木女郎祠⑥。别后同明月⑦，君应听子规⑧。

诗题"长史"下,《瀛奎律髓》多一"济"字。《旧唐书·吐蕃传》:"永泰二年(766)二月,命大理少卿兼御史中丞杨济,修好于吐蕃。"或即此人。长史,官名。唐制,上、中州各置长史一人(上州从五品上,中州正六品上),协助州刺史处理政务。果州,天宝元年改名南充郡,乾元元年(758)复为果州,治所在今四川南充北。诗题云"果州",疑作于乾元元年之后。诗前两联写道路的险怪荒落,以此衬托行人心情的萧楚凄凉,第三联写蜀地风俗、蜀道艰险,末联抒对友人的相思之情。

【注释】

①褒斜:即陕西秦岭之褒斜谷。南口曰褒,北口曰斜,长百七十里,中有栈道相联。不容幰:指道路狭窄。幰,车前帷幔,亦指有帷幔的车。庾肩吾《长安有狭斜行》:"长安有曲陌,曲陌不容幰。"

②之子:指杨长史。

③鸟道:《华阳国志》:"鸟道四百里,以其险绝,兽犹无蹊,特上有飞鸟之道耳。"

④啼,《全唐诗》作"声",又注:"一作啼"。

⑤官桥:官路上的桥梁。祭酒:此指祖道之祭(出行时祭路神)。李贺《出城别张又新酬李汉》:"今将下东道,祭酒而别秦。"

⑥木,元刻本作"水"。女郎祠:陕西褒城县女郎山上有女郎祠,此处泛指女神祠庙。

⑦"别后":谢庄《月赋》:"美人迈兮音尘阙,隔千里兮共明月。"

⑧子规:杜鹃鸟。传说为古蜀帝杜宇(号忘帝)之魂所化。其鸣声凄厉,使人思归,故亦名思归、催归。

【汇评】

《瀛奎律髓汇评》卷四:方回:"右丞诗,入宋惟梅圣俞能及之,可互看。"纪昀:"一片神骨,不比凡马空多肉。"冯班:"起句得宋人体。澄景隆而清之矣,却浑秀无圭角。"

[明]屠隆《鸿苞论诗》:"(中四句)登临山水,览结胜概,每一披诵,足当

澄怀卧游。"

[明]周珽《唐诗选脉会通评林》:"徐充云:'三四清绝。末二句言见月则同,听子规则异,意妙。'"

[明]胡震亨《唐音癸签》卷二十一:"'官桥祭酒客,山木女郎祠。'蜀道艰险,行必有祷祈。女郎,其丛祠之神;客,即祷神之行客也。合两句读之,生无限远宦跋涉之感。有辨女郎为何许人者,都是说梦。"

《唐诗归》卷九:"钟云:'此等绝似太白。'"又,"谭云:'(末句下)君应二字,吞吐难言。'"

[清]黄周星《唐诗快》卷八:"('鸟道'二句)此亦摹拟语耳。至今遂令读者眼中如有鸟道,耳畔如有猿声,诗之移人如此。"

[清]黄生《增订唐诗摘抄》卷一:"('别后'二句)说两地别情,凄楚已极,却只以景语出之,寓意俱在言外,笔意高人十倍。"

[清]毛先舒《诗辩坻》:"('鸟道'二句)句法孤露,意兴欲尽,尤易为浅学效颦,作者不欲数见者也。"

[清]张谦宜《茧斋诗谈》卷五:"'鸟道一千里,猿啼十二时。'一直说出,险怪凄凉,味在言外。毛稚黄以为'意兴欲尽',非也。"

[清]姚鼐《今体诗抄》:"已似大历间人。诗用'祭酒'、'女郎',皆言异俗荒陋之义。"

冬夜书怀

冬宵寒且永,夜漏宫中发①。草白霭繁霜,木衰澄清月。丽服映颓颜,朱灯照华发。汉家方尚少②,顾影惭朝谒③。

【题解】

张《谱》系于乾元元年(758)。诗人于冬夜宫中值宿有感而作。前两联写景,渲染冬天深夜清冷幽寂的环境。后两联抒情,感叹自己暮年已至,年华空逝。

【注释】

①夜漏:古滴水计时之器。《唐六典》注:"凡候夜漏,以为更点之节。每夜分为五更,每更分为五点。更以击鼓为节,点以击钟为节。"

②"汉家"句:《后汉书·张衡传》注引《汉武故事》曰:"上至郎署,见一老郎,鬓眉皓白,问何时为郎,何其老也? 对曰:'臣姓颜名驷,以文帝时为郎,文帝好文而臣好武,景帝好老而臣尚少,陛下好少而臣已老,是以三谒不遇也。'上感其言,擢为会稽都尉也。"

③朝谒:入朝觐见。

别辋川别业

依迟动车马,惆怅出松萝①。忍别青山去,其如绿水何!

【题解】

张《谱》系于乾元元年(758)深秋。是年,王维为了报答肃宗皇帝的宥罪复官之恩,上《请施庄为寺表》,请求施辋川别业为寺庙。得诏允后,王维搬离辋川别业,感慨万千,而有是作。弟王缙有同咏。两诗语调都很凄凉,似在与辋川作最后的诀别。首句一"迟"字极尽依依不舍之态,次句"惆怅"二字紧承之,后两句以互文手法表达对此山此水难以割舍的深情。整诗语言平白如话,却情深意厚。

【注释】

①松萝:地衣类植物,常寄生于松树上。"出松萝"犹言离开山林。

【汇评】

[明]顾可久:"青山绿水谁是可别去者? 浅语情深。"

[清]黄生《唐诗摘抄》:"忍别青山去,其如青山之难为别何! 忍别绿水去,其如绿水之难为别何! 此交互对法。"

322

同　咏

王缙

山月晓仍在，林风凉不绝。殷勤如有情，惆怅令人别。

春夜竹亭赠钱少府归蓝田

夜静群动息①，时闻隔林犬。却忆山中时，人家涧西远。羡君明发去②，采蕨轻轩冕③。

【题解】

陈《谱》系于乾元二年(759)春。钱少府，即钱起，字仲文，吴兴人，天宝九载登第，乾元二年官蓝田县尉。少府，即县尉。此诗为送别钱起归蓝田而作，钱有和章，题作《酬王维春夜竹亭赠别》。

【注释】

①群动息：陶渊明《饮酒》其七："日入群动息。"

②明发：黎明。详见《蓝田山石门精舍》注⑫。

③轻轩冕：谢朓《休沐重还丹阳道中诗》："志狭轻轩冕，恩甚恋重闱。"

【汇评】

[明]顾可久曰："幽景远情，想象不尽，脱洗尘垢矣。"

[明]李沂《唐诗援》："不谓送行诗乃有如此深致，彼以诘曲为深者，视之天壤矣。"

[清]施补华《岘佣说诗》："三韵五言古，摩诘、太白、苏州皆有之。太白宕逸，苏州幽澹，摩诘清远，《春夜竹亭》一首、《送别》一首可见。"

[清]沈德潜《唐诗别裁》卷一："五言用长易，用短难，右丞工于用短。"

［清］宋宗元《网师园唐诗笺》:"(首句下)曲尽幽景远情,言简意长。"
［清］王闿运批《唐诗选》:"亦轻远,开韦派。"

酬王维春夜竹亭赠别

钱起

山月随客来,主人兴不浅。今宵竹林下,谁觉花源远。
惆怅曙莺啼,孤云还绝巘。

送钱少府还蓝田

草色日向好,桃源人去稀。手持平子赋①,目送老莱衣②。
每候山樱发,时同海燕归。今年寒食酒,应得返柴扉③。

【题解】

此诗写作时间与《春夜竹亭赠钱少府归蓝田》相去不远,姑系于乾元二
年(759)。《唐诗纪事》卷三十曰:"起还蓝田,王维赠别曰:'草色日向
好……。'起答诗曰:'卑栖却得性……。'"钱起答诗题作《晚归蓝田酬王维
给事赠别》,据此可知本诗当作于乾元二年春王维任给事中期间。见陈
《谱》。

【注释】

①平子赋:张衡《归田赋》,张衡字平子。《文选》张衡《归田赋》李善注:
"《归田赋》者,张衡仕不得志,欲归于田,因作此赋。"

②老莱衣:《艺文类聚》卷二十引《列女传》:"老莱子孝养二亲,行年七
十,婴儿自娱,着五色采衣。尝取浆上堂,跌仆,因卧地为小儿啼,或弄乌鸟
于亲侧。"后因以表至孝。此句谓钱起归家行孝。

③得,宋蜀本、《全唐诗》俱作"是";《全唐诗》注:"一作得"。

左掖梨花

闲洒阶边草,轻随箔外风①。黄莺弄不足,衔入未央宫②。

【题解】

陈《谱》系于乾元二年(759)春。诗题,《文苑英华》作《左掖海棠花》,宋蜀本作《左掖梨花咏》。左掖,即门下省。丘为、皇甫冉有同咏,前者题作《左掖梨花》,后者题作《和王给事维禁省梨花咏》,由此可见王维时任给事中。此诗题材限于梨花,体制虽短小,但却写得极其超然玄远,妙意无穷。

【注释】

①箔:帘。

②未央宫:汉长安宫殿名,此处借指唐皇宫。

【汇评】

[明]王夫之《姜斋诗话》卷二:"'黄莺弄不足,衔入未央宫',断不可移咏梅、桃、李、杏,而超然玄远,如九转还丹,仙胎自孕矣。"

同 咏

丘为

冷艳全欺雪,余香乍入衣。春风且莫定,吹向玉阶飞。

同 咏

皇甫冉

巧解迎人笑,偏能乱蝶飞。春风时入户,几片落朝衣。

送韦大大东京留守

人外遗世虑①,空端结遐心②。曾是巢许浅③,始知尧舜深。苍生讵有物,黄屋如乔林④。上德抚神运⑤,冲和穆宸襟⑥。云雷康屯难⑦,江海遂飞沉⑧。天工寄人英⑨,龙衮瞻君临。名器苟不假⑩,保厘固其任⑪。素资贯方领⑫,清景照华簪⑬。慷慨念王室,从容献官箴⑭。云旗蔽三川⑮,画角发龙吟⑯。晨扬天汉声⑰,夕卷大河阴⑱。穷人业已宁⑲,逆虏遗之擒⑳。然后解金组㉑,拂衣东山岑㉒。给事黄门省㉓,秋光正沉沉。功名与身退㉔,老病随年侵㉕。君子从相访㉖,重玄其可寻㉗。

【题解】
陈《谱》系于乾元二年(759)秋,时诗人任门下省给事中。韦大夫,即韦陟,至德年间尝官御史大夫。《旧唐书·肃宗纪》:"(乾元二年)秋七月乙丑朔,以礼部尚书韦陟充东京留守。"东京,即东都洛阳。留守,官名,唐时天子不在长安或洛阳时,由大臣充任留守,以处理重要事宜。诗写送别韦陟去洛阳兼任留守一事,借此表达自己在出处问题上的矛盾心理。

【注释】
①人外:世外。《后汉书·陈宠传》:"屏居人外,荆棘生门。"
②遐心:避世隐居之心。
③巢许:巢父、许由。相传二人为尧时隐士,尧欲让位于二人,俱不受。见《庄子·逍遥游》。
④黄屋:天子之车,代指天子。乔林:树木高大的丛林。
⑤上德:《老子》三十八章:"上德不德,是以有德。"此处指天子之功德。神运,犹气数,此处指国家命运。

⑥冲和:淡泊平和。语本《老子》:"冲气以为和。"穆:温和。宸襟:帝王之胸襟。何逊《九日侍宴乐游苑》:"宸襟动时豫,岁序属凉氛。""宸",元刻本作"衣"。

⑦康屯难:消除危难。谢灵运《述祖德诗二首》其一:"屯难既云康,尊主隆斯民。"屯难,时运艰难。《易·屯·象》:"屯,刚柔始交而难生。"

⑧飞沉:鸟飞鱼沉,各任其性。《后汉书·李膺传》:"愿怡神无事,偃息衡门,任其飞沉,与时抑扬。"遂,《全唐诗》注:"一作逐"。

⑨天工:天道。人英:人中之英。《淮南子·泰族训》:"故智过万人者谓之英。"

⑩"名器"句:《左传》成公二年:"唯器与名,不可以假人,君之所司也。"杜预注:"器,车服;名,爵号。"名器,指表示等级地位的名号、器物。

⑪保厘:治理国家。《尚书·毕命》:"命毕公保厘东郊。"

⑫资,宋蜀本、《全唐诗》作"质"。方领:《汉书·韩延寿传》:"延寿衣黄纨方领。"注:"以黄色素作直领也。"

⑬清景:清光。

⑭官箴:指官吏对帝王所进的箴言。《左传》襄公四年:"昔周辛甲之为大史也,命百官,官箴王阙。"杜注:"使百官各为箴辞,戒王过。"

⑮三川:郡名,秦置,以境内有河(黄河)、洛、伊三川得名,治所在雒阳(今河南洛阳市东北)。此处借指洛阳。颜延之《北使洛阳》诗:"前登阳城路,日夕望三川。"

⑯画角:军中乐器。

⑰天汉:银河。

⑱大河阴:黄河之南。

⑲穷人:处于困顿中的人。

⑳遗之擒:谓送上门来当俘虏。语本《左传》昭公五年:"使群臣往遗之禽(通'擒')。"

㉑金组:金甲与组甲。解金组,犹言去军职。

㉒岑:高的山崖。

㉓黄门省:即门下省。

㉔功名，宋蜀本、《全唐诗》作"壮心"。

㉕随年侵：随岁月流逝而渐进。陆机《豫章行》："前路既已多，后涂随年侵。"

㉖从：通"纵"。

㉗重玄：唐代道教义理，名出《老子》一章："玄之又玄，众妙之门。"

春日与裴迪过新昌里访吕逸人不遇

桃源一向绝风尘，柳市南头访隐沦①。到门不敢题凡鸟②，看竹何须问主人③。城外青山如屋里④，东家流水入西邻。闭户著书多岁月⑤，种松皆老作龙鳞⑥。

【题解】

张《谱》系于上元元年（760）。诗人与裴迪到新昌里拜访吕逸人不遇，徘徊观赏景色，而有是作。裴迪，盛唐著名山水田园诗人，早年就与王维过从密切，晚居辋川、终南山，两人往来酬唱更为频繁。新昌里，此处当指新昌坊，在长安皇城东。吕逸人，生平不详。本诗内容按时间顺序安排，运用虚实结合的手法，既突出了隐士的高风逸志，也显示出自己的雅致趣向。诗的语言清闲舒畅，境界清幽自然，格调超妙，极富神韵。裴迪有同咏，题作《春日与王右丞过新昌里访吕逸人不遇》，此题系后人所加，因为王维此时仍官给事中，未迁尚书右丞。

【注释】

①柳市：见《同比部杨员外十五夜游有怀静者季》注⑧。此处借指唐长安之东市。

②"到门"句：《世说新语·简傲》："嵇康与吕安善，每一相思，千里命驾。安后来，直康不在，喜出户延之，不入，题门上作凤字而去。喜不觉，犹以为欣。故作凤字，凡鸟也。"

③"看竹"句：《晋书·王徽之传》："时吴中一士大夫家有好竹，欲观之，

便出坐舆造竹下,讽啸良久。主人洒扫请坐,徽之不顾。将出,主人乃闭门,徽之便以此赏之,尽欢而去。"

④外:《全唐诗》作"上",又注:"一作外"。

⑤"闭户"句:《后汉书·王充传》:"(王充)以为俗儒守文,多失其真,乃闭门潜思,绝庆吊之礼,户牖墙壁,各置刀笔,著《论衡》八十五篇,二十余万言。"

⑥老作:宋蜀本、元刻本作"作老"。

【汇评】

[明]陆时雍《唐诗镜》卷十:"'看竹何须问主人',倏然雅意。五、六全入画意,正是于不遇时徘徊瞻顾景象。"

[明]周珽《唐诗选脉会通评林》:"此诗淡淡着烟,深深笼水,即离之间,俱有妙景。'到门'二语,更饶神韵。"

[清]胡以梅《唐诗贯珠》:"凭空突兀,虚喝而出,自觉精神百倍。格调高超,绝异平庸之局。"

[清]金人瑞《贯华堂选批唐才子诗》:"三,言逸人不在。四,言己与裴不能以逸人不在而遂去。最奇妙者,先荡出'桃源'七字,盖桃源面面总非人间,不遇逸人亦不为憾也。五,仰眺其墙外。六,俯玩其阶下。七、八,进窥其窗中,出抚其庭树,此写不遇逸人后一段徘徊闲畅神理也。"

[清]赵翼《瓯北诗话》续卷十二:"古人句法,有不宜袭用者。白香山'东涧水流西涧水,南山云过北山云',盖脱胎于'东家流水入西邻'之句,然已逊其蕴藉。梅圣俞又仿之为'南岭禽过北岭叫,高田水入低田流',则磨牛之踏陈迹矣。"

[清]毛奇龄《西河诗话》:"或云原本是'皆老作龙鳞',老在松,不在鳞。初亦信之,后观唐范传正试卷中有'种松鳞未老',正同摩诘此句。然老在鳞,不在松,未尝不是也。"

春日与王右丞过新昌里访吕逸人不遇

裴迪

恨不逢君出荷蓑,青松白屋更无他。陶令五男曾不有,蒋生三径枉相过。芙蓉曲沼春流满,薜荔成帷晚霭多。闻说桃源好迷客,不如高枕盼庭柯。

恭懿太子挽歌五首

其 一

何悟藏环早①,才知拜璧年②。翀天王子去③,对日圣君怜④。树转宫犹出,笳悲马不前。虽蒙绝驰道⑤,京兆别开阡⑥。

【题解】

此诗作于上元元年(760)十一月。宋蜀本无。为悼念恭懿太子李侢而作。《旧唐书·肃宗代宗诸子传》载:"恭懿太子侢,肃宗第十二子。至德二载封兴王,上元元年六月薨。……七月丁亥,诏谥曰恭懿。……冬十一月庚寅,诏葬于长安之高阳原。"据此,本组挽歌当作于此时。

【注释】

①藏环:《晋书·羊祜传》:"祜年五岁,时令乳母取所弄金环。乳母曰:'汝先无此物。'祜即诣邻人李氏东垣桑树中探得之。主人惊曰:'此吾亡儿所失物也,云何持去!'乳母具言之,李氏悲惋。时人异之,谓李氏子则祜之前身也。"

②拜璧:《左传》昭公十三年:"初,共王无冢适,有宠子五人,无适立焉。

乃大有事于群望,而祈曰:'请神择于五人者,使主社稷。'乃遍以璧见于群望,曰:'当璧而拜者,神所立也,谁敢违之?'既,乃与巴姬密埋璧于大室之庭,使五人齐,而长入拜。康王跨之,灵王肘加焉,子干、子皙皆远之。平王弱,抱而入,再拜,皆厌(压)纽(璧钮)。"

③"翀天"句:《列仙传》卷上:"王子乔者,周灵王太子晋也。好吹笙,作凤凰鸣。游伊、洛之间,道士浮丘公,接以上嵩高山三十余年。后求之于山上,见柏良曰:'告我家,七月七日待我于缑氏山巅。'至时,果乘白鹤驻山头,望之不得到,举手谢时人,数日而去。"翀,通"冲"。

④对日:《世说新语·夙惠》:"晋明帝数岁,坐元帝膝上。……因问明帝:'汝意谓长安何如日远?'答曰:'日远。不闻人从日边来,居然可知。'元帝异之。明日,集群臣宴会,告以此意。更重问之,乃答曰:'日近。'元帝失色,曰:'尔何故异昨日之言邪?'答曰:'举目见日,不见长安。'"

⑤"虽蒙"句:《汉书·成帝纪》:"元帝即位,帝为太子。壮好经书,宽博谨慎。初居桂宫,上尝急召,太子出龙楼门,不敢绝驰道,西至直城门,得绝乃度,还入作室门,上迟之,问其故,以状对,上大说。乃著令,令太子得绝驰道云。"驰道:天子所行之道。绝,横跨。

⑥阡:墓道。

其 二

兰殿新恩切①,椒宫夕临幽②。白云随凤管③,明月在龙楼④。人向青山哭,天临渭水愁。鸡鸣常问膳⑤,今恨玉京留⑥。

【注释】

①兰殿:指后妃所居宫殿。颜延之《宋文皇帝元皇后哀策文》:"兰殿长阴,椒涂弛卫。"吕向注:"兰殿椒涂,后妃所居。言兰殿,取其香也。"

②椒宫:皇后居住的宫殿,又称椒房。《汉书·车千秋传》颜师古注:"椒房,殿名,皇后所居也。以椒和泥涂壁,取其温而芳也。"临:哭吊。

③凤管:指笙。

④龙楼:汉代太子宫门名。借指太子所居之宫殿。

⑤"鸡鸣"句:《礼记·文王世子》:"文王之为世子,朝于王季日三。鸡初鸣而衣服,至于寝门外,问内竖之御者曰:'今日安否何如?'内竖曰:'安。'文王乃喜。……食上,必在视寒暖之节;食下,问所膳,命膳宰曰:'末有原。'应曰:'诺。'然后退。"

⑥玉京:道教传说中的玉京山,为元始天尊所居之处。葛洪《枕中书》云:"元始天王在天中心之上,名曰玉京山,山中宫殿,并金玉饰之。"玉京留:指佋已成仙。

其　　三

骑吹凌霜发①,旌旗夹路陈。恺容金节护②,册命玉符新③。傅母悲香袿④,君家拥画轮⑤。射熊今梦帝⑥,秤象问何人⑦?

【注释】

①骑吹:一种骑在马上演奏的器乐合奏。唐段安节《乐府杂录》:"已上乐人,皆骑马乐,即谓之骑吹。"

②恺,元刻本作"礼",《全唐诗》注:"一作礼"。金节:原意为金属制的符节,汉时用以指称郡守,唐时也指称京兆尹。《旧唐书·肃宗代宗诸子传》载,佋薨,肃宗诏令京兆尹刘晏充监护使,故曰"金节护"。

③册命:皇帝封太子、皇后、宰相等的诏书。玉符:唐时太子所佩随身鱼符,以玉制成。

④傅母:古时保育、辅导贵族子女的老年男女。

⑤拥:乘。画轮:《晋书·舆服志》:"画轮车,驾牛,以彩漆画轮毂,故名曰画轮车。……至尊出朝堂举哀乘之。"

⑥"射熊"句:《史记·晋世家》:"赵简子疾,五日不知人,大夫皆惧。……居二日半,简子寤,语大夫曰:'我之帝所甚乐。……有一熊欲来援我,

帝命我射之,中熊,熊死,又有一罴来,我又射之,中罴,罴死,帝甚喜,赐我二笥,皆有副。'"

⑦秤象:《三国志·魏书·邓哀王冲传》:"邓哀王冲,字仓舒。少聪察岐嶷,生五六岁,智意所及,有若成人之智。时孙权曾致巨象,太祖欲知其斤重,访之群下,咸莫能出其理。冲曰:'置象大船之上,而刻其水痕所至,称物以载之,则校可知矣。'太祖大悦,即施行焉。"

其 四

苍舒留帝宠①,子晋有仙才②。五岁过人智,三天使鹤催③。心悲阳禄馆④,目断望思台⑤。若道长安近⑥,何为更不来?

【注释】

①苍舒:即曹冲。留帝宠:《三国志·魏书·邓哀王冲传》曰:"及(冲)亡,(太祖)哀甚。文帝宽喻太祖,太祖曰:'此我之不幸而汝曹之幸也。'言则流涕,为聘甄氏亡女与合葬。"

②子晋:即周灵王太子晋。

③三天:即三清天,为道教神仙居住的至高仙境。《云笈七签》卷三:"其三清境者,玉清、上清、太清是也。亦名三天。其三天者,清微天、禹余天、大赤天是也。"

④阳禄馆:汉上林苑中嫔妃所居之馆。《汉书·外戚传下·孝成班婕妤》:"痛阳禄与柘馆兮,仍襁褓而离灾。"颜师古注:"服虔曰:'二馆名也,生子此馆,皆失之也。'二观并在上林中。"

⑤望思台:《汉书·戾太子据传》:太子刘据因"巫蛊之祸"而丧命,"上(武帝)怜太子无辜,乃作思子宫,为归来望思之台于湖(至湖县),天下闻而悲之。"

⑥"若道"句:见"其一"注④。

其　五

西望昆池阔①，东瞻下杜平②。山朝豫章馆③，树转凤凰城④。五校连旗色⑤，千门叠鼓声。金环如有验⑥，还向画堂生⑦。

【注释】

①昆池，即昆明池。《汉书·武帝纪》："（元狩三年秋）发谪吏穿昆明池。"颜师古注引臣瓒曰："汉使求身毒国，而为昆明所闭。今欲伐之，故作昆明池象之，以习水战，在长安西南，周回四十里。"

②下杜：即杜县，治所在今陕西西安市东南。

③豫章馆：《三辅黄图》卷五："豫章观，武帝造，在昆明池中，亦曰昆明观。"

④凤凰城：亦曰凤城，指京城。

⑤五校：赵殿成注："《后汉书·百官志》有屯骑校尉、越骑校尉、步兵校尉、长水校尉、射声校尉，皆属北军中候，所谓五校也。"此处泛指宫廷侍卫。

⑥金环：见其一注①。

⑦画堂：《汉书·元后传》："甘露三年，生成帝于甲馆画堂，为世适皇孙。宣帝爱之，自名曰骜，字太孙，常置左右。"

【汇评】

［清］赵殿成按："五诗中，羊祜事凡二用，晋明帝事凡二用，王子晋事凡三用，魏邓哀王事凡二用，右丞全不以此为诗病，若使今人下笔尔尔，有不訾其俭于书卷者乎！"

送邢桂州

铙吹喧京口①，风波下洞庭②。赭圻将赤岸③，击汰复扬舲④。日落江湖白，潮来天地青。明珠归合浦⑤，应逐使臣星⑥。

【题解】

《新唐书·肃宗纪》:"上元元年,西原蛮寇边,桂州经略使败之。"又,《资治通鉴》:上元元年"六月,桂州经略使邢济奏破西原蛮"。据此,王维所送邢桂州,当指邢济,时间应在上元元年(760)六月之前。桂州,治所在今广西桂林。"日落江湖白,潮来天地青"两句,刻画出涵盖天地的壮阔景象,色彩对比鲜明,意境苍茫,造语奇警。结尾两句,曲折委婉地表达了作者企盼友人为政清廉,造福百姓的美好愿望。

【注释】

①京口:古城名,故址在今江苏镇江市。

②洞庭:即洞庭湖。

③赭圻:《元和郡县志》卷二十八:"赭圻故城在(宣州南陵)县西北一百三十里,西临大江,吴所置赭圻屯处也。"赤岸:参见《送封太守》注⑥。

④击汰:《楚辞·九章·涉江》:"乘舲船余上沅兮,齐吴榜以击汰。"王逸注:"汰,水波也。"

⑤"明珠"句:《后汉书·孟尝传》:"(尝)迁合浦太守。郡不产谷实,而海出珠宝,与交阯比境,常通商贩,贸籴粮食。先时宰守,并多贪秽,诡人采求,不知纪极,珠遂渐徙于交阯郡界。于是行旅不至,人物无资,贫者饿死于道。尝到官,革易前敝,求民病利,曾未逾岁,去珠复还,百姓皆反其业,商货流通,称为神明。"合浦,治所在今广西合浦东北。

⑥使臣星:使者,此处指邢桂州。典出《后汉书·李郃传》:"和帝即位,分遣使者,皆微服单行,各至州县,观采风谣。使者二人当到益部,投郃候舍。时夏夕露坐,郃因仰观问曰:'二君发京师时,宁知朝廷遣二使邪?'二人默然,惊相视曰:'不闻也。'问何以知之,郃指星示云:'有二使星向益州分野,故知之耳。'"

【汇评】

[清]冒春荣《葚原诗说》:"写景之句,以工致为妙品,真境为神品,淡远为逸品。如王维'日落江湖白,潮来天地青',神品也。"

[清]彭端淑《雪夜诗谈》:"摩诘诗,佳句甚夥,如'日落江湖白,潮来天地青';'大漠孤烟直,长河落日圆',皆超然绝俗,出人意表。"

　　[清]贺贻孙《诗筏》:"王右丞诗虽极幽静,而气象每自雄伟,如'日落江湖白,潮来天地青'。"又:"落韵自然,莫如摩诘。如'潮来天地青','行踏空庭落叶声','青'字'声'字偶然而落,妙处岂复有痕迹可寻?"

　　[清]张文荪《唐贤清雅集》:"雄阔,虽少陵无以过,神气各别。"

　　[清]张谦宜《茧斋诗谈》:"'赭圻将赤岸,击汰复扬舲',此当句对法。赭圻城在宣州,赤岸楚地,言自吴过楚一路所经之地也。击汰,棹搅水波;舲,船之有窗者,言舟楫之险也。"

　　[清]沈德潜《说诗晬语》卷下:"对仗固须工整,而亦有一联中本句自为对偶者。五言如王摩诘'赭圻将赤岸,击汰复扬舲'……方板中求活时或用之。"

　　[清]沈德潜《唐诗别裁》卷九:"'潮来'句奇警,末讽以不贪也。古人运意,曲折微婉。"

　　[清]曹雪芹《红楼梦》四十八回:"'日落江湖白,潮来天地青'。这'白'、'青'两个字也似无理。想来,必得这两个字才形容得尽,念在嘴里倒像有几千斤重的一个橄榄。"

　　[清]屈复《唐诗成法》:"一、二自京口往洞庭。三、四一路扬帆而去。五、六水行之景,雄俊阔大。七桂州。八人。不用虚字照应,以意贯串,此法最难。"

　　[清]黄生《唐诗摘抄》:"许多路程,叙得不板。赭圻、赤岸、击汰、扬舲,句中各自为对,名'就句对'。三、四对法,不衫不履,故五、六狠作一联,以振其笔,此补救之妙。'江湖白',形容日之昏也;'天地青',形容潮之白也,用意精绝。尾联寓意。下一'应'字,乃意中悬度之词。'还珠'与'使臣星'两事撮合一处用,名'撮用古事'。"

　　[清]高步瀛《唐宋诗举要》:"(五六句下)气象雄阔,涵盖一切。"

　　[清]王寿昌《小清华园诗谈》:"讽谏诗,近体则当如太白之'宫中谁第一,飞燕在昭阳',右丞之'明珠归合浦,应逐使臣星',及张正言之《杜侍御送贡物戏赠》,皆能寓严厉于和平,乃所谓婉而多风者。"

336

酬张少府

晚年惟好静①，万事不关心。自顾无长策②，空知返旧林③。松风吹解带④，山月照弹琴。君问穷通理⑤，渔歌入浦深⑥。

【题解】

从内容来看，此诗作于晚年，是去世前一、二年的作品。姑系于上元元年(760)。张少府(县尉)过访，询问"穷通"之理，诗人以诗酬答。前三联写自己的退隐生活，尾联回答张少府的问题。诗人没有正面回答，而是以"渔歌入浦深"答之，以形象化的语言表达自由无挂碍的人生态度，颇具禅意。这种以诗喻禅的方式在中唐以后的禅林十分流行。清沈德潜《说诗晬语》卷上说："诗贵有禅理禅趣，不贵有禅语。"此诗正是这方面的代表。

【注释】

①年：底本注："一作来。"

②长策：良策。底本注："长，一作良。"

③"空知"句：陶潜《归田园居》："羁鸟恋旧林，池鱼思故渊。"

④解带：解开衣带。表示不拘礼或闲适。《三国志·蜀书·诸葛亮传》："亮深谓备雄姿杰出，遂解带写诚，厚相结纳。"

⑤君：宋蜀本作"苦"，《全唐诗》注："一作苦"。穷通：困厄与显达。《庄子·让王》："古之得道者，穷亦乐，通亦乐，所乐非穷通也。道德于此，则穷通为寒暑风雨之序矣。"

⑥"渔歌"句：屈原《渔父》："渔父莞尔而笑，鼓枻而去，歌曰：'沧浪之水清兮，可以濯吾缨；沧浪之水浊兮，可以濯吾足。'"王逸注："'水清'喻世昭明，沐浴升朝廷也；'水浊'喻世昏暗，宜隐遁也。"

【汇评】

[明]许学夷《诗源辩体》卷十六："摩诘五言律，如'晚年惟好静'，闲远

自在者也。"

[明]李沂《唐诗援》:"意思闲畅,笔端高妙,此是右丞第一等诗,不当于一字一句求之。"

《唐诗归》卷九:"钟云:'妙在酬答,只似一首闲居诗。'"

[清]沈德潜《说诗晬语》卷上:"诗贵有禅理禅趣,不贵有禅语。王右丞诗'行到水穷处,坐看云起时'、'松风吹解带,山月照弹琴'俱入理趣。"又曰:"收束或放开一步,或宕出远神,或本位收住。……王右丞'君问穷通理,渔歌入浦深',从解带、弹琴宕出远神也。"

[清]沈德潜《唐诗别裁集》卷九:"结意以不答答之。"

[清]宋宗元《网师园唐诗笺》:"('松风'句下)悠然神远。"

[清]张谦宜《茧斋诗谈》卷五:"《酬张少府》:'晚年惟好静,万事不关心',含一篇之脉,此方是起法。三四虚承,五六实地,用笔浅深俱到,章法之妙也。"又曰:"'松风吹解带'是吹解下之带;'山月照弹琴',是照正弹之琴。句中各分动静,不得作同例看。"

[清]冒春荣《葚原诗说》:"一诗之气力在首尾,而尾之气力视首更倍。唐之佳句,二联为多,起次之,结句又次之,可见结之难工也。王维'君问穷通理,渔歌入浦深',从上句'解带'、'弹琴'宕出远神也。"

[清]黄培芳《唐贤三昧集笺注》:"顾云:'末用《离骚·渔父》篇意,俊逸。'"

[清]黄周星《唐诗快》卷八:"可解不可解,正是妙处。"

叹白发二首

其　一

我年一何长,鬢发日已白。俯仰天地间,能为几时客①。怅惘故山云②,徘徊空日夕。何事与时人,东城复南陌。

338

底本有两首《叹白发》：一首是卷五的五古《叹白发》，重见于卢象集；一首是卷十四的七绝《叹白发》。宋蜀本、元刻本合两者为一，题作《叹白发二首》，今据改。此二诗为晚年作品，姑系上元元年(760)。

【注释】
①"俯仰"二句：《古诗十九首·青青陵上柏》："人生天地间，忽如远行客。"
②怅惘：宋蜀本、《全唐诗》作"惆怅"。

【汇评】
[明]周珽《唐诗选脉会通评林》："'能为几时客'一语，针骨见血。"

其　二

宿昔朱颜成暮齿，须臾白发变垂鬓。一生几许伤心事，不向空门何处销①。

【注释】
①空门：即佛教，因佛教阐扬"空"理，并以"空"法作为进入涅槃之门。销：宋蜀本作"消"。

冬晚对雪忆胡居士家

寒更传晓箭①，清镜览衰颜②。隔牖风惊竹，开门雪满山③。洒空深巷静④，积素广庭闲。借问袁安舍⑤，翛然尚闭关⑥。

【题解】
此诗，王维集诸本皆录，《全唐诗》重见于王维集与王邵集中，《文苑英华》作王邵诗。司空曙有《过胡居士睹王右丞遗文》，从内容看，所睹"遗文"即为王维《冬晚对雪忆胡居士家》。因此，本诗作者为王维无疑。此诗或作于晚年,具体时间不详,姑系于上元元年(760)。胡居士,一名在家学佛者,未详何人。居,《全唐诗》作"处"。诗人观赏冬雪,触景生情,怀念友人胡居士,因有是作。整首诗写得气浑语切,清朗照人,乃千古咏雪之绝唱。其中,"隔牖风惊竹,开门雪满山"之句,妙手偶得,自然成韵,深得佛家"现量"之神韵。

【注释】

①传晓箭:即报晓声。底本、《全唐诗》均注:"一作催唱晓"。箭,宋蜀本、元刻本作"碧"。箭,指漏壶上标示时间的浮箭。

②览:底本、《全唐诗》均注:"一作减。"

③门:底本、《全唐诗》均注:"一作帘。"

④洒空:指下雪。《世说新语·言语》:"谢太傅寒雪日内集,与儿女讲论文义。俄而雪骤,公欣然曰:'白雪纷纷何所似?'兄子胡儿曰:'撒盐空中差可拟。'"

⑤"借问"句:《后汉书·袁安传》注引《汝南先贤传》曰:"时大雪,积地丈余,洛阳令身出案行,见人家皆除雪出,有乞食者。至袁安门,无有行路,谓安已死,令人除雪入户,见安僵卧,问何以不出,安曰:'大雪,人皆饿,不宜干人。'令以为贤,举为孝廉也。"

⑥翛然:超脱貌。《庄子·大宗师》:"古之真人,不知说生,不知恶死,其出不欣,其入不距,翛然而往,翛然而来而已矣。"闭关:闭门。江淹《恨赋》:"闭关却扫,塞门不仕。"

【汇评】

[宋]曾季狸《艇斋诗话》:"东湖言,王维雪诗不可学,平生喜此诗。"

[清]王士禛《居易录》:"或问余古人雪诗何句最佳?余曰:'隔牖风惊竹,开门雪满山。'"

[清]沈德潜《唐诗别裁》卷九:"写对雪意,不削而合,不绘而工。忆胡居士,只末一见。"

[清]张文荪《唐贤清雅集》:"写得清朗照人,末收到居士家,气浑而语切。"

[清]洪亮吉《北江诗话》卷一:"古今咏雪月诗,高超者多,咏正面者殊少。王右丞'洒空深巷静,积素广庭闲',可云咏正面矣。"

[清]屈复《唐诗成法》："五六写雪不着迹象,妙句。"

[清]潘德舆《养一斋诗话》卷二："诗之妙全以先天神运,不在后天迹象。……王摩诘'隔牖风惊竹,开门雪满山'咏雪之妙,全在上句'隔牖'五字,不言雪而全是雪声之神,不至'开门'句矣。……大抵能诗者无不知此妙,低手遇题,乃写实迹,故极求清脱,而终欠浑成。"

[清]宋宗元《网师园唐诗笺》："('隔牖'句下)不假追琢,自然名贵。"

[清]黄培芳《唐贤三昧集笺注》："雪诗如此,甚大雅,恰好,开后人咏物之门。"

[清]张谦宜《茧斋诗谈》："'隔牖风惊竹,开门雪满山',得驀见之神,却又不费造作。"

[清]王寿昌《小清华园诗谈》："宜以诗生韵,不宜以韵生诗。意到其间自然成韵者,上也。如右丞'五湖三亩宅,万里一归人';'隔牖风惊竹,开门雪满山'之类是也。"

胡居士卧病遗米因赠

　　了观四大因①,根性何所有②? 妄计苟不生③,是身孰休咎④? 色声何谓客⑤,阴界复谁守⑥? 徒言莲花目⑦,岂恶杨枝肘⑧? 既饱香积饭⑨,不醉声闻酒⑩。有无断常见⑪,生灭幻梦受⑫。即病即实相⑬,趋空定狂走⑭。无有一法真,无有一法垢。居士素通达,随宜善抖擞⑮。床上无毡卧,铛中有粥否⑯? 斋时不乞食⑰,定应空漱口。聊持数斗米,且救浮生取⑱。

【题解】

　　王维晚年笃信佛教,多与僧人、居士交往,经常为僧人、居士布施食品。此诗或作于晚年,具体时间不详,姑系之于上元元年(760)。胡居士卧病,诗人持米探望,并以诗相赠。"有无断常见,生灭幻梦受。即病即实相,趋空定狂走。无有一法真,无有一法垢。"从这些诗句,可以看出诗人对佛教非有非无之中道思想的深刻理解。

【注释】

①四大:佛教名词,指地、水、火、风四种构成色法的基本元素。

②根性:根为能生之义,人性具有生善业或恶业之力,故称为根性。《止观辅行》卷二之四:"能生为根,数习为性。"

③妄计:犹妄念,指凡夫日夜所起的迷情。

④休咎:吉凶。《后汉书·质帝纪》:"鸿范九畴,休咎有象。"李贤注:"休,美也;咎,恶也。"

⑤色声:指色、声、香、味、触、法六境。六境为人的认识对象,故谓"客"。

⑥阴界:即五阴十八界。五阴,即五蕴(色蕴、受蕴、想蕴、行蕴、识蕴),五蕴和合从而构成一切物质与精神现象。十八界,合六根六境六识。

⑦莲花目:指佛眼。《维摩诘经·佛国品》:"(佛)目净修广如青莲。"

⑧"岂恶"句:《庄子·至乐》:"支离叔与滑介叔观于冥伯之丘。……俄而柳生其左肘,其意蹶蹶然恶之。支离叔曰:'子恶之乎?'滑介叔曰:'亡,予何恶?……死生为昼夜,且吾与子观化,而化及我,我又何恶焉?'"柳,借作"瘤"。王先谦《集解》:"瘤作柳声,转借字。"此处以"杨"代"柳"。

⑨香积饭:又作香饭。指众香国香积佛之香饭。《维摩诘所说经·佛品》:"于是香积如来以众香钵盛满香饭,与化菩萨。"

⑩声闻:佛教三乘(声闻、缘觉、菩萨)之一。《大乘义章》卷十七曰:"从佛声闻而得道者悉名声闻。"

⑪"有无"句:《大般若经》:"如是般若波罗蜜多,能灭一切常见、断见、有见、无见,乃至种种诸恶趣见。"有见:执着于有的偏见。无见:执着于无的偏见。断见:执着人死后身心断灭不复再生的偏见,属无见。常见:执着身心常住不变的偏见,属有见。有无断常之见均属"五见"中的"边见"(偏于一边的恶见)。

⑫生灭:依因缘和合而有,叫生;依因缘分散而无,叫灭。有生有灭,即是有为法。依佛教中道思想,一切有为法皆如梦幻泡影,虚幻不实。受:五蕴之一,指人的感官与外界接触时所产生的感受,有苦受、乐受、不苦不乐受三种。

⑬即:和融、不二、不离义。实相:指诸法真实不虚之体相,即"空"。

⑭趋空:即执着于空。狂走:澄观《大方广佛华严经疏》卷十三:"不见无住之本,迷理惑事狂走于生死之中。"

⑮随宜:佛教语,随众生根机之所宜。《法华经·方便品》:"随宜所说,意趣难解。"抖擞:谓去除尘垢烦恼。

⑯鬲:即鬲,足空之鼎。《尔雅·释器》:"鼎,款足者谓之鬲。"郝懿行疏:"款足,谓足中空也。"

⑰斋时:食斋之时,即清晨至正午之间。《僧祇律》:"午时日影过一发一瞬,即是非时。"

⑱浮生:人生于世。《庄子·刻意》:"其生若浮,其死若休。"取:执取贪着。

与胡居士皆病寄此诗兼示学人二首

其 一

一兴微尘念,横有朝露身①。如是睹阴界②,何方置我人③?碍有固为主,趣空宁舍宾④?洗心诋悬解⑤?悟道正迷津。因爱果生病⑥,从贪始觉贫。色声非彼妄,浮幻即吾真⑦。四达竟何遣⑧,万殊安可尘⑨?胡生但高枕,寂寞与谁邻?战胜不谋食⑩,理齐甘负薪⑪。子若未始异⑫,诋论疏与亲。

【题解】

这两首诗作于晚年,具体时间不详,姑系之于上元元年(760)。胡居士,与《冬晚对雪忆胡居士家》、《胡居士卧病遗米因赠》应是同一人。学人,指学佛者。元刻本题下注曰:"梵志体。"王梵志为唐初白话诗僧,其诗以说理议论为主,多据佛理教义以劝诫世人行善止恶,称"梵志体"。王维这两首诗即是仿效"梵志体",以诗的形式论议佛理,类似佛门偈颂。从艺术角度而言,这两首诗意义不大,而从佛教思想角度来看,则有很高的价值。

【注释】

①朝露:譬人生无常。《涅槃经》三十八曰:"是寿命常为无量怨仇所

绕,念念减损无有增长,犹如瀑水不得停住,亦如朝露势不久停。"

②阴,宋蜀本作"荫"。

③我人:佛教语,谓我与人,我之四名之二。《圆觉经》:"一切众生,从无始来,妄想执有我人众生及与寿命,认四颠倒为实我体。"

④"碍有"二句:碍有,执着于有;趣空,执着于空。佛教认为,执着于有与执着于空都是偏见、邪见,只有非有非空才是中道。

⑤悬解:庄子《养生主》:"安时而处顺,哀乐不能入也。古者谓是帝之县解。"成玄英疏:"为生死所系者为县,则无死无生者县解也。夫死生不能系,忧乐不能入者,而远古圣人谓是天然之解脱也。"

⑥"因爱"句:《维摩诘经·文殊师利问疾品》:"从痴有爱,则我病生。"爱,即贪欲。

⑦"色声"二句:表达"色空不二"思想。《般若波罗蜜多心经》:"色不异空,空不异色,色即是空,空即是色。"

⑧四达:又作四实,原为产于印度河畔之盐,后转释其义,而指盐、器、水、马四物,并用以比喻如来密语甚深难解。

⑨万殊:万法。尘:垢染。《法界次第》:"尘即垢染之义,谓此六尘能染污真性故也。"

⑩战胜:《韩非子·喻老》:"子夏见曾子,曾子曰:'何肥也?'对曰:'战胜故肥也。'曾子曰:'何谓也?'子夏曰:'吾入见先王之义则荣之,出见富贵之乐又荣之,两者战于胸中,未知胜负,故臞。今先王之义胜,故肥。'是以志之难也,不在胜人,在自胜也。"不谋食:《论语·卫灵公》:"子曰:君子谋道不谋食。"此句指以佛道战胜贪欲。

⑪理齐:指深悟佛理。甘负薪:甘愿任樵采之事,指隐居。

⑫子:宋蜀本、全唐诗作"予"。未始异:未曾作分别想。《助字辨略》卷三:"未始,犹言未尝。"《说文》:"异,分也。"段玉裁注:"分之则有彼此之异。"

其　二

浮空徒漫漫,泛有定悠悠①。无乘及乘者②,所谓智人舟。讵舍贫病域,不疲生死流③。无烦君喻马④,任以我为牛⑤。植福祠迦叶⑥，求仁笑孔丘⑦。何津不鼓棹⑧，何路不摧辀⑨？念此闻思者，胡为多阻修⑩？空虚花聚散⑪，烦恼树稀稠⑫。灭想成无记⑬，生心坐有求。降吴复归蜀⑭，不到莫相尤。

【注释】

①"浮空"二句：浮空，即执着于空，认为诸法绝对虚无；泛有，即执着于有，认为诸法实有。

②"无乘"句：《大乘入楞伽经》卷三："乃至有心起，诸乘未究竟。彼心转灭已，无乘及乘者，无有乘建立，我说为一乘。"乘：运载，佛法如渡船，能把众生从生死此岸渡到涅槃彼岸。乘有一乘、二乘、三乘、四乘、五乘之别，但这些只是修行途径、方法上的不同，而在究竟（终极境界）意义上是没有区别的。无乘：心灭则诸乘灭，即登岸舍筏。

③生死流：佛教谓生死能使人漂没，故名之为"流"。《无量寿经》卷下："设满世界火，必过要闻法，会当成佛道，广济生死流。"

④喻马：《涅槃经》卷三十三："譬如大王，有三种马。一者调壮、大力，二者不调、齿壮大力，三者不调、羸老无力。王若乘者，当先乘谁？世尊：应当先乘调壮大力，次用第二，后用第三。善男子！调壮大力喻菩萨僧，其第二者喻声闻僧，其第三者喻一阐提。"

⑤为牛：《庄子·天道》："昔者子呼我牛也，而谓之牛；呼我马也，而谓之马。"

⑥迦叶：摩诃迦叶，相传为释迦牟尼的十大弟子之一。

⑦求仁：《论语·述而》："（子贡）入曰：'伯夷、叔齐，何人也？'曰：'古之贤人也。'曰：'怨乎？'曰：'求仁而得仁，又何怨？'"笑孔丘：《庄子·渔父》："客曰：'孔氏者何治也？'子路未应，子贡对曰：'孔氏者，性服忠信，身行仁义，饰礼乐，选人伦，上以忠于世主，下以化于齐民，将以利天下，此孔氏之所治也。'……客乃笑而还。"

⑧鼓棹：摇桨。《晋书·陶侃传》："鼓棹渡江，二十余里。"

⑨辀：车辕，泛指车。

⑩"念此"两句：佛教修行有"三慧"：闻慧、思慧、修慧。闻慧，指依见闻经教而生之智慧；思慧，指依思惟道理而生之智慧；修慧，指依修持禅定而生

之智慧。闻思二慧为散智，仅是发起修慧之缘；修慧为定智，有断惑证理之用。

⑪空虚花：喻一切事物和现象虚而不实。聚散：或聚或散，变化无常。

⑫烦恼树：《遗教经论》："实智慧者……伐烦恼树之利斧也。"

⑬想，《全唐诗》作"相"，又注："一作想"。无记：非善非恶，无可记别。《阿毗达磨俱舍论》卷二："不可记为善、不善性，故名无记。"

⑭"降吴"句：《三国志·蜀书·黄权传》："臣（黄权）过受刘主殊遇，降吴不可，还蜀无路，是以归命。"此谓"灭想"、"生心"，皆非入道之径。

【汇评】

[明]焦竑《焦氏笔乘》卷四："子瞻云：'子美诗：王侯与蝼蚁，同尽归丘墟。愿闻第一义，回向心地初。知其文字外别有事在。'然子美亦偶及此耳，要非本色，必也，其摩诘乎！观《与魏居士书》、胡居士三诗，可谓绝妙。如'即病即实相，趋空定狂走。无有一法真，无有一法垢。'又'因爱果生病，从贪始觉贫。'又'何津不鼓棹，何路不摧辀！'非其见地超然，安能凿空道此。"

饭覆釜山僧

晚知清净理①，日与人群疏。将候远山僧，先期扫敝庐。果从云峰里，顾我蓬蒿居②。藉草饭松屑③，焚香看道书。燃灯昼欲尽，鸣磬夜方初④。已悟寂为乐⑤，此生闲有余⑥。思归何必深，身世犹空虚。

【题解】

乾元元年(758)秋冬施庄为寺后，王维除奉朝外，大部分时间在京师与僧人相处。《旧唐书·王维传》载："在京师，日饭十数名僧，以玄谈为乐。斋中无所有，唯茶铛、药臼、经案、绳床而已。退朝之后，焚香独坐，以禅诵为事。""饭僧"，即以饭食供养僧人。覆釜山，赵殿成注："山名覆釜者，不止一处，然右丞所指，疑在长安，未详所在。"从诗中"远山僧"看，疑非在长安。

本诗曰:"藉草饭松屑,焚香看道书。燃灯昼欲尽,鸣磬夜方初。"这种描述与《旧唐诗》本传的记载十分相近,可谓其晚年生活的真实写照。因此,本诗写作时间应在施寺后至去世前的一、二年,姑系于上元元年(760)。

【注释】

①清净:佛教语,谓远离一切恶行与烦恼。净,宋蜀本作"静"。

②蓬蒿居:江淹《杂体诗三十首·左记室咏史》:"顾念张仲蔚,蓬蒿满中园。"

③藉草:孙绰《游天台山赋》:"藉萋萋之纤草,荫落落之长松。"李善注:"以草荐地而坐曰藉。"松屑:松花。江淹《报袁叔明书》:"朝餐松屑,夜诵仙经。"

④夜方初:初夜、初更,佛教六时之一。

⑤已,元刻本、《全唐诗》作"一"。寂:佛家语,即灭、寂灭、涅槃,指度脱生死,寂静无为之境地。《大般涅槃经》卷二:"有为之法,其性无常。生已不住,寂灭为乐。"

⑥生,《全唐诗》作"日",又注:"一作生"。

瓜园诗并序

维瓜园高斋,俯视南山形胜,二三时辈,同赋是诗,兼命词英数公,同用"园"字为韵,韵任多少。时太子司议郎薛璩发此题,遂同诸公云。

余适欲锄瓜,倚锄听叩门。鸣驺导骢马①,常从夹朱轩②。穷巷正传呼③,故人悦相存④。携手追凉风,放心望乾坤。蔼蔼帝王州,宫观一何繁。林端出绮道⑤,殿顶摇华幡⑥。素怀在青山⑦,若值白云屯⑧。回风城西雨,返景原上村。前酌盈樽酒,往往闻清言⑨。黄鹂转深木⑩,朱槿照中园⑪。犹羡松下客⑫,石上闻清猿。

序曰:"时太子司议郎薛璩发此题。"据陈铁民《王维集校注》考证,薛璩即薛据,于乾元二年(759)秋始为司议郎;又,本诗写春景,故最早作于上元元年(760)春。此诗叙述了一次愉快的田园生活。从南山锄瓜、故人来访,到携手同游、饮酒清谈,章法有序,活泼自然。结尾四句尤见笔力。"黄鹂"一联取景虽小,包蕴无限,准确地概括了幽静秀丽的田园风光;"犹羡"一联紧承其上,明确表达留恋田园的归隐之心,意味深远。

【注释】

①鸣驺(zōu):见《送徐郎中》注②。骢马:青白色相杂的马。鲍照《结客少年场行》:"骢马金络头,锦带佩吴钩。"

②常从:侍从。朱轩:贵者所乘之车,饰以朱色,故称。江淹《别赋》:"至若龙马银鞍,朱轩绣轴。"此二句写诸公乘车来访。

③传呼:传声呼喊。《汉书·萧望之传》师古注:"传声而呼侍从者,甚有尊宠也。"

④傥:或者。存:慰问,省视。

⑤绮道:纵横交错的道路。

⑥华幡:彩旗。

⑦素怀:平素的怀抱。

⑧白云屯:谢灵运《入彭蠡湖口》:"春晚绿野秀,岩高白云屯。"

⑨闻,元刻本作"间"。清言:清谈。

⑩转,宋蜀本、《全唐诗》作"啭"。

⑪朱槿:花名,又称扶桑、日及。中园:犹园中。底本注:"中,一本作空。"

⑫松下客:指山中隐士。

【汇评】

[明]许学夷《诗源辩体》卷十六:"摩诘诗如'回风城西雨,返景原上村',诗中有画者也。"

[明]何良俊《四友斋丛说》卷二十五:"王右丞五言有绝佳者。如《瓜园》《赠裴十迪》《纳凉》《济上四贤咏》诸篇,格调既高,而寄兴复远,即古人诗中亦不能多见者。"

[清]张谦宜《茧斋诗谈》卷五曰："铺叙有次第,以章法错行,不觉其板,当学此。"

别弟缙后登青龙寺望蓝田山

陌上新别离,苍茫四郊晦。登高不见君,故山复云外。远树蔽行人①,长天隐秋塞。心悲宦游子,何处飞征盖②?

【题解】

上元元年(760)秋,王缙外任蜀州刺史(见陈《谱》),王维送其至长安郊区,登青龙寺眺望蓝田山,而有是作。诗人位于蓝田山中的辋川别业已于乾元元年(758)秋冬,布施于寺庙,所以称蓝田山为"故山"。青龙寺,见《青龙寺昙壁上人兄院集》。全诗色彩晦暗,笔调苍凉,意境高远。

【注释】

①树,宋蜀本作"木"。

②征盖:远行之车。盖,车盖。

【汇评】

[明]郭濬《增订评注唐诗正声》:"渺渺新别之情,与云山俱远。"

[清]黄培芳《唐贤三昧集笺注》:"有情有色。"

[清]张文荪《唐贤清雅集》:"情景真切。'远树'二句,就阔远处极力写去,收合来气局自大。"

河南严尹弟见宿弊庐访别人赋十韵

上客能论道,吾生学养蒙①。贫交世情外,才子古人中。冠上方簪豸②,车边已画熊③。拂衣迎五马④,垂手凭双童。花醥和松屑⑤,茶香透竹丛。薄霜澄夜月,残雪带春风。古壁苍苔黑，寒山远烧红。眼看东候别⑥，心事《北山》同⑦。为学轻先辈⑧，何能访老翁？欲知今日后，不乐为车公⑨。

【题解】

据陈铁民《读张著〈王维年谱〉札记》考证，此诗作于上元二年（761）初春。河南严尹，指河南尹严武。武为河南尹时，洛阳为史朝义所据，河南府治所暂时设在长水（今河南洛宁县西）。武因事入京，返长水前，访王维宅。本诗即为送别而作。前两联述己与严武友情深厚，称赞友人具有古人高情雅致，与己志同道合。次三联叙友人由御史中丞升任府尹，乘车拜访诗人，诗人于居处以酒和茶热情招待友人。再次两联描写初春所见的萧疏冷寂的景象，反映出离别惆怅落寞的情绪。末三联抒发对友人的关切与不舍之情。

【注释】

①养蒙：谓以蒙昧自隐。《易·蒙》："蒙以养正，圣功也。"孔颖达疏："能以蒙昧隐默，自养正道，乃成至圣之功。"

②簪豸：《旧唐书·舆服志》："法冠，一名獬豸冠，以铁为柱，其上施珠两枚，为獬豸之形，左右御史台流内九品以上服之。"簪，宋蜀本作"安"；《全唐诗》注："一作安"。

③画熊：《后汉书·舆服志》刘昭注引《古今注》曰："武帝天汉四年，令诸侯王大国朱轮，特虎居前，左兕右麋；小国朱轮，画特熊居前，寝麋居左右，卿车者也。"此句指武任府尹。

④五马：太守之车，代称太守。汉乐府《陌上桑》："使君从南来，五马立踟蹰。"

⑤醁：元刻本作"醴"；《全唐诗》注："一作醴"。左思《蜀都赋》："觞以清醁，鲜以紫鳞。"李周翰注："醁，清酒也。"酒和以松屑，即松花酒，故称"花醁"。

⑥候：通"堠"。记里数的土堆。唐制五里只堠，十里双堠。

⑦《北山》：《诗·小雅》篇名。关于此诗主旨，《孟子·万章上》曰："是诗也，劳于王事，而不得养父母也。""山"，宋蜀本、《全唐诗》作"川"；《全唐诗》又注："一作山"。

⑧为：宋蜀本作"若"；《全唐诗》注："一作若"。

⑨车公：《晋书·车胤传》："车胤字武子，南平人也。……风姿美劭，机悟敏速，甚有乡曲之誉。……又善于赏会，当时每有盛坐而胤不在，皆云：'无车公不乐。'谢安游集之日，辄开筵待之。"后世多以"车公"泛指善于集会游赏之人。

慕容承携素馔见过

纱帽乌皮几①，闲居懒赋诗。门看五柳识，年算六身知②。灵寿君王赐③，雕胡弟子炊④。空劳酒食馔，特底解人颐⑤。

【题解】

据陈《谱》，上元二年(761)春，王缙为蜀州刺史，维上《责躬荐弟表》，乞尽削己官，放归田里，使缙得还京师。肃宗皇帝应允。七月，维卒。此诗疑作于辞官后至七月前的一段时间。《旧唐书·王维传》云："维弟兄俱奉佛，居常蔬食，不茹荤血。晚年长斋，不衣文彩。"因此，慕容承来访而携素馔。王维以诗酬谢。

【注释】

①乌皮几：乌皮裹饰的小几案，坐时用以靠身。南朝齐谢朓有《同咏座上玩器乌皮隐几》。

②六身：即"二首六身"，指"亥"字，七十三岁的隐语。参见《左传·襄公三十年》及孔颖达疏。后用以喻高寿。

③"灵寿"句：《汉书·孔光传》："赐太师灵寿杖。"注："孟康曰：扶老杖也。服虔曰：灵寿，木名。"

④雕胡：即菰米饭。《西京杂记》："菰之有米者，长安人谓为雕胡。"

⑤特底：即特意、特别。特，宋蜀本、《全唐诗》作"持"。解人颐：《汉书·匡衡传》："匡说《诗》，解人颐。"如淳注："使人笑不能止也。"颐，宋蜀本作"归"。

酬慕容上

行行西陌返,驻辖问车公①。挟毂双官骑②,应门五尺僮③。
老年如塞北④,强起离墙东⑤。为报壶丘子⑥,来人道姓蒙⑦。

【题解】

此诗写作时间与上诗相差不远。慕容上,宋蜀本、《全唐诗》作"慕容十一"。岑仲勉《唐人行第录》:"维又有《慕容承携素馔见过》,比观两诗词意,余以为十一即承。"诗人拜访慕容上并以诗酬赠。首联以车胤事点出行路访问慕容上之意,并暗喻友人之风姿神韵。中间两联,先写慕容氏的尊显华贵,再写其暮年强起出仕的经历。尾联表明来访之意,以古隐士喻指慕容氏与自己,既称赞友人不俗的情志,又体现出自己的隐逸之意。

【注释】

①驻辖:停车。车公:参见《河南严尹弟见宿弊庐访别人赋十韵》注⑨。此借指慕容十一。

②挟毂:夹车。汉乐府《长安有狭斜行》:"长安有狭斜,狭斜不容车,适逢两少年,挟毂问君家。"官骑:官府的骑兵。

③五尺僮:李密《陈情表》:"内无应门五尺之僮。"

④老年:宋蜀本作"若思"。

⑤强起:强行起用。《史记·秦始皇本纪》:"二十三年,秦王复召王翦,强起之,使将击荆。"墙东:谓隐者所居之地,详见《登楼歌》注⑨。

⑥壶丘子:《高士传》卷中:"壶丘子林者,郑人也,道德甚优,列御寇师事之。"

⑦姓蒙:潘岳《悼亡诗三首》其二:"上惭东门吴,下愧蒙庄子。"李善注:"庄子蒙人,故云蒙庄子。"

未编年诗

扶南曲歌词五首

其 一

翠羽流苏帐，春眠曙不开。羞从面色起，娇逐语声来。早向昭阳殿①，君王中使催②。

【题解】

《扶南曲》，《通典》云："武德初，因隋旧制，奏九部乐，四曰扶南。"《新唐书·礼乐志》云："天宝乐曲，皆以边地名。自河西至者，有扶南乐舞。"扶南为中南半岛上的一个古老王国，隋唐时把从这里传来的乐舞曲称为《扶南曲》。王维这组诗即依其声而填词。北宋郭茂倩编《乐府诗集》将这组诗列入"新乐府辞"，诗题无"歌词"二字。

【注释】

①昭阳，汉殿名，在未央宫，此处借指唐宫。

②中使：宫中派出的使者，多由宦官充任。

其 二

堂上青弦动，堂前绮席陈。齐歌《卢女曲》①，双舞洛阳人。倾国徒相看②，宁知心所亲？

【注释】

①《卢女曲》：乐府杂曲歌辞名。晋崔豹《古今注》卷中："魏武帝时有卢女者，故将军阴并之子，年七岁入汉宫学琴。琴特鸣，异于余伎，善为新声，能传此曲（按：《雉朝飞》）。"

②倾国：指美女。《汉书·外戚传》："（李）延年侍上，起舞歌曰：'北方有佳人，绝世而独立。一顾倾人城，再顾倾人国。宁不知倾城与倾国，佳人

难再得。'"

其　三

香气传空满,妆华影箔通①。歌闻天仗外②,舞出御楼中③。日暮归何处? 花间长乐宫④。

【注释】

①箔:竹帘。

②天仗:天子的仪仗。

③楼,《全唐诗》注曰:"一作'筵'。"

④长乐宫:汉长安宫殿名,此处泛指宫殿。

其　四

宫女还金屋①,将眠复畏明。入春轻衣好,半夜薄妆成。拂曙朝前殿,玉墀多佩声②。

【注释】

①金屋:《太平御览》卷八十八引《汉武故事》:"(武帝)数岁,长公主嫖抱置膝上,问曰:'儿欲得妇不?'胶东王(武帝)曰:'欲得妇。'长主指左右长御百余人,皆云不用。末指其女问曰:'阿娇好不?'于是乃笑对曰:'好! 若得阿娇作妇,当作金屋贮之也。'"

②玉墀:玉石铺砌的台阶。

其　五

朝日照绮窗①,佳人坐临镜。散黛恨犹轻②,插钗嫌未正。同心勿遽游,幸待春妆竟。

①"朝日"句:梁武帝《子夜歌》:"朝日照绮窗,光风动纨罗。"

②散黛:以黛画眉。梁简文帝《美人晨妆》:"散黛随眉广,燕脂逐脸生。"

【汇评】

[明]顾可久:"短章亦自婉丽。"

[清]张谦宜《茧斋诗谈》卷五:"《扶南曲》,扶南,外国名,乐工仿其声调为曲,却是律诗格,但截去二句耳。摩诘晓音乐,此曲必是按谱填成,想亦是柔曼靡丽之声。"

早春行

紫梅发初遍,黄鸟歌犹涩。谁家折杨女①,弄春如不及。爱水看妆坐,羞人映花立。香畏风吹散,衣愁露沾湿。玉闺青门里②,日落香车入。游衍益相思,含啼向彩帷。忆君长入梦,归晚更生疑。不及红檐燕,双栖绿草时。

【题解】

本诗为少妇游春思夫主题。首联以"初遍"、"犹涩"点出早春时节。次三联描写少妇游春的过程。"爱水看妆坐,羞人映花立"两句,表现少妇的娇羞与矜持,生动传神。再三联写少妇赏春归来,更添思夫愁绪。末联人燕对比,更觉孤寂落寞。

【注释】

①女:宋蜀本作"柳"。

②青门:汉长安城东南门。《三辅黄图·都城十二门》:"长安城东出南头第一门曰霸城门,民见门色青,名曰青城门,或曰青门。"此处代指长安。

【汇评】

[宋]刘克庄《后村诗话》新集卷三:"王维《早春行》云:'忆君长入梦,归

晚更生疑。不及红檐燕,双栖绿草时。'警句。"

[明]顾可久:"别是一种纤丽语。"

[明]徐炬《事物原始·评诗》:"摩诘之才,秀丽疏朗,往往意兴发端,神情傅合,由工入微,不犯痕迹,所以为佳。"

《唐诗归》卷八:"钟云:'右丞禅寂人,往往妙于情语。'"

[清]王闿运批《唐诗选》:"着笔甚轻。"

座上走笔赠薛璩慕容损

希世无高节①,绝迹有卑栖②。君徒视人文③,吾固和天倪④。缅然万物始⑤,及与群物齐⑥。分地依后稷⑦,用天信重黎⑧。春风何豫人,令我思东溪。草色有佳意,花枝稍含荑⑨。更待风景好,与君藉萋萋⑩。

【题解】

薛璩,《旧唐书·薛播传》、韩愈《国子助教河东薛君墓志铭》、《唐诗纪事》卷二五、《唐才子传》卷二等作"薛据"。另,王维有《送张舍人佐江州同薛据十韵》。璩,疑误。薛据,河中宝鼎(今山西万荣西)人。开元十九年(731)进士及第,曾任祠部员外郎、水部郎中等职。慕容损,《元和姓纂》卷八:"(昌黎慕容)知晦,兵部郎中、汾州刺史。知晦生珣,吏部侍郎。珣生损,渝州刺史。"本诗为王维即兴抒写隐居躬耕之意以赠友人。

【注释】

①希世:迎合世俗。《庄子·让王》:"原宪笑曰:'夫希世而行,比周而友……宪不忍为也。'"高节,元刻本作"高符"。陆机《赴洛二首》其一:"希世无高符,营道无烈心。"

②绝迹:卓越的功业事迹。《史记·司马相如传》:"揆厥所元,终都攸卒,未有殊尤绝迹可考于今者也。"

③人文：礼乐教化。《易·贲》："观乎人文，以化成天下。"孔疏："言圣人观察人文，则《诗》《书》礼乐之谓，当法此教而化成天下也。"

④和天倪：《庄子·齐物论》郭注："无辩，故和之以天倪，安其自然之分而已。"

⑤万物始：《老子》一章："无名，天地之始。"王弼注："凡有皆始于无，故未形无名之时，则为万物之始。"

⑥群物齐：《庄子·秋水》："万物一齐。"

⑦"分地"句：陆贾《新语·道基》："民知室居食谷而未知功力，于是后稷乃列封疆，画畔界，以分土地之所宜，辟土殖谷，以用养民。"后稷，周的始祖，名弃。

⑧用天：《孝经·庶人章》："用天之道，分地之利，谨身节用，以养父母。"信，底本、《全唐诗》均注："一作泰。"重黎：上古人名，重与黎，为羲、和二氏之祖先。《史记·太史公自序》："昔在颛顼，命南正重以司天，北正黎以司地。"

⑨蘡：叶芽。

⑩藉萋萋：孙绰《游天台山赋》："藉萋萋之纤草，荫落落之长松。"李善注："以草荐地而坐曰藉。"萋萋，茂盛貌。

李处士山居

君子盈天阶①，小人甘自免。方随炼金客②，林上家绝巘③。背岭花未开，入云树深浅。清昼犹自眠，山鸟时一啭。

【题解】

处士，不求闻达之高人。李处士，名不详。本诗赞李处士隐居不仕、自适山林的高情逸志。

【注释】

①天阶：宫殿的台阶，多借指朝廷。汉张衡《东京赋》："登圣皇于天阶，

章汉祚之有秩。"

②炼金客：指道士。

③林：元刻本作"城"。绝巘：陡峭的山峰。

丁寓田家有赠

君心尚栖隐，久欲傍归路①。在朝每为言，解印果成趣②。晨鸡鸣邻里③，群动从所务④。农夫行饷田，闺妇起缝素⑤。开轩御衣服，散帙理章句⑥。时吟招隐诗⑦，或制闲居赋⑧。新晴望郊郭，日映桑榆暮⑨。阴尽小苑城⑩，微明渭川树。揆予宅闾井⑪，幽赏何由屡？道存终不忘，迹异难相遇。此时惜离别，再来芳菲度。

【题解】

丁寓，宋蜀本作"丁禹"。曾任黎阳令，后为朝官，归隐长安近郊。本诗赞丁寓的归隐之趣，也表达自己的钦羡之情。

【注释】

①傍归路：辞官归乡。谢灵运《永初三年七月十六日之郡初发都》："从来渐二纪，始得傍归路。"

②成趣：陶渊明《归去来兮辞》："园日涉以成趣，门虽设而常关。"

③邻：宋蜀本作"阳"。

④从，宋蜀本作"徒"。

⑤妇：宋蜀本、《全唐诗》作"妾"；《全唐诗》又注："一作妇"。

⑥散帙：打开书帙（书衣），代指读书。谢灵运《酬从弟惠连》其二："凌涧寻我室，散帙问所知。"

⑦招隐诗：《文选》有"招隐诗"一类，收左思二首、陆机一首，皆歌咏隐居之作。

⑧闲居赋:潘岳《闲居赋》。

⑨映:底本、《全唐诗》注:"一作昳。"桑榆:《太平御览》卷三引《淮南子》:"日西垂景在树端,谓之桑榆。"

⑩尽,《全唐诗》作"昼",又注:"一作尽"。

⑪揆:估量。《离骚》:"皇览揆余于初度兮。"

【汇评】

[明]许学夷《诗源辩体》卷十六:"摩诘诗,如'阴尽小苑城,微明渭川树',诗中有画者也。"

渭川田家

斜光照墟落①,穷巷牛羊归。野老念牧童,倚杖候荆扉。雉雊麦苗秀②,蚕眠桑叶稀③。田夫荷锄立④,相见语依依。即此羡闲逸,怅然歌《式微》⑤。

【题解】

本诗前四联描写乡野风物与村民生活,呈现出宁静闲逸的牧歌情调。末联表达对田园恬淡生活的向往及对官场纷扰的厌倦。写景率真,语臻自然。

【注释】

①"光",《全唐诗》作"阳",又注:"一作光"。墟落:村落。南朝梁范云《赠张徐州稷》:"轩盖照墟落,传瑞生光辉。"

②雉雊:雉鸣叫,泛称鸟鸣叫。秀:谷类抽穗开花。此句意本潘岳《射雉赋》:"麦渐渐以擢芒,雉鸒鸒而朝雊。"徐爰注:"渐渐,含秀之貌也。"

③蚕眠:庾信《归田》诗:"社鸡新欲伏,原蚕始更眠。"

④立,宋蜀本、《全唐诗》作"至";《全唐诗》又注:"一作立"。

⑤歌,宋蜀本、《全唐诗》作"吟"。式微:《诗·邶风》篇名,乃役者思归

之怨诗。

【汇评】

[明]王夫之《唐诗评选》卷二:"通篇用'即此'二字括收。前八句皆情语,非景语。属词命篇,总与建安以上合辙。"

[明]唐汝询《唐诗解》:"右丞妙于田家,此是其得意作。"

[明]周珽《唐诗选脉会通评林》:"王世贞曰:'田家本色,无一字淆杂,陶诗后少见。'"

[清]王尧衢《古唐诗合解》:"田家诸作,储、王并推,写境真率,中有静气。"

[清]沈德潜《唐诗别裁集》卷一:"吟《式微》,言欲归也,无感伤世衰意。"

[清]张文荪《唐贤清雅集》:"真实似靖节,风骨各别,以终带文士气。"

[清]黄培芳《唐贤三昧集笺注》:"此瓣香陶柴桑。"又曰:"('野老'二句)纯挚朴茂,语臻自然。"又:"顾云:'田夫'二句恬淡。'即此'二句冲古。"

[清]宋宗元《网师园唐诗笺》:"('野老'句下)田家情事如绘。"

过李揖宅

闲门秋草色①,终日无车马。客来深巷中,犬吠寒林下。散发时未簪,道书行尚把。与我同心人②,乐道安贫者。一罢宜城酌③,还归洛阳社④。

【题解】

李揖,《全唐诗》作"李楫"。曾任户部侍郎、宰相房管行军司马、谏议大夫等职(参见《唐刺史考》、《旧唐书·房管传》)。诗前两联写李揖隐居之处幽静的环境,"闲""深""无车马"渲染清幽空寂气氛。后三联描述友人闲适自在的隐居生活,赞扬其"乐道安贫"的超脱情怀。

①闲:元刻本作"闭"。

②同心:宋蜀本作"心同"。

③宜城酌:指宜城酒。

④洛阳社:即白社,多指隐者所居之地。吴均《入兰台赠王治书僧孺诗》:"予为陇西使,寓居洛阳社。"

【汇评】

[明]周珽《唐诗选脉会通评林》:"写景自真,叙情自旷。吴山民曰:'冲雅绝伦,绝不艰涩。'周明辅曰:'闲甚。然寄傲亦在此。'"

[清]徐增《而庵说唐诗》卷二:"先将李揖所居之处写四句,后将李揖行径意趣写四句。人称摩诘诗天子,天子者,凭我指挥无不如意之谓也,此真有天子气。"

[清]黄培芳《唐贤三昧集笺注》:"'闲门秋草色'五字淡远。三、四自陶诗'犬吠深巷中,鸡鸣桑树巅'来。顾云:'真率语,自是雅淡。'"

送六舅归陆浑

伯舅吏淮泗①,卓鲁方喟然②。悠哉自不竞③,退耕东皋田。条桑腊月下④,种杏春风前。酌醴赋《归去》,共知陶令贤⑤。

【题解】

诗题,"送"上,宋蜀本、《全唐诗》有"奉"字。陆浑,唐县名,属河南府,治所在今河南嵩县东北。本诗为王维送别六舅辞官归隐田园而作。

【注释】

①伯舅:周王朝对异姓诸侯的称呼,后用为舅之尊称。

②卓鲁:指东汉卓茂、鲁恭,二人皆以循吏见称,后代指良吏。

③不竞:《诗·商颂·长发》:"不竞不绒,不刚不柔。"郑笺:"竞,逐也。不逐,不与人争前后。"

④条桑:修剪桑枝。《诗·豳风·七月》:"蚕月条桑。"
⑤"酌醴"二句:用陶渊明"不为五斗米折腰"典故。

送　别

　　下马饮君酒,问君何所之? 君言不得意,归卧南山陲^①。但去莫复问,白云无尽时。

【题解】

　　本诗以问答形式写送别友人归隐。语言平白如话,意蕴却绵长悠远。最后一句为点睛之笔。清王尧衢《唐诗合解》说:"其用意在结句,盖白云无尽,山中之乐亦自无尽,以视世之富贵功名,希宠怙势,何者不有尽期? 知得此意,则归卧南山,可以萧然于世味矣。"

【注释】

　　①卧:隐居。《晋书·谢安传》:"卿累违朝旨,高卧东山。"

【汇评】

　　[明]李攀龙《唐诗广选》:"蒋仲舒曰:'第五句一拨便转,不知言外多少委婉。'"

　　[明]李沂《唐诗援》:"语似平淡,却有无限感慨,藏而不露。"

　　《唐诗归》卷八:"钟云:'(末二句)感慨寄托,尽此十字,蕴藉不觉,深味之,知右丞非一意清寂,无心用世之人。'"

　　[清]沈德潜《唐诗别裁集》卷一:"白云无尽,足以自乐,勿言不得意也。"

　　[清]黄培芳《唐贤三昧集笺注》:"此种断以不说尽为妙,结得有多少妙味!"又:"顾云:'极婉转、含蓄、高古。'"

　　[清]张文荪《唐贤清雅集》:"五古短调要浑括有余味,此篇是定式。略作问答,词意隐现,兴味悠然不尽。"

　　[清]翁方纲《石洲诗话》卷一:"今之选右丞五古者,必取'下马饮君酒'

一篇,大约皆自李沧溟启之,此元遗山所谓'少陵自有连城璧,争奈微之识碔砆'者也。"

[清]章燮《唐诗三百首注疏》:"以问答法咏赠别。此疑送孟浩然归南山作。"

[清]王寿昌《小清华园诗谈》:"何谓超然? 曰:渊明之'结庐在人境'一篇是也。其次则王右丞之'下马饮君酒'一篇,亦庶几焉。"

送权二

高人不可友^①,清论复何深。一见如旧识,一言知道心。明时当薄宦^②,解薜去中林^③。芳草空隐处,白云余故岑。韩侯久携手^④,河岳共幽寻。怅别千余里,临堂鸣素琴。

【题解】

《全唐诗人名考证》云:"权二,权自挹。《英华》作权三。权德舆《故朝议郎行尚书省仓部员外郎集贤院待制权府君(自挹)墓志铭》:'……与故王右丞维为文雅道素之友。'其隐居终南山在开元中。"本诗为送别权二出隐入仕而作。

【注释】

①友,宋蜀本、元刻本、《全唐诗》作"有"。

②薄宦:微职。任昉《为范尚书让吏部封侯第一表》:"高祖少连……薄宦东朝,谢病下邑。"

③解薜:脱去隐士之衣,指入仕。《晋书·谢安传》:"暨于褫薜萝而袭朱组,去衡泌而践丹墀,庶绩于是用康,彝伦以之载穆。"又,王维《留别山中温古上人兄并示舍弟缙》诗:"解薜登天朝,去师偶时哲。"

④韩侯:《诗·大雅·韩奕》:"韩侯出祖,出宿于屠。显父饯之,清酒百壶。"借指权二。

送张舍人佐江州同薛据十韵

　　束带趋承明①，守官惟谒者②。清晨听银虬③，薄暮辞金马④。受辞未尝易⑤，当御方知寡⑥。清范何风流，高文有风雅。忽佐江上州，当自浔阳下。逆旅到三湘⑦，长途应百舍。香炉远峰出⑧，石镜澄湖泻⑨。董奉杏成林⑩，陶潜菊盈把⑪。彭蠡常好之⑫，庐山我心也。送君思远道，欲以数行洒。

【题解】

诗题，元刻本无"十韵"二字。题下，宋蜀本、《全唐诗》有"走笔成"三字。张舍人，名不详。佐江州，即江州刺史之佐吏。江州，治所在浔阳（今江西九江）。薛据，宋蜀本、《全唐诗》作"薛璩"，疑非。本诗为王维与薛据一起送别张舍人出任江州佐吏而作。

【注释】

①承明：汉未央宫内殿名，殿旁有承明庐，为汉代侍从之臣值夜之所。

②谒者：指通事舍人。《旧唐书·职官志》："通事舍人，秦谒者之官也。……武德初，废谒者台，改通事谒者为通事舍人。"

③银虬：古漏刻底部的银质滴水龙头。

④金马：汉代宫门名。《史记·东方朔传》："金马门者，宦署门也。门傍有铜马，故谓之曰金马门。"此处借指唐皇宫之门。

⑤受辞：指呈递奏章、传达皇帝旨意等职责。《旧唐书·职官志》："通事舍人掌朝见引纳及辞谢者，于殿廷通奏。"易：简慢。

⑥当御：在宫中值班。

⑦三湘：泛指今洞庭湖南北，湘江流域一带。

⑧香炉：庐山北峰

⑨石镜：《水经注·庐江水》"（庐）山东有石镜，照水之所出。有一圆石

悬崖,明净照见人形,晨光初散,则延曜入石,豪细必察,故名石镜焉。"澄湖:指彭蠡湖。

⑩"董奉"句:典出晋葛洪《神仙传》卷六。参见《送友人归山歌二首》其一注⑤。

⑪"陶潜"句:《续晋阳秋》曰:"陶潜尝九月九日无酒,出宅边菊丛中摘菊盈把,坐其侧。久望见白衣人至,乃王弘送酒也,即便就酌,醉而后归。"盈,宋蜀本作"谁"。

⑫彭蠡:即鄱阳湖。

新晴野望

新晴原野旷,极目无氛垢①。郭门临渡头,村树连溪口。白水明田外,碧峰出山后。农月无闲人,倾家事南亩②

【题解】

野,底本、元刻本作"晚",据宋蜀本、《全唐诗》改。初夏新晴,诗人于原野远望乡村风景,有感而作。中间两联写景,由近而远,层次分明。"白水"与"碧峰",色调鲜明,构成清新明丽的山水画境。

【注释】

①氛垢:尘雾。

②南亩:农田。《诗·小雅·大田》:"俶载南亩,播厥百谷。"

冬日游览

步出城东门,试骋千里目。青山横苍林,赤日团平陆①。渭北走邯郸,关东出函谷②。秦地万方会③,来朝九州牧④。鸡鸣咸阳中⑤，冠盖相追逐⑥。丞相过列侯，群公饯光禄⑦。相如方老病，独归茂陵宿⑧。

　　诗人冬日出游长安城东有感而作。"青山横苍林，赤日团平陆"两句，为诗人即目之所见，"横""团"两字使诗句顿显画面之感。接下来八句写熙熙攘攘、往来应酬的官员，最后两句写不同流俗、孤寂独处的寒士，两相对比，令人想起《老子》第二十章："众人熙熙，如享太牢，如春登台。我独泊兮，其未兆；沌沌兮，如婴儿之未孩；儽儽兮，若无所归。众人皆有余，而我独若遗。"周珽"结有翛然之思"，此评确有慧眼。

【注释】

①团：圆。《玉篇》："团，圆也。"

②函谷：旧关在今河南灵宝东北，汉元鼎三年（公元前114年）徙至今河南新安东。

③秦地：今陕西为古秦国之地。此指长安。

④九州牧：泛指诸州长官。

⑤咸阳：秦国都城，此处借指唐都长安。

⑥冠盖：官吏的服饰和车乘，借指官吏。班固《西都赋》："冠盖如云，七相五公。"

⑦光禄：官名。唐有光禄大夫、金紫光禄大夫、银青光禄大夫，是从二品至从三品的文散官。

⑧"相如"二句：《史记·司马相如传》："相如口吃而善著书。常有消渴疾。……其进仕宦，未尝肯与公卿国家之事，称病闲居，不慕官爵。……相如既病免，家居茂陵。"方：底本、《全唐诗》注曰：一作"今"。茂陵：在今陕西兴平县东北，本名茂乡，武帝葬此，因置茂陵邑。

【汇评】

[宋]刘辰翁曰："平实悲壮，古意雅辞，乐府所少。"

[明]周珽《唐诗选脉会通评林》："吴山民曰：'青山'一联，景语，旷。'丞相'二句，意实有谓。结有翛然之思。○周敬曰：运得妙，不觉其填。"

苦　热

赤日满天地,火云成山岳。草木尽焦卷①,川泽皆竭涸。轻纨觉衣重,密树苦阴薄②。莞簟不可近③,绤绤再三濯④。思出宇宙外,旷然在寥廓。长风万里来,江海荡烦浊。却顾身为患⑤,始知心未觉⑥。忽入甘露门⑦,宛然清凉乐。

【题解】

诗题,《乐府诗集》作《苦热行》。《乐府解题》曰:"《苦热行》备言流金烁石、火山炎海之艰难也。若鲍照云:'赤阪横西阻,火山赫南威。'言南方瘴疠之地,尽节征伐,而赏之太薄也。"诗人极力渲染天气炎热,最后以"忽入甘露门,宛然清凉乐"作结,突出佛教"色空"之理。

【注释】

①"草木"句:应璩《与广川长岑文瑜书》:"顷者炎旱,日更增甚,沙砾销铄,草木焦卷。"

②密树,元刻本作"树密"。

③莞簟:见《酬诸公见过》注⑥。

④绤绤:葛布的统称。葛之细者曰绤,粗者曰绤。引申为葛服。

⑤身为患:《老子》十三章:"吾所以有大患者,为吾有身;及吾无身,吾有何患?"

⑥觉:即菩提,指对佛教真理的觉悟。

⑦甘露门:指佛之教法。甘露,涅槃之譬喻。《法华经·化城喻品》:"能开甘露门,广度于一切。"

燕子龛禅师

山中燕子龛,路剧羊肠恶。裂地竞盘屈,插天多峭崿。瀑泉吼而喷,怪石看欲落。伯禹访未知①,五丁愁不凿②。上人无生缘,生长居紫阁③。六时自捶磬④,一饮尚带索⑤。种田烧白云⑥,斫漆响丹壑⑦。行随拾栗猿,归对巢松鹤。时许山神请⑧,偶逢洞仙博⑨。救世多慈悲,即心无行作⑩。周商倦积阻,蜀物多淹泊⑪。岩腹乍旁穿,涧唇时外拓。桥因倒树架,栅值垂藤缚。鸟道悉已平,龙宫为之涸。跳波谁揭厉⑫,绝壁免扪摸。山木日阴阴,结跏归旧林。一向石门里,任君春草深。

【题解】

燕子龛,疑为寺名。龛为供有佛像的石窟。赵殿成注:"按《唐骊山宫图》,燕子龛在速理水上,山城门在其东,飞霞泉在其西。"诗题,"禅师"下,宋蜀本有"咏"字。本诗写燕子龛崎岖陡峭的险恶环境及禅师的山林生活。语多俊伟,雄奇苍劲。

【注释】

①伯禹:即夏禹。

②五丁:《华阳国志》卷三《蜀志》:"蜀有五丁力士,能移山,举万钧。"

③紫阁:终南山峰名,在陕西鄠县东南。

④六时:佛教分一昼夜为六时:晨朝,日中,日没,初夜,中夜,后夜。

⑤一饮:指佛教十二头陀行之一的一坐食,即修行者日中一食。尚,宋蜀本、《全唐诗》作"常"。带索:以绳索为衣带,形容贫寒清苦。《列子·天瑞》:"孔子游于太山,见荣启期行乎郕之野,鹿裘带索,鼓琴而歌。"陶潜《饮酒》诗之二:"九十行带索,饥寒况当年。"

⑥烧白云:烧荒。

⑦斫漆:《古今注》卷下:"漆树,以刚斧斫其皮开,以竹管承之,汁滴管中,即成漆也。"

⑧山神请:《法苑珠林》卷一○七载释昙邕受山神之请,为其说法授戒。

⑨洞仙博:曹植《仙人篇》:"仙人揽六箸,对博太山隅。"仙人对弈。

⑩无行作:即佛教所谓无行无作。

⑪多,宋蜀本作"苦"。

⑫揭厉:《诗·邶风·匏有苦叶》:"深则厉,浅则揭。"厉:连衣涉水;揭:撩起衣服。

【汇评】

[明]顾可久:"禅寂意中多奇句,俊伟。"

[清]王槩等《芥子园画传》初集卷五:"王摩诘《燕子龛》诗,雄奇苍郁,非以李咸熙之笔写之不可。"

[清]张谦宜《茧斋诗谈》卷五:"形容曲尽,气象坦然。少陵、昌黎为之,便自怒张。"

羽林骑闺人

秋月临高城,城中管弦思①。离人堂上愁,稚子阶前戏。出门复映户,望望青丝骑②。行人过欲尽,狂夫终不至。左右寂无言,相看共垂泪。

【题解】

《汉书·百官公卿表》:"羽林掌送从……武帝太初元年初置,名曰建章营骑,后更名羽林骑。"后世常称皇帝的禁卫军为羽林军。本诗描写羽林骑妻子秋夜等候丈夫不至的情景。"离人堂上愁,稚子阶前戏"两句,以"稚子"的嬉戏反衬妻子的愁苦,生动形象,意味隽永。

【注释】

①思：悲。张华《励志》："吉士思秋。"李善注："思，悲也。"

②青丝骑：梁刘孝绰《淇上人戏荡子妇示行事》："如何嫁荡子，春夜守空床。不见青丝骑，徒劳红粉妆。"装饰华丽的坐骑。

【汇评】

［宋］张戒《岁寒堂诗话》："世以王摩诘古诗配太白，盖摩诘古诗能道人心中事而不露筋骨。如《陇西行》《息夫人》《西施篇》《羽林骑闺人》等篇，信不减太白。"

早朝二首

其　一

柳暗百花明，春深五凤城①。城乌睥睨晓②，宫井辘轳声。方朔金门侍③，班姬玉辇迎④。仍闻遣方士，东海访蓬瀛⑤。

【题解】

底本卷五有五古《早朝》，卷九有五律《早朝》，宋蜀本、元刻本合并二者为《早朝二首》，其第一首为五律，第二首为五古。今据改。

【注释】

①五凤城：即凤城，指皇城。杜甫《夜》："步檐倚仗看牛斗，银汉遥应接凤城。"仇注："赵（次公）曰：秦穆公女吹箫，凤降其城，因号丹凤城。其后，言京城曰凤城。"

②睥睨：城墙上锯齿状的短墙。《释名·释宫室》："城上垣曰睥睨，言于其孔中睥睨非常也。"

③方朔：东方朔，字曼倩，西汉著名文学侍臣。金门：即金马门。东方朔于武帝时待诏金门。

④班姬：即班婕妤。

⑤"仍闻"二句:《史记·秦始皇本纪》曰:"齐人徐市等上书言海中有三神山,名曰蓬莱、方丈、瀛洲,仙人居之,请得斋戒,与童男女求之。于是遣徐市发童男女数千人海求仙人。"《史记·封禅书》曰:"(武帝)遣方士入海,求蓬莱、安期生(仙人名)之属。"

【汇评】

[明]胡震亨《唐音癸签》卷十一:"扈从应制诗自有体。王维《早朝》诗:'仍闻遣方士,东海访蓬瀛',明以秦皇、汉武讥其君矣。不若宗楚客'幸睹八龙游阆苑,勿劳万里访蓬瀛'为有含蓄。"

[明]胡应麟《诗薮》内编卷五:"唐五言律起句之妙者:'独有宦游人,偏惊物候新';'八月湖水平,涵虚混太清';'银烛吐青烟,金樽对绮筵';'柳暗百花明,春深五凤城';'万壑树参天,千山响杜鹃';'风劲角弓鸣,将军猎渭城';'犬吠水声中,桃花带雨浓';'骏马似风飚,鸣鞭出渭桥';'巫山十二峰,皆在碧虚中'。或古雅,或幽奇,或精工,或典丽,各有所长。"

[清]叶矫然《龙性堂诗话》:"'柳暗百花明,春深五凤城',千古发端绝唱也。"

[清]吴修坞《唐诗续评》:"首句春深也,次句承明见时;次联早字;三联朝字;末推开作结。此又一格也。"

其 二

皎洁明星高,苍茫远天曙。槐雾暗不开①,城鸦鸣稍去。始闻高阁声②,莫辨更衣处。银烛已成行,金门俨驺驭③。

【注释】

①暗,元刻本作"郁",宋蜀本作"语"。《全唐诗》注:"一作郁。"

②高阁声:宫中报时之声。

③金门:即金马门,汉代宫门名,后借指皇宫之门。金,《全唐诗》注:"一作重"。驺驭:驾驭车马的侍从,亦作"驺御"。

杂　诗

朝因折杨柳，相见洛城隅①。楚国无如妾②，秦家自有夫③。对人传玉腕④，映竹解罗襦⑤。人见东方骑，皆言夫婿殊⑥。持谢金吾子，烦君提玉壶⑦。

【题解】

诗题，宋蜀本、元刻本作《杂诗五首》，其他四首即五律《杂诗》一首、五绝《杂诗三首》。本诗描写少妇抗拒轻薄男子的场景，生动再现了女子的美貌与品节。

【注释】

①城：《全唐诗》作"阳"，又注："一作城"。

②"楚国"句：宋玉《登徒子好色赋》："天下之佳人，莫若楚国，楚国之丽者，莫若臣里，臣里之美者，莫若臣东家之子。"

③"秦家"句：汉乐府《陌上桑》："秦氏有好女，自名为罗敷。罗敷喜蚕桑，采桑城南隅。……罗敷前置辞：'使君一何愚！使君自有妇，罗敷自有夫。'"

④腕，宋蜀本作"椀"。《全唐诗》注："一作椀"。

⑤竹，宋蜀本、《全唐诗》作"烛"。

⑥"人见"二句：《陌上桑》："东方千余骑，夫婿居上头。坐中数千人，皆言夫婿殊。"

⑦"持谢"二句：辛延年《羽林郎》："胡姬年十五，春日独当垆。……不意金吾子，娉婷过我庐。……就我求清酒，丝绳提玉壶。……贻我青铜镜，结我红罗裾。不惜红罗裂，何论轻贱躯！男儿爱后妇，女子重前夫。人生有新故，贵贱不相逾。多谢金吾子，私爱徒区区。"持谢：奉告。金吾，即执金吾，禁军官名。

374

夷门歌

　　七雄雌雄犹未分,攻城杀将何纷纷。秦兵益围邯郸急,魏王不救平原君①。公子为嬴停驷马,执辔愈恭意愈下②。亥为屠肆鼓刀人③,嬴乃夷门抱关者④。非但慷慨献奇谋,意气兼将身命酬⑤。向风刎颈送公子⑥,七十老翁何所求⑦!

【题解】

　　本诗歌咏隐士侯嬴为报信陵君知遇之恩而献策身死的侠义精神。故事出自《史记·魏公子传》。夷门,战国魏都大梁东门,故址在今河南开封城内东北。侯嬴为夷门监者,此诗即咏其事,故名曰《夷门歌》。明顾可久评此诗云:"太史公本传宛转千余言,而此叙事数语,极简要明尽。又,嘉公子无忌之重客,嬴、亥之任侠,溢于言外。结尤斩绝有力量,妙甚!'"

【注释】

　　①"秦兵"二句:《史记·魏公子传》:"魏安釐王二十年(前257),秦昭王已破赵长平军,又进兵围邯郸。公子(信陵君)姊为赵惠文王弟平原君夫人,数遗魏王及公子书,请救于魏。魏王使将军晋鄙将十万众救赵。……留军壁邺,名为救赵,实持两端以观望。平原君使者冠盖相属于魏……公子患之,数请魏王……魏王畏秦,终不听公子。"

　　②"公子"二句:《史记·魏公子传》:"魏有隐士曰侯嬴,年七十,家贫,为大梁夷门监者。公子闻之,往请,欲厚遗之。不肯受。……公子于是乃置酒,大会宾客。坐定,公子从车骑,虚左,自迎夷门侯生。侯生摄敝衣冠,直上载公子上坐,不让,欲以观公子。公子执辔愈恭。侯生又谓公子曰:'臣有客在市屠中,愿枉车骑过之。'公子引车入市,侯生下见其客朱亥,俾倪,故久立与客语,微察公子。公子颜色愈和。当是时……市人皆观公子执辔,从骑皆窃骂侯生,侯生视公子色终不变,乃谢客就车。"

③"亥为"句:《史记·魏公子传》:"朱亥笑曰:'臣乃市井鼓刀屠者,而公子亲数存之。'"

④"嬴乃"句:《史记·魏公子传》:"侯生因谓公子曰:'……嬴乃夷门抱关者也。'"

⑤"非但"二句:《史记·魏公子传》:侯嬴向信陵君献计,让如姬从魏王卧室窃取兵符,再从晋鄙手里夺取兵权以救赵。公子持符至晋鄙军,侯嬴北向自刭以送公子。奇,元刻本、《全唐诗》作"良"。《全唐诗》又注:"一作奇"。

⑥颈:元刻本作"头"。《全唐诗》注:"一作头"。

⑦"七十"句:《晋书·段灼传》:"艾(邓艾)功名已成,亦当书之竹帛,传祚万世。七十老公,复何所求哉?"

【汇评】

[明]焦竑《笔乘》卷一:"右丞《夷门歌》'向风刎颈谢公子,七十老翁何所求。'出《晋书·段灼传》。灼上书追理邓艾,有曰'七十老公复何所求哉!'然语意浑成,如自己出,所以为妙。"

[明]田艺蘅《香宇诗谈》:"'七十老翁何所求!'以后人之言,而用之前人之事,浑化无迹,使人不知其妙,真点铁成金手也。"

[明]胡震亨《唐音癸签》卷十:"'信惟饿隶,布实黥徒。'班固史赞语也。王维诗有'亥为屠肆鼓刀人,嬴乃夷门抱关者。'虽未必相模仿,而语格恰同。诗即有韵之文,在所善用耳。"

[明]桂天祥《批点唐诗正声》:"逸气豪侠,自是一格。"

[清]方东树《昭昧詹言》卷十二:"'亥为屠肆'二句,与古文浮声切响一法。'非但慷慨'以下,转出波澜议论。"

[清]翁方纲《七言诗三昧举隅》:"王右丞《夷门歌》,所谓'羚羊挂角,无迹可求','不着一字,尽得风流'者,举此一篇足矣,此乃万法归原处也。"

[清]黄培芳《唐贤三昧集笺注》:"顾云:'太史公本传宛转千余言,而此叙事数语,极简要明尽。又,嘉公子无忌之重客,嬴、亥之任侠,溢于言外。结尤斩绝有力量,妙甚!'"

[清]张文荪《唐贤清雅集》:"朴实说去,自然深劲,何等气骨!"

[清]王尧衢《古唐诗合解》:"此歌为意气而发。右丞慨世无真好士者,故借侯生事而作此歌。"

[清]赵殿成:"夷门抱关,屠肆鼓刀,点化二豪之语对仗天成,已征墨妙。末句复借用段灼理邓艾语,尤见笔精。使事至此,未许后人步骤。"

黄雀痴

黄雀痴,黄雀痴,谓言青彀是我儿,一一口衔食,养得成毛衣。到大啁啾解游飏①,各自东西南北飞。薄暮空巢上,羁雌独自归②。凤凰九雏亦如此③,慎莫愁思憔悴损容辉。

【题解】
诗题下,宋蜀本、《全唐诗》有"杂言走笔"四字。本诗以鸟喻人,感慨父母与子女的关系变化。

【注释】
①游飏:飞翔。
②羁雌:枚乘《七发》:"暮则羁雌迷鸟宿焉。"吕延济注:"羁雌,孤鸟。"
③凤凰九雏:汉乐府《陇西行》:"凤凰鸣啾啾,一母将九雏。"

【汇评】
[清]王闿运批《唐诗选》:"横宕出奇。"

赠吴官

长安客舍热如煮,无个茗糜难御暑①。空摇白团其谛苦②,欲向缥囊还归旅③。江乡鲭鲊不寄来④,秦人汤饼那堪许?不如侬家任挑达⑤,草屩捞虾富春渚⑥。

【题解】

官为古代对青年男子的尊称。吴官,一名吴地青年。本诗描写吴官在夏日长安酷热难耐环境中的心理活动,文笔细腻,生动传神,谐谑而友善。

【注释】

①个,底本、《全唐诗》注:"一作过。"茗糜:即茗粥、茶粥。

②白团:扇。梁简文帝《怨诗》:"秋风与白团,本自不相安。"谛苦:即苦谛,佛教四谛之一。

③缥囊:一种书囊。萧统《文选序》:"词人才子,则名溢于缥囊。"吕向注:"缥,青白色。囊,有底袋也,用以盛书。"

④鲭鲊:腌制的青鱼。

⑤侬,宋蜀本作"农"。侬家:吴人自称。挑达:《诗·郑风·子衿》:"挑兮达兮,在城阙兮。"毛传:"挑、达,往来相见貌。"此处引申为自由自在。

⑥草屩(juē):草鞋。

雪中忆李揖

积雪满阡陌,故人不可期。长安千门复万户,何处躞蹀黄金羁①?

【题解】

李揖,宋蜀本、《全唐诗》作"李楫",元刻本作"季揖"。诗题下,宋蜀本、元刻本有"杂言"二字注语。王维另有《过李揖宅》诗。

【注释】

①躞蹀,宋蜀本、《全唐诗》作"蹀躞"。黄金羁:以黄金为饰的马笼头。吴均《别夏侯故章诗》:"白马黄金羁,青骊紫丝鞯。"此处代指马。

寒食城东即事

　　清溪一道穿桃李，演漾绿蒲涵白芷①。溪上人家凡几家，落花半落东流水②。蹴踘屡过飞鸟上，秋千竞出垂杨里。少年分日作遨游③，不用清明兼上巳。

【题解】

　　诗写寒食节长安城东游春场景。颔联景物描写节奏舒缓，用语平易，似一幅气象雍容的水墨画。颈联一"出"字妙绝古今，欧阳修《浣溪纱》"绿杨楼外出秋千"本于此。

【注释】

　　①演漾：水波荡漾。阮籍《咏怀》其七十六："泛泛乘轻舟，演漾靡所望。"

　　②半：宋蜀本、元刻本作"共"。

　　③分日：此处指春分之日。

【汇评】

　　[明]胡应麟《诗薮》内编三："语虽平易，而气象雍容。"

　　[明]许学夷《诗源辩体》卷十六："'溪上人家凡几家，落花半落东流水。'诗中有画者也。"

　　《唐诗归》卷八：钟云："此便是绝妙《帝京篇》、《长安古意》，岂得以其少而弃之！（首句下）'穿'字说出深曲。"

　　[清]吴乔《围炉诗话》卷二："《寒食城东即事》，若将次联意作流水联，即是七律。"

奉和杨驸马六郎秋夜即事

高楼月似霜，秋夜郁金堂①。对坐弹卢女②，同看舞凤凰③。少儿多送酒④，小玉更焚香⑤。结束平阳骑，明朝入建章⑥。

【题解】

杨驸马，赵殿成曰："按《唐书·公主列传》，玄宗二十九女，驸马杨姓者凡七人，未知孰是。"杨驸马即将入朝为官，王维写诗祝贺。

【注释】

①郁金堂：《乐府诗集·杂歌谣辞》题为梁武帝《河中之水歌》："卢家兰室桂为梁，中有郁金苏合香。"后因以"郁金堂"美称高雅居室。

②弹卢女：晋崔豹《古今注》卷中："魏武帝时有卢女者，故将军阴并之子，年七岁入汉宫学琴。琴特鸣，异于余伎，善为新声。"

③舞凤凰：张衡《东京赋》："鸣女床之鸾鸟，舞丹穴之凤皇。"薛综注："《山海经》又曰：丹穴之山，有鸟焉，其状如鹄，五采，名曰凤皇。是鸟也，饮食自歌自舞，见则天下安宁。"

④少儿：《汉书·霍去病传》："其父霍仲孺，先与少儿通，生去病。"此处借指侍女。

⑤小玉：借指侍女。

⑥"结束"两句：用卫青事，指杨驸马即将入宫任事。《史记·卫将军骠骑列传》："青壮，为（平阳）侯家骑，从平阳主。建元二年春，青姊子夫得入宫幸上。……上闻，乃召青为建章监侍中。"

【汇评】

［清］赵殿成按："《汉书》，少儿初与霍仲孺通，生去病，后更为詹事陈掌妻。卫青初为平阳侯家骑，后青尊贵，而平阳侯曹寿有恶疾就国，上诏青尚平阳主。皆非驸马家美事，而右丞用之，盖唐时引事，初无顾忌若此也。"

过福禅师兰若

岩壑转微径①，云林隐法堂。羽人飞奏乐②，天女跪焚香③。竹外峰偏曙，藤阴水更凉。欲知禅坐久，行路长春芳。

【题解】

福禅师，《旧唐书·方伎传》："义福姓姜氏，潞州铜鞮人。初止蓝田化感寺，处方丈之室，凡二十余年，未尝出宇之外。后隶京城慈恩寺。开元十一年，从驾往东都，途经蒲、虢二州，刺史及官吏士女，皆赍幡花迎之，所在途路充塞。以二十年卒，有制赐号'大智禅师'。葬于伊阙之北，送葬者数万人。中书侍郎严挺之为制碑文。"另，神秀有弟子"蓝田玉山惠福"（净觉《楞伽师资记》）、"京兆小福禅师"（《景德传灯录》卷四）。本诗"福禅师"或指义福。兰若，即佛寺。

【注释】

①转微，底本注："一作带茅"；《全唐诗》注："一作带微"。

②羽人：仙人。《楚辞·远游》："仍羽人于丹丘兮，留不死之旧乡。"王逸注："《山海经》言有羽人之国，不死之民，或曰人得道，身生羽毛也。"

③天：底本注："一作仙"。

【汇评】

[明]许学夷《诗源辩体》卷十六："摩诘五言律，如'岩壑转微径'，澄淡精致者也。"

过香积寺

不知香积寺，数里入云峰。古木无人径，深山何处钟。泉声咽危石①，日色冷青松。薄暮空潭曲，安禅制毒龙②。

【题解】

此诗，《文苑英华》作王昌龄诗；王维集诸本皆录，《全唐诗》也作王维诗，当从。香积寺，《长安志》卷十二："开利寺在(长安)县南三十里皇甫村，唐香积寺也。永隆二年建，皇朝太平兴国三年改。"赵殿成笺注："《陕西通志》：'香积寺在长安县神禾原上。'"

【注释】

①"泉声"句：孔稚珪《北山移文》："风云凄其带愤，石泉咽而下怆。"

②安禅：佛家语，犹言入定。江总《明庆寺》诗："金河知证果，石室乃安禅。"毒龙：喻妄心。《大般涅槃经》卷六："有善咒者，以咒力故，能令如是诸恶毒龙、金翅鸟等、恶象、狮子、虎、豹、豺、狼柔善调顺，悉任乘御。"

【汇评】

[明]周珽《唐诗选脉会通评林》："极状山寺深僻幽静，篇法、句法、字法入微入妙。"

[明]王夫之《唐诗评选》卷三："三、四似流水，一似双立，安句自然，结亦不累。"

[明]陆时雍《唐诗镜》卷十："韵气冷甚。三、四偷律，病在不严。"

[清]宋宗元《网师园唐诗笺》："炼字幽峭。"

[清]吴瑞荣《唐诗笺要》："'古木'二句，似淡而浑，中、晚那有此格意。"

[清]张谦宜《茧斋诗谈》卷五："'不知'二字领起全章脉。泉遇石而咽，松向日却冷，意自互用。"

[清]沈德潜《唐诗别裁集》卷九："咽与冷，见用字之妙。"

[清]施补华《岘佣说诗》："五律须讲炼字法，荆公所谓诗眼也。'泉声咽危石，日色冷青松'，此炼实字。'古墙犹竹色，虚阁自松声'，此炼虚字。炼实字有力易，炼虚字有力难。"

[清]张文荪《唐贤清雅集》："'古木'一联远写，'泉声'一联近写，总从'不知'生出。渐次行来，已至寺矣，故以'安禅'收住。"又曰："构句炼局与《山居秋暝》略同，超旷稍异，乃相题写景法。"

[清]黄生《增订唐诗摘抄》卷一："尾联寓意。起用'不知'二字，便见往时未到，今日方过，幽赏胜情，得未曾有，俱寓此二字内。中二联写景，分途

中、本寺二境。五、六是危石边泉声咽,青松上日色冷,成倒装句。幽处见奇,老中见秀,章法、句法、字法皆极浑浑。五律中无上神品。"

[清]顾安《唐律消夏录》:"若问香积寺此日究竟到否,便是痴汉。"

[清]赵殿成曰:"此篇起句极超忽,谓初不知山中有寺也,迨深入云峰,于古木森丛人迹罕到之区,忽闻钟声,而始知之。四句一气盘旋,灭尽针线之迹,非自盛唐高手,未易多觏。'泉声'二句,深山恒境,每每如此,下一咽字,则幽静之状恍然;着一冷字,则深僻之景若见,昔人所谓诗眼是矣。或谓上一句喻心境之空灵动荡,下一句喻心境之恬澹清凉,则未免求深反谬耳。毒龙宜作妄心譬喻,犹所谓心马情猴者,若会意作降龙实事用,失其解矣。"

送李判官赴江东

闻道皇华使①,方随皂盖臣②。封章通左语③,冠冕化文身④。树色分扬子⑤,潮声满富春⑥。遥知辨璧吏⑦,恩到泣珠人⑧。

【题解】

判官为唐节度、防御、转运等使之属官。李判官,名不详。江东,《全唐诗》作"东江"。江东,古多指三国吴之统治地区。东江,又称龙江,在广东南部,为珠江水系干流。由"树色分扬子,潮声满富春"可以看出,本诗所写为江东景色,故以"江东"为是。

【注释】

①皇华:《诗·小雅》有《皇皇者华》,《诗序》曰:"《皇皇者华》,君遣使臣也。送之以礼乐,言远而有光华也。"后因以"皇华"称出使或使者。

②皂盖:《后汉书·舆服志》:"二千石皆皂盖(黑色车蓬)。"后以皂盖称地方长官之车。

③封章:古时百官上机密章奏皆用皂囊封缄呈进,故称封章,亦曰封事。扬雄《赵充国颂》:"营平守节,屡奏封章。"左语:犹左言,异族语言。左

思《魏都赋》:"或魋髻而左言。"李善注:"扬雄《蜀记》曰:'蜀之先代人椎结左语,不晓文字。'"

④文身:《礼·王制》:"东方曰夷,被发文身。"

⑤扬子:扬子津,位于今江苏邗江南。

⑥富春:古县名,唐时曰富阳县,治所在今浙江省富阳市,富春江横贯全境。

⑦辨璧吏:用朱晖事。《后汉书·朱晖传》:"晖早孤,有气决。……骠骑将军东平王苍闻而辟之,甚礼敬焉。正月朔旦,苍当入贺。故事,少府给璧。是时阴就为府卿,贵骄,吏傲不奉法,苍坐朝堂,漏且尽而求璧不可得,顾谓掾属曰:'若之何?'晖望见少府主簿持璧,即往绐之曰:'我数闻璧而未尝见,试请观之。'主簿以授晖,晖顾召令史奉之。主簿大惊,遽以白就,就曰:'朱掾义士,勿复求,更以它璧朝。'苍既罢,召晖谓曰:'属者掾自视孰与蔺相如?'帝闻壮之。"辨,通"办"。

⑧泣珠:张华《博物志》卷二:"南海外有鲛人,水居如鱼,不废织绩,其眼能泣珠。"

【汇评】

[清]姚鼐《今体诗抄》:"唐时江南东路自建业南至杭州,'树色'一联,恰尽其界内,然兴象甚妙,非徒切也。"

送张判官赴河西

单车曾出塞,报国敢邀勋?见逐张征虏①,今思霍冠军②。沙平连白雪,蓬卷入黄云。慷慨倚长剑,高歌一送君。

【题解】

河西,即河西节度,唐睿宗景云元年(710)始置,治所在凉州(今甘肃武威)。判官,为节度使的僚佐,辅助节度使处理事务。本诗为送别友人赴任河西节度判官而作。前三联都是写张判官的威武勇猛,首颔两联为直写,颈联借写塞外恶劣环境从侧面衬托。尾联转到送别场景。整首诗写得慷慨激昂,气象雄浑。

【注释】

①张征虏:《三国志·蜀书·张飞传》:"先主既定江南,以飞为宜都太守、征虏将军。"

②霍冠军:西汉名将霍去病。因击匈奴之功,尝封冠军侯。

【汇评】

[明]许学夷《诗源辩体》卷十六:"摩诘五言律,如'单车曾出塞',皆整栗雄厚者也。"

送张道士归山

先生何处去? 王屋访毛君①。别妇留丹诀②,驱鸡入白云③。人间若剩住,天上复离群。当作辽城鹤,仙歌使尔闻④。

【题解】

为送别张道士归山隐居修道而作。张道士,未详何人。

【注释】

①毛君:指毛伯道。梁陶弘景《真诰》卷五:"昔毛伯道、刘道恭、谢稚坚、张兆期,皆后汉时人也。学道在王屋山中,积四十余年,共合神丹,毛伯道先服之而死,道恭服之又死,谢稚坚、张兆期见之如此,不敢服之,并捐山而归去。后见伯道、道恭在山上,二人悲愕,遂就请道,与之茯苓持行方,服之皆数百岁,今犹在山中。""毛",宋蜀本、元刻本、《全唐诗》作"茅"。

②"别妇"句:《晋书·许迈传》:"迈少恬静,不慕仕进。……永和二年,移入临安西山,登岩茹芝,眇尔自得,有终焉之志。乃改名玄,字远游。与妇书告别,又著诗十二首,论神仙之事焉。……玄自后莫测所终,好道者皆谓之羽化矣。"

③"驱鸡"句:刘向《列仙传》卷上:"祝鸡翁者,洛人也。居尸乡北山下,

养鸡百余年。鸡有千余头,皆立名字,暮栖树上,昼放散之。欲引呼名,即依呼而至。"

④"当作"二句:《搜神后记》卷一:"丁令威,本辽东人,学道于灵虚山。后化鹤归辽,集城门华表柱。时有少年,举弓欲射之,鹤乃飞,徘徊空中而言曰:'有鸟有鸟丁令威,去家千年今始归,城郭如故人民非,何不学仙冢累累!'遂高飞冲天。"

送平淡然判官

不识阳关路,新从定远侯①。黄云断春色,画角起边愁②。瀚海经年别③,交河出塞流④。须令外国使,知饮月支头⑤。

【题解】

为送别平淡然判官出使边塞而作。淡,宋蜀本、《全唐诗》作"澹"。平淡然:无考。首联点出赴任之所,颔联描写大漠景象,颈联叙写路途见闻,尾联寄予期望。"黄云断春色,画角起边愁",雄浑苍凉,超然绝俗,为本诗警句。

【注释】

①定远侯:即班超。明帝时,奉命出使西域,经过三十一年的努力,使西域五十余国全部内附,以功封定远侯。事见《后汉书·班超传》。

②角,军用管乐器。起,元刻本作"赴";《全唐诗》注:"一作越"。

③别,宋蜀本、《全唐诗》作"到"。

④交河:《汉书·西域传》:"车师前国,王治交河城(唐曰西州交河县,在今新疆吐鲁番西北约五公里处),河水分流绕城下,故号交河。"

⑤饮月支头:《史记·大宛列传》:"至匈奴老上单于,杀月氏王,以其头为饮器。"月支:即月氏,古部族名。

【汇评】

[明]陆时雍《唐诗镜》卷十:"三、四意象深露,自然入妙,所以为佳。"

[明]周珽《唐诗选脉会通评林》："三、四'断'字'起'字,工甚。"

[清]姚鼐《五言今体诗抄》卷三："此首气不逮'绝域'(《送刘司直赴安西》)一首,而工与相埒。"

[清]潘德舆《养一斋诗话》："文章各有境界,宜繁而繁,宜简而简,乃各得之。推简者为工,则减字法成不刊典,而文章之妙晦而不出矣。王右丞'黄云断春色',郎士元'春色临关尽,黄云出塞多',一语化作两语,何害为佳。必谓王系盛唐,能以简胜,此矮人之观也。"

[清]彭端淑《雪夜诗谈》："摩诘诗佳句甚夥,如'黄云断春色,画角起边愁',皆超然绝俗,出人意表。"

[清]黄培芳《唐贤三昧集笺注》卷上："收亦最重,此极神旺。"

[清]卢麰《闻鹤轩初盛唐近体读本》："酬应正声,见公苍浑一斑矣。"

送刘司直赴安西

绝域阳关道①,胡烟与塞尘②。三春时有雁,万里少行人。苜蓿随天马,蒲桃逐汉臣③。当令外国惧,不敢觅和亲。

【题解】

为送别刘司直赴任安西节度而作。司直,唐大理寺属官,从六品上,掌出使推核。安西:即安西节度,又称四镇或碛西节度。景云元年以安西都护兼四镇经略大使,至开元六年始用节度之号。《旧唐书·地理志》:"安西节度使抚宁西域,统龟兹、焉耆、于阗、疏勒四国,安西都护府治所在龟兹(今新疆库车)国城内。"前两联描写边塞萧条寂寥景象;颈联写史,以古喻今,暗示如今将士神勇不减当年;尾联勉励友人振军威,建功业。全诗格意俱高,气象雄浑。

【注释】

①阳关:古关名,在今甘肃省敦煌县西南,是古代通往西域的要道。

②烟,宋蜀本、《全唐诗》作"沙";《全唐诗》又注:"一作烟"。

③"苜蓿"二句：苜蓿：牧草名，原产于西域。天马：指大宛良马。蒲桃：亦作蒲陶，即葡萄，原产于西域。此二句指汉武帝遣李广利伐大宛取良马，苜蓿、葡萄亦随之传入中国事。见《汉书·西域传》。

【汇评】

［明］陆时雍《唐诗镜》卷十："三四清警自在。"

［明］周珽《唐诗选脉会通评林》："周敬曰：'结语壮，与《送平淡然》诗同调。'"

［明］许学夷《诗源辩体》卷十六："摩诘五言律，如'绝域阳关道'，一气浑成者也。○'三春时有雁，万里少行人。苜蓿随天马，蒲桃逐汉臣。'浑圆活泼，而气象风格自在。"

［清］黄培芳《唐贤三昧集笺注》卷上："此是雄浑一派，所谓五言长城也。"

［清］沈德潜《唐诗别裁集》卷九："一气浑沦，神勇之技。"

［清］姚鼐《今体诗抄》："雄浑。"

［清］贺贻孙《诗筏》："王右丞诗境虽极幽静，而气象每自雄伟。如'苜蓿随天马，蒲桃逐汉臣'；'日落江湖白，潮来天地青'；'云里帝城双凤阙，雨中春树万人家'等语，其气象似在'九天阊阖开宫殿，万国衣冠拜冕旒'之上。如但以气象语求之，便失右丞远矣。"

［清］吴修坞《唐诗续评》："五、六实写'赴'字。借古为喻。"

［清］高步瀛《唐宋诗举要》卷四："吴曰：'此首有雄直之气。'"

［清］王寿昌《小清华园诗谈》："炼字不如炼句，炼句不如炼意，炼意不如炼格。何谓格炼？右丞之《送刘司直赴安西》、少陵之《野人送朱樱》等作，皆格之最整炼者也。"

送方城韦明府

遥思葭菼际①，寥落楚人行②。高鸟长淮水③，平芜故郢城④。使车听雉乳⑤，县鼓应鸡鸣⑥。若见州从事⑦，无嫌手板迎⑧。

【题解】

　　方城,唐县名,属唐州,治所在今河南方城县。韦明府,未详何人。本诗为送别友人赴任方城县令而作。首联渲染秋日萧疏寂寥的气氛,颔联描写楚地风物,颈联以古事喻指友人将会有杰出政绩,尾联想象佐吏迎接的场景,寄予勉慰之情。

【注释】

　　①葭菼:芦荻。《诗·卫风·硕人》:"葭菼揭揭。"

　　②寥落,宋蜀本作"辽落"。楚人行:方城春秋时属楚地,故云。

　　③长淮:即淮河。

　　④郢:楚都,在今湖北江陵西北。

　　⑤"使车"句:《后汉书·鲁恭传》:"(恭)拜中牟令。……建初七年,郡国螟伤稼,犬牙缘界,不入中牟,河南尹袁安闻之,疑其不实,使仁恕掾肥亲往廉(察)之。恭随行阡陌,俱坐桑下,有雉过止其傍,傍有童儿,亲曰:'儿何不捕之?'儿言雉方将雏,亲瞿然而起,与恭诀曰:'所以来者,欲察君之政迹耳,今虫不犯境,此一异也;化及鸟兽,此二异也;竖子有仁心,此三异也,久留徒扰贤者耳。'还府俱以状白安。"

　　⑥"县鼓"句:《晋书·邓攸传》:"(邓攸)在郡(吴郡)刑政清明,百姓欢悦,为中兴良守。后称疾去职。……百姓数千人留牵攸船,不得进,攸乃小停,夜中发去。吴人歌之曰:'纮(鼓声)如打五鼓,鸡鸣天欲曙。邓侯挽不留,谢令推不去。'"

　　⑦州从事:州刺史之佐吏。

　　⑧手板:即笏。

【汇评】

　　[清]沈德潜《唐诗别裁集》卷九:"('高鸟'二句)远景在目。"

　　[清]高步瀛《唐宋诗举要》卷四:"吴曰:('高鸟'二句)无限感慨,而笔空灵。(结句)诙谐有趣。通体奇逸,以起处'遥思'二字得势,东坡七律往往学之。"

送李员外贤郎

少年何处去？负米上铜梁①。借问阿戎父②，知为童子郎③。鱼笺请诗赋④，橦布作衣裳⑤。薏苡扶衰病⑥，归来幸可将。

【题解】

诗为送别李员外之子回蜀地省亲而作。李员外及其子，未详何人。

【注释】

①负米：《孔子家语·致思》："子路见于孔子曰：'……昔者由也事二亲之时，常食藜藿之食，为亲负米百里之外。'"铜梁：山名。《元和郡县志》卷三十三云："铜梁山在（合州石镜）县（今四川合川）南九里，《蜀都赋》曰'外负铜梁于宕渠'是也。山出铜及桃枝竹。"

②阿戎父：《世说新语·简傲》刘孝标注引《竹林七贤论》曰："初（阮）籍与（王）戎父浑，俱为尚书郎，每造浑，坐未安，辄曰：'与卿语，不如与阿戎语。'就戎必日夕而返。籍长戎二十岁，相得如时辈。"

③童子郎：《后汉书·臧洪传》曰："洪年十五，以父功拜童子郎，知名太学。"注："汉法，孝廉试经者拜为郎，洪以年幼才俊，故拜童子郎也。"

④鱼笺：鱼子笺的简称，唐时蜀地造的一种笺纸。唐李肇《唐国史补》卷下："纸则有越之剡藤苔笺，蜀之麻面……鱼子十色笺。"

⑤橦布：左思《蜀都赋》："布有橦华，面有桃榔。"刘渊林注："橦华者，树名橦，其花柔，毳可绩为布也，出永昌。"

⑥薏苡：《后汉书·马援传》注引《神农本草经》曰："薏苡，味甘微寒……久服轻身益气。"

送梓州李使君

　　万壑树参天,千山响杜鹃。山中一半雨^①,树杪百重泉。汉女输橦布^②,巴人讼芋田。文翁翻教授^③,不敢倚先贤^④?

【题解】

　　本诗为送别李使君赴梓州任职而作。梓州,治所在今四川三台。《旧唐书·地理志》:"梓州……天宝元年,改为梓潼郡。乾元元年,复为梓州。"李使君:《新唐书·三宗诸子传》:"(李)璿(高宗孙)……二子:谦为郕国公、梓州刺史。"本诗李使君或指李谦。前两联写自然美景,后两联写风土人情。首联境界开阔,诗中有画,历来广受赞誉;颔联中之"半"字,争议颇多。

【注释】

　　①半,《全唐诗》作"夜",又注:"一作半"。

　　②汉女:左思《蜀都赋》:"巴姬弹弦,汉女击节。"三国时刘备在蜀称帝,国号汉,故谓。橦布:见《送李员外贤郎》注⑤。

　　③文翁:《汉书·循吏传》:"文翁,庐江舒人也。……景帝末,为蜀郡守,仁爱好教化,见蜀地辟陋,有蛮夷风,文翁欲诱进之,乃选郡县小吏开敏有材者……亲自饬厉,遣诣京师,受业博士。……又修起学官于成都市中……由是大化,蜀地学于京师者,比齐鲁焉。……至今巴蜀好文雅,文翁之化也。"

　　④不敢:赵殿成曰:"不敢,当是敢不之讹。"

【汇评】

　　[明]徐世溥《榆溪诗话》:"右丞'万壑树参天,千山响杜鹃。山中一夜雨,树杪百重泉。'轻妙浑然,乍读之初不觉连用山、树字也。于参天之杪想百重泉,于百重泉知一夜雨,则所谓千山杜鹃者,正响于夜雨之后百重泉之间耳,妙处岂复画师之所能到,前身画师故是。"

　　[明]周珽《唐诗选脉会通评林》:"前四句通即送李之时景而成咏,音调

391

高朗,绰有逸趣。汉女、巴人二语,以梓州风土言。"又徐充云:"三、四句对而意连,极佳。陆放翁'小楼一夜听春雨,深巷明朝卖杏花'用此体。"

[明]陆时雍《唐诗镜》卷十:"三、四是山中人得景深后语。"

[明]王夫之《唐诗评选》卷三:"明明两截,幸其不作折合,五、六一似景语故也。"又曰:"意至则事自恰合,与求事切题者,雅俗冰炭。右丞工于用意,尤工于达意。景亦意,事亦意,前无古人,后无嗣者,文外独绝,不许有两。"

[明]许学夷《诗源辩体》卷十六:"摩诘诗:'山中一夜雨,树杪百重泉。'诗中有画者也。"

[清]钱谦益《牧斋初学集》卷八十三《跋王右丞集》:"《送梓州李使君》诗:'山中一夜雨,树杪百重泉。'作'山中一半雨',尤佳。盖送行之诗,言其风土,深山冥晦,晴雨相半,故曰'一半雨',而续之以楱女巴人之联也。"

[清]王士禛《带经堂诗话》卷三:"律诗贵工于发端,承接二句尤贵得势。……如'万壑树参天,千山响杜鹃'……此皆转石万仞手也。"又卷十八:"('万壑'四句)兴来神来,天然入妙,不可凑泊。"

[清]张谦宜《茧斋诗谈》卷五:"'万壑树参天,千山响杜鹃。'参天树中即杜鹃叫处,倒出便有势,若倒过味索然矣。"

[清]朱庭珍《筱园诗话》卷四:"凡五、七律诗,最争起处。……王右丞之'太乙近天都,连山到海隅';'万壑树参天,千山响杜鹃'……皆高格响调,起句之极有力、最得势者,可为后学法式。"

[清]黄培芳《唐贤三昧集笺注》:"好气势,前半如画。五六风俗俭薄处,亦见事简。"

[清]沈德潜《说诗晬语》卷上:"太白'五月天山雪,无花只有寒。笛中闻折柳,春色未曾看',一气直下,不就羁缚。右丞'万壑树参天……树杪百重泉',分顶上二语而一气赴之,尤为龙跳虎卧之笔。此皆天然入妙,未易追摹。"

[清]沈德潜《唐诗别裁集》卷九:"(起句)斗绝。(领联)从上蝉联而下,而本句中复用流水对,古人中亦偶见。(尾联)'结意言时之所急在征戍,而文翁治蜀,翻在教授,准之当今,恐不敢倚先贤也。然此亦须活看。'"

［清］袁枚《随园诗话》："荆公改王摩诘'山中一夜雨'为'一半雨',是点金成铁手段。"

［清］叶矫然《龙性堂诗话》初集："'山中一夜雨'有别本。……'夜'作'半',予却以为不然。'一夜雨'者,言夜雨滂沱,悬瀑万壑,'一夜'、'百重',自为呼应之语。"

［清］李瑛《诗法易简录》："三句承次句山字,四句承首句树字,一气相生相促,洵杰作也。"

［清］吴乔《围炉诗话》卷二："读王右丞诗,使人客气尘心都尽。《送梓州李使君》诗,'万壑'四句,竟是山林隐逸诗。欲避近熟,故于梓州山境说起。下文'汉女'四句,方说李使君。盛唐人避近熟,明之为盛唐者专取近熟以图热闹。"

［清］潘德舆《养一斋诗话》："起四句写景之工,人人知之,须知是写其幽险,为下四句起案也。不然,八句真是两截,不成诗矣。"

［清］张文荪《唐贤清雅集》："落笔神妙,炼意工夫最深,似为容易,不知其意匠经营惨淡也。"

［清］何焯《唐三体诗评》："落句以刺时也。五、六言今日治梓州者惟由此。然吾所闻文翁之治理,何以翻事此而不彼之急耶?"

［清］姚鼐《今体诗抄》："李盖谪降官,故诗言汉女巴人陋俗,若不足道也,然则教授之,不以先贤居下州为恨。"

［清］王寿昌《小清华园诗谈》："'万壑树参天,千山响杜鹃。'浏亮。"

送友人南归

万里春应尽,三江雁亦稀①。连天汉水广②,孤客郢城归。郧国稻苗秀③,楚人菰米肥④。悬知倚门望⑤,遥识老莱衣⑥。

【题解】

本诗为送别友人南归楚地而作。《全唐诗》又作张祜诗,题作《思归乐二首》，第二首即此诗。

【注释】

①三江：《元和郡县志》卷二十七："巴陵城对三江口，岷江为西江，澧江为中江，湘江为南江。"

②汉水广：《诗·周南·汉广》："汉之广矣，不可泳思。"

③郧国：《元和郡县志》卷二十七曰："安州（治所在湖北安陆市），春秋时郧国，后为楚所灭。"

④米，宋蜀本作"菜"。《全唐诗》注："一作菜。"

⑤倚门望：《战国策·齐策六》："王孙贾年十五，事闵王。王出走，失王之处。其母曰：'女朝出而晚来，则吾倚门而望；女暮出而不还，则吾倚闾而望。女今事王，王出走，女不知其处，女尚何归？'"

⑥老莱衣：见《送钱少府还蓝田》注②。

【汇评】

［宋］刘辰翁评："（'孤客'句）尽谢点染，情思萧然。"

送宇文三赴河西充行军司马

横吹杂繁笳①，边风卷塞沙。还闻田司马②，更逐李轻车③。蒲类成秦地④，莎车属汉家⑤。当令犬戎国⑥，朝聘学昆邪⑦。

【题解】

本诗为送别宇文三赴河西节度任行军司马而作。宇文三，未详何人。河西节度使治所在凉州。行军司马为节度使僚属，辅佐节度使治理军务。首联描写边塞风光，中间两联连续使用四个汉代典故盛赞唐王朝统一边塞的功绩，尾联对友人寄予厚望，愿其建功立业，大展宏图。

【注释】

①横吹：即横笛。笳：流行于胡地一种乐器。

②田司马:《汉书·田广明传》:"田广明,字子公,郑人也。以郎为天水司马。"

③李轻车:汉李广从弟李蔡,为轻车将军,随卫青击匈奴有功,封乐安侯。

④蒲类:汉西域国名,在今新疆巴里坤县,汉宣帝神爵二年内附于汉。至唐,地属伊州(治所在今新疆哈密)。类,宋蜀本、元刻本作"垒"。

⑤莎车:汉西域国名,在今新疆莎车县,唐时为安西都护府辖地。

⑥犬戎:唐朝泛指西北游牧民族。

⑦昆邪:汉时匈奴的一个部落,于武帝元狩二年降汉。

【汇评】

[明]许学夷《诗源辩体》卷十六:"摩诘五言律,如'横吹杂繁笳',整栗雄厚者也。"

观　猎

风劲角弓鸣①,将军猎渭城。草枯鹰眼疾,雪尽马蹄轻。忽过新丰市②,还归细柳营③。回看射雕处④,千里暮云平。

【题解】

诗题,一作《猎骑》。《乐府诗集》、《万首唐人绝句》取此诗前四句作五绝一首,题作《戎浑》,《全唐诗》又将《戎浑》录于张祜集中。王维集诸本皆录此诗,唐姚合《极玄集》、韦庄《又玄集》俱以此诗为王维所作,此诗著作权当属王维。清王士禛《带经堂诗话》云:"唐人所歌乐府词曲,率是绝句。然又多剪截律诗,别立名字,殊不可晓。如王右丞'风劲角弓鸣'一首,截取前四句名《戎浑》。"俞陛云《诗境浅说》论此诗曰:"'草枯'二句,上句言草枯则狐兔难藏,故鹰眼俯瞰,霍如掣电,用一疾字,有掣云下搜之势;下句言雪消纵辔,所向无前,与'风人四蹄轻'句,皆用轻字以状马之神骏。前二句用反装法,便突兀有势。结句之句法,亦如猎者之反射尚有余劲也。"

【注释】

①劲,底本、《全唐诗》注曰:"一作动。"

②新丰:古县名,汉置,治所在今陕西临潼东北。天宝七载(748)县废。

③细柳营:《史记·绛侯周勃世家》:"以河内守(周)亚夫为将军,军细柳以备胡。"此处借指军营。

④射雕,底本注:"一作失雁";《全唐诗》注:"一作落雁,一作失雁"。《北史·斛律光传》:"(斛律光)尝从文襄于洹桥校猎,云表见一大鸟,射之,正中其颈。形如车轮,旋转而下,乃雕也。丞相属邢子高叹曰:'此射雕手也。'"

【汇评】

〔元〕杨士弘《批点唐音》:"格高,语健,老手。"

〔明〕唐汝询《唐诗解》:"此美将军之猎以时也。岂开元全盛之时乎?"

〔明〕胡应麟《诗薮》内篇卷四:"右丞五言,工澹闲丽,自有二派:'楚塞三湘接'、'风劲角弓鸣'、'杨子谈经处'等篇,绮丽精工,沈、宋合调者也;'寒山转苍翠'、'寂寞掩柴扉'、'晚年惟好静'等篇,幽闲古澹,储、孟同声者也。"又:"此盛唐绝作。"

〔明〕杨慎《升庵诗话》卷二:"五言律起句最难。唐人多以对偶起,虽森严,而乏高古。……王维'风劲角弓鸣,将军猎渭城',杜子美'将军胆气雄,臂悬两角弓',孟浩然'八月湖水平,涵虚混太清',虽律也而含古意,皆起句之妙,可以为法,何必效晚唐哉?"

〔明〕屠隆《鸿苞论诗》:"(前四句)述边塞征戍,慷慨悲壮,使人叹髀肉复生,唾壶欲裂。"

〔明〕陆时雍《唐诗镜》卷十:"会境入神。三四体物微渺,结语入画。"

〔明〕周珽《唐诗选脉会通评林》:"李梦阳云:'通篇妙,结句特出一意更妙。'"

〔明〕许学夷《诗源辩体》卷十五:"(中四句)浑圆活泼,而气象风格自在。"

〔明〕王夫之《唐诗评选》卷三:"后四语奇笔写生,毫端有风雨声。"又:"右丞之妙,在广摄四旁,圜中自显。如终南之阔大,则以'欲投人处宿,隔

396

水问樵夫'显之;猎骑之轻速,则以'忽过'、'还归'、'回看'、'暮云'显之。皆所谓离钩三寸,鲅鲅金鳞,少陵未尝问津及此也。然五言之变至此已极,右丞妙手能使在远者近,抟虚作实,则心自旁灵,形自当位。苟非其人,荒远幻诞,将有如'一一鹤声飞上天',而自诧为灵通者,风雅扫地矣。是取径盛唐者,节宣之度,不可不知也。"

《唐诗归》卷九:"钟云:'草枯鹰眼疾,雪尽马蹄轻',同是奇语,上句险,下句秀。"

［清］王士禛《然灯纪闻》:"为诗结处总要健举,如王维'回看射雕处,千里暮云平'何等气概!"

［清］沈德潜《说诗晬语》卷上:"起手贵突兀。王右丞'风劲角弓鸣',杜工部'莽莽万重山'、'带甲满天地',岑嘉州'送客飞鸟外'等篇,直疑高山坠石,不知其来,令人惊绝。"又曰:"唐玄宗'剑阁横云峻'一篇,王右丞'风劲角弓鸣'一篇,神完气足,章法、句法、字法俱臻绝顶,此律诗正体。"又《唐诗别裁》卷九:"起二句,若倒转便是凡笔,胜人处全在突兀也。结亦有回身射雕手段。"

［清］施补华《岘佣说诗》:"五律起处须有峻嶒之势,收处须有完固之力,则中二联愈形警策。如摩诘'风劲角弓鸣,将军猎渭城',倒戟而入,笔势轩昂。'草枯'一联,正写猎字,愈有精神。'忽过'二句,写猎后光景,题分已足。收处作回顾之笔,兜裹全篇,恰与起笔倒入者相照应,最为整密可法。"

［清］张谦宜《茧斋诗谈》:"《观猎》,'风劲角弓鸣,将军猎渭城',一句空摹声势,一句实出正面,所谓起也。'草枯'二句,乃猎之排场闹热处,所谓承也。'忽过'二句,乃猎毕收科,所谓转也。'回看'二句,是勒回追想,所谓合也。不动声色,表里俱彻,此初唐人气象。此如'永'字八法,遂为五律准绳。"

［清］黄生《增订唐诗摘抄》卷一:"全篇直叙。起法雄警峭拔,三四音复壮激,故五六以悠扬之调作转,至七八再应转去,却似雕尾一折,起数丈矣。"

［清］卢麰《闻鹤轩初盛唐近体读本》:"前半极琢造,然亦全见生气。后

397

半——气莽朴,浑浑落落,不在句字为佳。"

[清]黄培芳《唐贤三昧集笺注》:"顾云:'三四有是景,人所不及道。'"

[清]贺贻荪《诗筏》:"王右丞诗境虽极幽静,而气象每自雄伟。如'草枯鹰眼疾,雪尽马蹄轻'等语,其气象似在'九天阊阖开宫殿,万国衣冠拜冕旒'之上。"

[清]顾安《唐律消夏录》:"全是形容一快字。耳后风生,鼻端火出,鹰飞兔走,蹄响弓鸣,真有瞬息千里之势。"

[清]宋征璧《抱真堂诗话》:"王摩诘有'忽过新丰市'及'疏雨过春城','过'字妙。"

[清]李因培《唐诗观澜集》:"返虚积健,气象万千,与老杜《房兵曹马诗》足称匹敌。"

[清]赵殿成:"邵古庵谓细柳、渭城皆在陕西长安县,新丰在临潼县,相去七十里,曰'忽过'、曰'还归',正见其往返之易。成按:《汉书》内地名,诗人多袭用之,盖取其典而不俚也。兴会所至,一时汇集,又何尝拘拘于道里之远近而后琢句者哉!"

[清]王寿昌《小清华园诗谈》:"何谓俊爽?曰:如王右丞之《观猎》是也。"

春日上方即事

好读高僧传,时看辟谷方①。鸠形将刻杖②,龟壳用支床③。柳色春山映,梨花夕鸟藏④。北窗桃李下,闲坐但焚香。

【题解】

《乐府诗集》卷八十取本诗后四句入近代曲辞,题作《一片子》;《万首唐人绝句》亦采此四句入五言绝句,命题相同。上方,即山寺。诗人描写春日时节山寺老僧的生活场景。

①辟谷:屏除五谷,为道教一种修炼方法。

②"鸠形"句:《后汉书·礼仪志》:"仲秋之月,县道皆案户比民,年始七十者,授之以王杖,餔之糜粥;八十、九十,礼有加赐,王杖长九尺,端以鸠鸟为饰。鸠者,不噎之鸟也,欲老人不噎。"

③"龟壳"句:《史记·龟策列传》褚少孙补曰:"南方老人用龟支床足,行二十余岁,老人死,移床,龟尚生不死,龟能行气导引。"

④梨花,宋蜀本作"花明"。

【汇评】

[明]顾可久:"清俊恬淡"。

《瀛奎律髓汇评》卷四十七:方回:"三、四新异。"纪昀:"此非右丞佳处,况皆习用之典,不得以新异目之。后四句,柳、花、桃李,用字颇杂,明字不对色字。"冯班:"腹联明秀。"

[清]乔亿《剑溪说诗》:"《春日上方即事》,后半忽作绮语,亦反观法,玩'但焚香'三字可见。"

[清]宋征璧《抱真堂诗话》:"王摩诘'梨花夕鸟藏',杜子美'山精白日藏',一风华,一森峭。"

游李山人所居因题屋壁

世上皆如梦①,狂来或自歌②。问年松树老,有地竹林多。
药倩韩康卖③,门容向子过④。翻嫌枕席上⑤,无那白云何⑥。

【题解】

山人,即山居者,指隐士,有时也指道士。李山人,未详何人。此诗为一首题壁诗,通过对李山人生活环境及情态的描绘,赞扬其隐逸自适之趣,同时表达自己的欣羡之意。

①世上:底本、《全唐诗》注:"一作世人,一作人事。"

②或,《全唐诗》作"止",又注:"一作或"。

③"药倩"句:《后汉书·逸民列传》:"韩康,字伯休……京兆霸陵人。……常采药名山,卖于长安市,口不二价,三十余年。时有女子从康买药,康守价不移,女子怒曰:'公是韩伯休那,乃不二价乎?'康叹曰:'我本欲避名,今小女子皆知有我,何用药为?'乃遁入霸陵山中。"

④向子:《后汉书·逸民列传》:"向长,字子平,河内朝歌人也。隐居不仕,性尚中和。……建武中,男女娶嫁既毕,敕断家事勿相关,'当如我死也'。于是遂肆意与同好北海禽庆俱游五岳名山,竟不知所终。"向,宋蜀本、《全唐诗》作"尚"。

⑤席上,元刻本作"上席"。

⑥那,《全唐诗》注:"一作奈"。无那,即无奈。

戏题示萧氏外甥

怜尔解临池①,渠爷未学诗②。老夫何足似③,弊宅倘因之④。芦笋穿荷叶,菱花冒雁儿⑤。郗公不易胜⑥,莫著外家欺。

【题解】

诗题,《全唐诗》无"外"字。本诗为勉励外甥努力成才而作。

【注释】

①临池:《三国志·魏书·刘劭传》裴注引《文章叙录》曰:"汉兴而有草书。……弘农张伯英者,因而转精其巧。凡家之衣帛,必书而后练之,临池学书,池水尽黑,下笔必为楷则,号匆匆不暇草。"后因以"临池"为学书。

②渠爷:《集韵》:"渠,吴人呼彼之称。"《说文》:"吴人呼父为爷。"

③"老夫"句：《晋书·何无忌传》："（桓玄曰：）何无忌，刘牢之之甥，酷似其舅，共举大事何谓无成？"

④"弊宅"句：《晋书·魏舒传》："（魏舒）少孤，为外家（舅家）宁氏所养。宁氏起宅，相宅者云：'当出贵甥。'外祖母以魏氏甥小而慧，意谓应之。舒曰：'当为外氏成此宅相。'久乃别居。"

⑤胃：挂、缠绕。

⑥"郗公"句：《世说新语·简傲》："王子敬（王献之）兄弟见郗公，蹑履问讯，其修外生礼。及嘉宾死，皆著高屐，仪容轻慢，命坐，皆云有事不暇坐。既去，郗公慨然曰：'使嘉宾不死，鼠辈敢尔！'"郗，原作"郄"，据《全唐诗》改。

听宫莺

春树绕宫墙，春莺啭曙光①。忽惊啼暂断②，移处弄还长③。隐叶栖承露④，攀花出未央⑤。游人未应返，为此思故乡⑥。

【题解】

春日清晨，诗人于宫中听莺鸟啼鸣，生发思乡之感而有是作。"隐叶栖承露，攀花出未央"两句，紧扣"宫"字，语意跳脱，生动传神。

【注释】

①春，宋蜀本、《全唐诗》作"宫"。

②忽，原作"欲"，据宋蜀本、《全唐诗》改。

③弄，元刻本作"咔"。

④承露：即承露盘。《汉书·郊祀志上》："其后又作柏梁、铜柱、承露仙人掌之属矣。"注引苏林曰："仙人以手掌擎盘承甘露。"又引《三辅故事》云："建章宫承露盘……以铜为之，上有仙人掌承露。"

⑤攀，元刻本作"排"。未央：未央宫，此处借指唐皇宫。

⑥思故，《全唐诗》作"始思"，又注："一作思故"。

愚公谷三首

其 一

愚谷与谁去？惟将黎子同。非须一处住，不那两心空。宁问春将夏，谁论西复东。不知吾与子，若个是愚公？

【题解】

题下原注："青龙寺与黎昕戏题。"愚公谷，《说苑·政理》："齐桓公出猎，逐鹿而走入山谷之中，见一老公而问之曰：'是为何谷？'对曰：'为愚公之谷。'桓公曰：'何故？'对曰：'以臣名之。'桓公曰：'今视公之仪状，非愚人也，何为以公名？'对曰：'臣请陈之，臣故畜牛，生子而大，卖之而买驹，少年曰：牛不能生马。遂持驹去，傍邻闻之，以臣为愚，故名此谷为愚公之谷。'"其地在今山东淄博东，后也以之泛指隐士之居。青龙寺，《长安志》卷九："（长安新昌坊）南门之东，青龙寺。本隋灵感寺，开皇二年立。……景云二年（711）改为青龙寺。北枕高原，南望爽垲，为登眺之美。"黎昕，见《黎拾遗昕裴秀才迪见过秋夜对雨之作》。王维与黎昕同游青龙寺，讨论对"愚公谷"的理解。本组诗中的"愚公谷"并非实指，而是佛教所说的"本心"，所谓"不寻翻到谷，此谷不离心"。本组诗名为写愚公谷，实为表达佛教义理。

其 二

吾家愚谷里①，此谷本来平②。虽则行无迹③，还能响应声④。不随云色暗，只待日光明。缘底名愚谷？都由愚所成。

【注释】

①吾，元刻本作"愚"；《全唐诗》注："一作愚"。
②来，宋蜀本作"家"。

③行无迹：《庄子·天地》："是故行而无迹,事而无传。"成疏："率性而动,故无迹可记,迹既昧矣,事亦灭焉。"

④响应声：《管子·任法》："下之事上也,如响之应声也。"响,回声。

其 三

借问愚公谷,与君聊一寻。不寻翻到谷,此谷不离心①。行处曾无险,看时岂有深？寄言尘世客,何处欲归临②？

【注释】

①"此谷"句：《维摩经·佛国品》："若菩萨欲得净土,当净其心,随其心净,则佛土净。"

②归临,宋蜀本作"窥林"。

杂 诗

双燕初命子①,五桃初作花②。王昌是东舍③,宋玉次西家④。小小能织绮⑤,时时出浣纱⑥。亲劳使君问,南陌驻香车⑦。

【题解】

诗题,宋蜀本、元刻本作《杂诗五首》,其他四首即五古《杂诗》一首、五绝《杂诗三首》。

【注释】

①命子：呼引其子。

②"五桃"句：鲍照《拟行路难十八首》其八："中庭五株桃,一株先作花。"初,宋蜀本、《全唐诗》作"新"。

③王昌：唐人咏王昌事颇多,其人始末无可考。上官仪《和太尉戏赠高阳公》："南国自然胜掌上,东家复是忆王昌。"

④"宋玉"句:《登徒子好色赋》:"玉曰:'天下之佳人,莫若楚国,楚国之丽者,莫若臣里,臣里之美者,莫若臣东家之子。……然此女登墙窥臣三年,至今未许也。'"

⑤"小小"句:梁武帝《河中之水歌》:"河中之水向东流,洛阳女儿名莫愁。莫愁十三能织绮,十四采桑南陌头。"

⑥浣纱:用西施事。相传西施贫贱时,常在江边浣纱。赵注:"《太平寰宇记》:'诸暨县苎萝山下有石迹水,是西施浣纱之所。'"。

⑦"亲劳"二句:汉乐府《陌上桑》:"秦氏有好女,自名为罗敷。罗敷喜蚕桑,采桑城南隅。……使君从南来,五马立踟蹰。使君遣吏往,问是谁家姝?……使君谢罗敷,'宁可共载不?'罗敷前置辞:'使君一何愚! 使君自有妇,罗敷自有夫。'"。

送方尊师归嵩山

仙官欲往九龙潭①,旄节朱旛倚石龛②。山压天中半天上,洞穿江底出江南。瀑布杉松常带雨,夕阳彩翠忽成岚③。借问迎来双白鹤,已曾衡岳送苏耽④?

【题解】

尊师,对道士的敬称。方尊师,未详何人。本诗为送别方道士往嵩山修道而作。整诗境奇语奇,笔势宏放。

【注释】

①仙官:道教谓有职位的神仙。往,宋蜀本作"住";《全唐诗》注:"一作住"。九龙潭:《大清一统志》卷二〇五:"九龙潭,在登封县太室山东岩之半。……山巅诸水,咸会于此,盖一大峡也。峡作九垒,每垒结为一潭,递相灌输。"

②"旄",宋蜀本作"毛";《全唐诗》注:"一作毛"。旛:同"幡"。"旄节朱旛"指方尊师的仪仗。

③彩,《全唐诗》作"苍",又注:"一作彩"。

④苏耽:《水经注》卷三十九《耒水》引《桂阳列仙传》云:"(苏)耽,郴县人,少孤,养母至孝。……即面辞母曰:'受性应仙,当违供养。'涕泗又说:'年将大疫,死者略半,穿一井饮水,可得无恙。'"苏耽,古仙人。衡岳,南岳衡山,因距郴县不远,此处借指苏耽所居之地。

【汇评】

[明]许学夷《诗源辩体》卷十六:"'瀑布杉松常带雨,夕阳彩翠忽成岚。'诗中有画者也。"

[清]沈德潜《唐诗别裁集》卷十三:"('洞穿'句)奇境非此奇句,不能写出。"

[清]方东树《昭昧詹言》卷十六:"起,破题明切。中四分写嵩山远近大小景,奇警入妙。收亦奇气喷溢,笔势宏放,响入云霄。"

[清]王闿运批《唐诗选》:"山林诗有富贵气。"

[清]王寿昌《小清华园诗谈》:"何谓奇?曰:语之奇者,如右丞之《送方尊师归嵩山》;意之奇者,如元微之之《放言》;格之奇者,如少陵之《白帝城最高楼》是也。然奚必尔哉!但如右丞之'日落江湖白,潮来天地青',少陵之'路危行木杪,身远宿云端',可矣。"

送杨少府贬郴州

明到衡山与洞庭,若为秋月听猿声?愁看北渚三湘近①,恶说南风五两轻②。青草瘴时过夏口③,白头浪里出溢城④。长沙不久留才子,贾谊何须吊屈平⑤?

【题解】

杨少府,名未详。唐人称县尉为少府。郴州,唐州名,治所在今湖南郴州市。本诗为送别友人赴任郴州县尉而作。首联想象友人远行的孤寂落寞。颔联写临近三湘因不能北归而嫌厌南风大,生动传达出友人南贬的悲愁心理。颈联描写郴州当地风景，"过"与"出"两字写出想象之中友人将在春天北归的景象。尾联用古人事抒发劝慰之情，深情委婉，意蕴悠长。

【注释】

①北渚：湘水之小洲。《楚辞·九歌·湘夫人》："帝子降兮北渚，目眇眇兮愁予。"三湘：泛指今洞庭湖南北，湘江流域一带。近，元刻本、宋蜀本作"客"；《全唐诗》作"远"，又注："一作近，一作客"。

②五两：参见《送宇文太守赴宣城》注⑤。

③青草瘴：赵殿成注："《广州记》：地多瘴气，夏为青草瘴，秋为黄茅瘴。"夏口：古城名，故址在今武汉黄鹄山上。

④浔城：古城名，唐初改为浔阳，在今江西九江市。

⑤"长沙"二句：《汉书·贾谊传》曰："天子议以谊任公卿之位，绛、灌、东阳侯、冯敬之属尽害之。……于是天子后亦疏之，不用其议，以谊为长沙王太傅。谊既以谪去，意自得，及渡湘水，为赋以吊屈原。……因以自喻。"

【汇评】

〔明〕唐汝询《唐诗解》："三四弱在'愁看'、'恶说'四字，五六滥觞晚唐。"

〔明〕许学夷《诗源辩体》卷十六："摩诘七言律，如'渭水自萦'、'汉主离宫'、'明到衡山'等篇，皆华丽秀雅者也。"

〔明〕桂天祥《批点唐诗正声》："维诗调清气逸，诸律中之佳者。"

〔清〕方东树《昭昧詹言》卷十六："《送杨少府贬郴州》，直从杨贬起，留'送'字。三四句正入己之送。五六切郴州。收句应有之义，亲切人妙，又切地切贬。重复七地名不忌。"

〔清〕管世铭《读雪山房唐诗序例·七律凡例》："颔颈两联，如二句一意，无异车前骈伏，有何生气？唐贤之可法者，如王维'愁看北渚三湘近，恶说南风五两轻'，岑参'愁窥白发羞微禄，悔别青山忆旧溪'……皆神韵天成，变化不测。宋、元以后，此法不讲，故日近凡庸。"

〔清〕沈德潜《唐诗别裁集》卷十三："不能北归，反恶南风，语妙意曲。"

〔清〕谭宗《近体阳秋》："悲者语多婉，愤者气多直。二句直起，既浩而愤，复险而悲。"

[清]黄培芳《唐贤三昧集笺注》卷上："顾云：'清响。此（"恶说"二字）是字法，极有关键，不同挑弄之虚字也。通体音节甚高，筋节亦动荡。'"

[清]金人瑞《贯华堂选批唐才子诗》："此前解，手法最奇。看他一二，公然便向并未曾别之人，首先用勾魂摄魄之笔深探入去，逆料其到衡山到洞庭，必不能对秋月而听猿声者。于是三四方更抽笔出来，重写'愁看北渚'、'恶说南风'，目前一段惜别光景。此皆是先生一生学佛，深入旋陀罗尼法门，故能有如此精深曲畅之文也。"

[清]赵殿成按："送人迁谪，用贾谊事者多矣，然俱代为悲怨之词。惟李供奉《巴陵赠贾舍人》诗云：'圣主恩深汉文帝，怜君不遣到长沙'，与右丞此篇结句，俱得忠厚和平之旨，可为用事翻案法。"

[清]王寿昌《小清华园诗谈》卷上："何谓曲？曰：高常侍之《送侍御谪闽中》暨王右丞之《送杨少府贬郴州》，如此深婉，乃为真曲耳。"

[清]王闿运批《唐诗选》："起不作势，却扫除门面语。"

听百舌鸟

上兰门外草萋萋①，未央宫中花里栖。亦有相随过御苑，不知若个向金堤②。入春解作千般语，拂曙能先百鸟啼。万户千门应觉晓，建章何必听鸣鸡③？

【题解】

百舌鸟，《淮南子·时则》高注："反舌，百舌鸟也，能辨反其舌，变易其声，以效百鸟之鸣，故谓百舌。"诗题，宋蜀本无"鸟"字。

【注释】

①上兰：汉宫观名，在上林苑中。

②金堤：《汉书·司马相如传》颜师古注："言水之堤塘坚如金也。"此指御苑中之堤。

③建章：汉长安宫殿名，借指唐皇宫。

和陈监四郎秋雨中思从弟据

袅袅秋风动①，凄凄烟雨繁。声连䴔鹊观②，色暗凤凰原③。细柳疏高阁，轻槐落洞门④。九衢行欲断⑤，万井寂无喧⑥。忽有《愁霖》唱⑦，更陈多露言⑧。平原思令弟⑨，康乐谢贤昆⑩。逸兴方三接⑪，衰颜强七奔⑫。相如今老病，归守茂陵园⑬。

【题解】

陈监四郎，未详其人。岑仲勉《唐人行第录》："以余考之，陈监四郎应希烈之孙。《姓纂》言希烈子汭为少府少监，元和初尚存，疑此四郎为汭之子（希烈尚有子泝为秘书少监），名已不可知矣。"陈监四郎有《秋雨中思从弟据》诗，王维和之。诗前四联写秋日雨天萧瑟凄清的景象与氛围，接下来两联叙陈监四郎与从弟诗书赠答、一往情深，末两联先赞陈监四郎与从弟虽已衰颜仍四处奔驰御敌，后以老病免官收束全篇，蕴含强烈的身世之感。

【注释】

①袅袅：《楚辞·九歌·湘夫人》："袅袅兮秋风，洞庭波兮木叶下。"洪兴祖补注："袅袅，长弱貌。"

②䴔鹊观：司马相如《上林赋》："蹶石阙，历封峦；过䴔鹊，望露寒。"李善注："张揖曰：此四观，武帝建元中作，在云阳甘泉宫外。"

③凤凰原：在陕西临潼骊山。《后汉书·安帝纪》注："今新丰县西南有凤皇原，俗传云即此时凤皇所集之处也。"

④洞门：见《酬郭给事》注①。

⑤九衢：此指四通八达的道路。参见《三月三日勤政楼侍宴应制》注⑤。

⑥万井：犹言万户。见《同崔员外秋宵寓直》注④。

⑦《愁霖》唱：谢瞻《答灵运》："忽获《愁霖》唱，怀劳奏所成。"李善注："灵运《愁霖》诗序云：示从兄宣远。"吕向注："灵运先寄《愁霖》诗于瞻，故有

此答。"

⑧多露:《诗·召南·行露》:"厌浥行露,岂不夙夜? 谓行多露。"

⑨平原:指陆机。令弟:指陆云。两人齐名,时号"二陆"。

⑩康乐:谢灵运。贤昆:贤兄,指谢瞻。《南史·谢瞻传》:"瞻文章之美,与从叔混、族弟灵运相抗。"

⑪三接:《易·晋》:"昼日三接。"疏:"一昼之间,三度接见也。"

⑫七奔:指一再奔波。《左传·成公七年》:"吴始伐楚、伐巢、伐徐,子重奔命。马陵之会,吴入州来,子重自郑奔命。子重、子反于是乎一岁七奔命。"

⑬"相如"二句:《史记·司马相如列传》:"相如既病免,家居茂陵。"茂陵:《元和郡县志》卷二:"汉茂陵在(兴平)县(今陕西兴平)东北十七里,武帝陵也,在槐里之茂乡,因以为名。"

沈十四拾遗新竹生读经处同诸公之作

闲居日清静,修竹自檀栾①。嫩节留余箨②,新丛出旧栏。细枝风响乱,疏影月光寒。乐府裁龙笛③,渔家伐钓竿。何如道门里,青翠拂仙坛④?

【题解】

沈十四拾遗,未详。本诗歌咏沈十四拾遗读经之处的新生竹林。首联切入主题,突出竹美人闲。中间两联写竹林风景,"细枝风响乱,疏影月光寒"为写景名句。接下来一联想象这些新竹将来之功用与价值,语气诙谐,透脱圆转。最后以问语作结,彰显竹林的清雅逸气。

【注释】

①自,《全唐诗》注:"一作复。"檀栾:竹美貌,参见《辋川集·斤竹岭》注①。

②箨(tuò):笋壳。

③乐府:掌乐的官署。龙笛:《元史·礼乐志》:"制如笛,七孔,横吹之,管首制龙头"。

④"青翠"句:阴铿《侍宴赋得竹》:"夹池一丛竹,青翠不惊寒。……湘川染别泪,衡岭拂仙坛。"

田　家

旧谷行将尽,良苗未可希①。老年方爱粥,卒岁且无衣。雀乳青苔井②,鸡鸣白板扉。柴车驾羸牸③,草屩牧豪豨④。多雨红榴折⑤,新秋绿芋肥。饷田桑下憩,旁舍草中归⑥。住处名愚谷⑦,何烦问是非!

【题解】

前两联述农家春天窘迫的生活状态。中间四联描写夏秋时节景象,充满浓厚的田园生活气息。末联为点睛之笔,表达对田园生活的喜爱。

【注释】

①"旧谷"二句:语出陶潜《有会而作》:"旧谷既没,新谷未登";"登岁之功,既不可希"。苗,宋蜀本作"田";《全唐诗》注:"一作田"。

②"雀乳"句:语出晋傅玄《杂诗三首》其三:"鹊巢丘城侧,雀乳空井中。"乳,《说文》:"人及鸟生子曰乳。"

③羸牸:瘦弱的母牛。

④草屩:草鞋。豪豨:壮猪。"豪"下,底本、《全唐诗》注:"一作膏。"

⑤多,《全唐诗》作"夕",又注:"一作多"。折,元刻本、《全唐诗》作"拆"。

⑥旁舍:邻居。《史记·高祖本纪》:"高祖适从旁舍来。"

⑦愚谷:即愚公谷。

【汇评】

[宋]刘克庄《后村诗话》新集卷三:"王维五言云:'住处名愚谷,何烦问

是非。'警句。"

[明]顾可久按:"不务雕琢,而一出自然。"

送熊九赴任安阳

魏国应刘后①,寂寥文雅空。漳河如旧日②,之子继清风。阡陌铜台下③,闾阎金虎中④。送车盈灞上,轻骑出关东。相去千余里,西园明月同⑤。

【题解】

诗人于长安城东灞上送别熊九赴任安阳而作是诗,时间当为安史之乱前,具体时间不详。熊九,未详何人。安阳,唐时为相州邺郡治所,在今河南安阳。诗篇大量描绘邺郡历史文化遗迹,称赞熊九有魏晋才子之遗风。

【注释】

①应刘:三国时魏之应玚、刘桢,均为"建安七子"中人物。

②漳河:有清漳河、浊漳河两源,均发源于山西东部,在河北涉县合漳镇会合后称漳河。

③铜台:即铜爵(雀)台。

④闾阎:里巷民居。金虎:即金虎台。《水经注》卷十《浊漳水》:"(邺)城之西北有三台……中曰铜雀台……南则金虎台。"

⑤西园:曹植《公宴诗》:"公子敬爱客,终宴不知疲。清夜游西园,飞盖相追随。"吕向注:"西园,谓魏氏邺都之西园也。文帝每以月夜,集文人才子,共游于西园。"

哭褚司马

妄识皆心累①,浮生定死媒②。谁言老龙吉③,未免伯牛灾④。故有求仙药,仍余遁俗杯⑤。山川秋树苦,窗户夜泉哀。尚忆青骡去⑥,宁知白马来⑦?汉臣修《史记》,莫蔽褚生才⑧。

【题解】

司马,官名。唐时,都督府、州郡均设司马,官品从六品下至四品下不等,职责为"掌贰府州之事,以纲纪众务,通判列曹"(《旧唐书·职官志》)。褚司马,名未详。

【注释】

①妄识:虚妄的认识。心累:心之牵累。陆机《叹逝赋》:"解心累于末迹,聊优游以娱老。"

②浮生:《庄子·刻意》:"其生若浮,其死若休。"后因以指人生于世。

③老龙吉:《庄子·知北游》:"婀荷甘与神农同学于老龙吉,神农隐几阖户昼瞑,婀荷甘日中奓户而入,曰:'老龙死矣!'神农隐几拥杖而起,嚗然放杖而笑,曰:'天知予僻陋慢讪,故弃予而死。已矣! 夫子无所发予之狂言而死矣夫!'"

④伯牛灾:《史记·仲尼弟子列传》:"冉耕,字伯牛,孔子以为有德行。伯牛有恶疾,孔子往问之,自牖执其手,曰:'命也夫! 斯人也而有斯疾,命也夫!'"

⑤杯,疑当作"坏"(pēi),土丘。

⑥青骡去:《太平御览》卷九〇一引《鲁女生别传》曰:"李少君死后百余日,后人有见少君在河东蒲坂,乘青骡,帝闻之,发棺,无所有。"

⑦白马来:《后汉书·范式传》:"范式,字巨卿,……与汝南张劭为友。……(劭死)将窆(下棺),而柩不肯进,其母抚之曰:'元伯岂有望邪?'遂停柩。移时,乃见有素车白马,号哭而来,其母望之曰:'是必范巨卿也。'巨卿既至,叩丧言曰:'行矣元伯,死生路异,永从此辞!'会葬者千人,咸为挥涕,式因执绋而引柩,于是乃前。"

⑧褚生:即褚少孙。《汉书·司马迁传》谓《史记》"十篇缺,有录无书",少孙续补之,今本《史记》中称"褚先生曰"者,即其补作。

赠韦穆十八

与君青眼客^①，共有白云心。不向东山去^②，日令春草深^③。

【题解】

韦穆：生平无考。赠诗韦穆，抒发自己欲归隐而未成的惆怅之情。

【注释】

①青眼：参见《过卢员外宅看饭僧共题》注②。

②东山：泛指隐居之地，参见《送綦毋潜落第还乡》注①。

③日：底本、《全唐诗》注："一作自。"令，宋蜀本作"暮"。

【汇评】

［明］唐汝询《唐诗解》："此叹归隐之不早也。言我今乃不向东山而使春草日深，其如白云何？"

皇甫岳云溪杂题五首

鸟鸣涧

人闲桂花落，夜静春山空。月出惊山鸟^①，时鸣春涧中。

【题解】

皇甫岳，《新唐书·宰相世系表》有载，父曰恂，弟名岩，未言何职。王维《皇甫岳写真赞》："有道者古，其神则清。双眸朗畅，四气和平。长江月影，太华松声。周而不器，独也难名。且未婚嫁，犹寄簪缨。烧丹药就，辟谷将成。云汉之下，法本无生。"可见其奉道甚笃。天宝年间，皇甫岳曾在南陵(属宣州,治宣城)为官,王昌龄《至南陵答皇甫岳》一诗可以为证。云溪,即五云溪,又名若耶溪,在今浙江绍兴南。王维漫游江南至越州为皇甫岳云溪别业题诗,每诗一景。

【注释】

①惊:宋蜀本作"空",疑误。

【汇评】

[明]胡应麟《诗薮》内编卷六:"太白五言绝,自是天仙口语,右丞却入禅宗。如'人闲桂花落……。''木末芙蓉花……。'读之身世两忘,万念皆寂,不谓声律之中,有此妙诠。"

《唐诗归》卷九:"钟云:此'惊'字妙。幽寂。"

[清]黄周星《唐诗快》卷十四:"此何境界也,对此有不令人生道心者乎!"

[清]沈德潜《唐诗别裁》卷十九:"诸咏声息臭味,迥出常格之外,任后人摹仿不到,其故难知。"

[清]徐增《而庵说唐诗》卷七:"心上无事人,浩然太虚,一切之物皆得自适其适,人自去闲,花自去落。人既闲,则城市亦空,何况春山。夜静,即是大雄氏入涅槃之时;春山空,即是大雄氏成佛之境。鸟栖于树,树忘于鸟。忽焉月起,惊我山鸟,非嫌月出也,月岂不由他出哉!月既惊鸟,鸟亦惊涧,鸟鸣在树,声却在涧,纯是化工,非人为可及也。"

[清]王士禛《唐人万首绝句选》:"下二句只是写足'空'字意。"

[清]李瑛《诗法易简录》:"鸟鸣,动机也;涧,狭境也。而先着'夜静春山空'五字于其前,然后点出鸟鸣涧来,便觉有一种空旷寂静景象,因鸟鸣而愈显者。流露于笔墨之外,一片化机。"

[清]黄生《唐诗摘抄》:"朱之荆补:因鸟声而写夜静之景,遂以'鸟鸣'命题。鸟惊月出,甚言山中之空。"

莲花坞

日日采莲去,洲长多暮归。弄篙莫溅水,畏湿红莲衣①。

鸬鹚堰

乍向红莲没,复出清浦飏^①。独立何缡褷^②,衔鱼古查上^③。

【注释】

①浦,宋蜀本、《全唐诗》作"蒲"。飏:飞。

②缡褷(lí shī):同"离褷"。木华《海赋》:"凫雏离褷,鹤子淋渗。"李善注:"离褷、淋渗,毛羽始生之貌。"此处指羽毛沾湿貌。

③查:同"楂",水中浮木。

【汇评】

[清]杨逢春《唐诗偶评》:"只状鸬鹚之衔鱼耳,分作三层描写,由没而出,由出而立,且骤看讶其独立,谛见乃知其衔鱼,曲曲传神,真写生妙手。至红莲、青蒲、古楂等字,则又其着色处也。"

[清]黄培芳《唐贤三昧集笺注》:"开后人咏物之门。"

上平田

朝耕上平田,暮耕上平田。借问问津者,宁知沮溺贤^①?

【注释】

①沮溺:长沮、桀溺,皆隐者。《论语·微子》:"长沮、桀溺耦而耕,孔子过之,使子路问津焉。"

萍　池

春池深且广,会待轻舟回。靡靡绿萍合^①,垂杨扫复开。

【注释】

①靡靡:迟缓貌。

【汇评】

[宋]刘辰翁曰:"每每静意,得之偶然。"

[清]宋顾乐《唐人万首绝句选》:"即景点染,恐人即目失之。"

[清]俞陛云《诗境浅说》:"池水不波,轻舟未动,水面绿萍,平铺密合,偶为风中杨柳低拂而开,开而复合。深得临水静观之趣。此恒有之景,惟右丞能道出之。"

红牡丹

绿艳闲且静,红衣浅复深。花心愁欲断,春色岂知心?

【题解】

前两句写牡丹之美。首句写绿叶,诗人由叶之"绿"而体验自己内心深处之"静";次句写红花,浅深有致,与绿叶相映成趣。后两句写牡丹之"愁",以拟人手法表现时光匆匆,美转瞬即逝。诗人由眼前之美悟到其背后的那个"空"字。

杂诗三首

其 一

家住孟津河①,门对孟津口。常有江南船②,寄书家中否?

【题解】

诗题,原无"三首"二字,据《全唐诗》补。又,宋蜀本、元刻本作《杂诗五首》,其他两首即五古《杂诗》一首、五律《杂诗》一首。明顾璘曰:"三诗皆淡中含情。"

【注释】

①孟津:古黄河津渡名,在今河南省洛阳市孟津区东北。

②船:宋蜀本作"舡"。

【汇评】

[清]黄叔灿《唐诗笺注》:"此系忆远之诗。言家在津口,江南船来,寄书甚便。语质直而意极缠绵。"

其　二

君自故乡来,应知故乡事。来日绮窗前,寒梅著花未①?

【注释】

①著花:开花。

【汇评】

《唐诗归》卷九:钟云:"寒梅外不问及他事,妙甚!'来日'二字如面对语。"

[清]黄叔灿《唐诗笺注》:"与前首俱口头语,写来真挚缠绵,不可思议,著'绮窗前'三字,含情无限。"

[清]宋顾乐《唐人万首绝句选》:"问得淡绝妙绝。如《东山》诗'有敦瓜苦'章,从微物关情,写出归时之喜。此亦以微物悬念,传出件件关心,思家之切。此等用意,今人那得知!"

[清]赵殿成曰:"陶渊明诗云:'尔从山中来,早晚发天目。我居南窗下,今生几丛菊?'王介甫云:'道人北山来,问松我东冈。举手揩屋脊,云今如许长。'与右丞此章,同一杼轴,皆情到之辞,不假修饰而自工者也。然渊明、介甫二作,下文缀语稍多,趣意便觉不远;右丞只为短句,一吟一咏,更有悠扬不尽之致,欲于此下复赘一语不得。"

[清]王文濡《唐诗评注读本》:"通首都是讯问口吻,而游子思乡之念,

昭然若揭。”

其　三

已见寒梅发，复闻啼鸟声。愁心视春草①，畏向玉阶生②。

【注释】

①愁心，宋蜀本、元刻本、《全唐诗》作“心心”。视：比。

②玉阶，宋蜀本、元刻本、《全唐诗》作“阶前”。

【汇评】

〔明〕唐汝询《唐诗解》：“此闺人感春之辞。见梅、闻鸟，时物变矣。持此愁心而视春草，惟畏其生于玉阶，益动我之离情也。”

《唐诗归》：“钟云：翻用《楚辞》‘王孙游兮不归，春草生兮萋萋’意，脱胎换骨，更为深婉。”又：“前二章问人，仓率得妙；后一章自语，闲缓得妙。各自含情。”

〔清〕吴修坞《唐诗续评》：“此因乡人之答而代写其闺中愁思如此，然则寄书其可缓耶？三首脉络自是灰线草蛇，隐隐露露，又如书家意到笔不到法，后人不能于无字处探玄索解，无惑乎取其一，或弃其二也。此只作自己语，而乡人之答，在前首之末、此首之前，不言而自见。”

〔清〕黄叔灿《唐诗笺注》：“‘心心’字妙，一作‘愁心’，浅矣。”

〔清〕黄培芳《唐贤三昧集笺注》：“意甚浓至，冲淡隽永。闲雅之思，极其悠长。”

寄河上段十六

与君相见即相亲①，闻道君家在孟津②。为见行舟试借问，客中时有洛阳人。

《全唐诗》重见于王维集与卢象集。《唐百家诗选》作卢象诗,《万首唐人绝句》作王维诗。诸本王维集俱载,应为维诗。河上,即黄河之边。段十六,名未详。

【注释】

①见,《全唐诗》卢象集作"识"。

②在,《全唐诗》卢象集作"住"。

【汇评】

[宋]刘辰翁评:"刘云:'容易尽情,旧未有此。'"

《唐诗归》卷十二:"谭云:'是他乡见同里生人,实境。'"又:"钟云:'时有'二字,可怜!"

送王尊师归蜀中拜扫

大罗天上神仙客①,濯锦江头花柳春②。不为碧鸡称使者③,惟令白鹤报乡人④。

【题解】

尊师,对道士的敬称。王尊师,未详何人。本诗为送别王道士回蜀地扫墓而作。后两句表达对王道士的赞誉与祝愿,不乏幽默诙谐之趣。

【注释】

①大罗天:道教"三十六天"之最高重。

②濯锦江:即岷江。蜀地产锦,蜀人多于岷江中濯锦,因呼曰濯锦江。左思《蜀都赋》:"贝锦斐成,濯色江波。"李善注:"谯周《益州志》云:成都织锦既成,濯于江水(即岷江),其文分明,胜于初成,他水濯之,不如江水也。"

③"不为"句:《汉书·郊祀志》:"或言益州有金马碧鸡之神,可醮祭而致,于是遣谏大夫王褒,使持节而求之。"

④"惟令"句:《搜神后记》卷一:"丁令威,本辽东人,学道于灵虚山。后化鹤归辽,集城门华表柱。时有少年,举弓欲射之,鹤乃飞,徘徊空中而言曰:'有鸟有鸟丁令威,去家千年今始归,城郭如故人民非,何不学仙冢累累!'遂高飞冲天。"

送元二使安西

渭城朝雨浥轻尘①,客舍青青柳色新②。劝君更尽一杯酒,西出阳关无故人③。

【题解】

诗题,《乐府诗集》《全唐诗》作《渭城曲》。郭茂倩曰:"《渭城》一曰《阳关》,王维之所作也。本送人使安西诗,后遂被于歌。刘禹锡《与歌者诗》云:'旧人唯有何戡在,更与殷勤唱《渭城》。'白居易《对酒诗》云:'相逢且莫推辞醉,听唱《阳关》第四声。'《阳关》第四声,即'劝君更尽一杯酒,西出阳关无故人'也。《渭城》《阳关》之名,盖因辞云。"(《乐府诗集》卷八十)《渭城曲》又名《阳关三叠》,盖因二、三、四句皆叠唱。前两句写别景,用"朝雨"、"新柳"点衬出清丽明畅景色;后两句述离情,劝酒之语如从口诉,情真意切。整首诗写得真切自然,意蕴隽永,被明人胡应麟誉为盛唐绝句之冠,也被清人王士禛誉为唐绝句的压卷之作。

【注释】

①渭城:秦时咸阳城,汉改渭城,唐时属京兆府咸阳县,在今陕西咸阳市东北。

②青青,宋蜀本、元刻本、《全唐诗》均注:"一作依依。"柳色新,《全唐诗》作"杨柳春",宋蜀本、元刻本作"柳色春"。

③阳关:古关名,在今甘肃省敦煌市西南,是古代通往西域的要道。

【汇评】

[宋]范温《潜溪诗眼》:"唐人尤用意小诗,其命意与所叙述,初不减长

420

篇，而促为四句，意正理尽，高简顿挫，所以难耳，故必有可书之事，如王摩诘云'西出阳关无故人'，故行者为可悲，而劝酒不得不饮，阳关之词不可不作。"

[宋]刘辰翁评："更万首绝句，亦无复近，古今第一矣。"

[宋]魏庆之《诗人玉屑》卷二："折腰体。谓中失粘而意不断。"

[明]高棅《唐诗正声》："吴逸一云：'语由信笔，千古擅长，既谢光芒，兼空追琢，太白、少伯，何遽胜之！'"

[明]唐汝询《唐诗解》："唐人饯别之诗以亿计，独'阳关'擅名，非为其有切有情乎？凿混沌者皆下风也。"

[明]李东阳《怀麓堂诗话》："王摩诘'阳关无故人'之句，盛唐以前所未道。此辞一出，一时传诵不足，至为三叠歌之。后之咏别者，千言万语，殆不能出其意之外。"

[明]胡应麟《诗薮》内编卷六："郑谷'数声风笛离亭晚，君向潇湘我向秦'；许浑'日暮酒醒人已远，满天风雨下西楼'，岂不一唱三叹，而气韵衰飒殊甚。'渭城朝雨'自是口语，而千载如新。此论盛唐、晚唐三昧。"又曰："盛唐绝，'渭城朝雨'为冠。"

[明]敖英《唐诗绝句类选》："唐人别诗，此为绝唱。"

[明]桂天祥《批点唐诗正声》："《阳关三叠》，唐人以为送行之曲，虽歌调已亡，而音节自尔悲畅。"

[清]王士禛《带经堂诗话》卷四："必求压卷，则王维之'渭城'，李白之'白帝'，王昌龄之'奉帚平明'，王之涣之'黄河远上'，其庶几乎！而终唐之世，绝句亦无出四章之右者矣。"

[清]赵翼《瓯北诗话》卷十一："王摩诘'劝君更尽一杯酒，西出阳关无故人'，至今犹脍炙人口，皆是先得人心之所同然也。"

[清]高士奇《三体唐诗》："何焯云：首句藏行尘，次句藏折柳，两面皆画出，妙不露骨。后半从沈休文'莫言一杯酒，明日难重持'变来。"

[清]黄生《增订唐诗摘抄》卷四："先点别景，次写别情，唐人绝句多如此，毕竟以此首为第一。惟其气度从容，风味隽永，诸作无出其右故也。失粘，须将一二倒过，然毕竟移动不得，由作者一时天机凑泊，宁可失粘，而语

421

势不可倒转,此古人神境,未易到也。"

[清]黄培芳《唐贤三昧集笺注》:"惜别意悠长不露。《阳关三叠》艳称今古,音节最高者,相传倚笛亦为之裂。"

[清]吴瑞荣《唐诗笺要》:"不作深语,声情沁骨。"

[清]徐增《而庵说唐诗》卷十一:"人皆知此诗后二句妙,而不知亏煞前二句提顿得好。此诗之妙只是一个真,真则能动人。"

[清]张谦宜《茧斋诗谈》:"'劝君更尽一杯酒,西出阳关无故人。'凡情真,以不说破为佳。"

[清]宋顾乐《唐人万首绝句选》:"送别诗要情味俱深,意境两尽,如此篇真绝作也。"

送沈子福归江东

杨柳渡头行客稀,罟师荡桨向临圻①。惟有相思似春色,江南江北送君归。

【题解】

诗题,沈子福,宋蜀本、《全唐诗》作"沈子";"福"下,元刻本无"归"字。诗前两句描绘友人离去之后寂寥萧疏的景象及诗人惆怅落寞的心境,后两句将相思之情拟作无处不在的春色,情深意厚,新颖别致,堪称送别诗中的杰作。

【注释】

①罟师:渔人。此处指船夫。临圻:临近曲岸之地。谢灵运《富春渚》:"溯流触惊急,临圻阻参错。"李善注:"《坤苍》曰:碕,曲岸头也。碕与圻同。"

【汇评】

[明]顾可久:"(首二句)别景寥落,情殊怅然。(末二句)相送之情,随春色所之,何其浓至清新!"

[明]李攀龙《唐诗直解》："相送之情,随春色所至,何其浓至! 末两语情中生景,幻甚。"

[明]唐汝询《唐诗解》："盖相思无不通之地,春色无不到之乡,想象及此,语亦神矣。"

[清]沈德潜《唐诗别裁集》卷十九："春光无处不到,送人之心,犹春光也。"

[清]王尧衢《唐诗合解》："春色不限江南北,相思亦不限江南北,当随君所往而相送之,不令君叹愁寂也。送别乃有此情深之语。"

[清]宋宗元《网师园唐诗笺》："(后二句下)援拟入情,乐府神髓。"

[清]马位《秋窗随笔》："最爱王摩诘'惟有相思似春色,江南江北送君归'之句,一往情深。高季迪'愿得身如芳草多,相随千里车前绿',脱化王意,亦复佳。"

剧嘲史寰

清风细雨湿梅花,骤马先过碧玉家①。正值楚王宫里至②,门前初下七香车。

【题解】

史寰,未详。诗写史寰拜访美人而被别人捷足先登,语气诙谐,妙趣横生。

【注释】

①碧玉:《乐府诗集》卷四十五引《乐苑》曰:"《碧玉歌》者,宋汝南王所作也。碧玉,汝南王妾名。以宠爱之甚,所以歌之。"又,梁简文帝《鸡鸣高树巅》:"碧玉好名倡,夫婿侍中郎。"

②正值,宋蜀本注:"一本作适自。"楚王:借指某王侯贵人。

【汇评】

[清]黄周星《唐诗快》卷十五："题曰'剧嘲',诗中殊无嘲意。然自是过访美人之作,嘲亦妙,不嘲亦妙。"

过太乙观贾生房

昔余栖遁日，之子烟霞邻①。共携松叶酒②，俱簪竹皮巾③。攀林遍云洞④，采药无冬春。谬以道门子，征为骖御臣⑤。常恐丹液就⑥，先我紫阳宾⑦。夭促万涂尽⑧，哀伤百虑新。迹峻不容俗，才多反累真⑨。泣对双泉水，还山无主人。

【题解】

宋蜀本、元刻本、顾本等王维集不录此诗，底本编于外编。《文苑英华》《全唐诗》系之于王维名下，当从。太乙，终南山之别称。贾生，不详。

【注释】

①之子：此人。《诗·周南·汉广》："之子于归，言秣其马。"这里指贾生。

②松叶酒：庾信《赠周处士》："方欣松叶酒，自和《游仙》吟。"

③竹皮巾：即竹皮冠，一种笋皮制的帽子。

④云：《全唐诗》作"岩"。

⑤骖御臣：指侍从之臣。

⑥丹液：古代道士烧炼的长生不死之药。

⑦紫阳：道教传说中的紫阳真人。

⑧夭促：短命。万涂尽：各种思绪终止。

⑨累真：损伤本性。

相　思

红豆生南国①，春来发几枝②。劝君多采撷③，此物最相思。

此诗录于底本外编,《全唐诗》亦录,王维集其余诸本未见收录。此诗应为王维所作。据唐人范摅《云溪友议》卷中《云中命》载,天宝之乱后,著名歌者李龟年流落江南,经常为人演唱《相思》,听者无不惨然,此后这首诗在梨园弟子中传唱不绝。

【注释】

①红豆:相思木所结之子,古多以之喻相思。左思《吴都赋》:"楠榴之木,相思之树。"

②几:《全唐诗》作"故",又注:"一作几"。

③劝:《全唐诗》作"愿",又注:"一作赠"。

【汇评】

[唐]范摅《云溪友议》卷中《云中命》:"至今梨园唱焉。歌阕,合座莫不望南幸而惨然。"

[清]管世铭《读雪山房唐诗序例·五绝句凡例》:"王维'红豆生南国',王之涣'杨柳东门树',李白'天下伤心处',皆直举胸臆,不假雕锼,祖帐离筵,听之惘惘,二十字移情固至此哉!"

书 事

轻阴阁小雨①,深院昼慵开。坐看苍苔色,欲上人衣来。

【题解】

本诗录于底本外编。《全唐诗》录此诗,注曰:"出《天厨禁脔》。"北宋诗僧惠洪《天厨禁脔》曰:"王维《书事》云:'轻阴阁小雨……'"魏庆之《诗人玉屑》,杨慎《升庵诗话》等亦作王维诗。当从。书事,犹即景书写。

【注释】

①阁:停止。《广雅·释诂》:"阁,载也。又庋(藏)也。"

【汇评】

[宋]惠洪《天厨禁脔》曰:"王维《书事》云:'轻阴阁小雨……,'舒王云:'若耶溪上踏莓苔……。'两诗皆含不尽之意,子由谓之不带声色。"

[明]杨慎《升庵诗话》卷三:"洪觉范《天厨禁脔》云:'此诗含不尽之意,子由所谓不带声色者也。'王半山亦有绝句,诗意颇相类。按半山诗云:'山中十日雨,雨晴门始开。坐看苍苔文,欲上人衣来。'"

[明]王世贞《艺苑卮言》卷四:"有全取古文,小加剪裁,如王半山'山中十日雨'云云,后二语全用辋川,已是下乘,然犹彼我趣合,未足致厌。"

[清]吴景旭《历代诗话》:"东坡作《病鹤》诗,尝写'三尺长胫□瘦躯'而缺其一字,使任德翁辈下之,凡数字,东坡徐出其稿,盖'阁'字也。此字既出,俨然如见病鹤,然东坡此字正善用摩诘'轻阴阁小雨'也。"

《千首唐人绝句》:富云:"状小雨初霁景象及苍苔之青翠可爱,极为传神,通首有'万物静观皆自得'之趣。"

失　题

清风明月苦相思,荡子从戎十载余①。征人去日殷勤嘱,归雁来时数寄书②。

【题解】

此诗录于底本外编。诗题,《万首唐人绝句》作《李龟年所歌》,《全唐诗》作《伊州歌》。诗人拟写闺妇相思愁怨。首句因物起兴,以清风明月烘托愁苦气氛,接着交代愁苦缘由。最后两句回忆当时分别场面,暗示对"荡子"音信断绝的怨意。与《红豆》一样,此诗也在梨园之中传唱不衰。

【注释】

①荡子:《古诗十九首》:"荡子行不归,空床难独守。"李善注:"《列子》:'有人去乡土游于四方而不归者,世谓之为狂荡之人也。'"

②寄,《全唐诗》作"附"。

外　编

留别丘为

归鞍白云外，缭绕出前山。今日又明日，自知心不闲。
亲劳簪组送，欲趁莺花还。一步一回首，迟迟向近关。

【题解】

此诗录于底本卷三，列于《送六舅归陆浑》诗后。宋蜀本、元刻本、顾本均列于《送丘为往唐州》后。此诗重见于《全唐诗》王维集与丘为集中，丘集题作《留别王维》。从本诗内容来看，当为王维《送丘为往唐州》的答诗；"留别"为诗题，"丘为"为作者。

别弟妹二首

两妹日成长，双鬟将及人。已能持宝瑟，自解掩罗巾。
念昔别时小，未知疏与亲。今来始离恨，拭泪方殷勤。

小弟更孩幼，归来不相识。同居虽渐惯，见人犹未觅。
宛作越人语，殊甘水乡食。别此最为难，泪尽有余忆。

【题解】

《别弟妹二首》与下首《休假还旧业便使》皆录于底本卷四。《全唐诗》重见于王维集与卢象集，卢集题作《八月十五日象自江东止田园移庄庆会未几归汝上小弟幼妹尤嗟其别兼赋是诗三首》，其一即《休假还旧业便使》，其二、三即为《别弟妹二首》。《唐诗纪事》录此三首，作卢象诗。《文苑英华》卷二九六录第一首，作王维诗。赵殿成曰："成考右丞本传及他书，未有言其寓家于越、浪迹水乡者。'宛作'二语，合之卢象江东之说，乃为得之，读者试辨焉。"依赵氏所考,卢象近是。

休假还旧业便使

谢病始告归,依依入桑梓。家人皆伫立,相候柴门里。时辈皆长年,成人旧童子。上堂嘉庆毕,顾与姻亲齿。论旧忽余悲,目存且相喜。田园转芜没,但有寒泉水。衰柳日萧条,秋光清邑里。入门乍如客,休骑非便止。中饭顾王程,离忧从此始。

留别钱起

卑栖却得性,每与白云归。徇禄仍怀橘,看山免采薇。暮禽先去马,新月待开扉。霄汉时回首,知音青琐闱。

【题解】

此诗录于底本卷八,诸本王维集均列之于《送钱少府还蓝田》诗之后。重见于《全唐诗》王维集与钱起集中,钱集题作《晚归蓝田酬王维给事赠别》,《钱考功集》同。《文苑英华》谓是钱起诗,题作《晚归蓝田酬中书常舍人赠别》。《唐诗纪事》卷三十六:"起还蓝田,王维赠别云:'草色日向好,桃源人去稀。……今年寒食酒,应得返柴扉。'(即《送钱少府还蓝田》)起答诗云:'卑栖却得性,每与白云归。……霄汉时回首,知音青琐闱。'(即《留别钱起》)。"赵殿成说:"是以二诗为互相酬答之作也。细玩'知音青琐'之句,合是钱作无疑;盖'留别'字是题,'钱起'字是作者姓名,本以同咏附载集中,或者因联书不断,误谓四字俱是诗题,遂作右丞之诗耳。"此说为是。

送元中丞转运江淮

薄税归天府,轻徭赖使臣。欢沾赐帛老,恩及卷绡人。
去问珠官俗,来经石劫春。东南御亭上,莫使有风尘。

【题解】

此诗录于底本卷八,重见于《全唐诗》王维诗与钱起诗中。王维集诸本
与钱起《钱考功集》均载此诗。元中丞,即元载。《旧唐书·元载传》:"载智
性敏悟,善奏对,肃宗嘉之,委以国计,俾充使江、淮,都领漕挽之任,寻加御
史中丞。数月征入,迁户部侍郎、度支使并诸道转运使。"据《资治通鉴》载,
元载任江淮转运使的时间为上元二年(761)十一月之前的某月,王维于本
年七月去世,从时间上来看,不排除送别元载的可能。上元二年,钱起任蓝
田县尉,虽职位卑微,但也不排除因友谊而送元载的可能。本诗作者有待
进一步考证。

送孙秀才

帝城风日好,况复建平家。玉枕双文簟,金盘五色瓜。
山中无鲁酒,松下饭胡麻。莫厌田家苦,归期远复赊。

【题解】

此诗,王维集诸本皆录,底本录于卷八。《全唐诗》重见于王维诗与王
缙诗中,《又玄集》、《唐诗纪事》作王缙诗,《文苑英华》作王维诗。作者颇难
确断,姑存疑。

游悟真寺

闻道黄金地,仍开白玉田。掷山移巨石,呪岭出飞泉。猛虎同三迳,愁猿学四禅。买香燃绿桂,乞火踏红莲。草色摇霞上,松声泛月边。山河穷百二,世界满三千。梵宇聊凭视,王城遂渺然。霸陵才出树,渭水欲连天。远县分诸郭,孤村起白烟。望云思圣主,披雾忆群贤。薄宦惭尸素,终身拟尚玄。谁知草庵客,曾和柏梁篇。

【题解】

此诗收于底本卷十二。《全唐诗》重见于王维集与王缙集中。《文苑英华》作王维诗,《又玄集》、《唐诗纪事》、《唐诗品汇》俱作王缙诗。述古堂本王维集收录此诗,署名王缙。王缙近是。

留别崔兴宗

驻马欲分襟,清寒御沟上。前山景气佳,独往还惆怅。

【题解】

此诗收于底本卷十三,编次与宋蜀本、元刻本、顾本一样,都列于《崔九弟欲往南山马上口号与别》及裴迪《同咏》之后,但宋蜀本题作《留别》,"崔兴宗"为作者名。《唐文粹》、《全唐诗》作崔兴宗诗,题作《留别王维》;《唐诗品汇》作王维诗。《万首唐人绝句》于卷四载此诗,作王维诗,题曰《留别崔兴宗》;于卷十六重出,作崔兴宗诗,题曰《留别王维》。《唐诗纪事》卷一六曰:"王维有《崔九往南山马上口号与别》云:'城隅一分手……';裴迪云:

'归山深浅去……';兴宗《留别》云:'驻马欲分衿……'。"认为此首为崔兴宗留别王、裴二人之诗。此观点近是。

东溪玩月

月从断山口,遥吐柴门端。万木分空霁,流阴中夜攒。光连虚象白,气与风露寒。谷静秋泉响,岩深青霭残。清澄入幽梦,破影抱空峦。恍惚琴窗里,松溪晓思难。

【题解】

本诗录于底本外编,奇字斋本《类笺唐王右丞集》亦录于外编,其余诸本未见收录。《文苑英华》作王维诗,《唐文粹》作王昌龄诗。《全唐诗》重见于王维诗与王昌龄诗中。作者难以确断,姑存疑。

淮阴夜宿二首

水国南无畔,扁舟北未期。乡情淮上失,归梦郢中疑。木落知寒近,山长见日迟。客行心绪乱,不及洛阳时。

永绝卧烟塘,萧条天一方。秋风淮木落,寒夜楚歌长。宿莽非中土,鲈鱼岂我乡。孤舟行已倦,南越尚茫茫。

【题解】

《淮阴夜宿二首》《下京口埭夜行》《山行遇雨》《夜到润州》,这五首诗皆录于底本外编,亦录于奇字斋本外编,其余诸本未见收录。五首俱见于唐《孙逖集》,《文苑英华》、《全唐诗》亦作孙逖诗。赵殿成说:"(此五首诗)盖与右丞《早入荥阳界》诸诗同纪,遂误作右丞诗耳。"孙逖诗近是。

下京口埭夜行

孤帆度绿氛，寒浦落红曛。江树朝来出，吴歌夜渐闻。
南溟接潮水，北斗近乡云。行役从兹去，归情入雁群。

山行遇雨

骤雨昼氛氲，空天望不分。暗山惟觉电，穷海但生云。
涉涧猜行潦，缘崖畏宿氛。夜来江月霁，棹唱此中闻。

夜到润州

夜入丹阳郡，天高气象秋。海隅云汉转，江畔火星流。
城郭传金柝，闾阎闭绿洲。客行凡几夜，新月再如钩。

冬夜寓直麟阁

直事披三省，重关秘七门。广庭怜雪净，深屋喜垆温。
月幌花虚馥，风窗竹暗喧。东山白云意，兹夕寄琴樽。

【题解】

此诗录于底本外编，亦录于奇字斋本外编，其余诸本未见收录。《唐诗品汇》作王维诗，《文苑英华》《全唐诗》作宋之问诗。《宋之问集》亦载此诗。

赵殿成按:"题中'麟阁'之名,乃是天授时所改,神龙时无复此称,则此诗自应归宋耳。"此说是。麟阁谓秘书省,王维一生未曾在麟阁任职,当然不可能在这里"寓直"。

赋得秋日悬清光

寥廓凉天静,晶明白日秋。圆光含万象,碎影入闲流。迥与青冥合,遥向江甸浮。昼阴殊众木,斜影下危楼。宋玉登高怨,张衡望远愁。余晖如可托,云路岂悠悠。

【题解】

此诗录于底本外编,其余诸本未见收录。赵殿成曰:"《诗隽类函》《唐诗类苑》俱作王维诗,《唐诗品汇》作无名氏诗。"《全唐诗》重见于王维诗与卷七八七无名氏诗。《文苑英华》卷一八一"省试二"录此诗,缺作者名,同时在此诗前录陶拱同赋。陶拱为德宗贞元时人,故知"秋日悬清华"为贞元间试题,因此《赋得秋日悬清光》一诗应非王维所作。参见陈铁民《王维诗真伪考》一文。

从军行二首

戈甲从军久,风云识陈难。今朝拜韩信,计日斩成安。
燕颔多奇相,狼头敢犯边。寄言班定远,正是立功年。

【题解】

此二首录于底本外编,奇字斋本、凌本亦录。《乐府诗集》作王维诗,《唐诗纪事》、《万首唐人绝句》俱作王涯诗。难以确断,姑存疑。

游春曲二首

万树江边杏,新开一夜风。满园深浅色,照在绿波中。
上苑无穷树,花开次第新。香车与丝骑,风静亦生尘。

【题解】

此二诗录于底本外编,宋蜀本、奇字斋本、凌本亦录。《乐府诗集》作王维诗,《唐诗纪事》作张仲素诗,《万首唐人绝句》作王涯诗。难以确断,姑存疑。

太平乐二首

风俗今和厚,君王在穆清。行看探花曲,尽是泰阶平。
圣德超千古,皇威静四方。苍生今息战,无事觉时长。

【题解】

此二诗录于底本外编,宋蜀本、奇字斋本、凌本亦录,诗题中之"乐"字作"辞"字。《乐府诗集》作王维诗,《万首唐人绝句》作王涯诗,《唐诗纪事》作张仲素诗。《全唐诗》第一首作王涯诗,第二首作张仲素诗。难以确断,姑存疑。

送春辞

日日人空老,年年春更归。相欢在尊酒,不用惜花飞。

此诗录于底本外编,宋蜀本、奇字斋本、凌本亦录。宋蜀本亦录之,但作王涯诗。《万首唐人绝句》《全唐诗》作王涯诗,《唐诗纪事》《全唐诗话》作张仲素诗。难以确断,姑存疑。

塞上曲二首

天骄远塞行,出鞘宝刀鸣。定是酬恩日,今朝觉命轻。
塞虏常为敌,边风已报秋。平生多志气,箭底觅封侯。

【题解】

此诗录于底本外编,宋蜀本、奇字斋本、凌本亦录。《乐府诗集》作王维诗,《万首唐人绝句》《全唐诗》作王涯诗,《唐诗纪事》前首作张仲素诗,后首作王涯诗。难以确断,姑存疑。

陇上行

负羽到边州,鸣箛度陇头。云黄知塞近,草白见边秋。

【题解】

此诗录于底本外编,宋蜀本、奇字斋本、凌本亦录。宋蜀本亦录,但作王涯诗。《万首唐人绝句》《唐诗纪事》《全唐诗》俱作王涯诗。王涯近是。

闺人赠远五首

花明绮陌春,柳拂御沟新。为报辽阳客,流芳不待人。

远戍功名薄,幽闺年貌伤。妆成对春树,不语泪千行。
啼莺绿树深,语燕雕梁晚。不省出门行,沙场知近远。
形影一朝别,烟波千里分。君看望君处,只是起行云。
洞房今夜月,如练复如霜。为照离人恨,亭亭到晓光。

【题解】

此诗录于底本外编,宋蜀本、奇字斋本、凌本亦录。宋蜀本亦录,但作
王涯诗。《万首唐人绝句》《唐诗纪事》《全唐诗》均作王涯诗。《唐诗纪事》
无第三首,第五首题作《闺思》。王涯近是。

感　兴

禾黍不艳阳,竟栽桃李春。翻令力耕者,半作卖花人。

【题解】

此诗录于底本外编,奇字斋本亦录于外编。赵殿成曰:"此本郑谷诗,
《诗学权舆》以为王摩诘作。"此诗见于郑谷《云台编》。《唐诗纪事》《全唐
诗》亦作郑谷诗。宜从。

游春辞二首

曲江丝柳变烟条,寒谷冰随暖气销。才见春光生绮陌,
已闻清乐动云韶。

经过柳陌与桃溪,寻逐春光著处迷。鸟度时时冲絮起,
花繁滚滚压枝低。

此诗录于底本外编,宋蜀本、奇字斋本、凌本亦录。《乐府诗集》作王维诗,《万首唐人绝句》《唐诗纪事》《全唐诗》俱作王涯诗。洪迈《万首唐人绝句序》云:"王涯在翰林,同学士令狐楚、张仲素所赋宫词诸章,乃误入于王维集。"又于王维诗下注云:"别本维又有《游春词》等诗十五篇,并五言十五篇,皆王涯所作,今已入涯诗中。"此两首应为王涯所作。

秋思二首

网轩凉吹动轻衣,夜听更生玉漏稀。月渡天河光转湿,鹊惊秋树叶频飞。

宫连太液见沧波,暑气微消秋意多。一夜轻风蘋末起,露珠翻尽满池荷。

【题解】

此诗录于底本外编,宋蜀本、奇字斋本、凌本亦录。宋蜀本作《愁思二首》。《乐府诗集》作王维诗,《万首唐人绝句》《唐诗纪事》《全唐诗》作王涯诗。王涯近是。

秋夜曲二首

丁丁漏水夜何长,漫漫轻阴露月光。秋逼暗虫通夕响,寒衣未寄莫飞霜。

桂魄初生秋露微,轻罗已薄未更衣。银筝夜久殷勤弄,心怯空房不忍归。

此诗录于底本外编,宋蜀本、奇字斋本、凌本亦录。《乐府诗集》作王维诗。《万首唐人绝句》卷一二作王维诗,卷二五又作王涯诗。《唐诗纪事》作张仲素诗,第二首题作《春闺怨》。《全唐诗》第一首作张仲素,第二首作王涯诗。《全唐诗话》录第二首,作张仲素诗。作者难以确断,姑存疑。

从军辞

髦头夜落捷书飞,来奏军门着赐衣。白马将军频破敌,黄龙戍卒几时归?

【题解】

此诗录于底本外编,宋蜀本、奇字斋本、凌本亦录。《乐府诗集》作王维诗,《万首唐人绝句》《唐诗纪事》《全唐诗》俱作王涯诗。王涯近是。

塞下曲二首

辛勤几出黄花戍,迢递初随细柳营。塞晚每愁残月苦,边愁更逐断蓬惊。

年少辞家从冠军,金装宝剑去邀勋。不知马骨伤寒水,惟见龙城起暮云。

【题解】

此诗录于底本外编,宋蜀本、奇字斋本、凌本亦录。《乐府诗集》作王维诗,《万首唐人绝句》《唐诗纪事》《全唐诗》俱作王涯诗。王涯近是。

平戎辞二首

太白秋高助汉兵，长风夜卷虏尘清。男儿解却腰间剑，喜见从王道化平。

卷旆生风喜气新，早持龙节静边尘。汉家天子图麟阁，身是当今第一人。

【题解】

此诗录于底本外编，宋蜀本、奇字斋本、凌本亦录。《乐府诗集》作王维诗，《万首唐人绝句》作王涯诗。《唐诗纪事》《全唐诗》前首作王涯诗，后首作张仲素诗。难以确断，姑存疑。

闺人春思

愁见遥空百丈丝，春风挽断更伤离。闲花落遍青苔地，尽日无人谁得知。

【题解】

此诗录于底本外编，宋蜀本、奇字斋本、凌本亦录。宋蜀本亦收录，但作王涯诗。《万首唐人绝句》作王涯诗，《全唐诗话》《唐诗纪事》并作张仲素诗。难以确断，姑存疑。

赠远二首

当年只自守空帷，梦见关山觉别离。不见乡书传雁足，惟看新月吐蛾眉。

　　厌攀杨柳临青阁，闲采芙渠傍碧潭。走马台边人不见，
拂云堆畔战初酣。

【题解】

　　此诗录于底本外编，宋蜀本、奇字斋本、凌本亦录。宋蜀本亦收录，但
作王涯诗。《万首唐人绝句》《全唐诗》作王涯诗，《唐诗纪事》作张仲素诗。
难以确断，姑存疑。

献寿辞

　　宫殿参差列九重，祥云瑞气捧阶浓。微臣欲献唐尧寿，
遥指南山对衮龙。

【题解】

　　此诗录于底本外编，奇字斋本、凌本亦录。宋蜀本亦收录，但作王涯
诗。《万首唐人绝句》《唐诗纪事》《全唐诗》俱作王涯诗。应为王涯所作。

疑　梦

　　莫惊宠辱空忧喜，莫计恩仇浪苦辛。黄帝孔丘何处问，
安知不是梦中身？

【题解】

　　此诗录于底本外编，又载于《全唐诗》，其他诸本王维集未见收录。宋祝穆
《古今事文类聚》后集卷二一录此诗，署名王维。《全唐诗》卷四五一载白居易
《疑梦二首》，第一首即此诗。《白居易集》卷二八同。此诗疑为白居易所作。

图书在版编目（CIP）数据

王维诗全集 / 张勇编著. -- 武汉：崇文书局，
2017.1（2024.4 重印）
ISBN 978-7-5403-4280-7

Ⅰ．①王… Ⅱ．①张… Ⅲ．①唐诗－诗集 Ⅳ.
① I222.742

中国版本图书馆 CIP 数据核字（2016）第 271235 号

选题策划　王重阳
项目统筹　程可嘉
责任编辑　周　阳
责任印刷　李佳超

王维诗全集

出版发行　长江出版传媒｜崇文书局
地　　址　武汉市雄楚大街 268 号 C 座 11 层
电　　话　(027)87677133　邮政编码　430070
印　　刷　湖北恒泰印务有限公司
开　　本　880mm×1230mm　1/32
印　　张　14.75
字　　数　380 千字
版　　次　2017 年 1 月第 1 版
印　　次　2024 年 4 月第 10 次印刷
定　　价　59.00 元
（如发现印装质量问题，影响阅读，由本社负责调换）

中国古典诗词校注评丛书
（已出书目）

诗经全集	韩偓诗全集
汉乐府全集	李煜全集
曹操全集	花间集笺注
曹丕全集	林逋诗全集
曹植全集	张先诗词全集
陆机诗全集	欧阳修词全集
谢朓全集	苏轼词全集
庾信诗全集	秦观词全集
陈子昂诗全集	周邦彦词全集
孟浩然诗全集	李清照全集
王维诗全集	陈与义诗词全集
高适诗全集	张元幹词全集
杜甫诗全集	朱淑真词全集
韦应物诗全集	辛弃疾诗词全集
刘禹锡诗全集	姜夔词全集
元稹诗全集	吴文英词全集
李贺全集	草堂诗馀
温庭筠词全集	王阳明诗全集
李商隐诗全集	纳兰词全集
韦庄诗词全集	龚自珍诗全集